Franz Josef Degenhardts neuer Roman enthält die Aufzeichnungen eines Erzählers aus der Zukunft über Ereignisse, die während der letzten Dekaden der unmittelbaren Vorgeschichte geschahen. Das war damals, als sich in den westlichen Großstädten ein Chaos aus Giftluft, Lärm und Verbrechen bildete und sich einige Bürger zusammentaten, um der weiteren Vernichtung der Natur Einhalt zu gebieten.

Auf solche trifft Mando. Der schweigsame Mann, der wie vom Himmel gefallen auf der Autobahn steht, der seine Identität nicht preisgibt und die Wollmütze nie abnimmt, lernt diese Umweltschützer kennen, als er bei einem Ort namens Heiderkamp abgesetzt wird. Während er noch glaubt, nur zuzusehen, ist er schon hineingezogen in ihre Rettungsaktion für ein bedrohtes Waldstück. Die Motorsägen sind bereit zur Abholzung. Da geschieht etwas für die Vorgeschichte Unerhörtes: Eine Frau kettet sich – ein Zeichen setzend – vor dem Rathaus an einen Baum.

Der Erzähler berichtet in seinen Aufzeichnungen, die sich an zeitgenössische Kriminal- und Science-fiction-Romane anlehnen, über zeitferne Ereignisse während der achtziger Jahre des zwanzigsten Jahrhunderts. Mit ihm schreibt Degenhardt wie immer über unsere Gegenwart.

Franz Josef Degenhardt

Die Abholzung

Roman

Aufbau-Verlag

ISBN 3-351-00381-1

1. Auflage 1987
Aufbau-Verlag Berlin und Weimar
Ausgabe für die sozialistischen Länder
mit Genehmigung des C. Bertelsmann Verlages, München

Einbandgestaltung Carola Ludwig / Günter Woinke
Lichtsatz Karl-Marx-Werk, Graphischer Großbetrieb, Pößneck V 15/30
Druck und Binden
III/9/1 Grafischer Großbetrieb Völkerfreundschaft Dresden
Printed in the German Democratic Republic
Lizenznummer 301. 120/39/87
Bestellnummer 613 907 5
00295

Prolog

Auf der Suche nach Vorfahren fand ich eine Frau, die mich bald mehr interessierte als alle anderen Ahnen, die in Frage kamen. Sie lebte von 1944–2020 und gehörte jener gehobenen Mittelschicht an, die in Gemeinden am Rande von Großstädten gesiedelt hatte, um dem sich in den Metropolen zusammenballenden Chaos aus Giftluft, Lärm, Verstopfung und Verbrechen wenigstens nach getaner Arbeit zu entkommen. Verheiratet, ohne Beruf, zog sie zwei Kinder und einen Hund groß. Sie entsprach – wie die Fotos zeigen – dem propagierten Solltyp ihrer Schicht: jugendlich-schlank, unaufdringlich-attraktiv, nahm an den in ihren Kreisen üblichen Veranstaltungen und Geselligkeiten teil, trieb in Maßen Sport, und nichts deutete darauf hin, daß sie bis zu ihrem Lebensende je etwas anderes tun würde als das, womit die meisten ihresgleichen beschäftigt waren: sich dem Wohlleben hingeben und den Lauf der Dinge anderen überlassen.

Dann, eines Tages, während des sogenannten Jahrhundertsommers der achtziger Jahre des zwanzigsten Jahrhunderts, tat sie etwas Unerwartetes: Sie kettete sich an einen Baum und bespuckte die Polizisten, die sie losschmieden wollten. Ob sie später in jener Dekade, die von täglichen Tumulten in der Region gekennzeichnet war, den Innenminister des Landes geohrfeigt und mit Blut (dem eigenen?) bespritzt hat, steht nicht fest. Wenn sie es tat, dann ist der „Solo-Protest-Akt", wie ihr Festketten an die Blutbuche damals genannt wurde, Auftakt ihres neuen Lebens gewesen.

Wie kam es zum Bruch im Leben dieser Frau?

Ich versuchte, alles über die Ahnin zu erfahren, studierte die noch vorhandenen Unterlagen des in Frage kommenden Zeitabschnitts der Region und begann, aus den Einzelheiten ein Gesamtbild zu konstruieren, das Aufschluß geben konnte über Anlaß und Beweggründe des damals sogenannten „jähen Sinneswandels“ dieser Frau. Das Ganze sollte nicht nur einer mehr oder weniger privaten Ahnenforschung dienen, sondern auch einen Beitrag darstellen zur allgemeinen Diskussion des Problems der abrupten Verhaltensänderung von Personen während der letzten Dekaden der unmittelbaren Vorgeschichte. Es gelang mir aber nicht, die Forschungsergebnisse in einen Zusammenhang zu ordnen, der es gerechtfertigt hätte, eine stichhaltige These aufzustellen, die ich in die Debatte hätte einbringen können.

In solchen Fällen läßt man seiner Phantasie gern freien Lauf, rüttelt das Erkannte, bestehend aus lauter Partikeln, durcheinander wie in einem Kaleidoskop, daß neue Konstellationen und Muster entstehen, hoffend auf einen überraschenden Aspekt, der das Problem einer Lösung zuführen könnte.

Warum sollte ich so nicht verfahren?

Für Spielereien dieser Art fehlt es nicht an Zeit. Das Jagen am Morgen, Fischen am Nachmittag, Viehzuchttreiben des Abends und nach dem Essen das Kritisieren lassen immer noch Muße genug zu mancher Spinnerei, und so entschloß ich mich, die Ergebnisse meiner Nachforschungen in Form einer schriftlichen Aufzeichnung belletristischen Charakters, wie sie in jener Epoche beliebt waren, zu verarbeiten.

In zwanzig Kapiteln wird dem Genre entsprechend der Phantasie des Autors gebührender Spielraum gewährt und wo erforderlich, auch auf die Quellen, bestehend aus Print-, Ton- und Bildmaterial, kommentierend hingewiesen. Dadurch und wegen der Zeitferne, aus der erzählt wird, erscheinen die Ereignisse und Personen zwar häufig wie durch ein umgedrehtes Fernglas beobachtet, aber das kann auch zu neuem Erkenntnisgewinn führen.

So hoffe ich jedenfalls.

1

Beim Quellenstudium von Überwachungsberichten, Gerichtsprotokollen, Gutachten und Gefängnisakten war ich auf eine Person gestoßen, die in der Gegend, wo die Ereignisse stattfanden, eine gewisse Rolle gespielt haben muß. Der Mann, dessen Herkunft, Name und Personenstand den meisten Zeitgenossen unbekannt blieb, wird in allen Quellen „Mando“ genannt. Er tauchte plötzlich in der Gegend auf, aus der er – wie es heißt – „auf rätselhafte Weise“ wieder verschwand.

Mando wurde mir bald so vertraut wie die Ahnin. Für die Menschen damals schien er aus einer anderen Zeit, wenn nicht aus einer anderen Galaxie zu kommen. Kurz vor dem sogenannten „Solo-Protest-Akt“ meiner Ahnin wurde gegen ihn ein Strafverfahren eröffnet, und damit soll die Geschichte beginnen. Also:

Während der Beweisaufnahme am Nachmittag des zweiten Tages im Verfahren gegen Mando wegen Brandstiftung und Sachbeschädigung vor dem Schöffengericht in Heiderkamp sagte Harm Schurig, als Zeuge nach der möglichen Herkunft des Angeklagten befragt, aus: Natürlich glaube er nicht an Ufos. Aber davon lasse er sich nicht abbringen: nach Remdingen zu sei etwas ellipsenförmiges, augenblendend Helles entlanggefahren, ein, zwei Sekunden lang, länger nicht. Ja, auch er habe an Wetterleuchten gedacht, an einen Blitz trotz wolkenlosen Himmels, sogar an Nordlicht. Warum nicht Nordlicht in dieser Gegend? Bei der Verdreckung der Atmosphäre sei doch alles möglich, heute. Wie erkläre sich dann aber, daß Mando, er meine den Angeklagten, im Augenblick dieser kurzen, augenblendenden Helle am Horizont über Remdingen hingestürzt sei, na gut, wie vom Blitz getroffen, sich gewälzt habe, dann aufgesprungen sei, die Arme hochgerissen, die Handflächen ausgestreckt und, wie wenn er einen zentnerschweren Eisenträger über dem Kopf zu schleppen habe, zur Autobahnraststätte hingewankt sei? Wenn Sie mich fragen – für mich hatte das etwas Unirdisches.

Einige auf den Zuschauerbänken im Gerichtssaal lachten. Nun ja, sagte der Vorsitzende Günter Starke. Ob der Zeuge Harm Schurig etwa doch an Extraterristen, Außerirdische und solches Science-fiction-Zeugs glaube, fragte der Staatsanwalt, der Sternenhändler Adebar vom Nebel Dromedar, wie es in dem Schlager heißt? Das Gelächter brach ab, als der Vorsitzende ruckartig den Kopf hob, die Leute auf den Zuschauerbänken fixierte.

Selbstverständlich glaube er nicht an solche Märchen, sagte Harm Schurig, obwohl, wenn der Staatsanwalt annehme, bei der unermeßlichen Weite des Universums mit seinen Milliarden Gallaxien würden ausgerechnet auf unserem Planeten die einzigen intelligenten Lebewesen ... Nein, unterbrach der Vorsitzende, darüber wolle man hier nicht debattieren.

Vielleicht erklärt uns der Angeklagte selbst, warum er dieses Theater aufgeführt hat, sagte der Staatsanwalt. Herr Mando, was ist, wollen Sie nicht Ihr Schweigen brechen?

Alle blickten auf Mando, der, eine Wollmütze auf dem Kopf, die Augen geschlossen, nach hinten zurückgelehnt saß. Nur wenn die Tür zum Gerichtssaal geöffnet wurde, beugte er sich vor – hoffend, Griet Steingrüber käme herein. Sie kam aber nicht.

Es war schwül an jenem Spätnachmittag im Gerichtssaal. Die Klimaanlage funktionierte nicht. Von draußen hörte man Kinderstimmen, Lachen und Rufen und eine hohe Frauenstimme dazwischen. Der Kindergarten nebenan schloß für den Tag, und die Kinder hatten sich in Reih und Glied aufzustellen, bevor sie über die Straße geführt wurden.

Im Sitzungssaal gab es keine Anklagebank, der Angeklagte saß auf gleicher Höhe mit den anderen Prozeßbeteiligten und den Zuhörern, an einem Tisch neben dem Rechtsanwalt. Auch der Rechtsanwalt Peter Walizki blickte seinen Mandanten an. Mando lächelte und schüttelte den Kopf.

Die Frauenstimme draußen stimmte ein Lied an, die Kinder fielen ein, sangen, hoch und piepsig und laut: Ich bin der Sternenhändler vom Nebel Dromedar und heiße Adebar vierhundertzwo.

Darüber lachte mit allen im Gerichtssaal diesmal auch der Vorsitzende. Er ließ sogar alle sich auslachen, sagte dann: Nun ja, diese Schlager. Aber weiter im Verfahren. Also, Sie wollen uns nichts erklären, Mando?

Mando schüttelte den Kopf.

Also nicht, sagte der Vorsitzende, wandte sich wieder Harm Schurig zu. Man wolle von ihm, dem Zeugen, jetzt und zu diesem Komplex nur wissen, wann und unter welchen Umständen er den Angeklagten kennengelernt habe. Er fasse zusammen: Mando habe, mit einem Fuß auf der Fahrbahn der Autobahn stehend, gewinkt, er, Harm Schurig, habe angehalten und Mando in seinem Wagen mitgenommen zur Autobahnraststätte „Habichtsforst". Ist das richtig?

Ja.

Sie kannten das eigentliche Reiseziel des Angeklagten nicht?

Nein.

Und warum Mando dann doch am gleichen Tag noch in Heiderkamp aufgetaucht und dort geblieben ist, wissen Sie nicht?

Nein.

Mando hat Ihnen nichts dazu gesagt, damals nicht und später auch nicht?

Nein.

Er hat sich Ihnen auch nicht vorgestellt, gesagt, woher er käme, was er von Beruf sei und so weiter?

Nein. Er hat nur genickt, als ich ihn gefragt habe, ob er Zauberkünstler sei, weil er mein Alter auf Jahr und Tag genau wußte.

Na ja, sagte der Vorsitzende, Zauberkünstler, Tierstimmenimitator, Dompteur, Hypnotiseur und was wir hier alles so gehört haben, damit kommen wir nicht weiter. Er wandte sich an Staatsanwalt und Rechtsanwalt: Noch Fragen? Und als diese verneinten, sagte er zu Harm Schurig: Dann sind Sie für heute entlassen.

Einer der beiden Schöffen, der männliche, räusperte sich, ehe er sagte: Ich habe noch eine Frage.

Der Satz ging unter im Knattern und Flappen eines Hubschraubers, der schnell und niedrig über dem Gerichtsgebäude flog in Richtung Autobahn. Der Vorsitzende wandte sich zu dem Schöffen, und der wiederholte, als das Knattern leiser geworden war und man das Flappen der Drehflügel schon nicht mehr hörte: Ich habe eine Frage an den Zeugen.

Bitte schön, sagte der Vorsitzende, fragen Sie. In dem Augenblick jaulte das Martinshorn eines Unfallwagens los, und erst als das Jaulen in der Ferne verklang, beugte sich der Schöffe vor, fragte Harm Schurig, der noch vor dem Richtertisch stand und sich mit dem Taschentuch den Schweiß von der Stirnglatze wischte: Kann das ein Anfall, ich meine zum Beispiel einen epileptischen Anfall, gewesen sein, so, wie der Angeklagte Mando da hinfiel? Ich meine ...

Nein, unterbrach der Vorsitzende, das ist ausgeschlossen. Dem Gericht liegt ein fachärztliches Gutachten vor. Danach fehlt Mando nichts. Er ist sozusagen kerngesund.

Während draußen weiter Unfallwagen in Richtung Autobahn mit jaulenden Sirenen sausten und Feuerwehrautos dazwischenklingelten, hob der Vorsitzende die Sitzung auf, schrie fast in den Lärm hinein: Neuer Verhandlungstermin Montag, neun Uhr.

Mando wurde abgeführt, alle anderen verließen den Gerichtssaal ebenfalls, nur einer blieb auf der hinteren Zuhörerbank sitzen. Der Mann soll nicht näher beschrieben werden. Nennen wir ihn „ein anonymer Prozeßbeobachter".

Dieses Strafverfahren gegen Mando wegen Brandstiftung und Sachbeschädigung wurde zur Farce, wie er, der anonyme Prozeßbeobachter, befürchtet hatte. Wenn es nach ihm gegangen wäre, hätte der Prozeß vor der Strafkammer des Landgerichts stattgefunden. Aber höheren Orts hatte man die ganze Angelegenheit niedriger hängen wollen. Hier vor dem Schöffengericht würde man dem Kerl den Brandanschlag auf die Baubaracke am Habichtsforst nicht nachweisen können, es sei denn durch ein Geständnis. Bis jetzt schwieg Mando aber. Und wie es aussah, würde er das Maul auch nicht aufmachen. Am Tatort war Mandos Mütze gefunden worden, und man hatte bei ihm zwei Kanister sichergestellt, aus denen nach dem Gutachten des Sachverständigen der Brennstoff stammte, mit dem die Baubaracke am Habichtsforst in Brand gesetzt worden war. Der Angeklagte hatte sich aber ein Alibi besorgt. Zur Tatzeit habe er sich im Güstruphof aufgehalten, einem Landwirtschaftsbetrieb, der von Spinnern, die neuerdings überall auftauchten, nach der biologisch-dynamischen Anbaumethode geführt wurde. Der anonyme Prozeßbeobachter glaubte nicht an dieses Alibi. Man müßte die drei Leute vom Güstruphof, die das bezeugten, auseinandernehmen. Das waren doch solche, die für jeden die Hand zum Schwur hoben, den die von ihnen sogenannten „Bullen" verfolgten. Auf den Vorsitzenden – auch einer dieser Dünnbrettbohrer – war aber in dieser Hinsicht kein Verlaß. Der hatte schon das Hauptverfahren nicht eröffnen wollen wegen der Beweislage. Dabei hatte sich sogar dessen eigene Frau an einigen Aktionen gegen den Bau des Zubringers und die Abholzung des Habichtsforst beteiligt. Und hinter diesem Bürgerkomitee „Rettet den Habichtsforst" und seinen im Grunde läppischen, aber strafbaren Aktionen standen Profis, und Mando war einer von ihnen, den man in der letzten Phase eingesetzt hatte. Davon war der anonyme Prozeßbeobachter überzeugt. Das Blamabelste war, daß die Identität dieses Kerls nicht festgestellt werden konnte. Über seinen Personenstand war nichts, aber auch rein gar nichts, bekannt. Man wußte weder seinen wirklichen Namen – Mando galt nur als sein Spitzname (sein nom de guerre) – noch Beruf, Wohnsitz, Herkunft. Sogar über sein Alter schwieg Mando sich aus.

Und das in der Ära der Totalerfassung, Datenbanken, des vollständig kontrollierten „gläsernen Menschen", schrieb das Heiderkämper Tageblatt.

Der mit der Sache befaßte Staatsanwalt – auch so ein Weichscheißer wie der Vorsitzende – hatte natürlich nichts herausgefunden. Man stoße da auf eine Mauer des Schweigens, verbreitete er überall – reiner Humbug! In Wahrheit war er überall auf die größte Bereitwilligkeit gestoßen, Namen und Personenstand dieses merkwürdigen Kerls aufzudecken. Alle offiziellen Stellen lieferten, wie unterschiedlich umfangreich auch ihre Berichte ausfielen, dasselbe Resultat: Die Identität der fraglichen Person kann nicht ermittelt werden.

Der anonyme Prozeßbeobachter hatte von sich aus „gewisse Kanäle angezapft", wie er es nannte, erfolglos. Schließlich hatte er von der ihm übergeordneten Instanz zwei Spezialisten angefordert. Die hatten Mando im Untersuchungsgefängnis unbeobachtet beobachtet und anschließend berichtet: Zunächst seien sie der Auffassung gewesen, endlich Rocho, einen harten Drogendealer, gefunden zu haben, die Fingerabdrücke hätten aber nicht übereingestimmt. Dann wären sie wegen der unterschiedlichen Augenfarbe Mandos auf einen ehemaligen französischen Kollegen gekommen, Gérard II, der zu Greenpeace abgesprungen sei. Gérard II aber, hätte sich herausgestellt, kreuze zur Zeit vor der Antarktis. Und auf Fotos, die sie schließlich in einschlägigen Kreisen herumgereicht hätten, sei Mando von niemandem erkannt worden. Der ist in unseren Landen bis jetzt ein unbeschriebenes Blatt, so Starsky – die beiden hatten sich lachend als Starsky und Hutch, zwei Figuren einer Fernseh-Kriminalserie, vorgestellt, und Hutch hatte gemeint, man könne jetzt nur noch nach der bekannten XYZ-Methode vorgehen, also im Fernsehen und in den Boulevardzeitungen Mandos Foto veröffentlichen mit der Unterschrift „Wer kennt diesen Mann?". Aber was dabei herauskommt . . . Wenn Sie mich fragen, eine Million Antworten. Lohnt der kleine Fisch den Aufwand?

Lohnen? Vielleicht. Der anonyme Prozeßbeobachter machte sich inzwischen ganz andere Gedanken. Wenn Mando im Auftrage eines ausländischen Dienstes handelte, so hätte er doch zumindest einen fingierten Personenstand. Warum gab er den nicht an, wie es üblich war? Solche gefälschten Identitäten waren in der Regel sicher. Aber wie, wenn Mando vom eigenen Dienst, auf dessen Stufenleiter der anonyme Prozeßbeobachter gerade das Ende des unteren Drittels erreicht hatte, angesetzt worden war? Zum Beispiel, um im Rahmen der Aktion „Entwicklung von Frühwarnsystemen – Simulation zwecks Feststellung störungsaktiver Elemente und Prozesse“ diese Unruhen in Heiderkamp zu provozieren, um den in Frage kommenden Personenkreis bereits jetzt einzukreisen? In diesem Fall mußte er, der anonyme Prozeßbeobachter, schleunigst die Finger aus dem ganzen Spiel lassen. War er nicht vielleicht schon zu weitgegangen, unter Umständen sogar kontraproduktiv tätig geworden?

Er sagte: Scheiße, zertrat die Zigarette, stand auf, ging ans Fenster, sah hinaus.

Das Gerichtsgebäude lag am Heiderkämper Marktplatz, ein Backstein-Neubau, wie das gegenüberliegende Rathaus. In der Mitte des Marktes stand eine dickstämmige hohe Blutbuche mit ausladendem Geäst. Bei der Anlage des Platzes, drei Dezennien zuvor, hatte man den Baum fällen und an seiner Stelle einen Lichtmast aufstellen wollen. Eine Gruppe Heiderkämper Bürger – sie wurde seiner Zeit noch nicht „Bürgerinitiative“ genannt – konnte das verhindern. Das wußte der anonyme Prozeßbeobachter aber nicht. Er schloß das Fenster und verließ den leeren Gerichtssaal.

Der Vollmond am sternklaren Himmel ließ Mando in der Nacht nach der Gerichtsverhandlung nicht schlafen. Er wanderte in seiner Zelle auf und ab. Seine Mondempfindlichkeit – alle im Flügel A wußten davon – wollte Wachtmeister Schwarz ausnützen. Unter lunarem Einfluß würde der undurchsichtige Häftling auf 5 vielleicht auspacken.

Wachtmeister Schwarz lebte mit einer Frau zusammen, die sich so wenig aufs Einschränken verstand wie er selbst. Sie verdiente als Kindergärtnerin zwar dazu, aber das Geld reichte gerade so hin. Trotzdem träumten beide von einem Urlaub auf einer der palmenbestandenen, sonnenbeschienenen, einsamen, nur von ein paar Eingeborenen bewohnten Sandstrandinseln, die es damals zwar nirgendwo mehr gab, die gleichwohl in tausenden von Reiseprospekten als „letztes Paradies" angepriesen wurden.

Man kann davon ausgehen, daß Schwarz und die Frau, mit der er zusammenlebte, wie alle Zeitgenossen jener Gegend und Ära von der Nicht-Existenz eines letzten Paradieses überzeugt waren. Die Frage, warum sie bereit waren, eine Menge Geld dafür auszugeben, nur um ihre Überzeugung bestätigt zu finden, gehört zur komplizierten Problematik des sogenannten Konsumidiotismus jener Epoche und soll uns hier nicht weiter beschäftigen. Schwarz jedenfalls brauchte mehr Geld. So lag ihm daran, in den Teil von Flügel C der Landesstrafanstalt, wo sich Küche und Vorratslager befanden, versetzt zu werden. Die Kollegen, die dort ihren Dienst verrichteten, ernährten sich und ihre Familien ausschließlich mit Nahrungsmitteln aus Vorratskammer und Küche der Anstalt und sparten auf diese Weise einen guten Teil ihrer Gehälter. Der Dienst im Versorgungstrakt von Flügel C war deshalb sehr begehrt. Direktor Doktor Scheuble selbst suchte die Leute dafür aus, und es kamen nur solche in Betracht, die sich Verdienste geschaffen hatten im Rahmen eines Überwachungs- und Zuträgernetzes, dessen Fäden allein Doktor Scheuble in den Händen hielt. Informationen über Mando konnten zu solchen Verdiensten gerechnet werden, denn man wußte, wie sehr Scheuble, der sich um die Leitung der neuen und hochmodernen Anstalt in der Landeshauptstadt bewarb, daran interessiert war, Mandos Identität aufzudecken. Der Generalstaatsanwalt hatte ihm gegenüber nämlich geäußert: Einem modernen, befähigten Anstaltsleiter dürfte das ja wohl keine Schwierigkeiten bereiten.

Schwarz öffnete erst einmal die Klappe an der Zellentür, fragte den herumwandernden Mando: Du findest keine Ruhe?

Als Mando den Kopf schüttelte, schloß Schwarz auf, trat ein, schloß ab, setzte sich auf den Stuhl, Schlüsselbund am Ring zwischen den Knien.

Wie war die Verhandlung heute?

Wie gestern, sagte Mando und setzte sich aufs Bett. Wie kann man nur eine solch gewaltige Prozedur aufziehen für nichts und wieder nichts? Als ob es nichts Wichtigeres zu tun gäbe bei euch.

So ist das nun mal, sagte Schwarz, komm, rauchen wir eine.

Mando mochte diese gesundheitszerstörende Tabaksqualmerei eigentlich nicht, hatte aber herausgefunden, daß man sich „drinnen“ noch weniger als „draußen“ der Aufforderung zum Ritual des gemeinsamen Rauchens entziehen konnte, ohne auf ein gewisses Befremden zu stoßen. Er vermutete, man unterstelle dem Weigerer, er wolle sich auf dem allen gemeinsamen und unaufhaltsamen Weg zum Tode einen Verzögerungsvorteil verschaffen, was sie – allesamt dem Nullsummenspiel verfallen, bei dem stets der eine den vollen Nutzen aus dem Schaden des anderen hat – nur als Nachteil für sich ansehen konnten. Während sie rauchten, sagte Schwarz, auch ihn störe der Vollmond, lasse ihn schlecht schlafen, beschere ihm Alpträume und dränge ihn schließlich sozusagen, über sich selbst nachzudenken, Rechenschaft abzulegen. Wer bist du, was willst du? Und das habe schließlich ja auch sein Gutes, oder? Gehe es ihm, Mando, nicht ähnlich?

Ihre Unfähigkeit, direkt auf einen loszugehen, war Mando nichts Neues mehr. Sie amüsierte ihn. Du willst also wissen, wer ich bin? fragte er. Wer ich wirklich bin, wie ihr es ausdrückt.

Schwarz druckste herum.

Warum ich überhaupt in diese Gegend gekommen bin und was ich hier will, suche und vorhabe?

Na ja, sagte Schwarz, das interessiert mich schon. Sieh mal, wir kennen uns doch jetzt schon ganz gut, wir beide. Daß du mir vertrauen kannst, weißt du. Warum sagst du es mir nicht? Bin ich nicht dein Freund?

Mando stand auf, legte eine Hand auf die Schulter des Wachtmeisters Schwarz und sagte: Komm, sing einfach mit.

Ich bin der Sternenhändler
vom Nebel Dromedar
und heiße Adebar
vierhundertzwo.

Schwarz hat sich an den folgenden Tagen häufig gefragt, warum er laut und in der Terz singend eingefallen war:

Das Raumschiff Erde taumelt
aus seiner Umlaufbahn.
Ich seh mir das von unten an.
All systems go.
Ich grüße euch, hali halo.
All systems go.
Ich grüße euch, hali halo.
Ich bin der Sternenhändler
vom Nebel Dromedar
und heiße Adebar
vierhundertzwo.
Hali halo.
All systems go.

Und warum er anschließend Mandos Hand geschüttelt und eigenartig befriedigt, fast wie beschwipst, die Zelle verlassen hatte.

Mando trällerte, seine Wanderung durch die Zelle wieder aufnehmend, vor sich hin. Dieses Gesangsstück vom Sternenhändler Adebar, vorgetragen mit hoher Kopfstimme von einem Mann zu einer quietschenden und polternden Musik, hörte man zur Zeit nahezu ständig aus allen Radios, bis es in ein paar Tagen oder Wochen – eine Gesetzlichkeit gab es da nicht – von einem anderen ähnlichen Gesangsstück ersetzt werden würde, das wiederum für kurze Zeit nahezu ständig aus allen Radios erklingen würde, um abgelöst zu werden durch ein weiteres, ähnliches Gesangsstück, das das vorherige Gesangsstück in Vergessenheit geraten ließe.

Die kurze Zeit seiner Anwesenheit in dieser Gegend und Ära ließe sich sogar nach den sich ablösenden Gesangsstücken strukturieren. Sie fiele dann in die Zeit zwischen dem sausenden Karussell und dem Sternenhändler Adebar.

2

Mit dem Gesangsstück vom sausenden Karussell war Mando sozusagen empfangen worden, damals, in dem Auto, dessen Fahrer (niemand anders als Harm Schurig) ihn angeschrien und förmlich ins Wageninnere gerissen hatte. Das sei nicht nur lebensgefährlich, es sei auch verboten, auf der Autobahn zu stoppen, und an sich nehme er überhaupt keinen Anhalter mit. Von denen gebe es drei Sorten, den Penner, den reiselustigen, im Grunde anständigen, aber mittellosen jungen Menschen und den Normalbürger, dessen Auto liegengeblieben sei. Er, Mando, habe von allen dreien etwas. Die Wollmütze auf dem Kopf – aber einen Maßanzug von bester Qualität. Er griff in Mandos Ärmel, befühlte den Stoff. Allerdings Turnschuhe an den Füßen. Nun, heute überrasche einen ja nichts mehr in dieser Hinsicht. Der Sohn eines Nachbarn zum Beispiel sei von einer Weltreise mit einem Sari zurückgekommen, den er nicht mehr ablege. Auch er würde sich gern ein bißchen verkleiden, was Duftiges um, warum nicht ein langes Hemd und keine Hosen drunter, und bunte Kettchen anlegen. Aber was meinen Sie, was meine Kunden dazu sagen würden?

Der Mann, sah Mando von der Seite, trug ein weißes Hemd, eine blaue Krawatte und eine graue Hose. Das Jackett lag im hinteren Teil des Wagens. Er schrie, um die Musik, die das ganze Wageninnere ausfüllte und die Mando wie Hammerschläge in seinem Bauch empfand und wie Stiche im Kopf, zu übertönen. Es war dieses Gesangsstück vom sausenden Karussell. Eine Frau oder ein Mädchen sang oder vielmehr schrie, als würde man sie foltern, zu jaulenden Gitarren und wüsten Pauken- und Trommelschlägen:

Ich sause, sause, sause, sause im Karussell.
Ich steche dich, ich presse dich, ich schlage dich.
Komm, mach es schnell, schnell, schnell.
Im Sause-sause-sause-Karussell.

Mando sagte laut in die Musik hinein: Ein schönes Auto fahren Sie. Sind Sie reich und glücklich?

Harm Schurig knipste die Musik aus, lachte. Schön wär's ja. Aber bitte nicht solche Reden. Davon habe er den Hals gestrichen voll. Bis hier – er drückte die Hand unters Kinn, bis hier. So was höre ich zu Hause jeden Tag von meinen Kindern, außer von dem Großen, der spricht überhaupt nicht mehr mit mir. Reich? Nicht mal wohlhabend im eigentlichen Sinne. Denn dann brauchte er sich keine Sorgen mehr zu machen. Die müsse er sich aber machen. Die habe er sich immer gemacht, sein ganzes Leben lang. Was ihr euch so vorstellt. Wissen Sie, womit ich angefangen habe? Mit einem Handkarren! Wie alt schätzen Sie mich?

Sechsundvierzig Jahre, sieben Monate, zwei Tage, sagte Mando.

Harm Schurig, der zum Überholen angesetzt hatte, bremste, daß die Reifen quietschten, lenkte den Wagen auf die rechte Spur. Respekt, sagte er, Respekt. Dann schwieg er eine Weile, während Mando die flache Landschaft draußen in sich aufnahm, diese unendlich vielen sich mischenden Grüntöne unter einem niedrigen zartblauen Himmel.

Sie sind also vom Varieté, sagte Harm Schurig, Magier, Gedächtniskünstler, so was in dieser Art, einer, der siebenstellige Zahlen multipliziert und jemandem aus dem Publikum Tag und Stunde seiner Hochzeit auf den Kopf zusagt. Ein bißchen Wahrsagerei dazu. Na?

Mando nickte.

Ob so was denn noch seinen Mann ernähre? Im Zeitalter des totalen Fernsehens mit Spektakeln und Wundern aller Art Tag für Tag? In seiner Jugend habe er oft und gern auf den Jahrmärkten die Buden der Zauberkünstler besucht. Dieser Geruch in diesen Kabäuschen, geheimnisvoll dunkel, und auf der Bühne das magische Spiel, Kaninchen aus dem Zylinder, Rasierklingen schlucken, die zersägte Jungfrau. Mein Gott, dieses wohlige Grausen. Einmal war da ein Medium, ein Mann in der Kluft eines Höflings aus der Rokokozeit. Hypnotisiert, starr und steif und gefühllos. Man konnte ihm Nägel in die Backen drücken. Ich habe es nicht gewagt. Wenn ich Ihnen sage, daß es mein innigster Wunsch gewesen ist, Magier zu werden, die Leute zu verzaubern.

Oder auch Clown. Ja, Clown. Die Menschen froh machen. Wieder froh machen. Wer ist denn heute noch wirklich froh? Ich ein Clown. Ob er sich das vorstellen könne?

Mando nickte, betrachtete Harm Schurig aus den Augenwinkeln, sein breites, bebrilltes Gesicht unter der Halbglatze, und er sah hinter aller häßlichen Aufgeplustertheit dieses Gesichts etwas kindlich Ungeschütztes, legte ihm die Hand aufs Knie und sagte: Ich finde Sie liebenswert.

Der Mann schob Mandos Hand beiseite. Das laß mal, das kommt bei mir nicht an.

Sie fuhren eine Weile schweigend, bis der Mann, in eine Zufahrt zu einer Raststätte einbiegend, sagte: So, hier werde ich Sie absetzen, an dieser Raststätte. An der nächsten Abfahrt muß ich nämlich raus.

Er hielt vor dem einem Forsthaus nachgebildeten Gebäude, an dem unter einem riesigen Geweih „Raststätte zum Habichtsforst" stand. Mando öffnete die Wagentür, stolperte, fiel hin, sprang aber gleich auf und wankte mit erhobenen Händen – das hat Harm Schurig richtig beobachtet und wiedergegeben – auf die Raststätte zu.

Harm Schurig, der weitergefahren ist, hat aber nicht mehr beobachten können, wie Mando die Raststätte gleich wieder verließ, weil sich Reisende aus sieben Bussen, einer bunter gekleidet als der andere, vor dem Selbstbedienungsausschank stauten, an den Tischen standen und saßen, tranken und sangen, daß sie ihrem Gegner den Hammer auf den Bauch schlagen würden, und zwar – so lautete der in brüllendem Rezitativ vorgetragene Refrain –: „Eins, zwei, drei, vier, fünf zu null".

Mando lief um die Raststätte herum, überkletterte einen Staketenzaun und schritt in den angrenzenden Wald hinein, fand eine Lichtung voller Farn, rupfte einige Stengel davon, zerrieb sie zwischen den Fingern, leckte den grünen, herben Saft, sog ihn ein, hockte sich, die Beine untergeschlagen, auf die Fersen, stieß mit dem Atem ein Aaah aus, hielt es an, wiegte den Kopf, bewegte den Oberkörper vor und zurück, bis die Obertöne kamen, veränderte den Ton zum Oooh hin, wiegte und sang sich allmählich in Trance und erholte sich so von den Eindrücken des ersten Tages, den Signalen, die auf ihn eingeprasselt waren, und von dieser entsetzlichen Lärmkulisse, die er künftig auszuhalten haben würde.

Nach einer Stunde sprang er auf, reckte, streckte sich, quetschte einen tierähnlichen Quieklaut heraus, marschierte los, quer durch den Habichtsforst.

Der Habichtsforst war da noch ein 250 Hektar großer Wirtschaftswald aus Buchen und Eichen, Tannen und Kiefern, teilweise ausgelichtet und saumbepflanzt, der auch als Erholungswald diente. Die Region war waldarm, und der Habichtsforst erfreute sich großer Beliebtheit. Vor allem die Bewohner Heiderkamps frequentierten den Forst. Einige liefen schon frühmorgens in Trainingsanzügen über die von der Stadtgemeinde angelegten und instand gehaltenen Wege, hüpften, sprangen, turnten den sogenannten Trimm-dich-Pfad entlang, den Tag über strolchten Kinder durchs Gebüsch, saßen Rentner auf den Bänken und klönten, und abends und an Sonn- und Feiertagen spazierten ganze Familien mit und ohne Hund unter den hohen Bäumen über Moos und Tannennadeln durch raschelndes Laub, und nicht nur junge Leute schlängelten sich in der Dämmerung auf schmalen Pfaden durch Dickungen, wo sie ihr Liebeslager fanden und zum Ärger des Aufsehers leere Flaschen, Dosen und Schachteln, Präservative, Papier und Unterwäsche liegenließen.

Dieser Aufseher, ein pensionierter Hauptwachtmeister namens Knäpper, sah Mando aus den Farnbüschen kommen, rief: Halt! fragte, was Mando abseits der Wege suche, wollte sich mit der Antwort „Nichts“ nicht zufriedengeben, ließ sich dann aber – wie er später aussagen sollte – „von dem Kerl einwickeln“, der ihm eine verrückte Geschichte erzählte von sprechenden Bäumen und tanzenden Tieren. Und dann habe er Mando den Weg nach Heiderkamp gewiesen, den Trimm-dich-Pfad entlang zum Parkplatz und von da zum Habichtskrug an der Sandberggabelung.

Aus dieser Gastwirtschaft wäre Mando fast wieder herausgelaufen, hätte zu diesem Zeitpunkt also noch nicht erfahren, daß der Habichtsforst abgeholzt werden sollte, um einer Zubringerstraße zur Autobahn Platz zu machen. Die karussellfahrende Frau nämlich schrie durchs Lokal, laut und schrecklich, wie vorher im Wagen des Mannes, der so gern ein Clown geworden wäre. Als Mando aber bemerkte, daß diese fürchterliche Musik aus dem bunten Kasten gegenüber der Tür kam, hob er die Hand. Die Musik brach ab.

Einer der Männer am Tresen, der mitgesungen hatte, lief zur Musikbox, drückte Knöpfe, schüttelte den Kopf, schlug auf den Kasten und kam kopfschüttelnd zurück. Der Wirt, dem Mandos Handbewegung – ein kurzes Wischen wie über einen beschlagenen Spiegel, „nach Art der Zauberkünstler", erzählte er später – nicht entgangen war, blickte Mando lange an, ehe er sagte: Was darf es denn sein?

Was trinken denn diese Herren? fragte Mando die Männer am Tresen.

Wir Herren trinken ganz schlicht Bier.

Dann möchte ich das auch.

Der Wirt zapfte ein Bier, stellte es vor Mando auf die Theke, der trank das Glas in einem Zug leer, wischte sich den Mund und sagte: Schmackhaft und bekömmlich.

Die fünf Männer am Tresen lachten.

Das ist wahr, sagte der neben ihm, schmackhaft und bekömmlich, worauf wieder alle lachten.

Gleich noch eins? fragte der Wirt, wartete Mandos Zustimmung nicht ab, stellte ihm ein zweites Glas hin, das Mando wieder mit einem Zug leerte.

Donnerwetter, sagte der Mann neben ihm, du hast aber einen Zug am Leib. Wo du herkommst, versteht man sich wohl darauf?

Mando nickte, sah sich um.

An den Wänden der niedrigen Gaststätte hingen Geweihe und ausgestopfte Tiere, ein Fuchs zum Beispiel, der ein Huhn im Maul schleppte, und ein Habicht mit einer Taube in den Fängen.

Habt ihr diese Tiere getötet? fragte Mando.

Darüber lachten die Männer, und der neben ihm sagte: Sag mal, du willst uns wohl verarschen? Sehen wir aus wie Jäger?

Die Männer trugen bunte Hemden und blaue Hosen

– nichts Grünes, wenn man absah von dem Hütchen, das dem Mann rechts neben Mando auf dem Lockenkopf saß.

Früher, vor vielen Jahren, sagte der Wirt, als der Wald bis Heiderkamp ging, bis nach Remdingen, da gab es auch noch keine Autobahn, da war dies hier das Jagdhaus des Grafen von Papenbeck.

Er stellte Mando ein drittes Glas Bier hin.

Mein Alter hat oft davon erzählt, ist manchmal Treiber auf deren Jagden gewesen. Wie die hier gefeiert haben nach der Jagd, mein lieber Mann; Tage und Nächte lang, und der Sekt lief in Strömen, Weiber dabei, und manchmal, wenn es hoch herging, schossen sie in die Decke. Die Einschüsse kannst du noch sehen, da oben in der Balkendecke.

Alle blickten an die Decke.

Ja, früher, vor vielen Jahren, sagte der Mann mit dem Hütchen neben Mando, so fangen alle Märchen an.

Und jetzt kommt das, was von dem Wald noch übrig ist, auch noch weg, sagte der Mann am kurzen Eck des Tresens. Weg und abgeholzt. Und mit den Märchen ist dann endgültig Schluß.

Dann machst du hier Gaststätte mit Waldmuseum, sagte der Mann mit dem Jägerhütchen zu dem Wirt, erzählst deine Märchen von früher über Video-Recorder. Die Leute werfen zwei Mark in 'nen Schlitz, und dann tauchst du auf dem Bildschirm auf als Onkel Hein, der Wirt vom Habichtskrug. Im Flur hängen Fotos von Bäumen und Tieren. Und draußen hinterm Schuppen stehen noch zwei Tannen. Die dürfen sie anfassen für Geld. Du machst dann einen guten Schnitt.

Ein älterer Mann, er war Rentner, wie sich herausstellte und schien einer anderen Schicht anzugehören als die übrigen, sagte, nach Witzchen ist mir dabei überhaupt nicht zumute, ich bin im Wald sozusagen aufgewachsen. Für mich gibt es nichts Heiligeres. Ja, ihr hört richtig, nichts Heiligeres als den Wald. Wenn der Wald stirbt, zitierte er einen damals in Walderhaltungsaktionen häufig benutzten Slogan, stirbt der Mensch. Und er fuhr fort: Wenn ich an die Stunden, Tage, Nächte denke, in denen mein Vater und ich durchs Revier gestreift sind, ein jeder eins mit sich und mit der Natur. Da fühlte man: das ist die Wahrheit. Alles andere ist doch nur aufgesetzt, angelernt, gekauft, verramscht, beschissen, dieser ganze Zivilisationskram, der immer unerträglicher wird. Und das alles fällt von dir ab, wenn du im Wald bist, ich meine, richtig im Wald, im Feld und in der Heide, atmen, hören, sehen. Zum Beispiel, wenn morgens der Nebel über die Lichtung kriecht. Ganz behutsam tritt ein Reh aus dem Dickicht, in dem die Mönchsgrasmücke singt. Und irgendwo schlägt schon der Specht. Der Wald atmet ein und aus, aus und ein. Ein Ast knackt hinter dir.

Die Männer am Tresen schwiegen, tranken ihr Bier. Sie träumten, sah Mando. Einige hatten nasse Augen.

Diese eigenartige Einstellung zum Wald – das sei hier zum besseren Verständnis eingeschoben – war damals gerade in jener Region unter den Zeitgenossen aller Klassen und Schichten weit verbreitet. Der Wald wurde nicht einfach gesehen als Raum, der in unterschiedlicher Weise mit Blattwerk, Zweigen, Ästen und Stämmen gefüllt und dessen Bodenfläche mehr oder weniger dicht mit biologischen Abfällen bedeckt ist – also als eine Ansammlung pflanzlicher Gewächse, die durch Assimilation von Kohlenstoff, durch Photosynthese und Dissimilation durch Atmung existiert und ein Ökosystem bildet, das in seiner Gesamtheit durch ein Netzwerk aufeinander abgestimmter biologischer Vorgänge funktioniert; wie in der magischen Phase der Menschheitsentwicklung galt der Wald noch als mythischer, allerdings wegen der Ausrottung menschenbedrohender Tiere, gefahrloser Ort. In unzähligen Liedern, Gedichten, Märchen, Erzählungen, Beschreibungen wurde der Wald dargestellt als Wesen, in dessen verschlungenes grünes Dunkel man vor den Nachstellungen der Welt fliehen konnte, und wo sich, wie ein Waldläufer namens Peter Rosegger behauptete, „die wildesten Konflikte nicht in Tränen und Blut, sondern im reinen Tau auflösen“. Dem Aufenthalt unter hohen, dicht beieinander stehenden Bäumen, durch deren Kronen und Blattwerk das Licht hier gesprenkelt, dort in Strahlenbündeln auf den bemoosten oder blätterbedeckten Boden fiel, wurden therapeutische Wirkungen, vor allem im Hinblick auf psychische Erkrankungen zugemessen, ja das Verweilen in einem solchen – häufig so genannten „Waldesdom" – sollte sogar nach den Worten eines Schriftstellers namens Hesse der Wahrheitsfindung dienen. Diese exaltierte, eine nüchterne Einschätzung behindernde Sichtweise mag eine Erklärung dafür sein, daß man das unter allen Augen stattfindende Waldschwinden nicht wahrnahm, bis zu dem Zeitpunkt, den man später den point of no return nannte. Ob in Generationen gewachsene Wälder niedergelegt wurden, nur um einer Produktionsstätte, die kurzlebige und überflüssige Erzeugnisse herstellte, oder um himmelhohen Wohnblocks, aus deren Fenstern sich die Zeitgenossen stürzten, Platz zu machen; ob intakte Wald- und Wieseneinheiten dahinrotteten, zerschnitten von Straßen, auf denen immer mehr Wagen immer schneller, immer zielloser herumfuhren – es wurde geduldet, und am allerunverständlichsten, es wurde den allein davon Profitierenden geglaubt, die behaupteten, das alles diene dem allgemeinen Fortschritt. Erst als zum Ende der Epoche die Säureberieselung, hervorgerufen durch Industrie- und Kraftwerkschlote, Hauskamine und Stickstoffoxyde aus den Auspuffanlagen der Kraftfahrzeuge die noch gesunden Wälder absterben ließen, wurden einige aufmerksam. Aber – wie gesagt – da war es schon zu spät.

Die Männer im Habichtskrug jedenfalls hatten vom Umfang der Zerstörung von Wald, Wasser, Weide, die der mesozoischen Apokalypse weit vor der Menschheitsgeschichte glich, keine Ahnung.

Mando unterbrach das träumende Schweigen der Männer am Tresen. Ob er richtig verstanden habe, der Wald, den er da eben durchquert und dessen Atem ihn erquickt habe, dieser Wald solle verschwinden?

Die Männer blickten ihn an. Wie du sprichst, sagte der mit dem Jägerhütchen, den sie Uwe nannten.

Ganz recht, sagte der Wirt, der Wald soll verschwinden. Und zwar sehr bald. Und das Verrückteste ist, wir hier sind nicht einmal dagegen. Weil's nämlich Arbeit gibt für viele hier, für den Uwe zum Beispiel.

Ich bin doch dagegen, sagte der, der neben dem Rentner stand, wie der Paul auch.

Sicher, Kurt, sagte der Wirt, ihr Rentner seid dagegen. Was sollt ihr auch sonst tun. Kassiert Rente und geht den ganzen Tag im Habichtsforst spazieren. Erquickt euch, wie der hier mit seiner Wollmütze.

Die Männer lachten.

So stimmt das auch wieder nicht, sagte Uwe mit dem Jägerhütchen. Das ist komplizierter. Tatsache ist, die meisten in Heiderkamp sind dagegen, daß der Habichtsforst abgeholzt wird, nur weil der Autobahnzubringer da hin soll. Ich auch im Grunde. Obwohl ich dann Arbeit kriege beim Fällen und wahrscheinlich auch beim Bau der Trasse. Und so bin ich auch wieder dafür. So kompliziert ist das nämlich.

Noch ist nicht aller Tage Abend, Uwe, sagte der Rentner Kurt, noch wird nicht gebaut.

Hör doch auf, sagte Uwe, da ist überhaupt nichts mehr drin.

Richtig, sagte der Wirt, da ist jetzt nichts mehr drin, und das Bürgerkomitee „Rettet den Habichtsforst“ kann sich auflösen, jetzt, nach dem Urteil von diesem oberen Gericht. Der Zubringer wird gebaut, und zwar schon bald.

Und du freust dich auf den Bautrupp, der dann kommt, sagte Uwe, der säuft sich hier bei dir die Hucke voll, und du machst den großen Schnitt.

Der Wirt lachte.

Das wäre aber kurzsichtig, sagte der Rentner Paul, der von der Heiligkeit des Waldes geredet hatte. Die Arbeit, sagte er, wird höchstens ein Jahr beanspruchen. Dann ist der Zubringer fertig, und du kannst den Laden hier dichtmachen, Hein.

Das ist noch nicht ausgemacht, sagte der Wirt, stülpte, die Ärmel aufgekrempelt, Gläser über den Wischer in der Spüle, schüttelte sie und stellte sie mit der Öffnung nach unten auf die Tropfplatte.

Er glaube doch nicht im Ernst, den Habichtskrug weiter halten zu können, wenn erst mal der Autobahnzubringer fertiggestellt worden sei, wurde er gefragt. Der Wirt sagte: Warum nicht, wir werden ja sehen.

Die Wagen sollen hier halten, grad vor der Auffahrt zur Autobahn, das glaubst du doch selber nicht, und wer kommt dann noch von Heiderkamp hierher in so eine Verkehrswüste?

Der Wirt wiederholte: Wir werden ja sehen. Erst mal gehts jedenfalls hier rund, das verspreche ich euch, wenn hier gerodet und gebaut wird.

Das ist ja schrecklich, sagte Mando.

Natürlich ist das schrecklich, sagte der Rentner Kurt. Wenn der Wald weg ist, sind auch meine Vögel weg.

Aber hier wird gesungen, sagte der Wirt, so ist das Leben nämlich.

Vögel? fragte Mando den Rentner Kurt.

Der ist doch vogelverrückt, sagte Uwe, der Kurt.

Wenn ihr wüßtet, was hier kaputtgeht, ihr habt ja keine Ahnung, sagte Kurt und trank sein Bier aus. Ich will hier nicht von Buntspechten reden, den beiden Bussardpaaren, den Rotkehlchen und den Grasmücken in der Dickung vor der Tannenschonung. Wir haben hier Nachtigallen, zwei. Wißt ihr, wie das ist? fragte er, wenn die schlagen? Ich habe drüben am Sumpfteich nächtelang gehockt. Da geht einem der Atem weg, wenn die anfangen.

Mando legte den Kopf in den Nacken, schloß die Augen. Der Lockton der Nachtigall „huit-karr", hell und hart, laut und stark, erfüllte den Gastraum, ging über in den Gesang, ein ansteigendes, langgezogenes, schmelzendes Flöten, das sich in einem Schluchzen überschlug, um wieder anzusteigen zu einer strophenähnlichen Melodie, die in einen gläserklirrenden Triller mündete, aus dem alle Obertöne heraus- und wieder hereinbrachen, und der überall einzudringen schien, in alle Gläser und Ritzen des Regals hinterm Tresen, in die Einschußlöcher der Holzdecke, in den bunten Musikkasten und die Ohren der Männer am Tresen. Er hallte, wie keine Glocke hallen kann, und kein alles imitierender, alles simulierender Synthesizer.

Uwe erzählte später, er habe gesehen, wie der ausgestopfte Fuchs das Huhn habe fallen lassen wollen und die Geweihe an den Wänden gezuckt hätten, als wüchsen sie noch auf den Köpfen der Böcke. Nein, der sei kein einfacher Vogelstimmenimitator, der Mando, der sei ein Vogelmensch.

Du bist mein Mann, sagte Uwe Glasen zu Mando, komm, trink noch ein Bier und einen Schnaps, das geht auf meine Rechnung. Die andern klatschten Beifall.

Die ist aber schon sehr lang, deine Rechnung, sagte der Wirt. Also los, sagte Uwe, wir können ja knobeln.

Ob er noch mehr Vögel imitieren könne, fragte man Mando.

Jeden, den ihr wollt, sagte Mando, hört die Amsel. Mando legte den Kopf in den Nacken, und das kehlige Schluchzen und Flöten der Schwarzdrossel erfüllte den niedrigen Gastraum.

Warte mal, sagte Uwe Glasen und öffnete ein Fenster. Hinter dem Fenster lag eine Wiese, umgeben von einer Weißdornhecke, und auf dieser Wiese stand ein Schuppen, und auf dem First des Schuppens reckte eine Amsel ihren Kopf in die Nachmittagssonne und sang.

Das darf doch nicht wahr sein, sagte Kurt, der Rentner.

Wie gesagt, es war der erste Tag, daß es Mando in diese Gegend verschlagen hatte, und ich gehe davon aus, daß er vieles noch nicht in Deckung bringen konnte mit dem, was er wußte. So war er zum Beispiel sicher verwundert darüber, wie leicht man sie durchschauen konnte. Schon die Imitation von Tierlauten schien sie in eine Art Trance zu versetzen. Merkwürdig auch, wie sie sich bei diesem ziemlich kindischen Streichholzspiel verhielten, zu täuschen versuchten und sich täuschen ließen. Sie knallten die Fäuste auf den Tresen, in denen jeder höchstens drei Streichhölzer verbergen durfte, und rieten der Reihe nach die Gesamtzahl der Pinnchen im Spiel. Wer sie erraten hatte, legte ein Streichholz fort, und wer als erster keins mehr besaß, schied aus. Der letzte galt als Verlierer und hatte eine Runde Bier zu zahlen.

Mando brauchte gar nicht einmal von der ihm liebsten Zahl zwanzig ausgehend seine Rechnungen anzustellen. Im Auge jedes Spielers entdeckte er die Anzahl der von ihm in der geschlossenen Hand gehaltenen Pinnchen.

Daß sie so durchsichtig sein könnten, hatte er nicht

erwartet. Er gewann natürlich, schied als erster aus, verhinderte, daß Uwe Glasen mit dem Jägerhütchen verlor, indem er ihm die Anzahl der Streichhölzer im Spiel durch leichte, von den anderen nicht bemerkte Tritte ans Schienbein signalisierte. Erst ging Uwe darauf nicht ein, bis er merkte, daß Mandos Fuß immer die richtige Summe wußte.

Das Spiel strengte die Männer wirklich an: Sie schwitzten, stampften auf, schrien sich an, tranken ein Glas nach dem anderen. Immer lauter knallten die Fäuste auf den Tresentisch. Und sie wurden von Glas zu Glas betrunkener. Der Wirt, der sich zunächst zurückgehalten hatte, wütete geradezu, wenn jemand vorschlug, Schluß zu machen. Weiter, rief er und verlor. Einmal umkrallte er Mandos Faust. Du Satan, sagte er, du meinst, du legst uns alle rein, was?

Der hatte einen Trick, erzählte er später den Gästen, immer als erster raus. Der sah durch alle Fäuste durch. So was gibt's.

Dann schrillte das Telefon, und der Wirt nahm ab, grinste und gab den Hörer an Uwe mit dem Jägerhütchen weiter. Deine Alte, sagte er.

Uwe Glasen sagte in den Hörer: Ja ja ja. Also halt den Rand.

Los weiter, sagte der Wirt, nachdem er den Hörer wieder aufgelegt hatte, oder mußt du nach Hause, weil Mutti sonst schimpft? fragte er Uwe.

Die anderen lachten.

Ich bleibe, solange wie ich will, sagte Uwe Glasen, also los weiter. Aber obwohl er die Faust aufs Tresenholz geradezu schmetterte und trotz seines schrillen „Ich sage siebzehn", mit dem er die nächste Runde eröffnete, und wenn er auch die Tritte ans Schienbein abschüttelte, merkte Mando, daß der Wille des Mannes wegflutschte und in einen Sog geriet, so stark, daß er sich an der um den Tresen laufenden Messingstange festhalten mußte, um nicht zur Tür herausgezogen zu werden. Es riß ihn aber los, zur Tür, auf der „Herren" stand, und während die anderen sich die vermutete Anzahl der Streichhölzer im Spiel zuriefen, hörten sie lachend das Würgen und Krächzen aus dem Klo, Wasserspülung, wieder Brechen und Husten, und als Uwe Glasen herauskam, bleich und schwankend, ging ihm Mando entgegen, stützte ihn, brachte ihn zur Tür hinaus. Das bellende Lachen der Männer hörten sie noch draußen.

Untergehakt kamen sie nach Heiderkamp. Drüben im Block, Nummer 2, sechste Etage, sagte Uwe Glasen, da wohne ich. Bring mich rauf. Einige Leute, denen sie begegneten und die Mando grüßte, sahen weg oder lachten.

Das sind alles Arschlöcher, lallte Uwe, die grüßt man nicht.

Das Jägerhütchen war ihm in die Stirn gerutscht. Er sabberte, und Mando wischte ihm mit dem Taschentuch den Mund. Immer noch, und jetzt sogar viel stärker, spürte er diesen Sog, der sie wie durch einen engen Tunnel zum Block – drei beieinanderstehende achtstökkige Häuser – hinsaugte, zum Eingang des in der Mitte stehenden Gebäudes. Der Aufzug funktionierte nicht.

Wir steigen hoch bis zum sechsten Stock, sagte Uwe.

Halb zog, halb schob Mando ihn die Treppen hoch. Zwei Kinder, die ihnen entgegenkamen, sich an die Seite drückten, um sie vorbeizulassen, riefen hinter ihnen her: Saufköppe, Saufköppe!

Es hallte laut durch das Treppenhaus.

Vor der Wohnungstür fand Uwe den Schlüssel nicht in seiner Tasche. Er schellte. Das Spähloch in der Tür verdunkelte sich. Dann wurde geöffnet. Da bist du ja, sagte Klaus Glasen, der Sohn. Mama wartet schon.

Mit herabhängenden Schultern, schwankend, stand Uwe Glasen in dem engen Flur, sah Mando an mit wässerigen Augen, hilflos, suchte Mandos Hand.

Komm nur rein, rief eine dunkle, rauhe Stimme – und Uwe zog Mando hinter sich her in die Küche. Dort, am Ende des engen Tunnels, in einem Sessel neben Herd und Schrank, saß die Saugende: Edda Glasen, mit halbgeschlossenen Augen, schwarzem dichtem Haar. Das Gesicht hatte eine dunkle Tönung, anders als die der Menschen dieser Gegend. Leberflecken darin und auch auf den Händen, die ihr im Schoß lagen: Uwes Frau.

Hast du dir einen mitgebracht? fragte sie Uwe.

Der nickte und schluckte. Auch diese dunkle, rauhe, heisere Stimme kam aus einer anderen Gegend und aus einer anderen Zeit, und Mando, der hinter Uwe an der Wand stehenblieb, sich anlehnte, die Augen schloß, fühlte, wie eine wundersame Wärme ihn durchströmte, und er war weit weg in einer anderen Gegend, in einer anderen Zeit, in einem niedrigen runden Raum aus Schnee, der im zuckenden Talglicht glitzerte und flimmerte. Schmatzende Laute ringsum und rauhes, leises Lachen. Sein Kopf lag zwischen Schultern und Hals der vornübergebeugten Frau. Er blickte durch den Schleier ihrer Haare auf vornübergebeugte Menschen in Fellen, die rohes Fleisch aßen, und es roch nach Blut und Milch und Tran, und die Frau, auf deren Rücken er in einer Fellkapuze steckte, summte und sang mit dieser rauhen, heiseren Stimme, steckte ihm über ihre Schultern hinweg den Finger mit Brei in den Mund.

Uwe hatte sich an den Tisch gesetzt. Gib ihm eine Tasse Tee, sagte Edda Glasen zu Klaus, und zu Mando hin sagte sie: Geh jetzt. Er ist ja zu Hause. Hier kann ihm nichts passieren.

Mando öffnete die Augen. Die beiden sahen sich an – lächelten.

Es ist nicht leicht für jemanden, der keine Arbeit hat, sagte Edda Glasen, geh jetzt.

Und so, wie er vorher wie in einem Sog hergezogen worden war, spürte er jetzt eine Art Gegenstrom, der ihn förmlich zur Tür hindrückte, den er – es wäre ihm ein leichtes gewesen – hätte abstellen können, dem er sich aber überließ. Er ging zurück durch den engen Flur, zur Tür hinaus, die Treppe hinunter und geradeaus, den Weg zurück, den sie gekommen waren. Aber an der Kreuzung bog er nicht ab in Richtung Sandkuhlenweg und Habichtskrug, sondern ging geradeaus weiter, direkt auf das Wohnviertel Im Eichenhain zu, wo er wenig später in Steingrübers Garten auftauchen sollte.

3

Das Heiderkämper Wohnviertel Im Eichenhain bestand aus dreißig gleichen, anderthalbstöckigen Klinkervillen, die in drei parallelen Stichstraßen, in einer Flucht und im gleichen Abstand von dreißig Metern zueinander lagen. Nach der für diese Gegend geltenden Bebauungsordnung durften die Grundstücksgrenzen nur mit einem anderthalb Meter hohen Bewuchs bepflanzt werden. Daran hatte sich aber niemand gehalten. Man war schließlich aus der Großstadt herausgezogen, um „in ländlicher Idylle, umgeben von Natur", wie es im Heiderkämper Werbeprospekt hieß, zu leben. So wuchsen zur Zeit von Mandos Ankunft in Heiderkamp überall zu den Nachbarn und zur Straße hin übermannsgroße Sträucher und Hecken, und auf den meisten Grundstücksgrenzen standen zusätzlich zwei Meter hohe Sichtschutzzäune. Das Bauordnungsamt hatte es durchgehen lassen, „beide Augen zugedrückt" nach den Worten seines Leiters Walizki, und das nicht nur, weil Walizki selbst ein Haus Im Eichenhain besaß, in das sein Sohn, der Rechtsanwalt Walizki, mit Familie eingezogen war. Im Eichenhain wohnten höhere Angestellte, die in den höheren Etagen der Industrieverwaltungen der benachbarten Großstadt beschäftigt waren, Professoren, Rechtsanwälte, Richter und Ärzte.

Diese Leute sind allesamt Naturfanatiker und lassen sich nichts gefallen, hatte der Heiderkämper Bürgermeister gesagt. Wenn wir da nach den Vorschriften vorgehen, die sowieso Quatsch sind, dann kriegen wir nichts als Ärger.

Hohe Bäume gab es ohnehin nicht im Eichenhain, bis auf eine einzige Eiche am äußeren Rand des Viertels. Ob es je mehr Eichen dort gegeben hatte, wußten auch die Alteingesessenen nicht. Nach der „Heiderkämper Chronik", die allerdings erst zusammengestellt worden ist, als Heiderkamp zur „attraktiven Wohngemeinde im Grünen vor den Toren der Großstadt" erklärt worden war, soll in einer früheren Epoche an der Stelle des Villenviertels ein dem germanischen Gott Odin geweihter Eichenhain gestanden haben. Als man an den Bau der nach ein und demselben Muster entworfenen Häuser in sogenannter Komfortbauweise gegangen war, hatte man auf dem Sandboden aber nur Kiefern und Birken und diese eine, einzige Eiche vorgefunden. Kiefern und Birken wurden gefällt. Die Eiche ließ man stehen. Der Versuch der Bewohner des Eichenhains, einen Weiheort aus Eichen zu rekonstruieren – Godewin Stöcker, ein Arzt, der nach der sogenannten Naturheilmethode praktizierte, hatte sieben Roteichen, sieben Meter hohe Solitärstämme in seinen Garten setzen lassen, wobei sechs Bäume einen Halbkreis um den siebten bildeten – scheiterte nach einem Protest der Bewohner des benachbarten Wohnviertels Im Erlengrund.

Das Wohnviertel Im Erlengrund ist ungefähr zur selben Zeit erstellt worden wie das Wohnviertel Im Eichenhain. Die Erlengrundvillen lagen in gleicher Anordnung wie die Eichenhainvillen, waren auch gleich groß, aber nicht aus Klinkersteinen, sondern weiß verputzt. Es wuchs aber nicht einmal eine einzige Erle im Erlengrund, und in den ersten Jahren herrschte eine Art Rivalität zwischen den Bewohnern beider Viertel. So ist die Anzeige, mit welcher „zum ersten die bauordnungswidrige Hochbepflanzung im Eichenhain und zum zweiten die dort über Jahre hindurch geduldete Grenzüberwucherung und verkehrsgefährdende Sichtbehinderung vor allem an den Eckgrundstücken“ gerügt wird, von allen männlichen Bewohnern des Erlengrundes über 18 Jahre unterzeichnet. Im Erlengrund wohnten Unternehmer kleinerer und mittlerer Betriebe, Flugzeugpiloten, Leute aus der Werbebranche und Journalisten.

Diese Typen lassen sich nun überhaupt nichts gefallen, hatte der Bürgermeister gesagt. Die sind direkt aggressiv. Auf deren Anzeige müssen wir reagieren.

So waren allen Grundstücksbesitzern Im Eichenhain Verfügungen zugestellt worden, mit denen sie aufgefordert wurden, „bei Androhung kostenpflichtiger Ersatzvornahme die Grundstücksgrenzbepflanzungen auf die vorgeschriebene Höhe von 1,50 m zu bringen“. Godewin Stöcker wurde außerdem „zur Beseitigung der Hochbepflanzung auf Ihrem Grundstück“ angewiesen.

Dagegen hatten nun wieder die Eichenhain-Bewohner

Front gemacht, bis auf den Architekten Bernward Bille, nach dessen Plänen das Wohnviertel angelegt worden war, und der selbst im Eichenhain lebte. Bernward Bille fand Stöckers Eichenhochpflanzung ganz und gar unpassend, „ein die Einheitlichkeit des klar gegliederten Wohn- und Gartensystems aufreißendes, ja zerstörendes Element“, und er nannte das ganze einen „Rückfall in germanisch, bäuerlich-magische Siedlungs- und eben damit auch Denkweisen, an deren Überwindung nach den Erfahrungen unserer jüngsten Geschichte ja nun allen wirklich gelegen sein müßte“.

Die übrigen Eichenhainler hielten Billes Sichtweise für übertrieben. Unter den sieben Eichen bei Stöckers trafen sie sich, debattierten die Sach- und Rechtslage und formulierten mit Hilfe der Juristen die Widersprüche gegen die Verfügung des Bauordnungsamtes.

Es war das erste Mal, daß sie in dieser Form und unter Beteiligung fast aller zusammenkamen und sozusagen einen gemeinschaftlichen Willen äußerten. Übrigens handelte es sich dabei nicht um eine Einzelerscheinung. In jener Periode ging eine Veränderung im Kommunikativverhalten von Menschen, wie sie im Eichenhain lebten, vor sich, hin zu Kontaktformen, die bis dahin nicht als schichtenspezifisch galten. So hatten auch die Eichenhainler zwar untereinander Kontakt gehalten, aber nicht regelmäßig und nicht jeder mit jedem. Man hielt auf Distanz, und nur wenn es einmal wirklich hoch herging, bat man die angrenzenden Nachbarn zum Schluck und Imbiß herüber, oder man wünschte mit kurzem Besuch dem nächsten Nachbarn ein „Prost Neujahr“ in der Silvesternacht. Das änderte sich nun – und das eben nicht nur aufgrund dieser ersten gemeinsamen, später spaßhaft von ihnen so genannten „Aktion Odins-Hain und Grenzbewuchs“. Man begann, sich auszuhelfen in kleinen Dingen, besuchte sich zum Aperitif oder Kaffee und Kuchen, feierte schon einmal gemeinsame „Parties“, wie sie damals in Schwange waren – informelle Treffs, zu denen Nachbarn, Kollegen, Freunde und Bekannte kamen, um bei Tanz und alkoholischen Getränken Neuigkeiten und Meinungen auszutauschen, die Lage zu analysieren und Kontakte zu schließen, ohne allerdings gleich in jene Art Geselligkeit zu verfallen, wie sie die Erlengrundbewohner pflegten, und über die man sich im Eichenhain nicht nur amüsierte. Im Erlengrund ging man beim andern ein und aus, wobei es manchmal sogar – wie es an einer Stelle in den Akten des Überwachungsdienstes heißt – auch „drunter und drüber ging, und zwar bis in die Betten". Die Eichenhainler jedenfalls waren verärgert, wenn an lauen Abenden und regelmäßig zu den Wochenenden lautes Gekreische und Gelächter und sogar Gesang vom Erlengrund herüber in ihre Gärten schallte.

Die Erlengründler ihrerseits hatten sich schon lange über „die Arroganz der snobistischen Akademiker-Clique" geärgert und die in diesen Kreisen „typische Mißachtung von die Gemeinschaft regelnden Normen", wie es ihr Vertreter vor dem Verwaltungsgericht in Sachen „Eichenhain, Hoch- und Grenzbewuchs" formulierte. Sie selber, die Bewohner des Erlengrundes, hatten ihre Grenzbepflanzung nie höher als das vorgeschriebene Maß von 1,50 m wachsen lassen.

Das Verwaltungsgericht urteilte „salomonisch" – so vermerkt es jedenfalls das Heiderkämper Tageblatt. Zwar waren die sieben Roteichen auf dem Grundstück Stöcker im Eichenhain Nr. 7 zu entfernen. Der Grenzbewuchs mußte aber – die Duldung des Nachbarn vorausgesetzt – bis auf die Hecken und Sträucher der Eckgrundstücke nicht zurückgeschnitten werden.

Man hat nach diesem Urteil im Erlengrund ein Fest gefeiert, zu dem auch Bewohner des Eichenhains kamen, woraus ersichtlich wird, wie schnell die neuen Kontaktformen sich auch zwischen den einzelnen Schichten durchsetzten. Man feierte Versöhnung und traf die Absprache, in ähnlichen Fällen künftig vorher miteinander zu reden und zu verhandeln. Zur ersten gemeinsamen Aktion ist es dann gekommen, nachdem der fünfjährige Jan-Uwe Stöcker aus dem Eichenhain auf dem unbeschrankten Übergang der Nahverkehrsbahn von der Lok erfaßt und getötet und seine vierjährige Vorschulkameradin Andrea Krämer aus dem Erlengrund gestreift und schwer verletzt worden war. Die Bewohner beider Viertel blockierten tage- und nächtelang in abwechselnden Schichten den Bahnübergang und erzwangen dadurch die Anbringung von Schranken. Von da an fand ein „die Wohnviertelgrenzen übergreifender nachbarschaftlicher Verkehr auch über gegebene Anlässe hinaus statt", wie es in einem der Halbjahresberichte des Überwachungsdienstes heißt, der nicht unerwähnt läßt, daß zu diesem Zeitpunkt ähnliche Kontakte noch nicht mit den Bewohnern des Blocks Im Birkenhof bestanden. Erst als Eichenhainler und Erlengründler das Komitee „Rettet den Habichtsforst" gegründet und in einer ersten Aufklärungskampagne mit Flugblättern alle Bürger Heiderkamps aufgefordert hatten, dem Komitee beizutreten, ist es zu Kontakten zwischen den Bewohnern von Eichenhain und Erlengrund mit den Bewohnern des Blocks Im Birkenhof gekommen.

Der Block – wie umgangssprachlich das Wohnviertel Im Birkenhof hieß – war später errichtet worden als die Wohnviertel Im Eichenhain und Im Erlengrund. Hätten die Bewohner des Eichenhains damals untereinander und dann mit den Bewohnern des Erlengrunds so verkehrt, wie es später üblich wurde, dann wäre der Block entweder überhaupt nicht oder nicht an dieser Stelle, nämlich in naher Nachbarschaft beider Viertel, wenn auch auf der anderen Seite des Gleiskörpers der Nahverkehrsbahn, zumindest aber nicht bis zur achtgeschössigen Höhe gebaut worden. Da zu jener Zeit aber ein „gemeinsames Vorgehen der Anrainer gegen das Projekt nicht zu erwarten" war – so ein Vermerk in den Akten – blieben die drei einzelnen Einsprüche gegen den Hochbau, zwei aus dem Eichenhain, einer aus dem Erlengrund, unbeachtet. Daß Bernward Bille, der Verfechter „einer Niedrigbauweise bei entmischter und aufgelokkerter Siedlungsform in Wohngemeinden am Rande von Großstädten", dem Projekt nicht eindringlich widersprochen hat, rührt vermutlich daher, daß ihm Planung und Bauaufsicht der drei achtstöckigen Häuser übertragen worden waren.

Im Block wohnten Arbeiter wie die Familie Glasen, die wir schon kennen, kleine Angestellte und niedere Beamte, und „daß ausgerechnet die sich zusammentun mit den Heinis und Fuzis aus Eichenhain und Erlengrund in dieser gottverdammten Habichtsforstsache" ... blieb dem Bürgermeister und wohl auch dem Überwachungsdienst lange ein Rätsel, bis der Verdacht auf Heinrich und Judith Brinkmann fiel, denen laut Ausforschungsbericht „alles zuzutrauen ist".

Bei der vom Heiderkämper Bürgermeister so genannten „gottverdammten Habichtsforstsache" handelte es sich um den geplanten Bau einer Zubringerstraße zur Autobahn, dem – wie Mando und der Leser schon aus den Kneipengesprächen im Habichtskrug wissen – der größte Teil des Habichtsforsts weichen sollte. Für eine solche mutwillige Landschaftszerstörung findet sich in den Akten eine Begründung, die ebenso merkwürdig wie haarsträubend klingt: „Die Anlage einer als direkter Zubringer zur Bundesautobahn A 7 anerkannten, d. h. durch den Habichtsforst führenden Straße ist unbedingt erforderlich, da Voraussetzung zur Ausweisung Heiderkamps als Stadtrandkern erster Ordnung mit Teilfunktion eines Mittelzentrums, statt wie bisher als Stadtrandkern erster Ordnung mit Teilfunktion eines Unterzentrums".

Gegen diese Unsinnigkeit hatte sich das Bürgerkomitee „Rettet den Habichtsforst" gegründet, drei Jahre vor Mandos Ankunft in Heiderkamp. Man kann davon ausgehen, daß die Initiativen dazu von Bernward Bille und den Steingrübers ausgegangen sind, jedenfalls läßt sich das den Überwachungsberichten und dem Heiderkämper Tageblatt entnehmen.

Während dieser drei Jahre hatte das Bürgerkomitee alles versucht, den Bau des Zubringers und die Abholzung des Habichtsforsts zu verhindern, „mit großem Enthusiasmus und phantasievollen Aktionen" – so eine Illustrierte, ein Print-Medium jener Epoche, in der sich zwischen grellen Abbildern von Konsumartikeln und Menschen, die sie benutzten, hin und wieder Tatsachenberichte fanden. Zu dem Bericht jener Illustrierten gibt es einige Fotos. Eines zum Beispiel zeigt eine in geordneter Formation marschierende Menschenmenge – schätzungsweise zwei bis drei Hundertschaften – die Transparente mitführt, auf denen zu lesen ist: „Schluß mit der Bauwut – Rettet den Habichtsforst – Erst stirbt der Wald, dann stirbt der Mensch."

Auf einem anderen sieht man eine Menschenkette auf dem Marktplatz und um das Rathaus von Heiderkamp. Die Männer und Frauen scheinen zu singen. Die Unterschrift zu dem Foto lautet: „Bei der Anhörung im Planfeststellungsverfahren kommt es im Rathaus von Heiderkamp zu Tumulten, während draußen die Bürger der Gemeinde das Gebäude abriegeln und niemanden herauslassen, der für den Bau des Zubringers und damit für die Abholzung des Habichtsforstes stimmt."

Weitere Fotos zeigen „Hunderte von Bürgern aus Heiderkamp und Umgebung, die dem Aufruf des Bürgerkomitees zum Picknick in den Habichtsforst gefolgt sind", sogenannte „Informationsstände", an denen Menschen stehen, lesen, diskutieren, und auf einem Foto sieht man Erhard Steingrüber auf einer Lichtung im Wald stehen und in eine Richtung mit ausgestrecktem Arm weisend. „Einer der Aktivsten in der Bürgerinitiative", heißt es dazu. Der Bericht ist recht emotional abgefaßt, und man merkt ihm an, daß die dargestellten Protestaktionen und ihre Urheber die Sympathien des Verfassers besitzen. In den Akten liest sich das naturgemäß anders. Da ist die Rede von nichtgenehmigten Demonstrationen, Provokationen, Bannmeilen- und Landfriedensbrüchen; das Bürgerkomitee „Rettet den Habichtsforst" wird an einer Stelle sogar in die Nähe von staatsgefährdenden, kriminellen Organisationen gerückt, einige ihrer Mitglieder als „von außen gesteuerte Elemente" bezeichnet.

Das Heiderkämper Tageblatt übrigens, das vorher eher mit den Gegnern der Zubringer- und Abholzungspläne sympathisiert hatte, ist später offen zu den Befürwortern übergegangen, soweit ersichtlich allerdings erst nach dem Urteil des Oberverwaltungsgerichts, das sämtliche Klagen der Bürgerrechtler gegen den Beschluß der Planfeststellungsbehörde abgewiesen hatte.

„Dieses Urteil bedeutet das Aus der randalierenden Naturfanatiker aus Eichenhain, Block und Erlengrund" – so die überlieferten Worte des Heiderkämper Bürgermeisters –, „Jetzt wird geholzt, jetzt wird gebaut".

An dem Tag nun, als Mando in Heiderkamp auftauchte, waren die Bewohner des Eichenhains, des Erlengrunds und des Blocks, soweit sie dem Bürgerkomitee „Rettet den Habichtsforst“ angehörten, zu Steingrübers Im Eichenhain Nr. 3 geladen, um den letzten Stand der Dinge nach diesem Gerichtsurteil zu diskutieren – im Rahmen einer Gartenparty, einer Versammlung beschriebener Art unter freiem Himmel.

4

Die Vorbereitungen waren fast abgeschlossen.

In Steingrübers Küche richtete Frau Hansen die Bowle an, und wie sie, gebückt vor dem Kühlschrank, aus dem sie Flaschen mit Wein nahm, um damit den Frucht-Sud in den Gefäßen auf dem Küchentisch aufzufüllen, zur Tür hinblickte, wäre ihr eine Flasche fast entglitten.

Griet Steingrübers Mutter stand in der Tür, wiederholte: Schauen Sie mal!

Die kleine, korpulente Frau trug ein schulterfreies, fußlanges, gelb-weißes Kleid, einen weißen Sommerhut mit breiter, über dem Gesicht leicht gebogener Krempe und ellenbogenlange, gelbe Handschuhe.

Na? sagte sie, trat in die Küche, stellte sich neben den Tisch, drehte sich einmal um sich selbst.

Frau Hansen, die Flaschen noch in der Hand, sah auf die nackten, weißen Schultern, auf denen einige pfenniggroße Sommersprossen welkten, richtete ihre Blicke nach unten, wo die Robe die Schuhe verdeckte, dann auf den Hut und sagte: Mein Gott!

Sie haben den Stoff bei Kleinschmidts bekommen, in Dallas-Farben. Er ist kaum noch zu haben, der Stoff. Die Leute kaufen ihn wie verrückt. Frau Bellow hat das Kleid genäht. Es ist das gleiche, wie es Miss Elly trug, auf der Hochzeit von Lucie.

Frau Hansen entkorkte eine Flasche, goß etwas Wein in ein Glas, trank. Miss Elly, sagte sie, trug es auf dem Ball der Ölmillionäre, und sie hatte keinen Hut auf dem Kopf, geschweige denn Handschuhe an. Haben die anderen Sie so schon gesehen?

Bei Lucies Hochzeit trug sie einen Hut, sagte die Mutter von Griet Steingrüber, einen weißen Hut. Was Sie meinen, das ist das jährliche Barbecue auf der Southfork-Ranch, wobei Miss Elly allerdings keinen Hut trägt.

Aber auch kein gelb-weißes Kleid, sagte Frau Hansen. Bei Lucies Hochzeit waren alle Ewings in Gelb-Weiß gekleidet, auch die Männer, erinnern Sie sich nicht?

Unmöglich. Es wäre mir aufgefallen.

Wenn ich es Ihnen sage. Es ist allerdings schon einige Zeit her, fast ein Jahr. Sie wissen, ich behalte gerade solche Details.

Während Frau Hansen den Wein aus den Flaschen in die auf dem Tisch stehenden Bowle-Gefäße gab, zog Griet Steingrübers Mutter die Handschuhe aus, holte eine blümchengemusterte Tasse aus dem Schrank, entnahm einer Blechschachtel einen Brotkanten, goß sich aus der Kaffeemaschine Kaffee ein, setzte sich an den Tisch, stippte den Brotknust in den Kaffee, brachte ihren Mund an den Tassenrand, biß und lutschte das Aufgeweichte, tunkte den harten Rest wieder ein, lehnte sich auf dem Stuhl zurück. Den Hut hatte sie abgenommen.

Griet Steingrübers Mutter war siebzig Jahre alt. Wie die meisten Menschen jener Epoche, die „wegen erreichter Altersgrenze" aus dem allgemeinen Produktionsprozeß ausgeschieden waren, versuchte sie um vieles jünger zu erscheinen. So hatte sie ihr Haar zu einer Weizenblondheit gefärbt, die man selbst bei siebzehnjährigen Mädchen, deren Vorfahren alle in Kornfeldern geboren waren, selten fand. Eine Zeitlang wurde angenommen, der Grund solcher würdelosen Verjüngungsversuche älterer Menschen sei Selbstverteidigung gewesen. Laut Unfallstatistiken aus jener Epoche lag der Prozentsatz der im Straßenverkehr getöteten Alten nämlich unverhältnismäßig hoch. Da man – fälschlicherweise – den älteren Menschen eben aufgrund ihres Alters größere Erfahrungen im Straßenverkehr unterstellte, wurde geschlossen, der Unfalltot alter, aus dem Produktionsprozeß ausgestoßener, als nutzlos geltender Menschen sei gezielt herbeigeführt worden, indem eigens dazu ausgebildete motorisierte Einheiten suchend herumfuhren, um die Alten, etwa beim Überqueren der Straßen, zu überrollen. Die Verjüngungsversuche der Alten seien mithin, wurde geschlossen, ein Schutzmittel gewesen, um den Euthanasiekommandos zu entkommen. Nach der Untersuchung „Rentnerverhalten und Jugendkult in den letzten Dekaden der unmittelbaren Vorgeschichte“ gilt diese Auffassung aber als überholt.

Das Fenster zum Garten in Steingrübers Küche stand offen. Der Junitag ging allmählich in den Abend über. Draußen am Grill hantierte Erhard Steingrüber, er schüttete Holzkohle auf den Rost. Irgendwo flötete eine Amsel. Ein krachendes, berstendes Geräusch, das zum Donnerschlag wurde, erschütterte plötzlich die Stille und eine durchdringende, laute Stimme darüber, begleitet von jaulenden Gitarren.

Auuus! rief Erhard Steingrüber, auuus! Herrgott, und er überschrie die aus dem sausenden Karussell herauskreischende Mädchenstimme. Stefanie, auuus! Die Musik brach ab, und Stefanie Steingrüber rief aus dem Fenster ihres Zimmers: Ich muß doch probieren. Ihr wollt doch Musik, oder?

Sicher, aber leise. Hintergrundmusik. Später, wenn man tanzen will, kannst du es lauter stellen. Aber nicht in dieser Lautstärke. Das erschlägt einen ja.

Sie wollen es immer lauter, die jungen Leute, sagte die Mutter von Griet Steingrüber und lutschte den Rest der aufgeweichten Brotkruste über der Tasse. Es wird ja auch überall alles lauter, sagte Frau Hansen. Sie füllte Eisstücke in die Einsätze der Bowlengefäße.

Lassen Sie mal probieren! Griet Streingrüber war in die Küche gekommen, tauchte eine Kelle in ein Bowlengefäß, schlürfte die Probe vom Löffel, wobei ihr Blick auf ihre Mutter fiel. Wie abgeknipst, die Kelle in starrer Hand vor dem Mund, sah sie zu ihr hin. Ist das das neue Kleid, fragte sie.

Sie glaubt, Miss Elly hätte es getragen auf Lucies Hochzeit, sagte Frau Hansen, das war aber auf dem Ball der Ölmillionäre. Und Hüte trägt Miss Elly nie. Sue Ellen – ja.

Die Mutter schwieg, sah vor sich hin, in die leere Tasse.

Mutter, das paßt nicht, sagte Griet Steingrüber, sieh mal, alle kommen ganz leger in ihren Freizeitsachen, so wie ich.

Griet Steingrüber trug eine blaue Hose aus grobem Leinen, ein weißes Hemd und hatte über die Schulter lose einen Pullover geworfen.

Es ist eine Versammlung des Bürgerkomitees, zu dem die Nachbarn und die Leute aus dem Block kommen.

Sieh mal, dein Kleid – das paßt besser zu einem Ball.

Die Mutter schwieg.

Warum willst du überhaupt dabeisein? Wir besprechen, wie es weitergehen soll im Habichtsforst, was wir denn noch unternehmen können, jetzt, nach diesem Urteil. Du wirst dich langweilen. Bestimmt.

Du schämst dich deiner Mutter, das willst du doch sagen.

Aber nein, Mutter, sieh mal . . .

Miss Elly sieht immer ganz schlicht aus bei solchen einfachen Parties, sagte Frau Hansen, zum Beispiel als damals . . .

Hören Sie doch auf mit dieser . . . ach was –, sagte Griet Steingrüber, Mutter komm. Du gehst jetzt auf dein Zimmer, ich gehe mit, und wir reden noch einmal darüber.

Sie faßte ihre Mutter an der Hand, zog sie vom Stuhl.

Laß mich, rief die Mutter, laß mich, ich gehe schon. Und ich werde euch nicht stören mit meiner Anwesenheit.

Sie ging zur Tür. Warte, Mutter, sagte Griet Steingrüber.

Laß mich, rief die Mutter, laß mich.

Griet Steingrüber folgte ihrer Mutter, die die Treppe hinaufhastete, dabei auf den Saum des fußlangen Kleides trat, wodurch sie fast gestürzt wäre, hätte ihre Tochter sie nicht von hinten abgestützt. Der Hut war verrutscht, saß im Genick der kleinen, dicken Frau, und als sie sich oben auf der letzten Stufe der Treppe ruckartig von ihrer Tochter löste, sich herumdrehte, erschrak Griet Steingrüber über den Ausdruck im Gesicht ihrer Mutter.

Die Fete kann steigen, Lampen an Schnüren, zwischen eingerahmten Pfosten, Lautsprecher aufgehängt, Tische und Stühle auf den Rasen gesetzt, alles arrangiert, mein Vater hat den Grill angeworfen, bald haben wir diesen ätzenden Gestank, sagte Kai Steingrüber. Er beobachtete aus dem Baumhaus heraus durch den Feldstecher den Garten seiner Eltern.

Gib mal, sagte Astrid Glasen, nahm ihm das Fernglas ab, stemmte die Ellbogen auf das Brett vor der offenen Luke, richtete das Glas. Würste und Fleisch, sagte sie, und auf den Tisch neben den Grill stellen sie Salate.

Hast du eigentlich immer Hunger? fragte Kai.

Meistens, sagte Astrid.

Das Baumhaus befand sich in der bereits erwähnten einzigen Eiche am Rande des Viertels – genauer am Endpunkt der hinteren Stichstraße. Der Baum hatte einen Stamm, den drei Kinder gerade umfassen konnten, und eine Höhe von zwanzig Metern. Unterhalb der Krone, auf vier ausladenden Ästen, war das Baumhaus angebracht, konstruiert aus Sperrmüll, Brettern, Planken, Säcken und Plastikbahnen, bunt bemalt und mit Plakaten beklebt.

Von Anfang an übrigens, lange bevor es zu dem grenzübergreifenden Verkehr mit den Erwachsenen kam, ist es ein Gemeinschaftswerk sowohl der Kinder des Eichenhains wie der des Erlengrunds gewesen, und es waren die erwachsenen Bewohner des Eichenhains, die das Baumhaus immer wieder herausgerissen hatten, „aus optischen Gründen", wie sie sagten. Die Kinder hatten es immer wieder hineingesetzt, und erst als Bernward Bille nach der Aktion „Odinshain und Grenzbewuchs" seine Anschauung von einer „einheitlichen Bebauung städtischer Randgebiete" revidiert und sich zum Anhänger „einer den individuellen Bedürfnissen gerecht werdenden Haus- und Siedlungsgestaltung" gewandelt hatte, konnte er die erwachsenen Bewohner des Eichenhains davon überzeugen, „daß das in dem Baumhaus zum Ausdruck kommende Robinsonadeske gerade durch seinen Widerspruch zur Konformität der einheitlichen Backsteinbauten ringsum von besonderem Reiz" sei, „indem es nämlich einen ironisch-kritischen Akzent zum modern housing" setzte. In der Folge hatten dann die Kinder von Eichenhain und Erlengrund das Baumhaus immer weiter ausgebaut. Es wuchs von den unteren Ästen der Eiche bis zu ihrer Krone, bekam vier mit Luken verbundene Etagen und einen Ofen, dessen Rohr weit über die Krone hinausragte. Bunt bemalt, mit Plakaten beklebt, mit vorgezogenen Erkern und nach allen Seiten hin angesetzten Hucks aus zerfransten Säcken, bekam das Ganze schließlich ein solch lumpig-grelles Aussehen und ein derart den Baum überwucherndes Ausmaß, daß es weit über das hinausging, was Bernward Bille unter „ironisch-kritischem Akzent zum modern housing" verstand. Ehe man aber mit den Kindern darüber diskutieren konnte – damals hatte sich unter den Leuten, wie sie im Eichenhain lebten, die Auffassung durchgesetzt, man dürfe über die Köpfe der Kinder hinweg nichts entscheiden –, wurde das Baumhaus in einer Nacht heruntergerissen, und zwar von den Kindern und Jugendlichen aus dem Block Im Birkenhof. Sie übergossen die Trümmer am Boden mit Benzin, zündeten sie an und umkreisten mit ihren knatternden Mopeds das Feuer.

Die Kinder von Eichenhain und Erlengrund, die das Baumhaus gebaut hatten, waren inzwischen Jugendliche geworden, die an Baumhäusern eigentlich kein Gefallen mehr fanden. Außerdem, sagte Torsten Schurig zu den jüngeren, sind die aus dem Block zahlreicher als ihr und bedenkenloser. Sie werden immer wiederkommen. Es hat also gar keinen Zweck, an ein neues Baumhaus heranzugehen.

Kai Steingrüber war anderer Ansicht. Er nahm Verbindung auf mit denen aus dem Block, wurde anfänglich von den Jugendlichen verlacht und davongejagt. Die jüngeren konnte er aber allmählich davon überzeugen, daß ein Baumhaus in der Eiche im Eichenhain eine gute Sache sei, wenn man es gemeinsam mit allen Kindern aus der Nachbarschaft baue und es gemeinsam auch nutze.

Die Kinder vom Block waren nicht nur zahlreicher, sondern auch geschickter, und sie bauten das neue

Baumhaus schnell, kärglicher als vorher zwar, aber überfallsicher, indem sie die unteren Äste an der Eiche abhackten, so daß man nur mit einer heruntergelassenen Strickleiter hinauf- und herunterkommen konnte. Ganze Tage und Nächte verbrachten einige Kinder in dem Baumhaus. Sie waren insgesamt vierzehn Kinder. Zehn davon kamen aus dem Block, und einige erwachsene Eichenhainler und Erlengründler sprachen schon von „Bandenwesen", wollten dem ein Ende setzen. Die Kinder vom Block übten einen verderblichen Einfluß aus, hieß es, und wieder war es Bernward Bille, der sie beruhigte. Nichts erziehe gerade Kinder wie die aus Eichenhain und Erlengrund zur Lebenstüchtigkeit besser als eine vermischte Straßengang, vorausgesetzt, sie bewege sich im vorkriminellen Raum, was man natürlich beobachten müsse. Später entmische sich das von selbst. Dann aber seien wichtige, ja unersetzbare Erfahrungen gemacht worden, auch und gerade zum Beispiel mit den Verhaltensweisen von Unterschichtlern und Randgruppen. Außer Harm Schurig ahnte keiner der Erwachsenen, daß die Baumhauskinder den vorkriminellen Raum längst verlassen hatten.

Da pfeift jemand, sagte Kai Steingrüber, sieh mal nach.

Astrid Glasen stieg in den unteren Teil des Baumhauses, öffnete die Einstiegsluke, sah Jeffi Kottke und ein Mädchen, das sie nicht kannte.

Das ist Imme, rief Jeffi, zeigte auf das Mädchen neben sich. Die kommt mit. Sie wohnt jetzt im Block.

Astrid ließ die Strickleiter hinunter. Jeffi und Imme kletterten hoch, Jeffi zog die Strickleiter ein, schloß die Luke, und beide kletterten an die Fensterluke.

Hier, die Imme wohnt jetzt bei uns im Block, sagte Jeffi. Jeffis Kopf war kahlgeschoren bis auf einen Hahnenkamm in der Mitte. Immes Haar war kurz, struppig und bunt. Sie sagte: Grausiger Platz, der Block.

Ist's schon soweit? fragte Jeffi, zwängte sich neben die beiden an die Luke.

Alles vorbereitet, die ersten trudeln bald ein, sagte Astrid.

Wir nehmen uns nur die Häuser vor, wo wir ganz sicher sind, daß niemand da ist, sagte Jeffi, gib mal das Glas.

Wir nehmen nur das Haus von Siggi, sagte Kai, und sonst keins.

Und wie wissen wir, daß der auf die Party geht?

Stefanie gibt Bescheid.

Aber die Hunde?

Astrid beruhigt sie.

Hat sie gesagt, sagte Jeffi.

Ja, habe ich gesagt, sagte Astrid.

Was haben die denn vor, fragte Imme, die sich ebenfalls an die Luke geschoben hatte – Party?

Ja, und Versammlung Bürgerkomitee „Rettet den Habichtsforst", sagte Kai.

Ulkiger Haufen, sagte Jeffi.

Die wollen den Bau des Zubringers an die Autobahn verhindern, völlig aussichtslos, übrigens von Anfang an, sagte Kai.

Wieso? fragte Imme.

Torsten Schurig hat das vor drei Jahren schon rausgekriegt. Aus dem Verlauf ähnlicher Umweltaktionen hat der ein Programm entwickelt und in seinen MC 05 eingegeben. Ergebnis für Heiderkamp: Null Komma nix.

Und? fragte Imme.

Sie meinen, sie wüßten es besser, sagte Kai, wie immer.

Heinz Kreienschlag, wie Erhard Steingrüber Ressortleiter in der nationalen Verwaltung eines multinationalen Nahrungsmittelkonzerns, hatte sich doch noch dazu durchgerungen, an der Gegenparty bei Steingrübers teilzunehmen. Kreienschlags wohnten in einer Heiderkamp ähnlichen, ebenfalls am Nordrand der Großstadt gelegenen Stadtgemeinde, in einem dem Eichenhain ähnlichen Wohnviertel. Sie fuhren los, als es zu dämmern begann. Heinz Kreienschlag saß neben seiner Frau, die chauffierte.

An der nächsten Kreuzung gleich links, sagte er, wir umgehen die beiden Ortsdurchfahrten. Um diese Zeit sind die Dörfer wie ausgestorben; kann aber passieren, daß ein besoffener Bauer bei Rot über die Straße torkelt.

Fahr langsamer. Ich bitte dich. Noch achtundvierzig Tage genau. Dann hab ich den Führerschein wieder. John schlägt vor, ich soll den Führerschein für Zweiräder machen. Das wär was! Ich brause mit einer Yamaha 850 vor. Wär vielleicht gar nicht mal übel. Dynamisch. Nee, lieber wohl nicht, im Augenblick. Hier ist es. Fahr doch. Ist Grün. Siehst du, gerade noch. Ja – ganz links. Sieh mal, weißt du, wer dort gewohnt hat, da in diesem Landarzthaus? Hübsch. Knesel – der ist wieder in die Stadt zurück. Geschieden, neue Frau, und die schleppt den mit in so ein Hochhaus. Zahlt sich tot an die erste Frau und die Kinder. So geht's. Sieht zehn Jahre jünger aus. Aber auf diese falsche Art. Bleib ruhig hinter dem Wagen. Das ist ein Verrückter. Siehst du. Überholt im Gegenverkehr. Rück-sichts-los! Rück-sichts-los! Guck mal, was hier gebaut wird. Und dabei haben die Leute kein Geld, heißt es. So – unsere Eva hat eine neue Freundin? Alven heißt die neue? Von hier? Namen gibt's heute! Warum eigentlich nicht. Scheuner, dieser Lehrer, erzählt, die Kinder wollten ganz ungewöhnliche Namen heute. Wenn einer in der Klasse zum Beispiel Heinz heißt, ist das so wie wenn er schielt. Alven! Weißt du, wer die Eltern sind? Na ist ja auch zunächst mal egal. Und John hat sich fabelhaft gemacht. In der Schule und auch sonst. Findest du nicht? Er hat irgendwie so was Ernstes jetzt, so was Erwachsenes. Mit dem Hund sollten wir aber warten. Jeden Abend, wenn ich ihr den Gute-Nacht-Kuß gebe, fragt Evchen danach. Wieder so ein Cockerspaniel, wie in Lagos. Wie hat sie den geliebt! Und sie glaubt immer noch, daß er bei Paulys ist. Und die Paulys schreiben: Deinem lieben Charly geht es gut. Lieb, was? Wir müssen ihnen mal was schicken, den Paulys.

Steingrübers haben sich einen Labrador angeschafft. Wie Glaupel. Clever. Quatschen oft über Tiere: Ist Ihrer auch so traurig, wenn . . .? Nein, meiner springt nicht auf . . ., so auf diese Tour. Na ja. Vorsicht, fahr mehr rechts. Radarkontrolle? So ist gut. Nee, meine Herren, hier gibt's nichts zu holen.

Mir hat mal einer erzählt, die Strafmandate würden nach Feierabend auf dem Revier gezählt und verglichen. Leistungskontrolle also auch bei denen. Warum eigentlich nicht. Johns Wunsch, zur Polizei oder Armee zu gehen, würd ich nicht so ernst nehmen. Der ist da jetzt in einer Gruppe von Jungs, die sind halt so. Weißt du noch, wie er Rennfahrer werden wollte? Immer diesen gelben Overall an, beklebt mit Werbebuttons, und den Sturzhelm auf? Ja – in Lagos.

Schlimm die Zeit damals – was? Ich kann nie den ersten Tag vergessen, wie wir vom Flughafen in die Stadt fuhren, der Tote auf der Straße, und alle fuhren drumherum. Dieses Schreien von John! Das hat sich bei dem traumatisch festgesetzt, glaube ich. Bieger ist heute auf dem Posten, da unten. Hab ich dir schon erzählt, wie? Der große Boß, höchstpersönlich, hat da unten nachgeschaut. Des Lobes voll. Hat mich angesehen, als er davon erzählte, die Zahlen nannte: Respekt, Respekt! In dieser jovialen Art hat der Zweite nachher zu mir gesagt: Zu Ihrer Zeit lief das Geschäft ja auch erst an, na und das Klima da unten ist wohl nicht jedermanns Sache. Aber man gewöhnt sich daran, glauben Sie mir. Natürlich ist das merkwürdig, Liebes, das weiß ich auch! Paß auf! Hinter der nächsten Ampel noch hundert Meter, dann rechts. Da ist dann die B 4. Und dann ist es nicht mehr weit. Die sind umgefallen wie die Fliegen, die Leute da unten, erzählt der Zweite, und ich mit meinem Hochdruck, sagt er, spaziere herum wie im Englischen Garten. Ich könnte den ermorden. Und unser Herr und Meister am Ort, unser Glaupel, der Chef, sitzt da, nickt, lächelt, spricht leise in diesem Herrschaftston, spielt den „Hat-alles-im-Griff-Chef"; jongliert mit den Zahlen. Gekonnt – das muß man zugeben. Stimmen bloß nicht. Ob er Steingrüber noch weiter protegieren kann, da bin ich mal sehr gespannt. Der liebe Erhard hat in der Push-Phase völlig versagt. Die Konkurrenz im Süd-West-Bezirk hat uns in fast allen Sektoren ausgebootet – aber wie. Die Auswirkungen sind zwar noch nicht spürbar. Aber das kommt. Abwarten. Steingrüber hat mich gefragt: Meinst du, da kommt was nach? Und ich darauf: Aber nein, Erhard, das passiert doch alle Tage. Ärgere mich jetzt. Daß er mich überhaupt fragt, zeigt doch, daß er . . . sieh mal, wie ein Großbrand, der rote Widerschein über der Stadt. Aus unserem Schlafzimmer sieht man es manchmal bei klarem Wetter. Weißt du doch. Und daß ich immer so ein komisches Gefühl dabei habe, wegen meiner Heimatstadt, habe ich dir das erzählt? Oder dem Knesebeck? In einer Nacht zerstört im Krieg, und alles brannte, als wir aus dem Keller kamen. Meine Mutter sagt, ich hätte zwei Tage und Nächte lang geschrien. Komisch – ich meine, mich daran zu erinnern, und war doch erst ein Jahr alt, damals. Daß Leute hinrennen, wenn es brennt, begreif ich nicht. Knesebeck – den muß ich auch noch zahlen. Weißt du, was er neuerdings sagt? Ich müßte endlich damit anfangen, die ganze Sache zu depersonalisieren. Wie der sich das vorstellt! Dabei geht's doch nur um Personen! Was sonst! Diese Seelenklempner! Was wirklich läuft heute, im Geschäft und auf den Etagen – das begreifen die nicht. Woher auch. Villen draußen am See, fressen, saufen. Können dick und fett werden wie sie wollen, niemand jagt sie, die Leute kommen zu ihnen. Wie die Gutsherren früher. Nein, Liebes, nicht überholen, bitte nicht, ich weiß, du fährst phantastisch, besser als ich vielleicht sogar. Aber wenn du daneben sitzt – und du kannst nicht! Danke. Ganz abgesehen von allem, dürfen wir das auch den Kindern nicht antun: Wieder los, und in die Tropen. Wo sie sich hier jetzt eingelebt haben, in den drei Jahren, Wurzeln geschlagen haben, wir ja auch. Nein, Liebes, ich kämpfe. Ich will hier nicht mehr weg. Was? Welche Plätze? Im Gespräch ist Freetown, Sierra Leone. Absolut furchtbar. Grollmann war da. Der ist heute ein kranker Mann. Oder Nairobi – das ist fast genauso schlimm. Nein, das laß ich mir nicht gefallen. Guck mal, wir sind mitten im Himmelmoor. Diese Straße geht genau durch. Drüben – man kann's kaum noch ausmachen im Dämmern, drüben, diese dunklen Klumpen, das sind sogenannte Moormänner, gestapelte Torfstücke zum Trocknen. Die werden später zusammengebaut zu sogenannten Moorhäusern, wenn die Torfstücke fast trocken sind. Nein – das wird nicht mehr verfeuert, nur paar Bauern räuchern noch damit. Aller Torf geht in die Gärtnereien. Den Schwarztorf bauen sie gar nicht mehr ab, nur das Obere, den Weizen. Für die Bodenauflockerung. Drüben, man sieht schon nichts mehr in der Dunkelheit, aber da ist das Torfwerk. Da wird der Torf in diese gelben Tüten verpackt. Du hast doch eine davon im Herbst gekauft. Der macht einen Schnitt, der Pächter, sag ich dir! Seit fünf Generationen in derselben Familie, die Pacht – unglaublich. Da kann man schon neidisch werden. Und kaum Personalkosten. Türken haben die da jetzt, und die arbeiten für 'n Appel und 'n Ei. Hat mir der Vorarbeiter erzählt, der ist schon pensioniert. Der kennt die ganze Geschichte, der war schon Aufseher in den Dreißigern, damals, und immer hier im Himmelmoor. Politische und Juden, sagt er, die waren die Fleißigsten, damals. Später dann, nach dem Zusammenbruch, wieder Politische – von der anderen Seite, dann normale Kriminelle, und heute Türken. Und alle praktisch für nothing geschuftet. So kann man zu Geld kommen. Seit fünf Generationen in einer Familie, das nenne ich Ausbeuter-Tradition. Daß da noch niemand reingestochen hat. Sonst sind sie doch überall dran. Da sollen auch die Umweltschützer mal ran, von wegen die letzten Moore zerstören ... Das wäre doch auch was für Steingrüber. Bei der Lagebesprechung hatte der Zweite die Illustrierte vor sich liegen, aufgeschlagen, mit dem Foto von Steingrüber, wie er da im Wald steht. Unterschrift: „Einer der Initiatoren der Bürgerinitiative ‚Rettet den Habichtsforst'". Maliziöses Lächeln beim Zweiten, und Steingrüber versucht cool zu bleiben. Ob er sich in dieser Sache weiter auf Glaupel verlassen kann – der ist ja auch so 'n Umweltsheini – ich glaub es nicht. Nein, Liebes – ich mache mir da nichts vor – Glaupel hat ihn wegen des Berichts in der Illustrierten und dem Foto zu sich kommen lassen. Die Sager – diese Fickbiene – ja, entschuldige, ist doch wahr – die hat gehört, wie er gesagt hat in diesem näselnden Ton, die Sager kann das gut nachmachen: Sagen Sie, S-teingrüber, exponieren Sie sich da nicht doch ein bißchen zu s-tark? Sie wissen – ich bin der Letzte, der, wenn es um die Erhaltung unseres Waldes geht – so in dieser Art. Na, mal sehen. Paß auf, die nächste dann gleich links, dann ist es nicht mehr weit. Und hier, ja genau hier, glaube ich, soll wohl die Trasse hin, dieser Autobahnzubringer, den die Leute um Steingrüber bekämpfen, weil der Wald da stehenbleiben soll. Na, recht haben sie ja eigentlich. Ich werde aber das Gefühl nicht los, daß Steingrüber von Anfang an die Sache in erster Linie gemacht hat, um Glaupel zu imponieren. Für Glaupel gibt's nichts Heiligeres als unseren Wald. Natürlich, Liebes, du hast ja recht, wenn man es so zugespitzt sagen will. Nein – ich will mich ja gar nicht drücken. Ja, so steht es, ich weiß, Liebes, entweder er oder ich. Steingrüber oder Kreienschlag. Einer von uns wird nach Freetown versetzt oder nach Nairobi. So ist es. Das kommt auf uns zu. Jeden Tag kann die Versetzung anstehen. Aber wenn er, der Zweite, natürlich ist das ein Arschloch, und wie – ich sag ja, den könnte ich ermorden; aber der Zweite kann Steingrüber nicht ausstehen und wird alles tun, um den loszuwerden. Nairobi oder Freetown ist da gerade weit genug. Wenn Glaupel den Steingrüber nicht mehr halten kann, ihn fallen läßt wegen seines Versagens in der Push-Phase . . . und dann kommt jetzt diese Illustriertengeschichte dazu, dieses Image für die Firma, das damit ja einfach zusammen gesehen wird von den Leuten – so, dann meine ich, Steingrüber ist dran und reif für die Tropen – und nicht ich. Warte mal! Du mußt hier rechts rein, direkt rechts. Da ist es schon. Siehst du da diese bunten Lämpchen? Wie auf einer Kirmes. Halt einfach hier, setz ihn da hinter den Wagen.

So, und dann wolln wir uns mal ins Partyvergnügen stürzen.

5

Mando war an der Garage vorbei durchs Törchen gekommen, und von der Terrasse aus, im Schutz eines Rhododendronbusches, sah er auf eine Szenerie, die ihn, ehe er sich auf einzelnes einließ, schwindelig machte. Er mochte keine abrupten Farbwechsel, liebte die allmählichen Übergänge, das Zusammenspiel innerhalb eines Tons, und das knallbunte Gemenge vor ihm stieß ihn ab.

Nachdem er durchgeatmet hatte, entdeckte er die in

allen Spektralfarben glühenden Lämpchen an Schnüren zwischen Pfählen rund um den Rasen, die roten, blauen, grünen, gelben Hosen, Hemden, Kleider, Pullover an den Menschen, die umeinander herumgingen, beieinander standen, auf Stühlen und Schaukeln und um Tische herumsaßen – wie an Fäden geführt, die mit den Schnüren verbunden waren, an denen die bunten Lämpchen hingen. Mühsam ordnete er alles zueinander. Dann waren da die Gerüche, die er zu filtern hatte. Diesen wildsüßen Duft, der den unzähligen Blüten der Rosenhecke um Steingrübers Garten entströmte, rief er sich später für bestimmte Träume immer wieder ab. Dieser Geruch wurde aber überlagert von Ausdünstungen verschiedener Art – vor allem dem Gestank grillender Fleischstücke und Würste über einem Holzfeuer, der die Anwesenden ebensowenig zu stören schien, wie der sie umgebende Lärm: eine aus Lautsprechern tönende Musik von Geigen, Blasinstrumenten und Schlagwerk, vermischt mit dem Jaulen über einem ostinaten Baßton der nahen Autobahn. Das alles war verquirlt mit Stimmengebrabbel, Lachen, Rufen, Quietschen.

Die Terrasse, nur schwach beleuchtet, lag plötzlich im gleißenden Licht. Jemand hatte die Außenstrahler über der Panoramascheibe angeknipst, und einen Augenblick lang war Mando geblendet, ehe er über sich in einem Fenster des Hauses das Gesicht entdeckte. Es war Stefanie Steingrüber, die ihm zurief: Zum Scheißhaus, wenn Sie das suchen, drüben die Treppe runter, auf der anderen Seite.

Im gleichen Augenblick erschien Griet Steingrüber auf der Terrasse, sagte zum Fenster hoch: Stefanie, willst du nicht runterkommen, du könntest Vati am Grill ein bißchen helfen.

Später, sagte Stefanie und schloß das Fenster.

Mando konnte Griet Steingrübers Gesicht nicht gleich erkennen, weil sie im Gegenlicht stand, aber der Klang ihrer Stimme berührte ihn sofort. Später, in seiner Zelle, imitierte er manchmal den Glockenton ihrer Vokale und das eigenartige Sirren hinter den Konsonanten.

Daß er auf den Zuruf Stefanies hin nicht in ihrem groben Idiom reagierte, obwohl in seinem Sprachregisterspeicher der Ausdruck „Scheißhaus" einen betreffenden Code darstellte, daß er also nicht etwas in der Art sagte wie: Ich scheiße und pisse wo's mir beliebt, ihr Weiber – das war kein Zufall. Mando vertraute nämlich seinem Instinkt mehr als der Sprachregistertheorie, wonach es darauf ankam, möglichst schnell ein Codewort herauszuhören und einzugeben, um aus der Vielzahl der gespeicherten Idiome das für die anfallende sprachliche Kommunikation Passende abzurufen. Schon im Auto von Harm Schurig, und dann im Habichtskrug unter den Tresenkumpanen hatte er, ohne auf Schlüsselworte zu achten, nur von der Stimmung, der Atmosphäre, der Ausstrahlung der Personen angeregt, geredet und dabei einfach sein Generalprogramm idiomatischer Redensarten jener Epoche und Gegend angezapft, ohne zu ahnen, daß solche Ausdrücke den schnell wechselnden Moden folgend bald zu komischen Floskeln wurden. So mußte Griet Steingrüber herzlich lachen, als Mando sagte: Nein, das stille Örtchen such ich nicht – dort treibt's mich nicht hin.

Na, kommen Sie, sagte sie, faßte ihn am Arm, ging mit ihm die beiden Stufen der Terrasse hinunter und führte ihn mitten in das bunte Gewühl.

Daß man sich gleich auf ihn stürzen, ihn anfassen und befragen würde, fürchtete Mando. Aber kaum einer nahm Notiz von ihm. Einige nicken ihm zu, doch nur, weil er neben Griet Steingrüber schritt. Ob er zunächst mal was essen möchte, fragte sie ihn. Mando nickte.

Um den Grill und den Tisch voller Brot und bunter Salate standen Männer und Frauen, aßen von Plastiktellern Fleischstücke, Würste, Salat, tranken dazu Bier aus Wegwerfbechern.

Also greifen Sie zu, sagte Griet Steingrüber hinterm Grill, das ist mein Mann, der Erhard, der versorgt sie mit Gegrilltem. Ich lasse Sie hier.

Sie wandte sich um und ging auf ein Paar zu, das gerade angekommen war, Leute, die lange in der Fremde gewesen sein mochten, vielleicht sogar als verschollen gegolten hatten, schloß Mando aus der Art, wie sie sich jubelnd umarmten, abküßten und aufeinander einredeten. Bald sollte er aber feststellen, daß dies eine ganz normale Begrüßungsform unter den Nachbarn im Eichenhain und Erlengrund war, die allerdings in bezug auf die Bewohner des Blocks Im Birkenhof, die auch untereinander nur Hände schüttelten, nicht angewandt wurde. Über den Grill hinweg reichte Mando Erhard Steingrüber die Hand. Steingrüber, der mit einer Holzzange Fleischstücke und Würste auf dem Rost drehte und wendete, austeilte, dabei mit den umstehenden Leuten sprach und scherzte, wischte sich die Linke an der Schürze ab, auf der eine überdimensional große Maus prangte, drückte Mandos Hand und sagte: Hallo.

Mando sagte: Angenehm, die Bekanntschaft ihrer besseren Hälfte habe ich bereits gemacht.

Na phantastisch, sagte Steingrüber, Sie sind aus dem Block, dem Birkenhof, nehme ich an.

Als Mando den Kopf schüttelte, lachte Steingrüber laut heraus. Sie bringen es aber gut, sagte er. Mit wem sind Sie gekommen, mit Richter?

Wenn ich Ihnen erzählen würde, woher ich komme, Sie würden es mir doch nicht glauben.

Na, auch gut, sagte Steingrüber, wandte sich wieder den Leuten zu, die ihm Plastikteller entgegenhielten, legte ihnen vom Gegrillten auf.

Jetzt sind wir da, wo wir auch am Anfang waren. Ich meine, da ist nichts mehr drin nach diesem Urteil des Oberverwaltungsgerichts, was meinen Sie? fragte Peter Reifenberger, der, über den Tisch gebeugt, wie Mando Salat aus den Schüsseln auf einen Plastikteller häufte.

Ich weiß nicht, sagte Mando.

Na hören Sie! Reifenberger richtete sich auf, kam so nah an Mando heran, daß beider Plastikteller sich in Halshöhe berührten. Er schob die Plastikgabel in den Salat, und Mando, der fürchtete, der Mann wolle ihn füttern, wich etwas zurück. Reifenberger rückte nach, steckte dann aber die Gabel voll Salat in den eigenen Mund.

Was können wir denn Ihrer Auffassung nach noch tun? Reifenberger sprach mit vollem Mund.

Tanja Starke, ebenfalls Salat von einem Plastikteller gabelnd, stellte sich dazu, sagte: Ja bitte, was soll man denn noch tun in dieser Situation?

Abwarten, sagte Mando. Abwarten und Teetrinken. Die Lage ist ernst, aber nicht hoffnungslos.

Reifenberger lachte. Spaßvogel, sagte er, und Tanja Starke sagte: Deinen Optimismus möchte ich haben.

Wir werden ja gleich mehr hören, sagte Reifenberger, warf Teller, Trinkbecher und Gabel in einen Abfalleimer und schritt zu einer Gruppe, die um einen Tisch herumsaß, setzte sich dazu.

Was ist? Tanja Starke kam zu Mando, der zu dem Abfalleimer hingegangen war und kopfschüttelnd davorstand. Der Eimer lag voller Teller, Becher, Gabeln und Mengen von Speiseresten.

Ach so, sagte Tanja Starke, auch ich kann mich schlecht daran gewöhnen und tu's doch. Sie warf ihren noch halbvollen Teller in den Eimer.

Mando, der damals noch nicht die groteske, aber von allen akzeptierte Auffassung kannte, wonach die Verschwendungssucht hier in einem notwendigen Zusammenhang mit einem sich entwickelnden Wohlstand dort stehen sollte, fragte: Könnte man nicht wenigstens die Essensreste in einem besonderen Behälter aufbewahren?

Tanja Starke lachte. Du bist mir einer, sagte sie, komm.

Sie hakte sich bei ihm unter, zog ihn vom Abfalleimer weg. Du bist neu hier, wie, ich habe dich noch nie bei uns gesehen. Also, dann führ ich dich mal herum und zeig dir die Leute und stell dich vor. Wie heißt du übrigens?

Der von mir so genannte „anonyme Prozeßbeobachter", der, wie der Leser sich erinnern wird, später „Mando" als „nom de guerre" bewerten sollte, würde sich vermutlich gewundert haben, hätte er erfahren, wie es zu der Namensfindung gekommen ist – nämlich so: Am Gestell einer sogenannten Hollywoodschaukel, zu der Tanja Starke Mando hinzog, lehnte ein großer, dikker, bärtiger Mann, der ein kurzärmeliges Hemd trug, auf dem unter der Silhouette von Wolkenkratzern „Manhattan" gedruckt stand; und vor diesem Mann auf der Schaukel saß eine Frau, mit einem ähnlichen Hemd bekleidet, das eine Ente und darüber und über zwei sich wölbenden Brüsten den geschnörkelten Schriftzug „Donald Duck“ zeigte.

Verwirrt über die Frage nach seinem Namen und sich bewußt, daß er schnell zu antworten habe, zog Mando die beiden ersten Silben der auf die beiden Hemden gedruckten Namen zusammen, sagte – sicher etwas zu hastig: Mando, ja so heiße ich, Mando.

Also, Mando, sagte Tanja Starke, der da, der mächtige Herr mit Bart ist Konrad Richter, Werbefachmann, und wenn man ihm glauben will, was man aber nicht sollte, number one seinesgleichen. Für uns, die Habichtsforst-Retter, spielt er den Propagandaminister.

Hallo Konny, sagte sie, und zu allen hingewandt: Das hier ist Mando.

Man nickte und sagte: Hallo.

Der Begrüßungs- und Vorstellungszeremonien unsicher geworden, reichte Mando niemandem die Hand, hörte nur zu, wie Konrad Richter der Gruppe in und um die leicht wippende Schaukel herum erklärte, warum er ausgerechnet mit einem Baum den Werbespot über eine neue Zahnpasta beginne, mit einer einzelnen ausladenden Buche auf einem Feld; weil die nämlich die mächtige Wirksamkeit des Chlorophyls, diesem Zeugs in der Zahnpasta, anschaulich mache, und der zunächst überraschte Betrachter genau dies auf seine Zähne angewandt wissen wolle, was ihm dann ja auch der an den Baum herantretende Naturbursche im offenen grünen Hemd versichere.

Die Hersteller der Zahncreme hätten ihn zuerst ausgelacht, als er ihnen seine Idee vorgetragen habe, und ausschließlich seinem Ansehen in der Branche sei es zu verdanken gewesen, daß man ihm schließlich dann doch das „okay“ gegeben habe. Und jetzt stünde sie schon auf Platz drei, die Zahnpasta, und das bei einer Konkurrenz von sage und schreibe siebenundzwanzig Produkten.

Genial, sagte Franz Vollhaus, der, ein Glas Bowle in der Hand, in der Schaukel wippte.

Spotte nur, sagte Richter, aber so ist es.

Sie sollten für die Erzeugnisse unseres Hauses mal was tun, Konny.

Siggi Hallberg prostete Richter zu. Er war ein in den

Eichenhain neu Hinzugezogener, der Nachbar von Steingrübers, vertrieb Kosmetika, nach eigener Angabe jedenfalls. Viele bezweifelten, daß dies sein Haupterwerb sei, denn Siggi Hallberg verließ selten das Haus, nur ein- oder zweimal die Woche, die Ladefläche seines Kombis bepackt mit Stahlkoffern, und hin und wieder schellten Leute an seiner Tür, deren Äußeres man im Eichenhain als „ziemlich exotisch" bezeichnete.

Welche Erzeugnisse meinen Sie denn, Siggi, fragte Konrad Richter.

Jeder verstand die Zweideutigkeit dieser Frage, und die danach einsetzende Spannung zwischen den einzelnen der Gruppe in der Schaukel und um sie herum hätte Mando sichtbar machen können: die von Herz zu Kopf und Kopf zu Herz zuckenden und sich kreuzenden feinen Strahlen, die aber so plötzlich, wie sie aufgetaucht waren, wieder verschwanden in dem Platzgelächter aller auf Tony Gerbrachts schnelles Reagieren: Lieber nicht, Siggi, lieber nicht, denn vielleicht verkauft er Ihnen seinen unausstehlichen Kerl, der seit Ewigkeiten beteuert, Persil bleibe Persil.

Aber wenn ich euch erzähle, rief Konrad Richter in das Verklingen des Gelächters, wenn ich euch erzähle, was mit diesem unausstehlichen Kerl für ein Umsatz gemacht wird, dann legt ihr euch hin.

Nein, erzähl es nicht, rief Griet Steingrüber, die, sich aus einer anderen Gruppe lösend, herüberkam. Sag lieber, was wir tun sollen und wie, in der neuen Lage nach diesem unglaublichen Urteil.

Ich hab mir schon was ausgedacht, sagte Konrad Richter, später, laß uns erst mal einsteigen, ist ja wohl bald soweit.

Wenn die Hungrigen abgespeist sind, sagte Griet Steingrüber und zu Mando hingewandt fragte sie: Sie haben schon gegessen?

Ja, und es war schmackhaft und bekömmlich.

Kommen Sie, sagte Tanja Starke, ich führe sie weiter herum.

Mando drehte seinen Kopf, als er mit Tanja Starke weiterschlenderte, suchte Griet Steingrübers Gesicht, das ihm so vollkommen schön schien, wie er sich es vorher nicht hätte erträumen können und wie er es sich später in seiner Zelle trotz aller Anstrengung auch nicht mehr vorzustellen vermochte. Griet Steingrüber nickte ihm, der am Arm von Tanja Starke schritt, lachend zu, winkte, und wenn Mando so etwas wie Liebesglück hätte verspüren können, wäre „sein Herz gehüpft" – eine Ausdrucksweise für höchstes erotisches Hochgefühl im damaligen Sprachgebrauch. Er wandte schließlich, von Tanja Starke energisch geruckt und weitergezogen, den Kopf, blickte nach oben, sah den Sternenhimmel, den großen Wagen, grüßte das Reiterlein vorn auf der Deichsel.

Suchen Sie Space-Lab?

Der Mann in der Runde um einen Tisch voller Gläser, zu dem ihn Tanja Starke gebracht hatte, trug eine Jacke aus grobem blauen Leinen und eine Hose aus gleichem Stoff.

Space-Lab, ist das ein Sternenboot? fragte Mando zurück.

Die ungewöhnliche Bezeichnung „Sternenboot" habe ihn gleich stutzig gemacht, so Bernward Bille, der Mann im blauen Leinen, der später die Vermutung Harm Schuligs über die Herkunft Mandos aus einem anderen Planetensystem teilen sollte. Dieser merkwürdige Begriff „Sternenboot" und das rätselhafte, ich würde fast sagen, das Mona-Lisa-Lächeln um seinen Mund, das habe ihn stutzig gemacht, schon während des Gesprächs am Tisch.

Dieses Gespräch drehte sich um die Eroberung des Weltraums, mit der, wie übereinstimmend festgestellt wurde, gerade erst begonnen worden sei, über deren Wirksamkeit und Nutzen man aber stritt. Die meisten meinten dazu, eine Reise aus dem Sonnensystem heraus und zurück scheitere an der Raum-Zeit-Grenze, die wegen nie zu erreichender Lichtgeschwindigkeit eines bemannten Raumschiffs für Erdbewohner jedenfalls unüberschreitbar sei. Eine Minderheit, vertreten durch Bernward Bille und den Flugzeugpiloten Ulf Steckhahn, vertrat dagegen die Ansicht, dieses Problem könne gelöst werden, ja, man sei schon dabei, gäbe es doch zum Beispiel Pläne – jawoll, man habe sie eingesehen –

Pläne, die, durchaus plausibel, riesige, kilometerlange Schöpftrichter an interstellaren Fahrzeugen zum Auffangen von Wasserstoffatomen zwecks Gewinnung von Antriebskraft, die annähernd Lichtgeschwindigkeit erzeugen könne, vorsähen. Man solle doch nicht phantasielos auf dem Stand des heutigen sogenannten Allgemeinwissens beharren, vielmehr sich erinnern, daß vor knapp hundert Jahren noch die Leute jemanden für verrückt erklärt hätten, der vorausgesagt hätte, es sei möglich, vierhundert Personen in einem Behälter aus Metall durch die Luft und über den Ozean innerhalb acht Stunden zum anderen Kontinent zu befördern.

Ach was – zurück zur Erde und dem, was zwischen ihr und dem Mond passiert, rief Godewin Stöcker dazwischen. Und da müsse er feststellen, daß die „andere Seite" vom ersten Sputnik an bis zu den angekoppelten Sojus-Apparaten eine durchgehende Linie erkennen lasse.

Nämlich?

Nämlich den Aufbau eines Satellitenverbundsystems, von dem aus jeder Teil der Erde gleichzeitig eingesehen und wenn nötig, mit Laserteilchen bestrahlt werden könne, wogegen „diese Seite hier" sich viel zu lange mit nutzlosen Schaustückchen wie der Mondlandung aufgehalten habe, um ihre angebliche technische Überlegenheit zu demonstrieren.

Okay, das sei nun mal die Schwachstelle „dieser Seite hier" entgegnete Bernward Bille, weil man den Wählern ständig etwas Illustres vorführen müsse. Das habe „die andere Seite" nicht nötig. Dafür aber gäbe es „auf dieser Seite hier" den Konsens mit dem Volk. Und das ist viel mehr, mein Lieber, und zahlt sich im Ernstfall eben auch aus. Im übrigen solle die „andere Seite" es erst mal fertigbringen, eine wieder verwendbare Raumfähre um die Erde kreisen zu lassen. Man dürfe nicht glauben, die da oben in Challenger, die würden Däumchen drehen und den blauen Planeten besingen. Was die Laserteilchenstrahlung angeht, da sind die allemal vorn. Hätte denn sonst „die andere Seite" den Verzicht auf Satellitenkiller angeboten? Nein, da können wir ganz beruhigt sein, lieber Godewin, ich bin's jedenfalls.

Godewin Stöcker hat Mandos die ganze Zeit über anhaltendes Lächeln übrigens als „schief, ja maliziös" bezeichnet und, anders als Bernward Bille, als Hinweis darauf gedeutet, „daß der Kerl von drüben kommt, wenn nicht sogar eingeschleust ist", und ebenso schätze er auch die „Tier-Dressur-Nummer" ein, die der Bursche da abzog, denn mit solchen Tricks werden die da ausgestattet, aus Tarnungsgründen, was denn sonst, bitte, ich weiß, wovon ich rede.

Für Bernward Bille bewies die „Tier-Dressur-Nummer" dagegen gerade die übernatürlichen Kräfte dieses Mannes, der sich Mando nannte.

Die sogenannte Tier-Dressur-Nummer, die später im Prozeß gegen Mando übrigens nicht mehr zur Sprache kam, obwohl der Staatsanwalt sie zum Beweisgegenstand erheben wollte, begann damit, daß Helen Calmerten plötzlich aufschrie, die Beine hochriß, wodurch die Schaukel in heftiges Schlenkern geriet, und auf die Fragen der anderen: „Ein Tier, eine Ratte oder was" stammelte, Richter sich bückte, etwas aufhob und es zu Gelächter und Ah- und Oh- und Nein-wie-hübsch-Rufen aller zwischen die Gläser auf den Tisch setzte. Einen Igel.

Der Igel rollte sich zur stacheligen Kugel ein, man beugte sich darüber. Tanja Starke berührte die Stacheln mit ihrem kleinen Finger, schrie: Auuaaa! und der Igel spreizte die Stacheln steiler – faltete sie dann aber fast ruckartig wieder zusammen, ließ sie zum pelzigen, weichen Fell werden, schob – langsam, langsam – seinen Igelkopf hervor, höher, lauschte dem feinen Piepton, der aus Mandos gespitztem Mund kam, drehte sich diesem Pfeifen entgegen und stellte sich, als Mando ganz nah an ihn heranging, auf seine Hinterpfoten und – das bezeugen nun alle, die dabeigewesen sind – legte, männchenmachend, die Vorderpfoten zusammen – faltete sie, behauptete Helen Calmerten später – drehte sich einmal, zweimal, dreimal, viermal im Kreise, führte ein regelrechtes Igeltänzchen auf, zum atemlosen Staunen der Gruppenrunde, die ihre Köpfe über dem Tisch, nahe über dem tanzenden Tier, zusammensteckte, doch nicht so nahe wie Mando, der vor dem Tisch kniend mit seinem gespitzten Mund, aus dem es weiter leise pfiff, das Tier fast berührte.

Das ist ja phantastisch, sagte Griet Steingrüber, die hinzugetreten war. Mando hörte auf zu pfeifen, erhob sich von den Knien, sah Griet Steingrüber ins Gesicht. Der Igel rollte sich ein, zeigte die steilen Stacheln. Alle am Tisch klatschten.

Wie haben Sie das nur gemacht? Das ist ja . . .

Nicht nur Staunen fand Mando in Griet Steingrübers Augen, die sich nach dem sekundenlangen Blickwechsel abrupt abwandte, mit beiden Händen unter den Igel griff, ihn so gefaßt hielt, sagte: Das ist doch Prutzke, unser Igelmännchen, das sich die Milch bei uns holt und in unserem Keller überwintert. Wie kommst du denn hierher, Prutzemann?

Man lachte, sagte: Sieh an, na so was, kann man denn wirklich . . . und so weiter.

Griet Steingrüber aber ging mit dem Igel auf ihren Händen zur Rosenhecke, kniete sich, setzte das Tier ab. Mando sah ihr nach, lächelte, „irgendwie tierhaft", wie Bernward Bille später aussagte.

6

Du bist zwei Minuten zu spät, sagte Kai Steingrüber.

Jeffi war über den Sichtschutzzaun gesprungen, gebückt über den Rasen gelaufen, hin zu den anderen, die in Stöckers Garten hinter einem Kieferngebüsch hockten.

Wie ist's denn?

Siggi und seine Alte sind auf der Party, die Hunde im Zwinger, sagte Kai.

Stöckers Grundstück grenzte an das von Siggi Hallberg, und dahinter lag Steingrübers Garten, aus dem Stimmen und Gelächter schallten. Das bunte Licht schimmerte herüber. Auch Stöckers waren, wie beinahe alle Eichenhainer, bei Steingrübers. Ihr Haus lag im Dunkeln wie das von Siggi Hallberg.

Wir sind noch in der Zeit, sagte Kai, Astrid, wenn du

die Hunde ruhig hast, gib das Zeichen. Erst dann kommt Spinne und setzt die Alarmanlage außer Betrieb. Los!

Jeffi und Astrid schlichen an die Ligusterhecke auf Hallbergs Grundstücksgrenze. Astrid zwängte sich hindurch. Jeffi blieb davor liegen.

Die Hunde im Zwinger auf Siggi Hallbergs Grundstück kläfften und rasten herum.

Ruhig, Selma, Harras, ruhig, Rama, ruhig! rief jemand.

Das ist Siggi, flüsterte Kai, der ruft aus unserem Garten rüber.

Die Hunde bellten leiser.

Ruhig. Ist ja gut. Ruhig, rief Siggi Hallberg. Die Hunde wurden still, rasten aber im Zwinger auf und ab, bellten noch einmal kurz auf, knurrten fast sanft, winselten. Dann hörte man nichts mehr von ihnen.

Sie hockten regungslos hinter dem Kieferngebüsch. Da! sagte Spinne.

Die Taschenlampe von Jeffi an der Hecke blinkte kurz auf.

Jetzt ist Astrid bei den Hunden, sagte Kai, also los!

Spinne schlich, einen Blechkasten unterm Arm, zur Ligusterhecke, kroch hindurch.

Jetzt kommt's darauf an, sagte Kai. Er sah auf seine Armbanduhr. Die Hunde in Hallbergs Zwinger blieben ruhig. Einmal jaulte ein Tier auf. Das Jaulen ging über in einen sanften Knurrton. Dann war es wieder still.

Wie die das macht, flüsterte Imme, die Astrid!

Die kann alle Hundesprachen, sagte Schanka.

Gut, noch zwölf Minuten hat Spinne Zeit, wenn er es überhaupt schafft, sagte Kai.

Imme steckte sich eine Zigarette an. Laß das, sagte Kai.

Imme drückte die Zigarette aus, legte sich ins Gras, die Arme unter dem Kopf verschränkt, sah in den Sternenhimmel. Kai schaute immer wieder auf seine Armbanduhr. Aus Steingrübers Garten drang weiter Gerede, laut und leise, und Gelächter und Gläserklingen.

Da, eine Sternschnuppe, sagte Imme.

Wünsch dir was!

Hab ich.

Glaubst du an so was?

Nein, sagte Imme.

Kai sagte: Leise. Sternschnuppe, Meteor – das ist mit gleicher Wahrscheinlichkeit ein Raumsprung eines interstellaren Schiffs.

Was?

Später. Noch drei Minuten. Schanka, mach dich fertig. Imme, die Säcke. Hoffentlich tickt Stefanie richtig.

Schanka stand auf, zog eine Pistole aus ihrer Tasche, lud sie durch, steckte sie wieder ein, zog, wie Kai, eine Strumpfmaske übers Gesicht. Imme gab beiden einen Sack. Dann schlichen sie zu dritt gebückt an die Ligusterhecke, wo Jeffi lag. Imme blieb an der Hecke liegen. Jeffi, Kai und Schanka krochen durch die Hecke, legten sich flach auf den Boden, horchten.

Die Hunde rührten sich nicht. Die Silhouette der am Zwinger knienden Astrid bewegte sich hin und her, wie ein Busch im lauen Wind. Ganz leise summte sie.

Jeffi kroch zum hinteren Zaun, daran entlang weiter bis zu der Stelle, wo man mit einem Satz hinüberspringen konnte. Jeffi hatte Siggi zu Fall zu bringen, wenn der herübersetzen sollte. Kai hob den Kopf, sah nur die bunten, im Quadrat aufgehängten Lämpchen über dem Garten. Das Lachen und Reden, Schwatzen und Gläserklirren war noch lauter geworden. Er sah auf seine Armbanduhr, zählte flüsternd, stieß Schanka an, und fast im gleichen Augenblick knallte ein Donnerschlag, wie wenn ein Jet die Schallmauer durchbräche, und während noch im Donnern das Mädchen losschrillte, das Lied vom sausenden Karussell kreischte, die Leute in Steingrübers Garten aufsprangen, riefen, lachten, schrien: „Aus-aus-aus!!!“ und die Hunde kläfften, rannten Kai und Schanka geduckt auf die Terrasse vor Siggi Hallbergs Haus, an die gläserne Schiebetür. Die wurde ihnen von innen geöffnet.

Spinne, der jetzt auch eine Strumpfmaske trug, sagte: Alles okay. Einfache Arbeit.

Sie horchten nach draußen, bis die Musik abbrach und Siggi Hallberg rief: Ruhig, Selma, ruhig, Harras, ruhig, Rama –

Los!

Durch die breite Panoramascheibe drang der Widerschein des Lichts aus Steingrübers Garten ins Wohnzimmer von Siggi Hallberg. Sie gingen in das Zimmer nebenan, das ein Fenster zu Stöckers Seite hin hatte. Kai knipste die Taschenlampe an. Vor dem Fenster stand ein Schreibtisch. Schublade und Schränke waren verschlossen. Spinne machte sich an die Schlösser, probierte Schlüssel. Es war dunkel im Zimmer. Nur die Taschenlampen gaben Licht. Die Schublade ging auf, und während Kai in den Papieren suchte, öffnete Spinne die beiden Schreibtischtüren.

Nichts, sagte Kai.

Aber hier.

Spinne, der, die Taschenlampe in einer Hand, kniend in dem Schrank wühlte, reichte Kai, der sich neben ihn gekniet hatte, ein Scheckheft. Kai blätterte darin. Gut, sagte er, aber keine Scheckkarte.

Er suchte in dem anderen Schrank, fand eine Brieftasche. Hier, eine Kreditkarte, sagte er.

Beide suchten weiter in dem Schreibtischschrank.

Hör mal, was ist das draußen?

Nichts, sagte Schanka, die in der Tür stand. Beeilt euch, ihr müßt nach unten.

Ich finde nichts mehr, flüsterte Spinne.

Hier ist auch nichts mehr, sagte Kai, also los, nach unten.

Sie gingen wieder durchs Wohnzimmer, von da aus in den Flur, ließen die Tür offenstehen. Spinne trug den Blechkasten. Schanka sah durch die Panoramascheibe nach draußen, horchte zur Haustür hin. Die durchgeladene Pistole hielt sie in der Hand.

Kai und Spinne öffneten die Tür zum Souterrain, stiegen die Treppe hinunter, leuchteten mit den Taschenlampen die Stufen ab. Hier unten war ich noch nicht, sagte Spinne, Vorsicht.

Er leuchtete mit der Taschenlampe die Wände ab. Der Lichtkegel erfaßte einen Lichtschalter.

Nicht anfassen, flüsterte Spinne. Er ging ganz nah an den Lichtschalter heran, untersuchte ihn. Okay, sagte er zu Kai, geh und mach die Tür oben zu.

Kai ging die Stufen hoch, schloß die Tür. Spinne knipste das Licht an. Kai kam die Treppe wieder herunter, und Spinne sagte: Guck, drei Türen.

Er ging von Tür zu Tür, untersuchte sie. Die beiden Türen hier können wir so öffnen, sagte er.

Das taten sie, und in einem Raum fanden sie nichts weiter als eine Waschmaschine, in dem anderen stand eine Tischtennisplatte.

Aber das ist es, sagte Spinne, hier diese Tür.

Es war die Tür am Flurende. Hier, sagte Spinne, zeigte auf zwei winzige Knöpfe an den Türrahmen, rechts und links auf Brusthöhe. Komisch, sagte Spinne, ganz einfaches Lichtschrankensystem.

Warum komisch, fragte Kai.

Zu einfach, genau wie oben, sagte Spinne.

Kannst du sie ausschalten?

Na sicher, sagte Spinne, ging ganz nah an die eine Fotozelle am Türrahmen heran, berührte sie fast mit der Nase, dann ging er an die andere nahe heran. Hier, sagte er, zeigte auf eine kaum sichtbare Delle zwischen Türrahmen und Wand. Hier, der Draht, unter der Tapete und hier zur Fußleiste runter, warte.

Spinne ging gebückt die Wand entlang bis zur Treppe, bückte sich, kniete sich.

Hier, sagte er, unter der Stufe, ein Kippschalter. So was!

Er legte den kleinen Schalthebel um. Ich versteh das nicht, sagte er.

Warum nicht?

Wenn Siggi der Big Dealer ist . . .

Na und?

Das ist mir alles zu einfach, zu einfach, sagte Spinne, hier und oben auch.

Komm, mach die Tür auf, sagte Kai.

Spinne holte aus dem Blechkasten Schlüsselbund und Feilen. Und hier auch nur doppelt gesichert, sagte er, mehr auch nicht, siehst du.

Halt, ich hör was, sagte Kai. Er schlich zur Treppe, knipste das Licht an, ging die Treppe hoch und öffnete die Tür.

Nichts, sagte Schanka, Buch umgefallen im Regal, beeilt euch.

Als Kai wieder unten vor der Tür stand, sagte Spinne: Ist bald soweit. Da. Ganz einfach.

Er drückte die Klinke, die Tür ging auf.

Sie sahen in einen fensterlosen Raum. Noch nicht das Licht anmachen, sagte Spinne. Er leuchtete den Lichtschalter ab, knipste an. So, komm und schließ die Tür.

Ein langer Tisch stand in dem Raum. An den Wänden hingen Stahlregale, und darauf lagen gestapelte Kartons und kleine Säckchen.

Sieh mal an, sagte Kai, der Stoff, verpackt für Großabnehmer. Er nahm ein Säckchen. Mandelkleie steht drauf, sagte er. Er öffnete es, faßte hinein, holte eine Handvoll heraus, probierte.

Na, sagte Spinne.

Jedenfalls kein Schit und schon gar nicht Koks oder Aitsch.

Spinne nahm ein anderes Säckchen aus dem Regal. Ich lach mich kaputt, sagte er, Mandelkleie. Kannste dir 'ne Gesichtsmaske von machen.

Kai schüttelte den Kopf. Ich versteh das nicht, sagte er. Sie griffen sich jeder einen Pappkarton, öffneten diese vorsichtig mit ihren Taschenmessern. Die Kartons waren voller Fläschchen und Flacons. Oil of Olaz, las Spinne, hier: Skinlife. Alles Kosmetikscheiß. Siggi, der Big Dealer! Vergiß es.

Man müßte alles hier durchsuchen, Stück für Stück, sagte Kai.

Da findest du nichts als Gesichtsschmiere. Wetten? Der ist Kosmetikonkel, wie er immer sagt, der Siggi, mehr steckt nicht dahinter. Ich hab das gleich vermutet.

Und die Alarmanlagen? fragte Kai.

Kinderkram. Spielerei. Überhaupt nicht professionell. Komm, hauen wir ab.

Die ganze Kohle mit Kosmetik angeschafft, das glaubst du doch selbst nicht, sagte Kai.

Was meinst du, was du mit so was absahnen kannst!

Sie verschlossen die Kartons, und die Kleiesäckchen stellten sie ins Regal zurück, verschlossen die Türen wieder, schlichen hinauf ins Wohnzimmer, wo Schanka auf sie wartete. Kai sagte: Wir nehmen wenigstens den Plattenspieler mit, Kassetten und Tonbandgerät. Los!

Sie packten die Geräte, die am und im Bücherregal standen, in ihre Säcke und verließen Siggi Hallbergs Haus.

Als sie an der Hecke vorbeischlichen, knurrten die Hunde, aber sie waren alle schon wieder in Stöckers Garten, als drüben bei Steingrübers eine Glocke läutete und jemand rief: Die Sitzung ist eröffnet, Leute, Eröffnung der Sitzung – und die Hunde wild dazwischen jaulten.

In Steingrübers Garten hatten sich die Gäste in einem Halbkreis vor der Terrasse versammelt, saßen auf Stühlen oder auf dem Rasen, und wer zu den Versammelten sprechen wollte, ging einfach die zwei Stufen hoch, redete von der erleuchteten Terrasse aus. Eine Versammlungsleitung im eigentlichen Sinn gab es nicht, ebensowenig Protokollführer, Ordner und dergleichen. Diese informelle Verfahrensweise scheint überhaupt in Zusammenschlüssen der Art wie das Bürgerkomitee „Rettet den Habichtsforst" die Regel gewesen zu sein, jedenfalls wurde sie von allen akzeptiert.

Peter Walizki, der Rechtsanwalt, hatte das allen bekannte Gerichtsurteil noch einmal referiert, dargelegt, daß und warum die Klagen sowohl des Bürgerkomitees selbst als auch die einzelner Mitglieder gegen die Zurückweisungen ihrer Einsprüche abgewiesen worden waren, und er hatte Passagen aus dem Urteil zitiert. In dem Bericht des Überwachungsdienstes über die Versammlung in Steingrübers Garten heißt es dazu, es sei zu wütenden Protestausbrüchen der Anwesenden gekommen, als Walizki die Stelle aus dem Urteil verlesen habe, wonach „für die Gemeinde Heiderkamp insgesamt Wert und Nutzen der geplanten Zubringerstraße trotz des mit der Anlage verbundenen Verschwindens eines großen Teils des Gemeindewaldes höher anzusetzen sind als die vollständige Erhaltung desselben, und zwar auch unter Berücksichtigung des Landschaftsschutzes, des Lärmschutzes sowie möglicher weiterer Belastungen der Anrainer und schließlich des Erholungsbedürfnisses der Bürger".

Gelächter habe jene Urteilsbegründung geerntet, wonach ein wesentlicher Lärmzuwachs durch den Verkehr auf der Autobahn nach Abholzung eines Teils des Habichtsforstes nicht eintreten werde, da der Lärmschluckeffekt durch ältere Baumbestände ohne nennenswerten Unterwuchs, wie der des in Frage kommenden Gemeindewaldes, ohnehin gering sei. „Protest und Gelächter" werden in dem Überwachungsbericht erwähnt bei der Passage, die lautet, „dem speziellen Erholungsbedürfnis der Bürger durch Aufenthalt in der freien Natur ist bereits durch die zahlreichen, von der Gemeinde unterhaltenen Wanderwege rund um Heiderkamp Rechnung getragen".

Folgen wir weiter diesem Bericht des Überwachungsdienstes, so hat Godewin Stöcker nach Walizki das Wort ergriffen. Sein aggressiver Redebeitrag, heißt es in dem Bericht, unmittelbar an das Referat Walizkis gesetzt, habe die Taktik verfolgt, die Stimmung aufzuheizen, um abwägende Beurteilungen und Stellungnahmen in Minderheitspositionen zu bringen. Stöcker, aus vergangenen Aktivitäten in der Sache einschlägig als eifernder Agitator bekannt – erinnert wird an seine aufwiegelnden Auftritte anläßlich des Planfeststellungsverfahrens –, Stöcker habe auch diesmal unter wüsten Beschimpfungen des Magistrats, des Stadtparlaments, der Regierung, der dieser seiner Ansicht nach hörigen Gerichte und des gesamten von ihm so bezeichneten verfilzten, verrotteten, bürokratischen Systems die Mißachtung des Oberverwaltungsgerichtsurteils gefordert und zu verschärften Aktionen aufgerufen und dies zum Beifall von zirka zwei Drittel der Anwesenden. Im Anschluß daran ist es – immer laut Überwachungsbericht – zu einem heftigen Disput zwischen Walizki und Stöcker gekommen, in dem Walizki dem Stöcker unverantwortliche Stimmungsmache, Stöcker dem Walizki Systemdienerei, dieser jenem systemzerstörerische Absichten, jener diesem die Zugehörigkeit zur Partei der Mehrheit im Stadtparlament, die ja schließlich hinter der ganzen Sache stehe, vorwarf, und das führte schließlich zu einer hitzigen Auseinandersetzung aller mit allen, die erst verebbte, als Steingrüber, ständig eine Glocke betätigend, zur Ordnung rief und um weitere Wortmeldungen bat.

In dem Überwachungsbericht werden nun die einzelnen Wortmeldungen in ihrer Reihenfolge aufgeführt, und es zeigt sich wieder diese wunderliche, für die Epoche eigentümliche System- und Orientierungslosigkeit des Referierens und Debattierens rund um die Sache herum. Sie ist kaum zu erklären mit dem nachweislich hohen Grad an Ungleichzeitigkeit des Informationsflusses, der Wahrnehmung und Deutung von Situationen auf den unterschiedlichen Ebenen des Systems, ob in einfachen Vororientierungsverfahren oder bei wirklichen Entscheidungsfindungsprozessen. Dieses Zusammenhanglose, das die Benennung von materiellem Interesse und sozialen Antagonismen aussparende Disputieren bei oft erstaunlicher Fachkenntnis bis ins Detail, war in den letzten Dekaden der unmittelbaren Vorgeschichte bis in die höchsten, mit allem Herrschaftswissen ausgestatteten Entscheidungsgremien hinein gang und gäbe.

Bernward Bille, der sich zuerst zu Wort meldete, rügte das Urteil zum Beispiel deshalb, weil es überhaupt nicht auf die Problematik des Waldsterbens durch Schadstoffauswurf einginge, nicht berücksichtige, daß allein dadurch fünfhundertachtzigtausend Hektar, mithin acht Prozent der Gesamtwaldfläche, verschwänden, wozu dann über zwanzigtausend Hektar Verlust durch Abholzung kämen, man daher mit sage und schreibe sechstausend Hektar, also knapp neun Prozent per anno an Waldverlust im Land rechnen müsse, wodurch Wald einfach zur Mangelware würde, die es mit allen Mitteln zu schützen gelte; gerade eben auch in der an sich schon waldarmen Region, in der Heiderkamp nun einmal liege. Und was tue dagegen dieses Urteil?

Heide Gökhoff aus dem Block im Birkenhof, die nächste, die sich zu Wort gemeldet hatte, beantwortete diese Frage nicht, sondern erklärte: Von wegen Erholungsbedürfnis Rechnung getragen. Das sei Quatsch. Sie zum Beispiel, wenn sie von Schicht käme, ginge sie eben die paar Schritte zum Habichtsforst mit den beiden Kleinen, das eine noch im Kinderwagen. Und jetzt sollte sie zu einem Wanderweg laufen? Der einen Kilometer weit weg ist? Die spinnen doch!

Ulf Steckhahn, Flugzeugpilot, der folgende Redner,

bezog sich nun wiederum nicht auf diesen praktischen Einwand der Arbeiterin aus dem Block im Birkenhof, sondern warf dem Gericht vor (keiner der Richter war anwesend!), es hätte dem Urteil eine längst überholte Auffassung von lärmschluckender Wirkung durch Waldbewuchs zugrunde gelegt. Diese, korrekter ausgedrückt, dämpfende Wirkung beruhe aber, wie man heute wisse, auf der Reflexion und Zerstreuung der Schallwellen, durch die als Hindernisse wirkenden Blätter, Nadeln und Zweige und nur zum geringeren Teil auf Absorption der Schallenergie durch das Pflanzenmaterial. So nehme zwar im Bereich der Hauptfrequenz des Straßenverkehrs der Schallpegel auf achtzig Meter Entfernung in Beständen mit Unterwuchs um ein Drittel ab – wobei immer davon ausgegangen werde, daß die ankommenden Schallwellen senkrecht auf die Blattflächen träfen, was in Wirklichkeit nie vorkomme. Aber die gleichen Meßwerte ergäben sich bereits auf einhundertzwanzig Meter, und zwar auch in Hochpflanzsystemen mit geringen Jungbeständen und knappem Unterwuchs – wie im Habichtsforst!

Als er von Konrad Richter zwischenrufend gefragt wurde, warum er, Ulf Steckhahn, solche klugen Ausführungen nicht eindringlich genug im Stadtparlament vorgetragen habe, wo er doch, wenn auch der Minderheitspartei angehörig, Mitglied sei, und Steckhahn zurückfragte, warum er, Konrad Richter, nicht seinen Bruder, den Hoch- und Tiefbauunternehmer, Gottfried Richter, zurückgehalten habe, auf diese mehr als anrüchige Art und Weise Einfluß zu nehmen auf die Entscheidung des Magistrats, da wäre es zu Handgreiflichkeiten gekommen, wenn nicht Kai-Uwe Ebersheimer, der junge evangelische Pfarrer, auf die Terrasse gesprungen wäre und zur Gitarre das in allen vorherigen Aktionen immer wieder zu Gehör gebrachte Lied vorgetragen hätte, dessen Refrain: „Zur spät ist es bald – drum rettet den Wald“ alle Anwesenden, von Ebersheimer suggestiv dazu aufgefordert, schließlich mitsangen.

Dann kam Helen Calmerten zu Wort. Sie vermißte ein Eingehen auf den Tierschutz im Urteil. Wohin mit den Hunden, wenn der Habichtsforst abgeholzt sei? Das habe man doch in allen Aktionen immer wieder angesprochen; eine junge Frau, Monika Pletthardt (im Überwachungsbericht wird sie als „durchtrieben, ihre wahren Absichten verschleiernd“ charakterisiert), las anschließend ein Gedicht, das dem Applaus nach den meisten unverständlich blieb; dann sprach Arved Välker, ein Arzt, über das Verhältnis von Wald- und Babysterben, und so weiter und so weiter und so fort – uninteressant das meiste, bis auf Griet Steingrübers Beitrag. Dazu wörtlich der Bericht des Überwachungsdienstes: „Steingrüber, Margarete, geborene Straski, einundvierzig, Ehefrau des Erhard Steingrüber (vergleiche Berichte 3/14–7/18, 43, 44, 19/–7), erklärt, sie sei erschüttert, daß die Interessen und Bedürfnisse der Bevölkerung, die sie in drei Jahren immer wieder eindringlich zur Kenntnis gebracht hätten, überhaupt nicht berücksichtigt würden, nicht einmal von den Gerichten. Da müsse man doch resignieren, und jetzt verstünde sie auch, warum immer mehr Menschen, vor allem Jugendliche, sich von diesem Staat, dieser Gesellschaft abwendeten. Was solle man denn noch tun, wenn sich jedes Engagement als nutzlos erweise, die Herrschenden, der Staat oder wie immer man das nennen wolle, doch machen würden, was sie wollen. Sie – Griet Steingrüber, werde sich allerdings nicht mit diesem Urteil – sie bezeichnete es als Unrechtsurteil – abfinden. Man müsse weitermachen, irgendwie. Das sei man nicht nur sich, sondern eben auch seinen Kindern schuldig, die sich sonst immer weiter allem entziehen und immer zynischer werden würden. Ihr Redebeitrag erhielt anhaltenden Applaus.“

Eigenartig, aber bezeichnend ist die Berichtseinschätzung des auf Griet Steingrüber folgenden Beitrags von Judith Brinkmann, „Postangestellte, wohnhaft im Birkenhof 12, III/2, unter Observation“. Ihr Drängen, nicht zu verzweifeln, keine aus dem ersten Zorn heraus unüberlegten Aktionen zu unternehmen, wird als „äußerst geschickte Beschwörungen“ bezeichnet; ihre Ausführungen, man habe in den vorausgegangenen Aktionen gemeinsame Interessen erfahren, das ermutige zu weiterem geschlossenen Vorgehen, nennt man in dem Bericht „raffinierte bündnistaktische Agitation“; die immerhin korrekte Lageeinschätzung, daß hinter der ganzen Angelegenheit, überhaupt hinter den Ausführungshandlungen des Staates, im wesentlichen Wirtschaftsinteressen stünden, die mit den wirklichen Bedürfnissen der Bürger immer stärker im Widerstreit träten, was man am konkreten Fall erfahren habe, wird als „typischer Indoktrinationsversuch" gewertet und dazu zustimmend der Zwischenruf Godewin Stöckers zitiert: „Hört, hört, die Stimme von drüben". Judith Brinkmanns Aufforderung schließlich, jetzt besonnen weiterzumachen, Aufklärungskampagnen ja, Gewaltaktionen nein, damit der Kampf um bessere Umweltbedingungen kein polizeiliches und damit leicht zu unterdrückendes Problem werde, sondern eine politische Dimension behalte, um langfristig andere Mehrheiten im Stadtparlament und im Lande herbeizuführen und damit schließlich eines Tages bessere Verhältnisse, sind so kommentiert: „Damit läßt die Brinkmann die Katze aus dem Sack". Daß die Postangestellte kaum Applaus, „vereinzelten Zuspruch nur aus den Reihen der Blockbewohner" erhielt, wird durch Unterstreichen hervorgehoben.

In der sich anschließenden, vom Überwachungsbericht so genannten „Aussprache", wurden die verschiedensten Vorschläge dazu gemacht, was man noch unternehmen könne und solle, um die Abholzung des Habichtsforsts und den Bau des Zubringers doch noch zu verhindern. Sie reichten von Schweigekreisdemonstrationen auf dem Marktplatz bis zu Tages- und Nachtbesetzungen des Forstes, wobei immer wieder die seinerzeit erfolgreiche Besetzung der Eisenbahnschienen der Nahverkehrsbahn erwähnt wurde, die zu der Beschrankung des Bahnübergangs geführt hatte. Davon, daß man sich an Bäume anketten solle, ist allerdings – immer laut Überwachungsbericht – auf der Versammlung damals in Steingrübers Garten nicht die Rede gewesen. Als „merkwürdig" wird noch festgehalten, daß Erhard Steingrüber, der Mitbegründer, wenn nicht Initiator des Bürgerkomitees, bei der Versammlung kaum hervorgetreten sei, er habe nur hier und da mäßigend in die Diskussion eingegriffen. Mando, das scheint ebenfalls festzustehen, hat sich überhaupt nicht beteiligt. In der dem Bericht angefügten Liste der bei der Versammlung anwesenden Personen wird er nicht aufgeführt. Er taucht in dem Bericht überhaupt nur einmal auf als „männliche Person, deren Identität nicht festgestellt werden konnte". „Sie trug eine Wollmütze", heißt es, „und begab sich mit Tanja Starke nach deren Redebeitrag in den Souterrainteil des Steingrüberschen Hauses, den beide erst zwei Stunden später wieder verließen."

Harm Schurig ist erst gekommen, als man sich wieder im Garten verteilt hatte, in kleinen Gruppen beieinanderstand, -saß, plauderte, diskutierte, trank und zu einer dröhnenden Musik tanzte. Er setzte sich mit seinem Glas etwas abseits, in die Nähe von Tanja Starke, die, ihre Hände in den Schoß geklemmt, vor sich hin starrte und seinen Gruß kaum erwiderte.

Harm Schurig war gehetzt, noch außer Atem, beruhigte sich erst allmählich, während er trank.

Als das Auto in den Weg zum Landschulheim am Himmelmoor eingebogen war, hatte er sich ins Gebüsch geschlagen, gerade noch gesehen, wie der Wagen vor dem Tor des Landschulheimes hielt und zwei Polizisten mit einem Hund heraussprangen. Er war ins Birkenwäldchen gelaufen, weiter durchs Erlengebüsch, von da über den Schwarztorf durch Sträucher, die ihm das Gesicht peitschten, immer den Scheeden entlang. Den letzten Teil bis zur Bruchkante zum Hochmoor hatte er, um seine Spur zu verwischen, durch den Abzugsgraben barfuß zurückgelegt. Wie er die steile Bruchkante hochkletterte, hörte er die Rufe der Polizisten, die den Hund auf die Spur setzten. Er stapfte geduckt durch Moddertümpel zu einem mannshohen Torfstapel, verbarg sich dahinter und beobachtete zwischen den wie Ziegelsteine luftig aufgesetzten Soden die Bruchkante. Sie bildete eine schnurgerade Linie zwischen ein paar Feldbahnloren im Süden und im Norden der Abraum-Raupe, deren überlanger Baggerarm schräg in den Sternenhimmel und bis an den Rand der Deichsel des großen Wagens zu reichen schien. Es war eine helle Nacht, und man konnte weit über die braune und strauchlose Abbaufläche des Himmelmoors sehen. In unregelmäßigen Abständen standen überall die zum Durchtrocknen gestapelten Moormänner, vereinzelt hier und da die niedrigen, Hütten gleichenden, kantig gebauten Torfmieten. Dazwischen schimmerte matt das Sumpfwasser in den durch den Torfstich entstandenen Gräben und Tümpeln. Und ihnen entströmte der Urschlamm-Odem. Harm Schurig hatte gezittert da hinter dem Moormann, gar nicht so sehr aus Angst, aber er war naß geworden bis zu den Hüften. Eine Viertelstunde hatte er zitternd hinter dem Torfstapel gekniet und die Bruchkante beobachtet.

Sie sind nicht aufs Hochmoor gekommen, die Polizisten und der Hund. Die haben vielleicht gedacht, der läuft doch nicht aufs Hochmoor in so einer hellen Nacht, und der Hund hatte die Spur verloren. Harm Schurig ist dann weitergelaufen bis zum Torfwerk, wo sein Wagen parkte. Aber auf der Bank gleich daneben hatte ein Liebespaar gestöhnt. Nach einer halben Stunde erst sind die weitergezogen, und Harm Schurig ist in sein Auto geschlüpft, hat sich umgezogen. Und als er gerade fertig damit gewesen ist, kommt der Polizei-Einsatzwagen die Straße zum Torfwerk hoch. Wieder raus und geduckt bis zum Knick bei der Viehkoppel und da gewartet, bis der Einsatzwagen zurück Richtung Heiderkamp fährt. Über den schmalen Radspurweg ist Harm Schurig dann bis zur B 4 gefahren, von da nach Hause, hat sich hastig gewaschen und ist los, um noch auf der Party bei Steingrübers aufzutauchen.

Was ist denn, fragte er Tanja Starke, ist dir schlecht?

Tanja Starke schüttelte nur den Kopf.

Harm Schurig trank das Glas leer und mischte sich unter die Leute, erfuhr, daß man beschlossen hatte, zum Wochenende ein Volksfest im Habichtsforst zu veranstalten mit Rednern und Künstlern, Informationsständen und Würstchenbuden. Ob das noch was nützt? fragte er Konrad Richter, der sich das ausgedacht und mit seinem Vorschlag die Mehrheit gewonnen hatte.

Man wird sehen, sagte Konrad Richter. Schaden tut es auf keinen Fall. Wir müssen nur jetzt schnell mit den Vorarbeiten beginnen, morgen schon, und dich brauche ich dringend dabei, wie beim letztenmal. Du bist doch der große Animateur.

Na ja, sagte Harm Schurig, ich tue, was ich kann; lachte plötzlich laut und hemmungslos heraus, so daß Godewin Stöcker, der zum Rhythmus der dröhnenden Musik, Schulter und Ellenbogen zuckend, Finger schnippend und Kopf ruckend, vorbeitanzte, gefolgt von der ähnlich sich bewegenden Judith Brinkmann, ihm zurief: Lach nicht so gräßlich, komm, tanz lieber mit.

Ja, schwingen Sie das Tanzbein, Harm, sagte Griet Steingrüber.

Sie tanzte ähnlich wie Godewin Stöcker und Judith Brinkmann und all die anderen um sie herum. Die Bewegungen fielen bei ihr aber weniger heftig aus, sie deutete sie sozusagen nur an. Schauen Sie nur, sagte sie zu Harm Schurig, wie mein Partner das kann. Ihr Partner – wenn man den Ausdruck nicht wörtlich nahm, denn man tanzte nicht aneinandergeschmiegt, sondern zwar Mann mit Frau, aber in einiger Entfernung voneinander – war Mando. Die meisten, während sie ihre Figuren vollführen, schauten ihm zu, wie er ruckartig, ja abrupt und in ständig wechselnden Positionen, Bein, Arm, Hände, Kopf drehte und streckte und bog, mit unbeweglicher Miene: ein Roboter, völlig synchron zum Takt der Musik, aber eben wie eine Maschine.

Je nun, das ist doch... den kenn ich, sagte Harm Schurig laut. Aber keiner hörte hin. Als die Musik abbrach, ging er auf Mando zu. Sieh an, sagte er, mein Anhalter. Der Zauberkünstler. Wie kommen Sie denn hierher?

Sie kennen ihn? fragte Griet Steingrüber, die Mandos Hand gefaßt hatte.

Flüchtig, sagte Harm Schurig. Schon ging die Musik wieder los, und die beiden tanzten weiter.

Harm Schurig ging zum Grill und den Tischen, um etwas zu essen. Es gab nicht mehr viel. Noch zwei Würstchen, sagte Erhard Steingrüber, der wieder hinter dem Grill stand. Ich kann Ihnen aber auch ein Stück Fleisch braten.

Nein, lassen Sie nur, sagte Harm Schurig. Wissen Sie, wer der Mann ist, der da mit Ihrer Frau so ganz modern tanzt?

Weiß ich nicht, sagte Erhard Steingrüber, er gibt sich geheimnisvoll; kommt von weit her, erzählt er, wahrscheinlich jemand von Richters Werbespot-Typen; so einer, wie beim letztenmal, erinnern Sie sich? Dieser bärtige Riese, der in der Reklame für nordisches Bier in einem Wikingerschiff übers Meer kommt und am Strand das Faß aufmacht?

Ja, ich erinnere mich, sagte Harm Schurig, aß Würstchen und Salat, sah den Tanzenden zu. Tanja Starke gesellte sich zu ihm, fragte, ob er den Mann mit der Wollmütze kenne, diesen tollen Tänzer, sie habe beobachtet, wie er mit ihm gesprochen habe.

Ich habe ihn mitgenommen, sagte Harm Schurig, er stand auf der Autobahn. Ich glaube, er ist so was wie ein Zauberkünstler, im Varieté beschäftigt. Ganz erstaunliche Dinge hat der drauf.

Das kann man wohl sagen, sagte Tanja Starke, trank ein Glas Bier in einem Zug leer, Mando nennt er sich. Und warum er hierhergekommen ist, weißt du nicht?

Keine Ahnung. Steingrübers jedenfalls haben ihn nicht eingeladen.

Ist das nicht verdächtig?

Ach – wenn du das meinst, sagte Harm Schurig. Was soll das? Wer weiß schon, wer hier von uns auf welcher Seite steht, zuhört und berichtet. Darüber nachzudenken lohnt sich nicht. Ist doch alles öffentlich. Wir konspirieren doch nicht.

Ach, lieber Harm, sagte Tanja Starke, streichelte seine Wange. Du bist so lieb, sagte sie.

Die Musik brach plötzlich ab – mitten in einem Stück. Hallo! rief man, was ist denn los? Ist doch wohl noch nicht Schluß!

Es wurde einen Moment lang still, und dann brach Gelächter aus und Beifallklatschen.

Auf der erleuchteten Terrasse stand Griet Steingrübers Mutter in einer langen gelb-weißen Robe, dazu trug sie einen weißen Hut mit breiter, über dem Gesicht leicht gebogener Krempe und ellenbogenlange Handschuhe. Am Arm an ihrer Seite stand Kai Steingrüber, ihr Enkel. Er trug Stiefel und einen breitkrempigen Hut auf dem Kopf, und während sie die Stufen hinunterschritten, erschallte eine Musik, die nicht zum Tanzen geeignet war, aber die alle zu kennen schienen.

Die Dallas-Musik! rief jemand, und alle klatschten und lachten. Hello, Miss Elly, rief man, hello, Dschi-Ahr, und am lautesten klatschte und lachte Harm Schurig.

7

In den schriftlichen Aufzeichnungen belletristischen Charakters aus den letzten Dekaden der unmittelbaren Vorgeschichte finden die alltäglichen Dinge und die damit im Zusammenhang stehenden Verrichtungen merkwürdig wenig Erwähnung. Eine Zeitlang vermutete man, diese Dinge seien für die Zeitgenossen damals so selbstverständlich gewesen, daß sie nicht eigens beschrieben werden mußten. Tatsächlich finden sich aber in den übrigen Print-, Ton- und Bildquellen überall und ständig detaillierte Angaben und oft hochpoetische Namen und Schilderungen der für den allgemeinen Gebrauch bestimmten Erzeugnisse, sehr genaue Gebrauchsanweisungen dazu, und Daten aller Art über Farbe, Form, Preis, Qualität solcher Produkte. Ja, die Quellen quellen sozusagen davon über, so daß sich die Frage stellt, ob nicht diese Dinge den Menschen damals mehr als alles andere bestimmten. Vieles spricht nun dafür, daß schriftliche Erzählungen vor allem den Sinn hatten, Zeitgenossen auf einer von alltäglichen Dingen und gewöhnlichen Verrichtungen losgelösten, höheren Ebene, einen höheren – wie es damals hieß – „Sinn des Lebens" vorzuführen, und möglicherweise ist das auch der Grund für das allmähliche Verschwinden dieses Genres in der letzten Dekade der unmittelbaren Vorgeschichte. Wie dem auch sei, eine heute angefertigte Erzählung, die in jener Epoche spielt, darf – will sie ein auch nur teilweise authentisches Bild vom Lebensalltag jener Zeit und Gegend vermitteln – die alltäglichen Dinge und gewöhnlichen Verrichtungen nicht völlig aussparen. In dem folgenden Kapitel soll das auch einmal nicht geschehen.

Alles in allem kann man zufrieden sein.

Erhard Steingrüber rasierte sich im Badezimmer vor dem Spiegel. Die Tür zum Schlafzimmer stand offen.

Meinst du?

Griet Steingrüber zog die Fenstervorhänge zurück, sprang aus dem Bett und sah in den Garten.

Die Sonne schien. Auf den Stühlen und Tischen mit vollen Aschenbechern, leeren und halbleeren Gläsern glitzerte Tau. Die Lampenschnüre zwischen den Pfosten hingen durch, an einer Stelle bis auf den zertretenen Rasen, über welchen verstreut Plastikbecher und Zigarettenkippen und Gläser lagen. Zurückgelassen ein roter Schal auf einem Stuhl, ein Pullover auf der Markise der Hollywoodschaukel, Strümpfe in der Rosenhecke. Vor der Terrasse standen ein Paar Schuhe. In den Speiseresten auf den Tischen neben dem Grill pickten Vögel.

Ja, eine runde Sache in jeder Beziehung, sagte Erhard Steingrüber. Zum Abschluß dann noch Mutter und Kai als Miss Elly und J. R. Ewing, köstlich!

Meine Mutter wird verrückt, regelrecht verrückt, sagte Griet Steingrüber, zog einen pflaumenblauen Morgenmantel mit Stehkragen, angerüschten Ärmelabschlüssen mit Gummizug, Stecktaschen und Zweiwegreißverschluß (50% Baumwolle, 25% Viskose, 25% Polyester) über. Sie setzte sich auf den Stuhl vor dem Spiegel, betrachtete ihr Gesicht, bürstete ihr Haar, dem eine Spannkraft eingewaschen war und das deshalb Sitz und Form auch über Nacht beibehalten hatte.

Aber Liebes, nein, sonderlich wird deine Mutter vielleicht. Sie ist aber doch nicht verrückt. Und im übrigen muß man das ertragen. Wer weiß, wie wir im Alter sind.

Ich hoffe wenigstens, dann gibt es die Dallas-Serie nicht mehr.

Erhard Steingrüber lachte. Er wischte sich den Rasierschaum ab, schüttete eine farbige Flüssigkeit aus einer Flasche in die Hand, benetzte auch die andere Hand damit und beklatschte mit beiden Händen sein Gesicht. Herrlich, rief er fröhlich aus, frisch fängt der Morgen an!

Ja, so mag ich es, entgegnete Griet Steingrüber in ähnlich munterem Ton.

Und zur Hauptsache, zum Habichtsforst, gab es einige gute Diskussionsbeiträge, findest du nicht? fragte Erhard Steingrüber, im Grunde ist die Sache ja gelaufen nach dem Urteil. Die fangen bald schon an mit dem Bau, wetten? Vermessen ist ja schon. Richter erzählt, sein Bruder habe zwei Bagger zusätzlich herangeschafft, und die Holzfällerbrigade steht auf Abruf bereit. Eine Mordssauerei im Grunde.

Daß du das so kühl bringst! Es ist doch viel mehr, sagte Griet Steingrüber, und ich weiß auch nicht, warum du gestern abend in der ganzen Angelegenheit nichts gesagt, weitgehend geschwiegen hast. Hat das etwa damit zu tun, daß Kreienschlags da waren? Warum sind die überhaupt gekommen? Hast du sie eingeladen? Obwohl auch Helen Calmerten da war?

Erhard Steingrüber kam ins Schlafzimmer, legte seinen Bademantel in Nougat-brasil mit kontrastierendem Schalkragen, Blenden, drei aufgesetzten Taschen in Fein-Frottier-Velour-Qualität aufs Bett, zog ein Paar hautsympathische Herrensocken mit Rippenstruktur und Fersenverstärkung und die marinefarbene Bundfaltenhose mit Gürtel, Paspeltaschen, Gesäßpatenttasche mit Knopf (Trevira) an, nahm das Hemd vom Bügel, stellte sich hinter seine Frau vor den Spiegel.

Ich habe Kreienschlags eingeladen, sagte er, griff das Hemd (Popelin, weiß, mit Brusttasche und Knopfleiste, Spezialgewebe an Kragen und Manschetten), schlüpfte hinein, knöpfte es zu.

Heinz Kreienschlag wollte mal erleben, wie das so vor sich geht in unserem Komitee, sagte er.

Griet Steingrüber betrachtete das schmale Gesicht ihres Mannes. Die dunklen Schatten an Kinn und Wangen glänzten nach der Rasur. Erhard Steingrüber hatte einen starken schwarzen Bartwuchs. Er rasierte sich zweimal am Tag. Sein volles schwarzes Kopfhaar zeigte nur wenig Grau an den Schläfen. Seine blauen Augen strahlten.

Es ist demnach also noch nicht entschieden, wer von euch beiden in die Tropen versetzt wird, wie?

Erhard Steingrüber lachte, knüpfte die dezent silber-schwarz-rot gestreifte Krawatte in blauem Grundton (reine Seide), zog sie zurecht. Laß mich das mal machen, sagte er.

Griet Steingrüber legte die Bürste weg, griff zu einem Farbtöpfchen, beugte sich vor, daß ihr Gesicht fast den Spiegel berührte. Während sie mit einem Pinselchen, das sie vorher in das Farbtöpfchen getupft hatte, über ihre Wimpern strich, sagte sie: Nairobi oder Freetown, kann man wenigstens wählen?

Er küßte sie aufs Haar. Wir bleiben im Lande, sagte er, und nähren uns redlich.

Redlich?

Aber sicher. Es ist doch nun wirklich nichts mehr drin in der Habichtsforstsache nach dem Urteil, wenn du das meinst, das mußt du doch auch mal anerkennen. Die Manifestation am Wochenende, das Kampieren im Forst und diese Veranstaltung – na ja, das ist der Schluß. Und ein guter Abgang hoffentlich.

Ich sehe das nicht so.

Aber ich. Wir haben gekämpft – und verloren. Das muß man auch akzeptieren.

Was für große Worte: gekämpft – verloren. Ging es dir nicht von Anfang an um etwas ganz anderes? Aus dem du dich jetzt zurückziehst, weil die Karten anders gemischt sind?

Warum?

Zum Beispiel, weil dein Chef, der große Umweltschützer Glaupel, dein Umweltschutzengagement für zu übertrieben hält – und schädlich für die Firma.

Du machst dir da unnötige Gedanken, Liebes, sagte Erhard Steingrüber, der vom Spiegel zurückgetreten war, den steingrauen Tweed-Sakko mit Zweiknopfverschluß und aufgesetzten Taschen (100% Schurwolle, Taftfutter aus 100% Polyester) überwarf. Wirklich, so einfach ist das nun auch nicht. Ich hänge an der Sache genauso wie du.

Eine Glocke tönte durchs Haus.

Das Frühstück ist fertig – kommst du?

Sie gingen hinunter in die Küche. Kai hatte den Tisch gedeckt. Griet Steingrübers Mutter saß schon. Stefanie fehlte noch. Brötchen und Marmelade, Honig und Eier, Kaffee und Tee gab es, und Margarine frisch auf den Tisch, die Kraft gab und gute Laune für den ganzen Tag. Die Sonne strahlte durchs Fenster. Im Hintergrund spielte eine fröhliche Musik, zu der ein Sänger sang, „Der Kaffee ist fertig – der Kaffee ist fertig, der Kaffee mit dem Verwöhn-Aroma“.

Alle sangen mit, und anschließend wünschte man sich guten Morgen, begann mit dem Frühstück.

Waren Omi und ich nicht Spitze? fragte Kai.

Ja, sagte Erhard Steingrüber, ihr wart der krönende Abschluß.

Griet Steingrüber schwieg, beobachtete ihre Mutter, die eine Brotkruste in ihre Blümchenmustertasse stippte, den Kopf hob und sagte: Es fehlte der Schwung.

Alle lachten, außer Griet Steingrüber.

Auf der Barbecuefete bei den Ewings ist mehr los, was? fragte Kai, die haben auch einen Swimmingpool, in den man die Gäste werfen kann.

Seine Großmutter sah ihn an. Mach dich nur über mich lustig, sagte sie.

Mit einem Schrei stürmte Stefanie in die Küche.

Wo ist mein Deostift, rief sie, wo ist mein Bac?

Meiner, deiner, antwortete lachend ihr Vater, wir haben doch unseren.

Nimm meinen, sagte ihre Mutter, er steht auf meiner Frisierkommode.

Als Stefanie hinauslaufen wollte, rief ihre Mutter: Halt! Hiergeblieben. Erst wird gefrühstückt.

Ich hab doch schon, sagte Stefanie, ich hatte einen Wahnsinnshunger. Ich konnte einfach nicht warten, entschuldigt bitte.

Ist das auch wahr?

Aber ja – und ich muß eilig los, noch bei Jutta vorbei, sie wartet auf mich wegen Mathe.

Stefanie glich ihrem Vater. Sie hatte die gleichen strahlenden blauen Augen. Sie trug ihr schwarzes Haar bis über die Schultern. Den damals propagierten Solltyp ihres Geschlechts, ihrer Schicht und ihres Alters – überschlank bis mager (sie zählte fünfzehn Jahre) – überbot sie noch. Man konnte sie als „dürr“ bezeichnen. Sie gab ihren Eltern und ihrer Großmutter einen Kuß und verschwand, lief die Treppe hoch.

Sie ißt nichts, überhaupt nichts, sagte die Mutter von Griet Steingrüber, aber ich sage dazu nichts mehr.

Typischer Fall von Anoraxie, sagte Kai, der das zweite Brötchen, dick mit Honig beschmiert, aß.

Was? fragte Erhard Steingrüber.

Man hörte, wie Stefanie wieder die Treppe herunterlief und die Haustür ins Schloß fiel.

Anoraxie, sagte Kai, Magersucht. Sie befällt junge Mädchen, die nicht erwachsen werden wollen. Zumeist in Familien mit hohem Leistungsdruck und einer bestimmten Rollenverteilung der Eltern.

Stimmt das?

Ja, sagte Griet Steingrüber, und ich fürchte, wir müssen deswegen mit Doktor Täubert reden.

Das nützt nichts, sagte Kai, sie muß zum Psychiater.

Na, sagte Erhard Steingrüber, so schlimm wird's wohl nicht sein.

Als wir so alt waren wie Stefanie, sagte Griet Steingrübers Mutter, da haben wir auch nicht genug gegessen. Aber weil es nicht genug gab, aus Not. Damals waren gerade . . .

Jajaja, Mutter, sagte Griet Steingrüber, das kennen wir ja nun schon.

Griet Steingrübers Mutter schwieg, stippte ihre Brotkruste in die Tasse.

Wir müssen uns wirklich darum kümmern, sagte Griet Steingrüber zu ihrem Mann, Stefanie ißt so gut wie nichts, seit Wochen.

Erhard Steingrüber bestrich ein Brötchen mit Margarine, der Margarine mit dem Sonnenzeichen, so köstlich und so gesund für die ganze Familie.

Nun hör doch zu!

Ich höre ja. Aber übertreibt ihr nicht? Junge Mädchen in ihrem Alter wollen nicht zu dick werden. Das ist gut und nicht schlecht. Wir essen alle viel zu viel. Unsere Essensgewohnheiten sind immer noch die unserer körperlich schwer arbeitenden Vorfahren. Ich glaube, wir sind es, die umlernen müssen. Auch in dieser Beziehung. Im übrigen: Kinder verhungern nicht.

Was sagt denn deine Firmenleitung zu solchen Einschätzungen, fragte Kai, oder gilt das nicht für die Eingeborenenkinder in den Drittländern, an denen ihr so gut verdient, mit Zeugs, das ihr hier nicht mehr verkaufen dürft nach den neuesten Bestimmungen.

Glaubst du wirklich, du verstündest so viel davon, Kai, fragte Erhard Steingrüber.

Mechthild Schurig, sagte Griet Steingrübers Mutter, Mechthild Schurig ißt und ißt – und hinterher kotzt sie alles wieder aus. Das ist fast noch schlimmer.

Bulimie, sagte Kai. Wie? fragte Erhard Steingrüber.

Bulimie, Freßsucht, das Gegenteil von Magersucht. Es trifft Mädchen nach der Pubertät, auch aus Familien mit starkem Leistungsdruck, aber anderer Rollenverteilung der Eltern.

Du Klugscheißer! Erhard Steingrüber schrie es heraus. Sein Gesicht war verzerrt vor Wut – aber nur einen kurzen Augenblick lang, dann zeigte es wieder die ausgeglichene Freundlichkeit, wie sie auf dem noch vorhandenen Bildmaterial aus jener Epoche und Gegend fast alle männlichen Personen, die wie Erhard Steingrüber im höheren Dienstleistungsbereich tätig waren, aufweisen.

Entschuldige bitte, sagte er, ich habe mich gehenlassen. (Die Motive für diese eigenartige Form für Kritik und Selbstkritik, welche nicht nur unter Verwandten ersten Grades üblich war, sind bislang noch ungeklärt.)

Vati, sagte Kai, wir müssen los, wenn du mich noch zur Schule mitnehmen willst.

Ja – aber nun laßt mich wenigstens zu Ende frühstükken.

Im Radio wurden die Verkehrsberichte durchgegeben, denen sie alle aufmerksam lauschten. Als danach das Mädchen loskreischte:

„Ich sause, sause, sause im Karussell.
Ich steche dich, ich presse dich,
ich schlage dich. –
Komm, mach es schnell, schnell schnell –
im Sause-sause-sause-Karussell“

lachten alle, selbst Griet Steingrüber.

Es schellte.

Ich mach schon auf, sagte Griet Steingrüber, erhob

sich und ging zur Haustür, ließ Frau Hansen, die Haushaltshilfe, herein.

Na, wie war's, fragte Frau Hansen, hat's lange gedauert?

Bis weit nach Mitternacht, sagte Griet Steingrüber, schauen Sie sich bloß den Garten an. Und das Geschirr! Sie müssen sich dranhalten, wenn Sie bis mittags alles aufgeräumt haben wollen. Meine Mutter hilft Ihnen. Ich kümmere mich ums Essen.

Und Ihre Mutter? Hat sie mitgefeiert in ihrem neuen Kleid?

Nur zum Schluß.

Und was hat man gesagt?

Man hat geklatscht.

Erhard Steingrüber und Kai kamen in den Hausflur, verabschiedeten sich mit einem Kuß von Griet Steingrüber, und während sie die Treppe hinaufging, hörte sie, wie der Wagen aus der Garage fuhr. Sie öffnete im oberen Flur das Fenster, wartete, bis es hupte, und winkte dann dem davonfahrenden Auto nach. Aus dem Radio erklang dazu ein von schluchzenden Geigen und Schlagwerk gespieltes Musikstück.

Nachdem sie geduscht und sich angekleidet hatte, fuhr sie zum Einkaufen. Am Eingang des Selbstbedienungsladens griff sie sich einen der Drahtkorbwagen, zog, diesen vor sich herschiebend, los, und gleich im Nudel- und Nährmittelbereich kam es zu einem Zusammenstoß zwischen ihr und Irmgard Walizki. Die beiden Frauen waren, aus entgegengesetzten Richtungen kommend, in die aus Warenregalen gebildete Straße eingebogen, blickten aber – die vorgeschriebenen Drahtkorbwagen vor sich herschiebend – nicht in Fahrtrichtung, sondern suchend in die vollen Regale rechts und links, und so geschah es.

Sie schraken zusammen bei dem klappernden Geräusch ihrer aufeinanderstoßenden Drahtkorbwagen, das die durch eine leise Hintergrundmusik eher noch betonte Stille ringsum so abrupt störte. Aber dann lachten sie, sich erkennend, laut auf, entschuldigten sich mehrere Male und in immer neuen Wendungen, um sich schließlich zu umarmen.

So schön war es gestern bei euch, sagte Irmgard Walizki nach Beendigung des Versöhnungsrituals, vor allem auch nach dem offiziellen Teil. Wir haben uns so wohlgefühlt wie seit langem nicht.

Wir haben uns gefreut, daß ihr so zahlreich erschienen seid, sagte Griet Steingrüber, du hast übrigens fabelhaft ausgesehen in deinem roten Overall.

Danke, sagte Irmgard Walizki, du bist lieb.

Deinen Redebeitrag fand ich toll. Ich bin der gleichen Meinung, wir müssen unbedingt weitermachen, sagte Griet Steingrüber. •

Der Konrad Richter, sagte Irmgard Walizki – war das seine neueste Errungenschaft? Diese, was war sie, Vietnamesin?

Aus Hongkong, sagte Griet Steingrüber, wir müssen für den Infostand am Wochenende noch mehr Broschüren haben, mehr als dreihundert müssen noch gedruckt werden. Nimmst du das in die Hand?

Ja, mach ich. Ich dachte, sie sei eine von diesen Boatpeople. Richter ist doch immer scharf auf solche spektakulären Nothilfefälle – jedenfalls, wenn sie so ansehnlich sind. So wie damals der süße Fratz aus Biafra.

Nein, die – ich glaube, sie heißt Mi oder Mu – tritt in einem seiner Werbespots auf. Ich glaube, für Tee oder Ginsengwurzel oder so was. Dein Mann ist wohl etwas vorsichtig geworden, jetzt nach dem Urteil? Ich hatte so den Eindruck . . .

Der hat Schiß. Richtigen Schiß. Gegen ein solches Urteil ist einfach nichts mehr zu machen, sagt er. Diese staatsgeilen Juristen. Hosenscheißer. Na, habe ich gesagt, ich bin da aber ganz anderer Meinung. Du wirst dich noch wundern.

Irmgard Walizki lachte lange, laut und wild, griff ins Regal, warf ein paar Nudelpakete in ihren Drahtkorbwagen.

Woran denkst du denn, fragte Griet Steingrüber, außer an unser Meeting im Forst am Wochenende. Mehr kann man doch nicht mehr . . .

So? Mehr nicht? Und wenn das Rathaus mal brennt? Und das Lager von Hoch- und Tiefbau Richter, diesem Schwein, der sich eine goldene Nase verdienen will beim Zubringerbau? Sag mal, wer war übrigens dieser Typ mit der Wollmütze? Der mit dem Igel so umgehen konnte und der so scharf tanzt?

Das weiß keiner, sagte Griet Steingrüber, ein Anhalter, den Harm Schurig mitgenommen hat.

Mysteriös.

Findest du? Griet Steingrüber nahm zwei Pakete Reis aus dem Regal und legte sie in ihren Drahtkorbwagen. Also, du kümmerst dich um den Druck der Broschüren, da muß dann noch das Urteil rein, jedenfalls die schlimmsten Stellen mit den Kommentaren von deinem Mann, von Bille, Ulf Steckhahn und von Judith Brinkmann. So haben wir's gestern verabredet. Ich bereite das alles vor und bringe es dir dann. Vielleicht schon morgen.

Sag mal, und wir wollen im Habichtsforst über Nacht kampieren? In Zelten? Das kann ja lustig werden.

Ja, die Leute aus dem Block bringen die Zelte und das Drum und Dran und stellen alles auf. Hoffentlich kommen viele.

Während die beiden Frauen nun nebeneinander, ihre Drahtkorbwagen vor sich herschiebend, an den Regalen vorbeizogen, hier und da hineingriffen, Schachteln, Tüten, Gläser herausnahmen und in die Drahtkorbwagen legten, die sich allmählich füllten, unterhielten sie sich weiter über die Party am Vorabend, die Veranstaltung am Wochenende, gemeinsame Bekannte, Ferienorte, ihre Kinder und ihre Hunde. Fast eine Stunde lang zogen sie so durch die weiträumige Halle, die durch parallel aufgestellte Regale voller Konsumwaren jeglicher Art in Straßen und Gassen aufgeteilt und am hinteren Ende von einer durchgehenden gläsernen Theke abgeschlossen wurde, hinter der weißgekleidete Frauen Käse, Wurst und Fleisch feilboten. Zu den in der Reihe der Käseabteilung wartenden Kunden, fast alles Bewohner aus Eichenhain und Erlengrund, gesellten sich auch Griet Steingrüber und Irmgard Walizki. Man begrüßte sich herzlich, diesmal allerdings ohne Umarmungen, und verfolgte aufmerksam, von welcher Käseart die Person verlangte, die gerade an der Reihe war. Die Auswahl – in und auf die gläserne Theke getürmt und dahinter in

Regalen gestapelt – war von unglaublicher Fülle und Vielfalt, und je bestimmter einer auf ein zu Rad, Rolle, Kasten, Kringel, Klumpen, Platte, Brocken oder Bröckchen geformtes Käsestück wies und je genauer er die zumeist fremdsprachige Bezeichnung dieser Sorte zu nennen wußte, um so beifälliger nickten die anderen. Man gab Ratschläge, von dieser oder jener Sorte doch auch zu nehmen; dieser Käse zum Beispiel zerginge auf der Zunge, jener erzeuge ein zwar deutliches, aber angenehmes Kratzen im Halse, den da müsse man zu Schwarzbrot schlecken und so weiter. Jedem schien es darauf anzukommen, als großer Käseconnaisseur zu gelten, ein Spiel, an dem sich Griet Steingrüber allerdings kaum beteiligte. Bernward Bille, der einzige Mann unter ihnen, schoß wieder mal den Vogel ab. Nachdem er bereits ein ganzes Sortiment zielsicher und unter genauester Bezeichnung ausgewählt hatte, suchte er herumblickend und schließlich fragend nach einem Ziegenkäse mit einem ausgefallenen Namen, den niemand kannte und der auch nicht vorrätig war. Triumphierend muß man das nennen, wie er sich dann zu den anderen hin umdrehte und ihnen den Geschmack dieses Käses, den man unbedingt einmal probieren müsse, erläuterte.

Er kann es nicht lassen, sagte Irmgard Walizki, als sie weiterzogen, Bernward muß immer und überall der Größte sein.

Griet Steingrüber lachte. Jeder hat seine Art, sagte sie, ich finde ihn anregend.

Sie begaben sich zu den Kassen am Ausgang, vor denen die Drahtkorbwagen entladen werden mußten, und Frauen in gelben Kitteln gaben die auf den Waren ausgezeichneten Preise zwecks Errechnung des in bar zu entrichtenden Gesamtbetrages ein. Dabei wurde geschwiegen, und erst als sie die Waren nach Bezahlung in Taschen und Tüten gepackt hatten und zum Ausgang gingen, verabschiedeten sich Griet Steingrüber und Irmgard Walizki voneinander, „bis morgen“ – wie sie sich draußen vor ihren Autos noch zuriefen.

Auf ihrem Heimweg parkte Griet Steingrüber am Marktplatz, auf dem neben der Blutbuche ein Eiswagen stand. Um die Blutbuche herum war in einem Abstand von einem Meter zum Stamm eine kniehohe Mauer gezogen, um die Leute davon abzuhalten, ihre Namen in den Baum zu ritzen – ohne Erfolg, wie man an den Einschnitten am Stamm bis weit über Kopfhöhe sah. Auf dem Mäuerchen hockten Kinder, fragten: Kaufst du uns auch ein Eis? – als Griet Steingrüber an den Eiswagen herantrat.

Dann geben Sie mir mal sechs Hörnchen zu fünfzig, sagte Griet zu dem Eisverkäufer.

Nur Schokolade, riefen die Kinder.

Sie haben's gehört, sagte Griet, aber für mich noch zwei mit Zitroneneis.

Der Eisverkäufer füllte die Hörnchen, reichte jedem der Kinder eins mit Schokoladeneis in die ausgestreckte Hand. Griet zahlte, bekam zwei Hörnchen mit Zitroneneis, ging über den Marktplatz, in jeder Hand ein Eishörnchen, bog in den Weg, der zur Einkaufszeile führte, überquerte die Einkaufszeile, grüßte den und die und betrat in der von der Einkaufszeile zum Bahnhof führenden Straße die Boutique „Helen".

Es waren keine Kunden im Laden, und Helen Calmerten, die Besitzerin, saß in dem hinteren Raum und trank Kaffee.

Eis für uns, sagte Griet Steingrüber, es ist schon fast geschmolzen, wir müssen's schnell essen. Während sie schleckten, sagte Helen Calmerten: Heinz hat mich gestern abend kaum angesehen, nur weil seine Frau dabei war. Was hältst du von so einem Feigling?

Nun ja, sagte Griet Steingrüber, ist das nicht verständlich?

Sie setzte sich auf den zweiten Stuhl vor dem Tisch, und Helen Calmerten goß ihr eine Tasse Kaffee ein.

Seine Frau ist fürchterlich, warum bringt er sie überhaupt mit?

Ich weiß es nicht, sagte Griet Steingrüber und nippte an dem heißen Kaffee.

Sie will den Heinz nicht aus ihren Fängen lassen. Dabei weiß sie genau, daß es aus ist.

Na, dann ist es doch gut, sagte Griet Steingrüber. Komm, wir müssen noch einiges fürs Wochenende vorbereiten.

Helen Calmerten war für Stoff und Beschaffung der Transparente zuständig, und Griet Steingrüber meinte, man müsse jetzt auch das Urteil kommentierende Losungen haben. Helen Calmerten meinte das auch, und sie formulierten, Kaffee und Cognac trinkend, ein paar Sprüche: „Trotz Gerichtsurteil – wir machen weiter. Auch das Oberste Gericht – stoppt uns nicht. Dumme Richter – Waldvernichter". Das hielt Griet Steingrüber für zu kindisch und zu negativ, und sie einigten sich auf: „Gute Richter sind keine Waldvernichter – das Urteil muß weg".

Ich freue mich eigentlich auf das Wochenende im Habichtsforst, sagte Helen Calmerten, wenn wir jetzt nach dem Urteil nichts unternehmen würden – ich weiß nicht. Ich wenigstens fände mich feige.

Mir geht es wie dir, sagte Griet Steingrüber.

Weißt du, daß Heinz mir versprochen hat, die Scheidung einzureichen? fragte Helen Calmerten.

Wer hilft dir bei der Beschriftung der Transparente? fragte Griet Steingrüber.

Tanja und eine Frau aus dem Block. Hat Heinz dir etwas erzählt? Ihr beide habt gestern ja lange zusammengehockt und richtig miteinander geflirtet.

Tanja Starke? Die fährt doch ans Meer mit dem Kleinen, bis zum Wochenende, sagte Griet Steingrüber.

Du willst es mir nicht verraten, was dir Heinz erzählt hat, wie?

Wir haben bloß so herumgealbert.

Bestimmt?

Ja doch. Tanja Starke hilft also?

Ja bestimmt, sie hilft. Magst du noch eine Tasse Kaffee oder Cognac?

Nein danke, ich muß jetzt auch los.

Sag mal, wer war denn der mit der Wollmütze gestern abend? fragte Helen Calmerten.

Einer, der mehr oder weniger zufällig da war, sagte Griet Steingrüber.

Tanja ist ziemlich aufgewühlt wegen dieses Zufälligen.

Warum?

Die beiden waren eine Zeitlang zusammen, allein in

eurem Keller. Und da muß etwas Unglaubliches passiert sein. Und weißt du was?

Griet Steingrübers Gesicht überzog eine leichte Röte. Sie stand auf, sagte: Nein, ich will es auch nicht wissen.

Helen Calmerten lachte. Du mit deiner unzeitgemäßen Prüderie. Weißt du, was Tanja Starke erzählt hat? Phantastisch, das hat Tanja immer wieder gesagt, phantastisch soll er sein, einfach phantastisch. Griet Steingrübers Gesicht zeigte jetzt eine fast flammende Röte. Ich muß wirklich los, sagte sie, zu Hause ist noch alles drunter und drüber, und ich muß auch das Essen richten. Also bis bald.

Helen Calmerten lachte noch, als Griet Steingrüber zur Tür hinauslief. Sie rannte fast zum Marktplatz, wo ihr Wagen parkte, und erst, als sie rasch fahrend in den Eichenhain einbog, verschwand die Röte aus ihrem Gesicht. Sie stellte den Wagen auf dem Weg zur Haustür ab, holte die vollgepackten Tüten aus dem Kofferraum und brachte sie in die Küche, wo sie auspackte und die Waren in Regale und in den Kühlschrank mit den zwei voneinander getrennten Kältemaschinen, die individuelle Temperatureinstellungen für Kühlen und Gefrieren ermöglichten, legte. Dann band sie eine rote, über und über mit kleinen weißen Blümchen bedruckte Küchenschürze mit Rüschen und schrägen Taschen um, und während sie den Wasserhahn über der Spüle andrehte und grünen Salat entblätterte und wusch, sah sie durchs offene Fenster in den Garten.

Die Stangen mit den Lampenschnüren waren weggeräumt, die Tische und Stühle auf der Terrasse zusammengestellt. Frau Hansen säuberte den Grill, und die Mutter harkte den Müll vom Rasen. Die Sonne stand hoch am blauen Junihimmel. In der Rosenhecke, deren Duft durch das offene Fenster in die Küche strömte, flatterten Vögel.

Hast du viele Leute getroffen beim Einkauf? rief ihr ihre Mutter zu.

Griet Steingrüber nickte, holte aus dem Schrank unter der Spüle eine für alle Herdsorten geeignete Großraumbratpfanne aus Leichtmetall in zylindrischer Form mit angeschweißtem Griffstutzen, innen Teflon-beschichtet, eine Legierung, die beim Eintreten bemannter Weltraumfähren in die Erdatmosphäre einen Hitzeschirm gebildet hatte (ein Testversuch, dessen Kosten-Nutzen-Rechnung rätselhaft bleibt, selbst wenn man von einer siebenstelligen Zahl von damals benutzten Bratpfannen ausgeht). Sie stellte die Pfanne auf den Elektroherd (Vierplattenvollherd mit Blitzkochplatte und Vrasenschutzleisten), und während die Pfanne erhitzt wurde, schnitt sie Zwiebeln auf einem Holzbrett, dabei traten Tränen in ihre Augen. Ihre Moulinette, die Zwiebeln ruckzuckschnell und ohne das leidige Augentränen zerkleinerte, war kaputt. Dann gab sie ein garantiert geschmacksfreies Bratfett in die Pfanne. Es zischte, und hinein kamen die geschnittenen Zwiebeln, die mit einem Holzlöffel gerührt und gewendet wurden. Nachdem sie die Pfanne vom Herd gezogen hatte, pfefferte und salzte sie gewürfelte Rindfleischstücke, von denen sie vorher das Fett entfernt hatte, gab sie in die Pfanne zu den Zwiebeln und ließ alles brutzeln. Nach drei Minuten des Wendens und Rührens gab sie etwas Wasser dazu, setzte den Deckel auf die Pfanne und drehte die Herdplatte von Stufe zwei auf Stufe eins herunter.

Man roch nur noch das in Zwiebeln schmorende, gesalzene und gepfefferte Fleisch. Den gewaschenen grünen Salat, der in einem an den Wasserhahn gehängten Sieb abgetropft war, nahm sie heraus und gab ihn in eine Glasschüssel.

Im Radio lief während der ganzen Zeit die Übertragung eines Gottesdienstes aus einem Krankenhaus, und den dünnen Chorgesang der Patienten summte Griet Steingrüber mit. Vom langkörnigen und garantiert keimfreien Patnareis nahm sie drei Tassen, wusch ihn einige Male im Sieb unter fließendem Wasser durch, gab ihn in einen blauemaillierten, gut wärmeleitenden, rostgeschützten Stahlgeschirrtopf, goß Wasser hinzu, nicht mehr als ein Fingerglied über Reishöhe, setzte den Topf auf die Herdplatte bei Wärmestufe eins Komma fünf, aber ohne Deckel. Dann deckte sie den Tisch: Einfaches weißes Tuch legte sie darüber, stellte fünf Teller des Service „Vroni“ aus Hartsteingut mit rustikaler Dekoration, handbemalt, Unterglasur, dennoch spülmaschinenfest, auf, legte dazu die Gabeln und hochwertigen Hohlheftmesser des Bestecks „Fürstenberg" aus Chromnickelstahl mit hundert Gramm Silberauflage, stellte einfache Tischgläser ohne Muster daneben.

Als sie damit fertig war, sah sie über den Tisch und lächelte. Die Sonne schien durchs Fenster.

Im Radio war die Übertragung des Gottesdienstes aus dem Krankenhaus zu Ende gegangen, der Sprecher hatte erklärt, nun schalte man wieder um auf die „Fröhliche Welle", und schon erklang das aktuelle Gesangstück des karussellsausenden Mädchens. Griet Steingrüber stellte es lauter, öffnete das Fenster zum Garten ganz, daß ihre Mutter und Frau Hansen mithören konnten, und die beiden unterbrachen ihre Arbeiten, lachten, nickten, sangen mit.

Ist bald soweit, rief ihnen Griet Steingrüber zu. Sie setzte sich an den Tisch, blätterte in einigen Zeitungen.

Inzwischen kochte der Reis, und gerade, als sie den Reistest machte – dabei wird mit der Gabel einiger Reis entnommen, schräg über den Topf gehalten, und wenn der Reis in einzelnen Körnern von der Gabel herabfällt, gilt der Versuch als geglückt – kamen Kai und Stefanie aus der Schule heim.

In drei Minuten wird gegessen, rief Griet Steingrüber.

Ihre Mutter und Frau Hansen kamen herein, wuschen sich die Hände. Die Kinder brachten ihre Schultaschen in ihre Zimmer, und Griet Steingrüber ging in den Keller, um Mineralwasser und Kirschsaft heraufzuholen.

Sie machte unten kein Licht an, weil die Beleuchtung des Kellerflurs ihr ausreichend schien, um aus den Getränkekästen gleich im ersten Raum zwei Flaschen zu entnehmen. Dann stutzte sie. An der hinteren Wand des Raumes – ein dunkler Schatten. Schnell knipste sie das Licht an.

Mit untergeschlagenen Beinen, kerzengerade, die Arme vor der Brust gekreuzt, hockte da ein Mensch. Er hatte die Augen geschlossen und summte einen leisen, feinen Ton, der aus der Tiefe seines Bauches kam. Es war Mando.

8

Daß später in der Gerichtsverhandlung Mandos nächtlicher Aufenthalt im Kellerraum des Steingrüberschen Hauses nicht zur Sprache kam, lag an Griet Steingrübers Verschwiegenheit. Nachdem sie in erster Überraschung den an der Wand Hockenden gefragt hatte: Was machen Sie da, wie sind Sie bloß hierher gekommen, ist Ihnen nicht wohl? – und Mando, aus der Trance erwachend und sich erhebend, geantwortet hatte: Ein stilles Plätzchen hab ich gesucht, um dem Trubel zu entkommen, und bin dann eingeschlafen – nahm Griet ihn bei der Hand und führte ihn aus der Tür im Souterrain nach draußen, sagte: Wir wollen das für uns behalten, zog ihn zur Terrasse, wo sie ihn begrüßte, als sei er gerade erst dort aufgetaucht. Warum dieses Spiel, wollte Mando fragen, erstaunt darüber, daß nichts in Griets schönem Gesicht die Verstellung ahnen ließ.

Er roch wieder diesen wohlig süßen Duft, der den Blüten der Rosenhecke entströmte, und sie gingen gemeinsam durchs Wohnzimmer in die Küche, und da war der Rosenduft verschwunden. Reis und Fleisch dampften in Schüsseln auf dem Tisch, um den herum die Familie saß und ihn anblickte: Die beiden Kinder Kai und Stefanie und diese alte Frau, die versuchte, jünger auszusehen. Der Vater fehlte.

In trauter Runde beisammen, sagte Mando. Gesegnete Mahlzeit wünsche ich.

Stefanie kicherte. Kai sah ihn mit weit aufgesperrten Augen an, und Griet Steingrübers Mutter öffnete den Mund, schwieg aber, strich mit den Händen über die Tischdecke.

Ein Gast, sagte Griet Steingrüber, Herr Mando, er war gestern abend auch auf unserer Party.

Frau Hansen, die an der Spüle hantierte, lachte. Übriggeblieben, wie? sagte sie.

Da lachten alle, auch Mando, und Griet Steingrüber fragte: Sie essen doch mit uns?

Recht gern.

Dann setzen Sie sich dorthin.

Während Mando Kai gegenüber Platz nahm, legte

Frau Hansen ein weiteres Gedeck auf. Die Sonne schien durchs Fenster. Draußen schlug ein Fink, flötete eine Drossel. Die Geräusche von der Autobahn hörte man kaum. Herzhaft duftete das Essen. Die Menschen am Tisch – auch Frau Hansen hatte sich gesetzt – würden satt werden.

So kann man es aushalten, sagte Mando, euch geht es gut.

Griet Steingrübers Mutter lächelte, wandte sich ihm zu: Ja, sehr gut, viel zu gut eigentlich. Es könnte überhaupt nichts schaden, wenn es uns mal wieder schlechter ginge. Als ich so alt war wie meine Tochter, da hatten wir . . .

Mutter, sagte Griet Steingrüber, bitte nicht diese Geschichten von früher.

Geschichten aus der guten alten Gußeisenzeit, wo man das Brot noch trocken aß und draußen die Pferde wieherten, Omi, will man heute nicht mehr hören, sagte Kai.

Die Alte blickte Mando an mit einem Gesicht, das ausdrücken sollte: Da hören und sehen Sie es, wie man mich hier behandelt.

Wie Sie getanzt haben in der Nacht, sagte Kai zu Mando, fabelhaft, discomäßig, aber wie!

Mando nickte. Ja, sagte er, wir haben eine kesse Sohle aufs Parkett gelegt, Ihre Mutter und ich, wie?

Und Sie haben die richtigen Sprüche drauf, sagte Kai. Ein echter Mensch von heute, wie?

Wie mans nimmt, sagte Mando.

So – und nun guten Appetit, sagte Griet Steingrüber schnell. Alle antworteten: Guten Appetit.

Griet Steingrüber legte dem Gast vor. Man aß und sprach, aß eilig – zu eilig für Mandos Geschmack, und er wunderte sich wieder darüber, wie sie es schafften, zwischen den Bissen die Sätze so zu formen, daß die Speise nicht aus dem Mund fiel. Er stellte fest, daß sie kauten und blitzschnell schluckten, ehe sie zur Rede ansetzten.

Stefanie, die nicht aß, nur am Glas nippte, beobachtete Mando mit halbgeschlossenen Augen. Mando fühlte, wie diese Blicke in ihn eindringen wollten. Das konnte dem Mädchen gelingen. Es nahm kaum Nahrung zu sich, der Körper war zu einem durchsichtigen Gehäuse geworden. Er spürte, wie das Mädchen vibrierte, es war auf dem Punkt, wo innen und außen eins zu sein schienen, und so blockierte Mando schnell die von dem Mädchen ausgehende Energie, mit dem Effekt, daß Stefanie zusammenzuckte, die Augen öffnete, ihn kurz anstarrte, ehe sie den Kopf senkte. Sie steckte ein Salatblatt in den Mund und kaute darauf herum.

Ein knatterndes Geräusch von draußen kam näher, wurde zum Dröhnen. Die Fensterscheiben klirrten. Ein Helikopter flog übers Haus in Richtung Autobahn, und Mando verschloß mit beiden Händen seine Ohren. Als das Geräusch in der Ferne verklang, Mando die Hände von den Ohren genommen hatte, fragte Kai: Tragen Sie immer diese Wollmütze – auch bei der Hitze?

Mando sah Kai an. Die Frechheit des Knaben amüsierte ihn. Dieser kleine Hordenführer mußte aufpassen, daß er erwachsen wurde, ohne Schaden zu nehmen.

Von meiner Mütze trenne ich mich nicht, sagte er, sie ist mir sozusagen auf dem Kopf festgewachsen. Übrigens, habt ihr gefunden, was ihr suchtet, gestern abend drüben?

Kai zuckte zusammen, öffnete den Mund. Wieso ... stotterte er.

Alle am Tisch blickten jetzt auf Kai. Da sagte Mando: Seht mal dort am Fenster!

Sie drehten sich ruckartig zum offenstehenden Fenster. Auf der Fensterbank hockte eine dicke, schwarze Amsel, drehte ihren Kopf, flatterte mit den Flügeln, als wolle sie die am Tisch Sitzenden begrüßen. Man lachte. Da flog die Amsel fort.

Haben Sie den Vogel hergelockt? fragte Griet Steingrüber. Sie scheinen so etwas ja zu können, so wie Sie unseren Igel Prutzemann zum Tanzen brachten, gestern abend. Eine tolle Vorführung. Verraten Sie uns, wie man so etwas macht?

Oh ja, sagte Stefanie, die sich gefangen hatte, erzählen Sie. Wie stellt man das an, einen Igel tanzen lassen?

Mando, der sehr langsam aß, legte Gabel und Messer beiseite. Wie sollte er ihnen erklären, daß man alle Lebewesen zum Tanzen bringen konnte. Er hätte die Familie zunächst in eine Zeit versetzen müssen, in der Hase und Fuchs sich noch gute Nacht sagen, der Wolf sich als Großmutter verkleidet und auf das Mädchen mit der roten Kappe wartet. Das wollte er nicht, und so sagte er: Man kann es lernen, ich verrate aber nicht, wie.

Sie und Ihre Geheimnisse, sagte Kai, aber Tanja Starke haben Sie's verraten, wie?

Griet Steingrübers Gesicht überzog eine leichte Röte, die flammend wurde, als Mando antwortete: Oh nein, der habe ich etwas ganz anderes offenbart.

Griet Steingrübers Mutter schnaufte. Sie zitterte vor Neugier, hüstelte, ehe sie Mando fragte: Sagen Sie, sind Sie neu in Heiderkamp? Wohnen Sie jetzt hier? Oder kommen Sie nur durch?

Mando lächelte ihr zu. Die Wißbegier der Alten, sah er, war grundlos und ziellos. Je rätselhafter seine Antwort – um so zufriedener würde sie sein, diese kleine dicke Frau mit dem puppenhaft geschminkten Gesicht, die tatsächlich die Mutter von Griet Steingrüber sein mußte. So sagte er, weiterlächelnd (geheimnisvoll lächelnd, wie Griet Steingrübers Mutter später zu Frau Hansen sagte, geheimnisvoll, so wie Sue Ellens Freund damals, der Sohn von Clayton, ehe er seine Manneskraft verlor): Vom Süden komm ich, den Westen meid ich, den Osten kenn ich, nach Norden will ich.

Das Funkeln in den Augen der Alten gab Mando recht. Griet Steingrüber schwieg, auch Kai sagte nichts. Stefanie lächelte vor sich hin. Man aß schweigend weiter.

Schmeckt's dir nicht? fragte die Alte ihre Tochter, die wenig aß. Doch, natürlich, sagte Griet, aber ich spiele anschließend Tennis. Das kann ich nicht mit vollem Magen. So? sagte ihre Mutter, ist dein Partner denn wieder mal Konrad Richter? Schaffst Du ihn denn?

Ach, halt den Mund, antwortete Griet Steingrüber in merkwürdiger Heftigkeit. Ihre Mutter senkte den Kopf.

Diese Feindseligkeit, die da zwischen Mutter und Tochter aufschien, hätte Mando sichtbar machen können als lilaschillerndes Strahlenbündel. Sie mußte Teil des Schreckens sein, vermutete er, der das Vakuum ausfüllt, welches entsteht, wenn der materielle Grund für eine enge Beziehung wie die zwischen Eltern und Kindern entfällt, eine Beobachtung, die das Werk „Psychoterror zwischen Verwandten ersten Grades in den letzten Dekaden der unmittelbaren Vorgeschichte nach Wegfall des synallagmatischen do ut es-Verhältnisses durch Einführung der Altersrente“ bestätigt.

Als sie die Mahlzeit beendet hatten, niemand nahm einen Nachschlag, fragte ihn Griet Steingrüber: Begleiten Sie mich zum Tennisplatz?

Mando sagte: Recht gern.

Während Griet Steingrüber aus ihrem Zimmer die Tasche mit ihren Tennissachen holte, wartete Mando unten im Flur auf sie, und als sie die Treppe herunterkam, streckte er ihr beide Hände entgegen. Eine Hand ergriff sie, Mando hielt sie fest. Sie konnten nicht hören, wie Griet Steingrübers Mutter, oben aus dem Fenster blikkend, sagte: Das ist doch ... Also ...

Sie hörten das kreischende Mädchen: Komm, mach es schnell, schnell, schnell im Sause-sause-sause-Karussell.

Kai hatte in seinem Zimmer die Kassette mit diesem Lied aufgelegt und den Lautsprecher voll aufgedreht.

Das Tennisgelände lag am Sandkuhlenweg, nicht weit vom Habichtsforst, und bestand aus drei nebeneinanderliegenden Spielplätzen, einem flachen Gebäude mit einer Terrasse davor, auf der an Tischen und unter Sonnenschirmen Menschen saßen. Auf allen drei Plätzen wurde gespielt.

Verstehen Sie etwas von Tennis? fragte Griet Steingrüber. Sie hatten den Wagen auf dem Parkplatz abgestellt und gingen auf die Terrasse zu. Nein, sagte Mando, ich kenne das Spiel überhaupt nicht.

Griet Steingrüber trug in einer Hand die Tasche, in der anderen ihren Tennisschläger. Man begrüßte sie auf der Terrasse. Konrad Richter rief: Beeil dich, wir spielen auf Platz eins und sind gleich dran.

Er trug eine kurze weiße Hose und ein weißes, kurzärmeliges Hemd. Ähnlich waren auch die Spieler auf den Plätzen gekleidet und die meisten an den Tischen auf der Terrasse. Die Frauen trugen statt kurzer Hosen kurze Röcke.

Ich ziehe mich sofort um, rief ihm Griet Steingrüber zu, sagte zu Mando, der mit ihr in das flache Haus gehen wollte: Und Sie bleiben hier auf der Terrasse, trinken etwas und schauen zu, wenn Sie Lust dazu haben.

Er nickte, setzte sich an den Tisch, an dem Konrad Richter und Mai-San, das Mädchen aus Hongkong, saßen und Ulf Steckhahn und eine große blonde Frau, die er als „Ursula" vorstellte, „die meistens mit mir fliegt". Und der hier, sagte er auf Mando zeigend zu Ursula, ist jemand, der Tiere tanzen läßt.

Ich habe das mal in Tscherrapundschi gesehen, sagte Ursula, das war ein Mann übrigens, der auch eine Wollmütze trug. Er ließ einen Panda tanzen, Rock 'n Roll. Unglaublich!

Können Sie auch Bären tanzen lassen, Mando? fragte Ulf Steckhahn. Er saugte an dem Strohhalm, der in seinem Glas steckte.

Bären sind kompliziert, sagte Mando, sie haben eine traurige Seele, und man muß viel Geduld haben. Aber man kann sich mit ihnen anfreunden. Dann sind sie sogar sehr anhänglich.

Ulf, mein Bär, sagte Ursula, holst du mir bitte noch einen Drink?

Alle lachten, als Ulf Steckhahn, die Tanzschritte eines Bären imitierend, über die Terrasse zum Getränke-Ausschank in das flache Gebäude tapste. Mando blickte über die Terrasse zu den Tennisplätzen hin, sah den Spielern zu. Zwei und auf dem dritten Platz zweimal zwei Spieler beiderlei Geschlechts, die durch ein über die Hälfte des Spielfeldes gespanntes Netz in Brusthöhe voneinander getrennt waren, trieben mit Schlägern einen kleinen elastischen Ball über das Netz weg, hin und her, wobei der Ball nicht später als nach dem ersten Aufspringen erfaßt und weder ins Netz hinein noch über die gegnerische Seite des durch weiße Linien abgegrenzten, rotbeschichteten Spielfeldes hinausgeschlagen werden durfte. Er wunderte sich, daß die Spieler es selten schafften, den Ball öfter als fünf- oder sechsmal hintereinander fehlerfrei in die gegnerische Hälfte zu befördern, wo doch die Schläger, die sie benutzten, bespannte Schlagflächen hatten, auf denen gut zehn dieser Bälle Platz finden konnten, das Spielfeld weiträumig und das Netz niedrig genug war. Man schien noch nicht einmal zu ahnen, wo der Ball landen, geschweige denn, mit welcher Geschwindigkeit er ankommen würde, und so rannten sie hin und her, schwitzten, stöhnten und rackerten sich ab. Daß sie dieses Treiben „Spiel“ nannten! Sein amüsiertes Lächeln bemerkend, sagte Konrad Richter: Na, Sie scheinen ja nicht sehr viel vom Können unserer Cracks zu halten, so geringschätzig wie Sie denen zuschauen.

Oh nein, antwortete Mando, ich schätze nichts gering hier, ganz im Gegenteil. Ein prächtiges Bild ist das! Er zeigte mit ausholender Geste über das Gelände: Unter blauem, wolkenlosem Himmel, umgeben von blühenden Sträuchern die roterdigen Tennisplätze mit den grünen Netzen, vor denen die weißgekleideten Menschen hin und her liefen, die hohen Tannen und Buchen des Habichtsforsts dahinter, das flache weiße Gebäude mit den grünweißen Markisen im gleichen Stoff und in gleicher Farbe wie die Sonnenschirme über den weißen Tischen, an denen die weißgekleideten Menschen saßen und miteinander plauderten. Ein prächtiges Bild, wiederholte er, und so friedlich. Nichts läßt auf drohendes Unheil schließen.

Na, sagte Konrad Richter, die drohende Abholzung des Habichtsforsts drüben ist schlimm genug. Aber das drohende Unheil ist sie wohl nicht. Im übrigen bleibt dieser Platz hier unangetastet. Vielleicht läßt man ja auch die erste Reihe der Bäume drüben stehen. Die geplante Zubringertrasse beginnt erst ein Stück dahinter.

Ulf Steckhahn war inzwischen zurückgekommen. In jeder Hand ein volles Glas, reichte er eins Ulla, seiner großen blonden Mitfliegerin, das andere behielt er in der Hand und fragte, was lächeln Sie so sardonisch, Mando? Ich glaube, sagte er zu den anderen, indem er sich setzte, unser Freund meint ein noch größeres Unheil. Das ganz große Unheil. Den Untergang an sich. Viele schwärmen ja schon geradezu davon, von diesem Blackout. Was ist los? fragte er Mando.

Der war aufgestanden, riß seine Augen weit auf, streckte einen Arm aus wie zum Heilgruß und wies mit der Hand über den Habichtsforst hinweg zum Himmel über Remdingen, und so, als fiele oder glitte von dort aus etwas herab, folgten seine gespreizten Finger diesem Etwas bis hinunter auf die Tennisplätze. Und als kröche von dort etwas auf die Terrasse zu, drückte er mit beiden Händen, stemmte er sich schließlich mit seinem ganzen Körpergewicht dagegen an, wurde aber langsam, Zentimeter für Zentimeter, zurückgedrängt, auf den Stuhl gedrückt, wo er, an die Lehne gepreßt, versuchte, mit beiden Händen dieses um seinen Hals jetzt würgende Etwas wegzureißen, fortzuzerren, abzuwringen.

Während an den übrigen Tischen die Leute weiter plauderten, tranken und lachten, saßen die um Mando herum starr auf ihren Stühlen, folgten mit ihren Augen den Arm- und Handbewegungen Mandos, preßten wie er ihre Rücken an die Stuhllehnen und griffen sich schließlich an die Kehlen.

Da bin ich! Es kann losgehen! Griet Steingrüber, im Tennisdress, ein Handtuch um den Hals geschlungen, den Schläger in der Hand, war an den Tisch getreten, und alle fuhren zusammen, blickten sie an, blickten sich an, blickten auf Mando, der am Tisch saß und sich entspannte. Die Vorführung war ihm nötig erschienen, so jedenfalls dachte er noch am zweiten Tag seiner Anwesenheit in dieser Region, ehe er bemerkte, daß die Sorglosigkeit dieser Menschen nicht einmal durch klar erkennbare Zeichen um sie herum, geschweige denn durch Visionen erschüttert werden konnte.

Also was ist? Los! sagte Griet Steingrüber zu Konrad Richter. Der schüttelte sich, stand auf, nahm seinen Tennisschläger, der neben ihm auf der Terrasse lag, stand auf, sagte: Ich komme schon.

Die beiden gingen zum Tennisplatz hinunter. Mando stand auf und folgte ihnen. Die drei Zurückgebliebenen blickten ihnen verdattert nach.

Was ist da bloß passiert? fragte Ursula. Schrecklich, ich habe die sieben Posaunen von den sieben Engeln blasen gehört.

Das war Löwenbrüllen, meinte Mai-San. Sie schüttelte sich. Ulf Steckhahn, ein bißchen blaß, aber gefaßt, sagte, das sei der typische Lärm eines in den Tiefflug stürzenden Kampfflugzeuges der Klasse Fiat F 7 gewesen. Daß niemand Kampfflugzeuge am Himmel bemerkt habe, hieße nichts. Solche Schallwellen pflanzten sich weithin fort.

Und dieses eigenartig schnappende, klatschende, glitschende, knirschende Geräusch?

Nun gut, das sei ebenso wie diese plötzliche Rotfärbung um sie herum und die Feuershitze, die man verspürt habe, zurückzuführen auf eine kollektive Halluzination, die dieser Kerl, dieser Mando, bei ihnen erzeugt habe. Sonst hätten ja auch die an den Nebentischen etwas bemerkt. Hätten sie aber nicht, oder? Nein, nein, nichts Objektives. Im übrigen auch nichts Unerklärliches. Jahrmarktshypnotiseure früherer Zeiten hätten solche Tricks draufgehabt, wie heute noch Fakire hier und da in abgelegenen Gebieten Asiens, da habe er einmal ...

Er erinnert mich irgendwie an diesen Bärenbändiger in Tscherrapundschi, sagte Ursula, nicht nur die Wollmütze. Der hatte auch verschiedene Augen, das eine schwarz, das andere blau. Verrückt jedenfalls.

Man muß Angst vor ihm haben, sagte Mai-San.

Aber nein, sagte Steckhahn, lachte dabei, eine Spur zu laut. Ein Gaukler ist er, mehr nicht.

Da lachten auch die beiden Frauen und griffen zu ihren Gläsern.

Was Sie da gerade mit uns angestellt haben, sagte Konrad Richter zu Mando, darüber muß ich mit Ihnen später reden. Mir ist da eine Idee gekommen.

Was hat er denn angestellt, fragte Griet Steingrüber und winkte dem verschwitzten Paar zu, das den Platz verließ.

Er hat uns mal wieder verzaubert, wie gestern bei seinem Spiel mit dem Igel, sagte Konrad Richter. Griet lachte. Los, sagte sie, warf einen Ball vor sich auf die Erde, schlug mit dem Schläger, ließ ihn hüpfen. Konrad Richter lief auf die Griet Steingrüber gegenüberliegende Seite des Netzes, und Mando setzte sich auf einen Stuhl am Rande des Spielfeldes. Griet schlug auf, und das Match begann.

Hin übers Netz, her übers Netz sprang der Ball, geschlagen von den beiden, die hin und her liefen, sich reckten und sich bückten, um den Ball mit dem Schläger zu treffen. Doch der richtige Schlag übers Netz gelang beiden nur wenige Male hintereinander, sei es, daß sie den Ball gar nicht erst trafen, nicht übers Netz brachten oder übers abgegrenzte Spielfeld hinausschlugen. Beide schwitzten bald und keuchten. So ungraziös empfand Mando das Hin- und Hergelaufe Griets, so lächerlich unkontrolliert ihre Bewegungen, daß er korrigierend eingreifen wollte. Er konzentrierte sich, bündelte seine Energien, versuchte, sie ins Bewegungszentrum der Frau zu schießen. Es gelang aber nicht, weil ihn jedesmal, wenn er zum Zielschuß ansetzen wollte, etwas ablenkte: Um den Ball mit dem Schläger zu treffen, sprang, reckte, bückte sich Griet Steingrüber, und dabei zeigte sich unter ihrem kurzen weißen Rock ein kurzes weißes Höschen. Mando durfte die Augen nicht schließen, so versuchte er also seine Blicke nur auf den Hinterkopf Griets zu konzentrieren, aber immer wieder glitten sie ab, zum flatternden Rock, zum engsitzenden Höschen darunter, von dem allerdings nur ein Stückchen zum Vorschein kam. Das irritierte, ja erregte Mando zunehmend, verwirrte ihn schließlich so, daß er wahrhaftig einen Augenblick versucht war, den kurzen Rock sich so weit lüften zu lassen, bis das weiße Höschen voll hervorschien. Da gab er auf, schloß die Augen, um nicht wieder dieses für ihn äußerst häßliche Herumgeturne Griets ansehen zu müssen. Als er aber feststellte, daß er unter den geschlossenen Lidern hindurch blinzelte, um weiterhin Blicke auf den flatternden Rock der Frau und das Darunter werfen zu können, und als ihm bewußt wurde, daß er sogar begann, sich auszumalen, was dieses Höschen bedeckte, sprang er auf, so hastig, daß der Stuhl umfiel, ging am Tennisplatz entlang bis zu den Büschen am Rande des Platzes, durch die Büsche hindurch, überstieg einen Zaun, kam an einen Teich, legte sich an der hohen Uferböschung ins hohe Gras.

Ein Schwanenpaar glitt übers Wasser, die geschwungenen Hälse gereckt. Hoch am Himmel kreiste ein Bussard. Mando mußte vorsichtig sein, durfte sich nicht so intensiv auf die Menschen um ihn herum einlassen. Das kostete ihn zuviel Kraft. Seine Augen folgten dem Bussard, seine Pupillen verengten sich, und als der Vogel den hellen Schrei ausstieß, blickte Mando schon durch dessen Sehschlitze herab auf die sich leicht krümmende Erde, den Teich, auf dem das Schwanenpaar jetzt aufgeregt umeinander schwamm, zum Ufer strebte, blickte auf die roten Quadrate der Tennisplätze, auf denen die Spieler zappelten, die weißgrünen Sonnenschirme auf der Terrasse, die sich umeinander drehten. Und dann fiel er auch schon in die Tiefe.

Rufe weckten ihn: Da liegt er ja. Wie hingegossen. Schläft. Hallo, aufwachen!

Griet Steingrüber und Konrad Richter standen über ihm. Er reckte sich. Kommen Sie, sagte Richter, wir wollen noch etwas trinken. Unsere Kehlen sind wie ausgedörrt.

Da stand Mando auf. Sie nahmen ihn in die Mitte, schritten durch ein Törchen im Zaun an den Tennisplätzen vorbei zur Terrasse, sie setzten sich an den Tisch, an dem sie vorher gesessen hatten. Andere Menschen saßen jetzt an den anderen Tischen, und Ulf Steckhahn und Mai-San, Ursula und ein Fremder spielten ein Doppel auf dem Platz, auf dem Griet und Konrad gespielt hatten.

Sie schlafen an den unmöglichsten Stellen, sagte Griet zu Mando.

Ich schlafe überhaupt viel, sagte Mando. Das ist für mich sehr wichtig.

Sie sind wirklich ein rätselhafter Mensch, sagte Griet Steingrüber, man sagt das oft so, aber Sie sind es wirklich.

Das ist er, sagte Konrad Richter, ein rätselhafter Mensch, und so möchte ich Sie auch präsentieren, Mando. Ich habe Ihnen nämlich einen Vorschlag zu machen, und ich glaube, er wird Sie reizen.

9

Nachdem seine Mutter und Mando mit dem Auto zum Tennisgelände gefahren waren, schaltete Kai Steingrüber die Tonanlage aus, über die das Lied vom sausenden Mädchen im sausenden Karussell durch das Haus und aus dem Haus heraus geschallt hatte, knipste sein Funksprechgerät an, sprach hinein: Captain Kirk ruft Commander John.

Gleich darauf kam die Antwort: Hier Commander John. Was gibt's Captain Kirk?

Neue Informationen Raumschiff Sol drei betreffend, sagte Kai, Alarmstufe Alfa.

Treffpunkt am Kreuz in acht Minuten mit Raumgleiter. Over.

Roger in acht Minuten mit Raumgleiter. Over.

Kai stellte das Funksprechgerät ab, ging in die Garage, holte sein Fahrrad heraus, pumpte in beide Reifen Luft zu, schaute auf die Uhr, ging noch einmal ins Haus, kam mit einer Baseballkappe auf dem Kopf zurück, setzte sich aufs Rad, fuhr los, radelte gemächlich und traf gleichzeitig mit Torsten Schurig an der Kreuzung Im Eichenhain Hermann-Löns-Straße ein. Sie nickten sich zu, fuhren hintereinander her bis zum Sandkuhlenweg, der für Autos gesperrt war, und dort fuhren sie nebeneinander weiter. Willst Du mir sagen, daß Siggi Krach geschlagen hat, weil seine Tonanlage gestohlen wurde? fragte Torsten.

Das ist doch uninteressant, sagte Kai.

Sie sahen sich nicht an, während sie, nebeneinander radelnd, sprachen, bewegten kaum ihre Lippen beim Reden. Worum geht es? fragte Torsten.

Jemand ist aufgetaucht, der Bescheid weiß über unseren Besuch bei Siggi, sagte Kai, schlug den Schirm der Kappe hoch und berichtete, langsam radelnd und geradeaus blickend, wie Mando an ihrem Mittagstisch erschienen war und ihn gefragt hatte: Übrigens habt ihr gefunden, was ihr suchtet, gestern abend drüben?

Aha, sagte Torsten, wer ist der Mann?

Vorher nie gesehen, sagte Kai, war gestern auf der Party bei uns, die ganze Zeit über. Komischer Kerl. Soll da eine Dressurnummer abgezogen haben mit einem Igel, unserem Prutzemann. Als ich später ankam, sahen ihm alle zu, wie er tanzte. Dann ist er für eine Zeit mit Tanja Starke in unseren Keller verschwunden.

Gebumst?

Na was denn sonst.

Vielleicht ist er angesetzt, in der Habichtsforstsache rumzuhorchen, mitzumischen, zu provozieren oder so was. Oder von drüben eingeschleust. Stört uns beides nicht.

Glaub ich beides nicht. Zu auffällig dafür.

Wie sieht er aus?

Schräg, würde ich sagen, Wollmütze auf dem Kopf, nimmt er nie ab. Verschiedene Augenfarben. Und wie er dich ansieht – so was hast du noch nicht erlebt.

Durchbohrend?

Genau. Und jetzt kommt es. Als die Alte ihn fragte, wo er zu Hause ist, hat er gesagt: Von Süden komm ich, den Westen meid ich, den Osten kenn ich, nach Norden will ich!

Torsten Schurig bremste hart, setzte die Füße auf die Erde. Kai fuhr weiter. Noch mal, sagte Torsten, als er wieder neben Kai fuhr, und Kai wiederholte: Von Süden komm ich, den Westen meid ich, den Osten kenn ich, nach Norden will ich.

Wie auch immer – aber keinesfalls Ostagent, sagte Torsten, sonst hätte er es anders formuliert. Beschreib ihn genauer.

Also die Wollmütze, wie sie peruanische Flötenspieler tragen. Anzug: feiner Streifen, aber dazu Tennisschuhe. Typischer Dealer-Aufzug, wenn du mich fragst; allerdings keine Ringe an den Händen; auch nichts im Ohr.

Dealerkostüm ja – aber von vor zwei Jahren, sagte Torsten, heute sehen die anders aus.

Na und? Kommt vielleicht gerade aus dem Knast, sagte Kai.

Und will an Siggi ran, weil sie früher zusammen gearbeitet haben. Das wird's sein. Tätowiert? fragte Torsten.

Nichts bemerkt, sagte Kai. Auf der Fete haben die beiden, dieser Mando, wie er sich nennt, und Siggi, nicht miteinander gesprochen. Wäre mir aufgefallen. Ich habe Siggi im Auge gehabt. Die kennen sich nicht, und wenn doch, dann verheimlichen sie es. Damit kippt deine Theorie.

Dann bleibt nur noch: Der ist vom Drogendezernat und schnüffelt, sagte Torsten.

Ein Trecker kam ihnen entgegen. Sie grüßten den Fahrer, einen Bauer, der ihnen zuwinkte.

Kai schwieg.

Du bist anderer Ansicht? fragte Torsten.

Ich weiß nicht, sagte Kai.

Wo ist er jetzt?

Mit meiner Mutter zum Tennisplatz.

Der nistet sich hier ein, sagte Torsten, aufpassen. Hanne soll ihn aufreißen und aushorchen.

Kai schwieg, und Torsten fragte, ob er Bedenken habe. Ob der sich aufreißen läßt, sagte Kai, ist noch die Frage.

Jedenfalls soll sie es versuchen. Das ist Order. Und nun zur Aktion M und F. Sie startet übermorgen. Wie abgemacht, nach der großen Pause. Wir kriegen zwanzig Prozent, mehr war nicht drin.

Dafür lohnt es sich nicht.

Doch. Wir wollen weiter mit ihnen arbeiten. Das ist der Einstieg. Später gibt's dann mehr. Also, die Sache läuft nach Plan. Besprich es heute noch mit der Crew. Over.

Sie waren an der Sandberggabelung angekommen. Torsten fuhr weiter, Kai drehte und radelte den Weg zurück in das Wohnviertel Im Eichenhain, wo er das Fahrrad an der Eiche neben einem Moped abstellte. Zum Baumhaus hoch rief er: Kai hier!

Die Strickleiter wurde hinuntergelassen, und er kletterte hoch. Astrid und Hanne saßen da auf zwei zerschlissenen Autositzen und rauchten und lachten. Hanne trug einen Minirock aus Leder. Sie war älter als Astrid. Ihr seid ja ganz schön bekifft, sagte Kai, und Hanne sagte: Aber sicher, drückte die Zigarette aus, stand auf, sagte: Setz dich.

Kai ließ sich in den Sessel fallen, Hanne kniete sich vor ihm hin und öffnete seine Hose, nahm sein Glied heraus, rieb es, es wurde steif, und Hanne ließ es in ihrem Mund verschwinden. Kai legte den Kopf zurück, stöhnte. Laß mich auch, sagte Astrid, kniete sich neben Hanne, die mit den Händen abwehrte, aber Astrid schob sie beiseite und stülpte ihre Lippen über Kais Glied, zuckelte und saugte, ließ sich von Hanne abdrängen, die mit ihrer Zunge so lange an dem zuckenden Penis leckte, bis Kai sich über sie beugte, ihren Kopf wegdrückte, sein Glied mit beiden Händen bedeckte, konvulsivisch zuckte, nach hinten zurückfiel und eine Zeitlang so verharrte.

Ich hätte es geschluckt, sagte Hanne. Astrid drehte eine Zigarette, krümelte Marihuana hinein. Das ist nicht gesund, sagte sie. Hanne lachte.

Kai stand auf, knöpfte seine Hose zu. In einer halben Stunde sollen möglichst alle hier sein, sagte er, Astrid, hol die, die da sind. Ich muß noch was mit Hanne besprechen.

Besprechen, das kenn ich, maulte Astrid.

Also los, sagte Kai, in einer halben Stunde. Und Astrid ging, kletterte die Strickleiter hinunter, die Kai wieder hochzog. Hanne reichte Kai die von Astrid gedrehte Zigarette. Nein, sagte Kai, weißt du doch, ich mag das nicht.

Da entgeht dir aber was, sagte Hanne, vor allem beim Bumsen. Wenn du stoned bist, geht das noch mal so lange und so gut.

Hör zu, sagte Kai, erzählte ihr einiges von Mando, daß man Verdacht habe, der sei ein Schnüffler, was man herausbekommen müsse. Und das sollst du besorgen. Immer vorausgesetzt, der kommt wieder, wovon wir ausgehen müssen.

Wo wohnt der?

Weiß man nicht.

So, und wo soll ich mich an ihn ranmachen?

Es wird sich schon eine Gelegenheit ergeben. Spätestens am Wochenende, da ziehen die Habichtsforst-Freaks eine Veranstaltung auf mit großem Rumtata, Camping, Buden, Musik und Gesangseinlagen, Tombola – diesen ganzen Zirkus, wie 'ne Stadtteilfete, aber im Wald.

Ach herrje, sagte Hanne, muß das sein?

Ja, muß sein. Der Mann kann uns sehr gefährlich werden.

Na, ich will mal sehen, sagte Hanne, Wollmütze sagst du?

Ja, und die nimmt er nie ab.

Dann tu ich's, sagte Hanne, komm, zieh doch auch mal.

Nein, sagte Kai, mir bekommt das wirklich nicht.

Hanne saß in einem der zerschlissenen Autositze, rauchte. Ihre Augen waren glasig geworden, und sie stülpte die Kopfhörer eines Walkmans, der neben ihr lag, über ihre Ohren, drückte die Taste, schloß die Augen, bewegte ihren Oberkörper im Takt einer Musik, die nur sie hören konnte. Kai kletterte an die obere Luke des Baumhauses, sah hinaus. Hier und da in den Gärten hinter den Häusern des Eichenhains und Erlengrunds saßen Menschen, sonnten sich, lasen und tranken. Bernward Bille mähte seinen Rasen, und weit und hoch am wolkenlosen Himmel kreuzten sich die Kondensstreifen zweier Flugkörper, deren blitzenden Widerschein man mit bloßen Augen wahrnehmen konnte.

Nach und nach kamen die Baumhauskinder, als letzte Astrid. Das sind alle, sagte sie, zehn.

Sie setzten sich in einen Kreis auf den unebenen, aus rohen Brettern zusammengefügten Baumhausboden, einige setzten sich in die Autositze. Man rauchte und trank Bier aus Dosen, schwatzte. Kai setzte sich zu ihnen, klatschte nach einer Weile des Herumschwatzens in die Hände, sagte: Ruhe jetzt, es ist soweit. Und tatsächlich schwiegen sofort alle.

Die M- und F-Aktion startet übermorgen. Hört zu. Kai stand auf, lehnte sich an den Stamm der Eiche, um den herum das Baumhaus konstruiert war, sprach leise, aber eindringlich, erklärte, man kenne ja im wesentlichen den Plan, er wiederhole kurz, bevor er ins einzelne gehen wolle: Die Aktion beginne wie vorgesehen unmittelbar nach der großen Pause, und zwar an allen drei Schulen gleichzeitig. Also: drei Speditionswagen, geschlossene LKWs, fahren an jede Schule heran, jedes Speditionsteam besteht aus sechs Leuten, einem Fahrer, zwei Security-men, drei Transporteuren, und sobald die Schüler nach dem Klingelzeichen in den Schulgebäuden verschwunden sind, der Unterricht begonnen hat, kommen die Wagen so nahe wie möglich an die Abstellplätze heran, die hinteren Klappen der LKWs öffnen sich, Transporteure und Security-men springen heraus, einer der Transporteure schneidet mit einer Drahtverhauschere die angeketteten Mopeds und Fahrräder los, die beiden anderen Transporteure werfen sie auf die Ladeflächen, so viele wie möglich natürlich, und damit kommt der Faktor Zeit ins Spiel und unsere Aufgabe, die im wesentlichen aus Ablenkungsmanövern besteht. Das Problem: So lange wie möglich unbemerkt müssen die Transporteure arbeiten können. Zwei Störquellen kommen in Frage, erstens die Einsicht in die Abstellplätze aus den Fenstern der Schulklassenräume und Lehrerzimmer, zweitens später kommende Schüler und Lehrer, letztere übernehmen die Security-men des Speditionsteams – wie, darüber brauchen wir uns keine Gedanken zu machen; doch soviel, die Sicherheitsleute sind absolute Vollprofis, so daß Hannes ständiger Einwand: „Keine Gewaltanwendung, bitte“ entfällt, denn diese Vollprofis werden sich wegen ein paar Mopeds und Fahrräder nicht eine Anklage wegen bewaffneten Raubes einhandeln. Gewalt kommt überhaupt nicht in Frage bei der Aktion, das muß ich noch mal eindringlich betonen, besonders gegenüber dir, Schanka. Unsere Aufgabe ist einzig und allein die Ablenkung der Hausmeister der Schulen. Und damit komme ich zum Wesentlichen: das Ablenkungsmanöver muß so ablaufen, daß die Hausmeister nicht umhinkönnen, ihre Aufmerksamkeit und Aktivität ausschließlich dahin zu verlagern, wo sich die Abstellplätze für die Mopeds und Fahrräder gerade nicht befinden, und zwar so lange wie möglich, damit der Ertrag, von dessen Erlös wir zehn Prozent abbekommen, auch reichlich genug ausfällt.

Jeffi, sagte Kai, stell die Tafel auf, wir werden jetzt im einzelnen durchgehen, wer wann und wo was zu tun hat.

Erhard Steingrübers Platz bei der wöchentlichen Lagebesprechung der Ressortleiter in der Verwaltungszentrale der nationalen Niederlassung des multinationalen Nahrungsmittelkonzerns war der sechste an der linken sogenannten „hellen“, der Fensterfront zugewandten Seite des zweiundzwanzig Plätze fassenden Konferenztisches. Unter Speckenbach hatte er auf Platz acht, der der holzgetäfelten Wand gegenüberliegenden, sogenannten „dunklen“ Seite gesessen. Erst nach Glaupels Ernennung zum Chef vor zwei Jahren war er auf diesen Platz sechs an der hellen Seite vorgerückt – eine gute Position. Von den Herren, die zwischen ihm und dem am Kopfende des Tisches präsidierenden Glaupel saßen, hatten zwei bald die Altersgrenze erreicht, Wiepert, weitläufig verwandt mit dem Vizepräsidenten, war ein Springer, der nirgendwo lange blieb, und die beiden übrigen, Clausthal und Schröder, konnten gegen Steingrüber nichts weiter als einige Dienstjahre mehr ins Feld führen. Das machte Steingrüber gleichrangig mit Heinz Kreienschlag, der zwar Platz vier innehatte, aber den auf der dunklen Seite des Tisches. Außerdem trennten Kreienschlag von Glaupel Doktor Hauenhain, der Zweite, „absolutes As im Kakaogeschäft“, wie es im Hause hieß, Frau Duda, die man aus Gründen geschlechtlicher Gleichbehandlung nicht versetzen durfte, und der wegen seiner Beziehungen zum Ministerium für Entwicklungshilfe als unersetzlich geltende Dickhoff. Die Plätze am Tisch, das waren dunkelbraune lederbezogene Sessel mit hohen Rücklehnen. Einer davon hatte eine fünf Zentimeter höhere Rücklehne – nämlich Glaupels Sessel. Der diesem am anderen Kopfende des Tisches gegenüberstehende Sessel – für Personen aus der obersten Konzernspitze reserviert und selten besetzt – war sogar zehn Zentimeter höher. Diese eigenartige, aus der Urhordenzeit der Menschheitsgeschichte stammende Placierung von Leitungspersonal war übrigens gang und gäbe, und es wurde an ihr bis zuletzt festgehalten.

Der weitläufige Konferenzraum selbst muß als schmucklos bezeichnet werden. Er war nur mit dem mächtigen Tisch aus Palisanderholz und den zweiundzwanzig Ledersesseln möbliert. Eine in die Wand hinter Glaupels Platz als Relief gearbeitete Weltkarte, auf der zahlreiche rote Punkte die Niederlassungen des multinationalen Nahrungsmittelkonzerns markierten, verstärkte den Eindruck feierlicher Öde. Phantastisch dagegen war der Blick aus der Fensterfront, zwischen dem Wolkenkratzer des Energiekonzerns und dem fast gleichhohen gläsernen Bau der Computer-Leasing AG hindurch, vorbei an den beiden Hochtürmen der Bank und über das Gebäude der Vereinigten Elektrofirmen aus farbigem Beton und das aus bunten Steinen gestaltete Softwarecenter hinweg auf den Hafen mit seinem Geäst aus Kranarmen und Masten, den Lagerhallen, Korn- und Kaffeespeichern und Bananenschuppen, den gestapelten Containern, um die herum hochbeinige spinnenartige Fahrzeuge glitten, auf die ankernden, die ein- und auslaufenden Schiffe und Lotsenbarkassen. All das schimmerte infolge der Tönung des Fensterglases vor dem Auge des Betrachters aus dem Konferenzzimmer in einem sanft-goldenen Licht, wie auf einem Ölbild Rembrandtscher Schule, und im Volksmund hieß das Gebäude des Nahrungsmittelkonzerns auch der „Honigglaspalast", weil sämtliche Fenster des einer riesigen Bienenwabe gleichenden Baus im Sonnenlicht wie pures Gold erstrahlten.

Erhard Steingrüber genoß diese Aussicht auch dieses Mal, während Schnabel, am unteren Ende des Tisches, der letzte in der Reihe der Vortragenden, die geplanten Aktivitäten und den abschließenden Ausblick auf das Ertragsergebnis seines Ressorts für die nächste Woche darlegte.

Es war gar nicht mal schlecht gelaufen für Erhard Steingrüber. Einen Augenblick lang hatte er gedacht, das Messer würde ihm an die Kehle gesetzt, als Hauenhain die mißlungene Push-Phase ansprach, die ihm – Steingrüber – angelastet wurde. Sie habe sein – Hauenhains – Ressort in Mitleidenschaft gezogen, vor allem im Südwestbezirk. Ganz offensichtlich hatten Hauenhain und Heinz Kreienschlag diesen Angriff gemeinsam geplant, obwohl Kreienschlag, von Glaupel angesprochen, erklärt hatte, in seinem Bereich könne der Schaden in Grenzen gehalten werden. Dabei hatte er aber eine bedenkliche Miene aufgesetzt und ihn – Steingrüber – bedeutungsvoll angeblickt, was keinem verborgen geblieben war. Wiepert aber, der sich alles erlauben konnte, hatte laut dazu gelacht und eine Geschichte aus einem sogenannten Dritte-Welt-Land zum besten gegeben, wo ihm – Wiepert – in der Push-Phase für eine Cornflakesorte auch ein Fehler angelastet worden sei, weil er es nämlich hatte durchgehen lassen, daß in den TV-Werbespots ausgerechnet ein Kolonialoffizier das auf dem Markt einzuführende Erzeugnis anpries. Wochen später aber – man hatte diese Sorte Cornflakes schon vom Markt nehmen wollen – sei es gerade dieser patriarchalische, brummelnde Kolonialoffizier gewesen, dessentwegen man das Zeug wie verrückt gekauft habe. Mit dem Gelächter aller über diese Story – Kreienschlag hatte natürlich mitgelacht, allerdings zu laut und zu verkrampft, und auch das war den meisten aufgefallen – war das Thema erledigt; fürs erste jedenfalls.

Als Schnabel geendet und Glaupel noch einige Fragen an ihn gestellt hatte, kam man zum Schluß der Konferenz. Mahnende, auch aufmunternde Worte sprach Glaupel noch, erklärte, im großen und ganzen könne die vergangene Woche als erfolgreich verbucht werden. Dann wünschte er „allen eine gesegnete Mahlzeit" und klappte seine Akte zu.

Man redete noch miteinander, erhob sich, stand beieinander, ehe man den Konferenzraum verließ und mit Fahrstühlen in die siebte Etage fuhr, wo sich die Kantine befand, ein großer, heller Saal, in dem an weißen Resopaltischen ohne Tischdecken hunderte von Mitarbeitern saßen und die Mahlzeiten einnahmen.

Es gab keinen abgetrennten Raum für die Damen und Herren der oberen Etage. Nach strikter Anweisung der Konzernspitze sollten die Leitenden sich zu den übrigen Mitarbeitern gesellen, gemeinsam mit ihnen am selben Tisch essen. Von diesem Setting versprach man sich eine positive Auswirkung auf die Arbeitsproduktivität, für deren Steigerung ein „gutes Betriebsklima", wie man es nannte, förderlich sei, das man sich eben von gemeinsam eingenommenen Mahlzeiten versprach.

Das Essen wurde an einer langen, mattschimmernden Metalltheke ausgeteilt. Man nahm sich eins der übereinandergestapelten Tabletts, stellte sich in die Reihe der Wartenden, setzte das Tablett auf eine an der Theke angebrachte Laufleiste, schob es mit sich weiter, ließ sich, bei den Essensausteilern angekommen, eins der drei Gerichte mit Schöpflöffeln und Forken auf eine in drei Fächer unterteilte flache Schüssel geben, entnahm einem

Behälter Besteck, ließ sich von einem Automaten eins der drei Getränke abzapfen, holte aus einer Glasvitrine auf der Theke eines der drei Desserts heraus und suchte sich dann an einem der Tische einen Platz. Aus verborgenen Lautsprechern tönte dazu ständig Musik, die nur manchmal unterbrochen wurde von Ansagen und durch den lauter gestellten Schlager der Saison vom karussellsausenden Mädchen, den alle dann mitsangen oder summten.

Diese Form der Abspeisung, eine Tradition, von der man sich anscheinend nicht trennen mochte, war weit verbreitet und wurde später auch in den öffentlichen Gaststätten eingeführt.

Es hatte sich so ergeben, daß Erhard Steingrüber in der Schlange an der Theke gleich hinter Glaupel stand. Als sie nun, jeder sein Tablett auf der Hand balancierend, sich einen Tisch suchten, sagte Glaupel: Dort sind zwei frei. Kommen Sie.

Sie gingen zu einem Tisch in der Nähe der Fenster, an dem bereits acht Mitarbeiter speisten, belegten die beiden freien, sich gegenüberliegenden Plätze. Bevor Glaupel zu essen begann, faltete er die Hände, senkte den Kopf. Obwohl nur Minderheiten in jener Epoche noch öffentlich vor den Mahlzeiten beteten – es galt als kurios –, ließen sich die übrigen am Tisch nichts anmerken, unterbrachen allerdings auch nicht das Essen und ihre Gespräche. Steingrüber schwieg während Glaupels Gebet, hatte wie dieser ebenfalls den Kopf gesenkt, und erst als Glaupel geendet hatte, den Kopf hob und guten Appetit wünschte, griff er gleichzeitig mit seinem Gegenüber zum Besteck. Nach dem ersten Bissen sagte Glaupel, er wisse nicht, wie es ihm – Steingrüber – ergehe, aber ihm, Glaupel, schmecke das Kantinenessen vorzüglich. Ja, sagte Steingrüber, man gebe sich wirklich Mühe in der Kantinenküche.

Er habe den Küchenchef persönlich ausgesucht, ihn vorher getestet, sagte Glaupel, gute Küche im Hause nämlich fände er sehr wichtig, da solle auch nicht gespart werden, denn wie heiße es so richtig: Essen und Trinken halte Leib und Seele zusammen. Die Schwitze zum Blumenkohl allerdings würde er – Glaupel – anders zubereitet haben. Ob Steingrüber wisse, daß er – Glaupel – gern koche?

Wirklich?

Ja, und es ist nicht nur meine Frau, die behauptet, ich sei ein guter Koch.

Er bringe es nur zu Spiegeleiern mit Speck, sagte Steingrüber, aber die könne er perfekt.

Zum Kochen braucht man Phantasie, sagte Glaupel.

Während Erhard Steingrüber noch darüber nachsann, ob und inwieweit diese Bemerkung einen Doppelsinn habe, vielleicht auf das Mißlingen der Push-Phase gemünzt sei, sagte Glaupel: Und nun erzählen Sie mal, Steingrüber, wie steht's um den Habichtsforst draußen bei Ihnen?

Steingrüber zog seine Stirn kraus, füllte seine Gabel, drückte mit dem Messer nach, sagte: Mmh, schlecht, ja schlecht – ehe er den Bissen in den Mund schob. Dann berichtete er, weiter gabelnd und essend, vom Urteil des Oberverwaltungsgerichts, erzählte, wie die Mitglieder des Bürgerkomitees „Rettet den Habichtsforst" darauf reagiert hatten, erklärte abschließend: Na, und ich bemühe mich jetzt, allen klarzumachen, daß man die neue Lage, wie sie nun einmal ist, zu akzeptieren habe. Wilde Aktionen nützen ja nun nichts mehr.

Furchtbar, sagte Glaupel, wirklich schrecklich, wie die Richter da entschieden haben. Diese Herren sind allesamt weltfremd – ich habe es immer gesagt, und vor allem, sie haben überhaupt keine Ahnung, was der Wald bedeutet für uns alle, fürs Überleben, aber nicht nur dafür. Nun, ich fürchte auch, Steingrüber, Sie haben recht. Kopf hoch. Sie haben sich ja weiß Gott genug für die Erhaltung des Forstes eingesetzt. Aber was nicht geht, das geht nicht. Wenn das Gericht gesprochen hat, wie falsch auch immer, muß man sich beugen. Ich kann nur immer wieder betonen, wie furchtbar ich es finde.

Glaupel schnitt sich ein Stück vom Kotelett ab. Kreienschlag ist ja wohl auch auf Ihrer Versammlung gewesen, gestern abend, nicht wahr?

Ja, sagte Steingrüber, ich hatte ihn eingeladen. Er zeigte Interesse, wollte wissen, wie das so abläuft in einer Bürgerinitiative. Aber es war wohl ein Fehler.

Wie das?

Nun, sagte Steingrüber, es war ein bißchen peinlich für ihn, weil – nun ja . . .

Erzählen Sie!

Also, seine Freundin war auch dabei, sie ist eine Aktivistin im Bürgerkomitee, und Kreienschlag hatte seine Frau mitgebracht.

Glaupel schnitt ein zweites Stückchen Fleisch vom Kotelett, spießte es auf die Gabel, führte es zum Mund, trank einen Schluck Saft, drückte etwas vom Blumenkohl mit dem Messer auf die Gabel, sagte, ohne Steingrüber dabei anzusehen: Das müssen Sie mir näher erklären.

Erhard Steingrüber war ganz damit beschäftigt, vom Knochen des Koteletts ein Stückchen zu trennen, sagte: Nun, es ist ja seine Privatsache.

Glaupel sagte, nachdem er den Blumenkohl auf der Zunge hatte zergehen lassen: Sicher, sicher. Aber was ist da los. Erzählen Sie.

Nun, sagte Steingrüber, das geht eigentlich schon länger so, und es scheint den Kreienschlag ganz schön mitzunehmen. Tatsache jedenfalls ist, daß Kreienschlags Frau wohl von alldem nichts weiß. Die Dame, ich meine Kreienschlags Freundin, läßt ihm aber keine Ruhe. Sie will, daß er sich entscheidet.

Glaupel mischte das Gemüse mit Soße auf der Gabel. Er hat so eine, wie soll ich sagen, anständige Frau, ja eine Frau von Format. Das ist ja . . .

Steingrüber lachte: Wo die Liebe hinfällt . . .

Das meine ich nun nicht, sagte Glaupel, wischte sich den Mund mit der Papierserviette, trank einen Schluck Saft. Gut, sagte er, ich mag in dieser Beziehung altmodisch denken. Aber ich denke, daß jemand in unserer Stellung auch in dieser Beziehung Verpflichtungen hat, finden Sie nicht?

Steingrüber kaute und nickte. Sie haben recht, sagte er.

Die Hintergrundmusik aus den Lautsprechern brach ab, und eine gedämpfte Stimme ertönte: Herr Direktor Glaupel, ein Überseegespräch, Herr Direktor Glaupel, ein Überseegespräch. Dann summte wieder dic Musik.

Man kann nicht einmal in Ruhe essen, sagte Glaupel, Sie entschuldigen mich.

Er trank noch einen Schluck, erhob sich und verließ schnellen Schritts den Kantinensaal. Erhard Steingrüber wandte sich an seinen Nachbarn. Nun, fragte er, Wilmerforth, wie gefällt Ihnen Ihre Arbeit bei uns und überhaupt unser Land?

Kreienschlag aß an diesem Tag nicht in der Kantine. In seinem Büro auf der neunten Etage schenkte er sich einen Cognac ein, trank ihn stehend, rief seine Sekretärin herein, fragte nach Anrufen und Terminen und erbat die Unterschriftsmappe, sagte, er wolle heute das Haus eher verlassen. Während er die von seinem Assistenten verfaßten Schriftstücke las, hier verbesserte, dort seinen Namenszug daruntersetzte, stand Thea Grundig, die Sekretärin, neben ihm, schlug, wenn er mit dem Kopf nickte, die dicke, löschpapierbezogene Pappseite in der Unterschriftsmappe, auf der das gerade bearbeitete Schreiben lag, um, blieb, während Kreienschlag das nächste Schreiben korrigierte beziehungsweise unterschrieb, leicht vornübergebeugt, aber unbewegt und kaum atmend, halbschräg in Wartestellung stehen bis zum nächsten Kopfnicken, das sie zum Weiterblättern aufforderte.

Liebe Frau Grundig, sagte Kreienschlag, das letzte Schriftstück selbst umblätternd, die Mappe zuschlagend: Fragen Sie sich manchmal auch, wozu das nun um alles in der Welt gut ist, diese Plackerei, lohnt es sich denn wirklich?

Thea Grundig lachte. Sein Lohn, bei seiner Gehaltsstufe wurde er „Einkommen“ genannt, lohnte sich wirklich. Sie hätte es genauestens brutto und netto, ebenso wie die erhebliche Differenz zu ihrem Gehalt, hersagen können, tat es aber nicht, sagte statt dessen, die Unterschriftsmappe vom Schreibtisch nehmend: Manchmal schon.

Kreienschlag legte sich in seinem Sessel zurück und lächelte. Ich danke Ihnen, sagte er, und Thea Grundig ging, öffnete die gepolsterte Tür, schloß beide Türen hinter sich und warf im Vorzimmer die Unterschriftsmappe auf ihren Schreibtisch.

Ehe Heinz Kreienschlag sein Büro verließ, trank er

noch einen Cognac. Er fuhr mit dem Aufzug ins Parterre, nickte dem hinter schußsicherem Glas sitzenden Portier zu, der über ein Mikrophon: Auf Wiedersehen, Herr Direktor, sagte, ging durch das Portal aus dickem Honigglas, das ihm ein bewaffneter Betriebsschutzmann öffnete, auf die Straße, überquerte sie, schlenderte zum Taxistand, bestieg den ersten dort wartenden Wagen und ließ sich zu einem Café an der Nordgrenze der Stadt fahren. Dort bestellte er einen Tee, telefonierte, trank den Tee, las in einer Zeitung, telefonierte noch einmal und ging, als ein Taxifahrer ins Café trat, mit diesem hinaus, setzte sich in das Taxi, nannte dem Fahrer das Ziel: Remdingen. Er erklärte den Weg dorthin, unterhielt sich mit dem Fahrer über das Fußballspiel vom Sonnabend, bei dem es unter den Zuschauern zu zwei Toten und mehreren Schwerverletzten gekommen war, was Kreienschlag gleichgültiger als den Taxifahrer ließ, der meinte, nichts sei mehr so wie früher, worunter er möglicherweise die Zeit, als es den sogenannten bezahlten Fußball noch nicht gab, im Sinn hatte. Knapp hinter dem Ortsschild von Remdingen ließ Kreienschlag das Taxi anhalten, bezahlte den Fahrer, gab ihm ein gutes Trinkgeld dazu, so daß der vor Freude strahlte und „einen wunderschönen Tag noch“ wünschte. Kreienschlag bedankte sich, spazierte durch den kleinen Ort, kam auf eine Landstraße, marschierte über den neben der Landstraße herführenden Radweg bis zu den ersten Häusern von Heiderkamp, wo er in einen Heckenweg einbog, der an einem unkrautbewachsenen Grundstück endete, das er durchschritt, vorbei an einer verfallenen Bretterbude, und zu einem Sportplatz gelangte, auf dem Kinder Volleyball spielten. Von da lief ein Weg am Gleiskörper der Nahverkehrslinie vorbei, den er bis kurz vor dem Bahnhof benutzte, um an einer Lagerhalle vorbei und über den Platz einer Baustoffhandlung hinweg auf die Heiderkamper Hauptstraße zu gelangen, von der aus er hinter dem Gerichtsgebäude in die Fritz-Reuter-Straße einbog, wo er ein Café betrat, einen Tee bestellte und telefonierte. Er trank den Tee, zahlte, verließ das Café, spazierte über den Markt zur Blutbuche, vor der er kurz stehenblieb und sich umsah, und von dort ging er in die Klaus-Groth-Straße. Vor der Boutique „Helen“ blieb er stehen, sah sich einige Male um, ging nicht zur Ladentür, sondern öffnete die Tür, die in den Flur des Wohnhauses führte, in dem sich unten die Boutique „Helen“ befand, schritt am Aufzug vorbei zu einer Tür im hinteren Teil des Flurs, gegenüber dem Eingang im Souterrain, an der er mit den Fingernägeln zweimal kurz, einmal lang und noch einmal kurz kratzte. Sogleich nach dem letzten Kratzen öffnete sie sich. Heinz Kreienschlag sah sich noch einmal um, ehe er eintrat. Sofort wurde die Tür wieder geschlossen.

Endlich, sagte Helen Calmerten, umarmte und küßte Kreienschlag. Sie trug ein enganliegendes schwarzes, vorn tiefausgeschnittenes Kleid, Schuhe mit hohen, spitzen Absätzen, in ihrem Haar ein Stirnband und in ihren Ohren Ringe. Sie zog ihn in das Zimmer hinter dem Laden. Hast du die Verfolger abschütteln können? fragte sie.

Aber sicher, sagte Kreienschlag, warf seinen Hut aufs Sofa. Das Zimmer hinterm Laden war seit Griet Steingrübers Besuch verändert. Es lag jetzt in einem mattroten Licht, das eine laternenartige Lampe spendete, die auf einem Postament vor den schweren dunklen, mit winzigen glitzernden Silberpailetten bestückten Fenstervorhängen stand. Tisch und Stühle waren fort, das Sofa leergeräumt, so daß das fleckige, zerschlissene, an mehreren Stellen von Brandflecken zerlöcherte Leder sichtbar wurde, und als weiteres Möbelstück fand sich nur noch ein Büfett, auf dem ein silberner Kübel, darin eine Flasche Champagner auf Eis, zwei Sektkelche und ein Plattenspieler standen.

Kreienschlag ließ sich aufs Sofa fallen, lehnte sich zurück, verschränkte die Arme hinterm Kopf, streckte die Beine lang aus, Helen Calmerten öffnete die Champagnerflasche, daß deren Korken mit einem Knall an die Decke sprang, goß das schäumende Getränk in die Gläser, stellte den Plattenspieler an, ging mit den Gläsern zum Sofa, setzte sich neben Kreienschlag, reichte ihm ein Glas, stieß an, und während sie tranken, klang aus den versteckten Lautsprecherboxen Musik, gespielt von einem Bandoneum zu einer im strengen Zweivierteltakt geschlagenen Trommel, wozu sich bald zwei Geigen und später ein Baß gesellten. Darf ich bitten? sagte Helen Calmerten, setzte ihr Glas auf den Boden, stand auf, zog Kreienschlag vom Sofa, und beide tanzten zum Takt der Musik durchs Zimmer, wobei Helen Calmerten, ihren rechten Arm um die Schulter Kreienschlags gelegt, den linken Arm spitz angewinkelt, mit gekanteter Hand sein Schulterblatt berührend, dem bald ruckartig nach vorn und bald ruckartig zurückgeworfenen Oberkörper folgte und jedesmal dabei ihr rechtes Bein zwischen seine Schenkel klemmte und im selben Augenblick wie Kreienschlag, der einen Arm um ihre Hüfte geschlungen hatte, den anderen, das Sektglas noch in der Hand, herunterbaumeln ließ, ihren Kopf mal nach links, mal nach rechts herumwarf. So tanzten sie Tango auf Tango, tanzten eine Stunde und länger, Helen legte zwischendurch immer wieder eine Platte auf, tanzten, bis sie erschöpft aufs Sofa sanken.

Helen Calmerten goß die Gläser wieder voll Champagner, und sie tranken hastig, und sie füllte nach.

Zieh dich aus, sagte Kreienschlag.

Sie rückte etwas von ihm ab, lachte, trank und sagte: Wie war dein Tag?

Wie immer, sagte er. Los, zieh dich aus.

Sie stand auf, ging zum Büfett, an das sie sich mit dem Rücken lehnte. Heinz, sagte sie, du hast mich gestern auf der Party bei Steingrübers nicht einmal angeschaut.

Er trank sein Glas leer, verschränkte die Arme hinter dem Kopf, lehnte sich zurück, die Beine ausgestreckt. Na und? sagte er.

Warum bist du überhaupt gekommen?

Muß ich dich etwa um Erlaubnis fragen?

Nein – ich finde nur . . .

Ach, halt den Mund und zieh dich aus.

Ich finde, du hättest mich wenigstens begrüßen können. Deine Frau . . .

Was schwätzt du da. Die Alte hat mich gefahren. Aber was erzähl ich da überhaupt. Also los, zieh dich aus, oder muß ich erst böse werden?

Du darfst ja böse werden, Lieber, sagte Helen Calmerten, aber erst will ich jetzt wissen, ob du mit deiner Frau geredet hast in der letzten Woche.

Schon wieder dieses Geschwätz, sagte Kreienschlag, ich hab dir doch schon hundertmal erklärt, ich rede mit ihr, wann ich es will, auch über Scheidung. Das mach ich oder ich mach es nicht.

Und deine Frau?

Herrje, die kriegt eine vor den Latz, wenn sie nicht spurt, wie du jetzt, wenn du dich nicht sofort ausziehst. Also los!

Nein, sagte Helen Calmerten, ich möchte jetzt mit dir über uns reden.

Wie bitte? fragte Kreienschlag, stand auf, ging auf Helen Calmerten zu. Wie bitte? Hältst du jetzt wohl die Schnauze und tust, was ich dir sage? Oder soll ich dir den Fummel vom Balg reißen?

Helen Calmerten wich nicht zurück, riß vielmehr die Champagnerflasche aus dem Kübel hinter sich heraus, hielt sie in erhobener Hand über Kreienschlags Kopf. Der lachte – brutal muß man dieses Lachen nennen –, wollte ihr die Flasche entreißen, aber sie hielt sie fest, stieß ihn vor die Brust mit der anderen Faust, daß er zurücktaumelte.

Raus, schrie sie, raus! Ich hab es satt. Du hast doch nichts als Schiß, kleine gemeine Angst. Du ..., du ... Spießer!

Kreienschlag wich aufs Sofa zurück, hielt die Hände über seinen Kopf. Sie stand vor ihm, die Flasche in erhobener Faust. Nicht schlagen, sagte er leise, nicht schlagen, bitte.

Raus, schrie Helen Calmerten, griff ihn mit der Hand, die nicht die Champagnerflasche hielt, am Jackenrevers, drehte ihn, stieß ihn zur Tür, ihn, der mit Armen und Händen Gesicht und Kopf schützte. Raus, schrie sie, raus, ich hab's wirklich satt.

Er rannte hinaus.

Helen Calmerten lief zum Sofa zurück, nahm Kreienschlags Hut und schleuderte ihn hinter ihm her, schrie, daß es durch den dunklen Flur hallte: Und schüttele deine Verfolger ab, du starker Macker. Lachte, lachte laut und kreischend, schmiß die Tür krachend ins Schloß, warf sich aufs Sofa.

Etwa fünf Minuten verharrte sie, die Hände vors Gesicht geschlagen, sprang dann auf, riß sich das Band aus dem Haar, die Ohrringe ab, zog sich einen Mantel über, verließ das Haus, ging zum Parkplatz, stieg in ihren Wagen, fuhr los auf die Landstraße nach Remdingen, hielt an den letzten Häusern von Heiderkamp, parkte das Auto vor einem der Häuser, lief den Heckenweg entlang bis zum vom Unkraut überwachsenen Grundstück, schritt durch Brennesseln, Gräser und Disteln, fand Heinz Kreienschlag, der neben der verfallenen Bretterbude auf einem Autoreifen saß. Als sie vor ihm stand, blickte er auf. Er weinte.

Sie kniete sich vor ihn hin und nahm ihn in den Arm.

10

Mando hielt keuchend am Ende des Sandkuhlenweges, setzte sich an die Böschung. Nur weg von diesen Menschen und aus dieser Gegend! Er würde doch immer wieder ähnlich reagieren wie eben am Tennisplatz, als er nach seiner Vorführung auch noch Konrad Richter vom Stuhl stürzen, sich auf den Steinen der Terrasse hatte wälzen lassen. Derartige Anstrengungen zehrten an seinen Kräften. Dieses Mal hatte er sich nur noch durch rasenden Lauf abreagieren können. Es würde ihm nicht immer gelingen, und dann säße oder stünde er da, schutzlos, allem und jedem ausgeliefert. Ein Auspuffknall, vielleicht das Aufblitzen einer Leuchtstoffröhre, Hundebellen oder auch nur das Lachen eines Kindes könnten ihn in solchen Augenblicken vernichten. Schon ohne jede Einmischung war es ihm schwierig genug, die Balance zu halten, obwohl er doch auf seine für die kurze Zeit recht hohe Anpassungsleistung stolz sein durfte.

Er war so schwach, daß er auf die Böschung zurückfiel, als er sich erheben wollte. Zum erstenmal in seinem Leben wünschte er, die Sonne, die am wolkenlosen Himmel strahlte, möge verschwinden. Tatsächlich schwitzte er. Wasserperlen standen ihm auf seiner Stirn, sammelten sich in seinen Achselhöhlen. PANIK VERMEIDEN – PANIK VERMEIDEN. Sein Warnsystem vibrierte. Was hatte ihm HEROLD II für solche Fälle immer wieder eingegeben in all den Sitzungen, tage- und nächtelang? KONZENTRIEREN – ABER NICHT NACH INNEN KRIECHEN – AN DIE NÄCHSTE KRAFTQUELLE HERAN.

Edda Glasen, diese dunkle Frau, die ihn durch den saugenden Tunnel gelockt, deren Augen und Hände, deren rauhe, heisere Stimme ihn an die andere Zeit und den anderen Ort zurückversetzt hatten – zu dieser Frau mußte er finden! Mando schloß die Augen, versuchte, sich zu konzentrieren. Unter fürchterlicher Anstrengung, wobei Arme, Beine, Oberkörper krampfartig zuckten, gelang es ihm schließlich, und er stieß noch einmal diesen Bussardschrei aus, entkrampfte sich, sprang auf, ging schnurstracks in Richtung Block, Im Birkenhof, und Edda Glasen, auf der Couch in ihrem Wohnzimmer liegend, Schokolade lutschend, in einem Romanheft lesend, fuhr zusammen, sprang auf, nahm eine Kanne vom Regal in der Küche, verließ die Wohnung, lief die Treppe hinunter, aus dem Haus heraus, die Straße entlang zur Bushaltestelle. Autobus und Mando kamen fast gleichzeitig mit ihr dort an.

Da bist du ja, sagte sie. Mando ergriff ihre Hand. Sie stiegen ein, setzten sich nebeneinander, schwiegen, während der Bus, in dem nur wenige Menschen saßen, durch Heiderkamp fuhr, noch ein paarmal anhielt, Menschen aufnahm, andere entließ, dann in die B 4 Richtung Remdingen einlenkte, zum Himmelmoor abbog, vorbeisauste, am Landschulheim hielt, wo zwei lachende Knaben und ein Mädchen heraussprangen, weiterrumpelte, an einem Feldweg stoppte, wo Edda Glasen und Mando – er hielt ihre Hand fest – ausstiegen, dem weiterfahrenden Bus nachschauten, der hinter einem Knick verschwand.

Komm, sagte sie. Er ließ ihre Hand nicht los, und sie zogen den Pfad entlang zwischen Gersten und Roggen, deren Ähren sich vom dunklen Grün zum Goldgelbgrün färbten, und überall dazwischen leuchteten Klatschmohn rot und Kornblumen blau. Flaumhaar, rosa und weiß, säumte den Weg und der sonnenfarbige Wiesenbocksbart, von dem Edda einige Stengel abbrach, die Milch mit zwei Fingern herausdrückte, Mando auf den Handrücken tropfen ließ, und der leckte sie ab. Er spürte, wie das Vibrieren und Zittern in Magen, Brust und Kopf allmählich in fließende Ströme überging, wagte aber noch nicht, an etwas anderes zu denken, geschweige denn zu reden, aber als sie nach Überquerung der Kälberkoppel auf den Weg zwischen Haselnußbüschen und Buchengestrüpp, Holunder- und Eschensträuchern traten und er den wilden, sich rankenden Hopfen roch und wie sie den Karrenspuren hinein ins dunkle Grün folgten, stieß er einen Seufzer aus.

Jetzt hast du dich beruhigt, sagte Edda Glasen, die in der einen Hand die Kanne schwenkte, die andere aus Mandos Hand zog und sich damit übers Gesicht und durchs Haar strich. Sie gingen schweigend weiter. Der grüne Tunnel öffnete sich zu einer Wiese hin, auf der das Gras bis übers Knie stand, und nachdem sie das Gatter überstiegen hatten, legten sie sich unter einen blühenden Weißdornbusch. In der Stille dröhnte das Bienengesumme über ihnen wie schweres Gerät von fernen Straßen. Als ein Kuckuck rief, zählte Edda Glasen und kam bis zwanzig.

Hörst du, sagte sie, zwanzig, du hast Glück. Sie legte ihre Hand auf sein Herz, fühlte den schon fast gleichmäßigen Schlag, schloß die Augen und schlief ein. Mando betrachtete ihr Gesicht, die fein gezeichneten Falten, die es überzogen, den breiten Mund, den dunklen Flaum auf der Oberlippe, die langen schwarzen Wimpern, die Leberflecken auf ihren Wangen und am Hals und die Stirn, in die ein Doppelkreuz geritzt war, roch ihren Schweiß, und er fühlte sich wieder in dieser Höhle, eingesackt auf dem Rücken der schwatzenden Frau, atmete tief und ruhig, und ihre Körperwärme durchfloß ihn, und nichts reizte ihn, ihren Rock hochzuziehen. Er legte den Kopf auf ihren Bauch und sah das Himmelblau durchs Geäst des süß duftenden Weißdornbuschs. Die Bienen summten und brummten, und er fiel leise in ihren Ton ein.

So etwas wie dieses Grünen und Blühen, dieses Atmen der Erde, den würzigen Hauch der Gräser, hatte er nicht erwartet. Was er bis jetzt und bis hier angetroffen hatte, war zu nichts anderem geeignet, als sein baldiges Verschwinden zu rechtfertigen. Doch der Drang, die Gegend zu verlassen, der nach Konrad Richters so genanntem Vorschlag übermächtig geworden war, wurde schwächer.

Dieser Vorschlag!

Erstmals zum Wohlsein, hatte Konrad Richter am Tisch unterm Sonnenschirm auf der Terrasse an den Tennisplätzen gesagt, sein Glas erhoben, ihm zugetrunken. Er habe also einen Vorschlag an ihn, und die Idee dazu sei ihm gekommen nach seiner – Mandos – Hypnoseveranstaltung vorhin. Also der Vorschlag – aber dazu müsse er etwas ausholen, von seiner Arbeit erzählen. Mando hatte bemerkt, wie bei diesen Worten Griet Steingrüber die Stirn runzelte, die Mundwinkel hochzog, den Kopf in den Nacken legte, die Augen auf- und zuklappte. Ja, ja – so Konrad Richter –, er mache es kurz.

Also, von Anfang an sei er, Konrad Richter, und das sei sein Markenzeichen, auf Überraschendes in der Produktwerbung ausgewesen. Ob das Fahrrad einsam in der Wüste, welches der verdurstende Beduine finde, um es jubelnd zu besteigen und zum Wasserlauf zu radeln, ob der Deo-Spray im Iglu, mit dem die Eskimodame ihre Gäste besprühe, die dann vor wilder Freude an sich herumschnupperten, oder ob die zwischen qualmenden Industrieschornsteinen kilometerlang gespannte Leine voll weißester Wäsche über tanzenden Hausfrauen – all dieses habe seinerzeit einiges verändert. Die Ära der Biederkeit, des Spießbürgerlichen in der Produktwerbung, sei damit beendet worden, ja, der neue Stil, sein Stil – zu Recht habe man von da an vom „Richter-Stil" gesprochen, witzig, kritisch, vom Surrealismus beeinflußt und dessen Formelemente benutzend – habe sich dann ja auch im öffentlichen Bewußtsein durchgesetzt, sei akzeptiert, imitiert worden, habe sogar die Redeweise des Volkes beeinflußt. Natürlich sei er, Konrad Richter, sofort kopiert worden auf allen Gebieten der Reklame, meist schlecht, er erinnere nur an die Seifenwerbung im afrikanischen Kral. Die sich dann gegen diesen Richter-Stil entwickelnde Richtung des authentischen Realismus – Konsumenten zum Beispiel vor, während und nach dem Kauf befragen – wie die auch sich anschließende Agitations- und Belehrungsreklame, habe er, Konrad Richter, nur unwillig mitgemacht. Im Grunde läge ihm so etwas Phantasieloses nicht, und so habe er auch schon längere Zeit nach neueren Formen gesucht, einem Stil, der alle Richtungen in sich aufnehme und doch über alles hinausführe. Und da sei ihm eben nach Mandos Hypnoseveranstaltung, die sie alle so entrückt habe, die zündende Idee gekommen. Also, er stelle sich vor: Im authentischen Kaufentscheidungsvorraum, dem Fußgängerbereich vor den Geschäften der City beispielsweise, aufgebaut der Tisch eines fliegenden Händlers, der ein Fleckenwasser anpreise und dessen Wirkung in dieser bekannten, zauberkünstlerischen Art und Weise demonstriere. Immer mehr Leute versammeln sich vor dem Tisch dieses fliegenden Händlers, schauen seinen Tricks mit dem Fleckenwasser – geschüttet aus einer immensen Flasche – zu, lachen, um plötzlich, Person auf Person, zu erstarren, die Arme flehentlich hochzustrecken und, erst vereinzelt, dann unisono, zu rufen, vielleicht sogar zu singen: SABA, SABA, SABA, wir wollen SABA – der Name nicht etwa des Fleckenwassers, des fliegenden Händlers, sondern des zu bewerbenden Säuberungsmittels, das dann ganz groß im Bild erscheint!

Griet Steingrüber, amüsiert und gelangweilt von den Ausführungen Konrad Richters, die sie offenbar schon oft hatte über sich ergehen lassen müssen, hatte an dieser Stelle laut gelacht, gesagt: Aber das kenne man doch längst, MAOAM, MAOAM, wir wollen MAOAM. Was daran neu sein solle?

Das Authentische, liebe Griet, das Authentische!

Konrad Richter hatte sich vorgebeugt, wiederholte: Das Authentische! Maoam-Reklame und ähnliches bleibe durch das Simulative ganz und gar dem Alten verhaftet, und tatsächlich sei auch die Kaufbereitschaft für Maoam ausweislich der Umsatzzahlen nicht erhöht werden. Das Simulative bringe es nämlich nicht mehr. Das Authentische dagegen erhöhe durch das Unabweisliche, das Nachweisbare, das sozusagen Wirkliche, den Aufmerksamkeitswert. Das könnten die Vertreter des authentischen Realismus durch Zahlen belegen. Insoweit hätten sie recht. Das Authentische und das Agitative, nunmehr gepaart mit Mystischem, Geheimnisvollem, würden – das sei seine feste Überzeugung – den Aufmerksamkeitswert aber ins Enorme steigern. Die Zeit dazu sei reif. Also, er stelle sich vor: Unser Freund Mando ist der fliegende Händler, und während er mit Fleckenwasser und schmutzigen Tüchern hantiert, versetzt er die Zuschauer – wohlgemerkt keine Schauspieler, alles normale Leute, also nichts Simulatives – so in Hypnose, wie uns vorhin, gibt ihnen den Befehl, die Arme auszustrecken, SABA, SABA zu rufen und zu singen. Und jetzt kommt's: Während SABA groß im Bild erscheint, löst Mando den Hypnosebann, und Reporter mit Mikrophonen befragen drei, vier, fünf im Publikum, was mit ihnen passiert sei, wie sie dazu gekommen seien, die Arme zu erheben, SABA zu rufen, zu singen. Und die werden dann, ziemlich verwirrt, stammelnd womöglich, Erklärungen suchen – und das wird ins Bild kommen, und zwar echt, wirklich, authentisch, versteht ihr, das können keine Schauspieler, die simulieren nur. „SABA, ja warum SABA, ich habe plötzlich SABA über mir gesehen" und so weiter, „hatte so ein Gefühl, verstehen Sie", und das ist es, genau das. Ich sage euch, das ist's und wird zudem ein Nachklingen haben, aktuelle Sendungen, Boulevardblätter werden ihrerseits die Beteiligten fragen, ob sie denn wirklich und so weiter. Das ist alles unbezahlbar.

Mando hatte sich das alles angehört, zunehmend angewidert, fassungslos schließlich. Erst später im Untersuchungsgefängnis sollte er begreifen, daß derartiges auf Ausnutzung anderer gerichtetes Sinnen und Trachten hier gang und gäbe waren. Vermutlich aber hätte Mando dennoch nicht so reagiert, wie er es dann doch tat, wäre Konrad Richter nicht darauf verfallen auszumalen, wie und was Mando zu tun haben würde als fliegender Händler, als Hypnotiseur, wobei er wahrhaftig den Ausdruck benutzte: Verrückt – so verrückt, wie es nur geht und wie er ja nun einmal ist, unser Freund Mando.

Das hatte ihn erschüttert und dazu kam noch, daß Griet Steingrüber lachte. So hatte er sich zurückgelehnt, Richter fixiert, „Runter", geflüstert. Und wie Richter vom Stuhl gefallen war und sich auf dem Boden wälzte, war er aufgestanden, hatte gesagt: So etwa – so verrückt?

Edda Glasen erwachte. Ich habe geschlafen, sagte sie, du hast mich angestrengt.

Sie stand auf, glättete ihren Rock. Wir müssen weiter, sagte sie. Sie kletterten übers Gatter, kamen durch eine bunte Wiese voll Rotklee und Schafgarbe, Glockenblumen und Löwenzahn, Prünellen und Margeriten und scharfem Hahnenfuß, und von allen pflückte Edda Glasen einen Strauß, und später auf dem Baumstumpf neben einer Tränke flocht sie zwei Kränze daraus, setzte sich einen ins Haar und Mando den zweiten auf die Wollmütze. So zogen sie Hand in Hand weiter, und vom Rain eines Eichenhains aus sahen sie vor sich den Güstrophof.

Wie die Villen im Eichenhain war er gebaut, aus Backstein. Aber seit Generationen hatten Regen, Wind und Sonne den Stein gebleicht in ein Rosa, das sich mit den hellblau blühenden Fliederbüschen ringsum und dem Lindgrün der Linde davor, dem altgrauen Reet, mit dem das steile, tief heruntergezogene Dach gedeckt war, und mit dem aus einem Kamin sich kräuselnden Rauch zu einem luftigen Aquarell unter dem tiefen Blau des Junihimmels mischte. Auf der Koppel, vor einem der Ställe, weidete eine Stute und ließ das Fohlen, das seinen Kopf schräg unter ihren Leib gesteckt hatte und die Hinterbeine ungelenk spreizte, saugen, schlug hin und wieder mit dem Schweif, um die Fliegen zu verscheuchen. In dem Rübenfeld hinter den Ställen hackten weiß gekleidete Frauen und Männer die Erde, gebückt und in einem ruhigen, gleichbleibenden Rhythmus, blickten auf und winkten den auf Ponies vorüberreitenden Kindern zu.

Das es so etwas Schönes gibt! sagte Mando.

Ein Kind kam ihnen entgegengelaufen, als sie durch den Bauerngarten auf das Haus zuschritten, sprang in Edda Glasens ausgebreitete Arme, wurde herumgewirbelt, bekam den Blumenkranz ins Haar gesetzt. Eine

Frau in weißem Overall trat aus dem Haus, umarmte Edda Glasen. Ein guter Freund, sagte Edda Glasen, Mando vorstellend, und die Frau reichte ihm die Hand, sagte: Die Stella bin ich.

Eure gute Ziegenmilch, von der möchte ich wieder – Edda Glasen hielt die Kanne hoch. Sicher, sagte Stella, bleibt zur Vesper, der Tisch ist gedeckt.

Sie traten ins Haus, gingen durch die Küche, von da aus durch die Tenne, und Mando roch Viehdunst, sah sich auf einem Büffel sitzen, und der Büffel stapfte durch einen schlammigen Fluß, und andere Kinder auf anderen Büffeln lachten und spritzten mit Wasser, so wie er. Er blieb einen Augenblick lang stehen, schüttelte den Kopf, ging weiter. Vor der Tenne stand der lange, breite, zur Vesper gedeckte Tisch. Brot und Honig, Wurst, Butter und Käse, Obstkuchen und Quark brachten die Kinder heraus. Alle trugen diese weißen Overalls, auch die Frauen und Männer, die nach und nach aus den Ställen und vom Rübenfeld kamen, sich unter der Pumpe wuschen und auf die Bänke um den Tisch herum setzten. Nur ein Mann, der sich Mando gegenüber niederließ, trug nicht dieses weiße Zeug, und er war auch glatt rasiert und trug eine Brille.

Große Kaffeekannen wurden auf den Tisch gestellt, man griff zu, redete, lachte – ein Stimmengewirr, welches Mando erdrückte und verschloß. Er lehnte sich zurück, berührte mit dem Hinterkopf die Hauswand, fühlte die Sonnenwärme im Backstein, und allmählich entspannte er sich, und als er auf die sonnendurchglasten Äcker und Felder blickte, als er dem Taubenschwarm folgte, der einmal, zweimal ums Haus flatterte, und als er den Kuckuck im Bruch rufen hörte und das Wiehern eines Pferdes hinter dem Stall und als er den milden warmen Wind im Haar spürte – da öffnete er sich, unterschied die Stimmen, die hellen der Kinder, die hohen und tiefen der Männer und Frauen.

Die Schwatzlust der Menschen war auch etwas, das er nicht erwartet hatte. Es fiel ihm schwer, die Stimmen den einzelnen zuzuordnen. Vom Rübenhacken, das er in dieser Art und Weise für überflüssig hielt, redete der Mann, der sich neben Edda Glasen gesetzt hatte, und stieß auf Widerspruch bei der Frau am Kopf des Tisches, die – so schien es – die Führerin aller war, so wie man sie anblickte, ihr lauschte, ihr Butter und Brot zuschob. Diese Frau, Maria hieß sie, war größer und breiter als die übrigen Frauen, und sie trug ihr krauses, dickes blondes Haar lang bis über die Schultern. Sie hatte ein breites Gesicht, hohe Backenknochen, große graue Augen, einen großen Mund und eine sanfte, leise Stimme, mit der sie das Mädchen tröstete, das weinend auf ihren Schoß gesprungen kam. Sie hörte dabei aber dem Reden um sie herum weiter zu.

Edda Glasen, rechts neben Mando, beschrieb der Stella, links neben ihm, beide hatten sich vorgebeugt – ein Gericht aus Preiselbeeren und Buchweizen, die Schwangere schräg gegenüber, beide Hände auf ihren hohen Bauch gelegt, demonstrierte den beiden neben ihr sitzenden Männern den Vorgang von Preßwehen, die Gruppe am anderen Ende des Tisches verschluckte sich fast vor Lachen über die Faxen eines Knaben, der vormachte, wie einer aus der Gruppe eine störrische Ziege zu melken versucht hatte.

Es war unverkennbar: Die Menschen hier liebten sich, und Mando streckte seine Hand unter den Tisch, schob Stellas Rock hoch, wollte die Hand zwischen ihre Schenkel legen, doch Stella ergriff seine Hand, schob sie beiseite, und als er es ein zweites Mal versuchte, schlug sie ihm sogar darauf. Die Abwehr gegen derartige Berührungen hatten ihn schon bei der Frau in Steingrübers Keller überrascht, noch mehr dann das plötzliche Aufgeben ihres Sträubens. Daß Männer sich noch entschiedener gegen solches Ertasten wehrten, sollte er später erst erfahren. Er fragte sich, weshalb überhaupt solches Berühren als Attentat empfunden werden konnte. Oder war es nur ein für sie lustvolles Spiel: Attacke und Abwehr? Es hätte ihn interessiert, wann und wie Stella nachgeben würde, aber Mando spürte ganz deutlich die feindselige Starre in ihrem Körper, und der harte Ellbogenstoß in seine Seite, als er es ein weiteres Mal versuchte, ließ nur den Schluß zu, daß Stella hier und jetzt auf keinen Fall solche Berührungen ertragen wollte. Und so versuchte er zuzuhören, die Gespräche zu verstehen, zum Beispiel das zwischen seinem direkten Gegenüber, dem Unbärtigen ohne Overall mit Brille, und dessen Nachbarn, der einen Bart bis zur Brust trug. Einen Disput führten die beiden, in dem es „mal wieder um die letzten Dinge“ ging, wie die Führerin Maria spöttelte. Und eben über diese letzten Dinge könne es keine Gewißheit geben, meinte der Bärtige, Marias Bemerkung aufgreifend, was ja die Aufklärung herausgearbeitet habe, die Aufklärung, wofür er, der Unbärtige, so schwärme. Die Aufklärung, fuhr der Bärtige fort, die dann aber doch wieder die damals von ihr erkannten sogenannten Naturgesetze in den Rang ewiger Wahrheiten erhoben hat – alles Tricks, mein Lieber, alles Tricks. Und euer Marx ...

Laß dieses euer, rief der Unbärtige, sei bitte ernsthaft.

Also nicht euer, sondern nur Marx, lachte der Bärtige, der sei doch ganz besonders trickreich gewesen, um den heißen Brei, die Frage nämlich nach dem Grund von Existenz, herumstreichend, habe der den Ausweg in die Geschichte verlegt, deren Ziel die Vermeidung von Naturabhängigkeit durch notwendige Arbeit sei, und weshalb? Und dadurch mehr Zeit für sogenannte „höhere Tätigkeiten“ zu schaffen, und bei dieser wüsten, notwendigen Arbeit für die freie Zeit sei dann die Wüste notwendig entstanden, in der wir heute ...

Jaja, diese ewige Leier, lachte der Unbärtige, immer läuft's darauf hinaus bei euch ...

Die Gruppe am anderen Ende des Tisches war zu einem Frage- und Antwortspiel übergegangen. Einer pfiff oder summte eine Melodie, die die anderen erraten mußten.

Jimi Hendrix, He Joe, der Riff nach der zweiten Strophe, wurde von einem geraten, und man klatschte, und derjenige, der richtig geraten hatte, war an der Reihe, und das Spiel auf einem Blasinstrument imitierend, flötete er eine Weise, die alle sofort erkannten: Armstrong, Basin Street Blues.

Stella, die ein Stück von Mando abgerückt war, erzählte der Schwangeren von der Geburt ihres Kindes, die sie als erstes entscheidendes, wirklich existentielles Erlebnis empfunden habe, Schmerz und Freude in einem ... Aber, aber, wurde sie von Maria, der Führerin, unterbrochen, so großartig ist das ja auch nicht, das Gebären – und Edda Glasen lachte dazu, nein, wirklich nicht, sagte sie, ich hab's immer als etwas ganz Normales empfunden, das vor allem weh tut, aber nicht so sehr, daß du dich nicht auch freust, sagte sie zu der Schwangeren.

Der Rübenhackengegner versuchte, Mando eine besondere Art der Düngung – die, wie jemand ihm zurief, auf seinem Mist gewachsen sei – zu erklären, aber Mando hörte den beiden Gegenübersitzenden zu, die inzwischen über den Universalienstreit stritten. Daß er – der Bärtige – die nominalistische Position vertrete, das sei merkwürdig, sagte der Unbärtige, denn diese sei ja gegenüber der realistischen Formel die fortschrittlichere gewesen. Sie habe das metaphysische Dogmensystem der Kirche und damit deren Herrschaftslegitimation angegriffen, und das sei erster Widerstandsakt gegen die Feudalordnung gewesen. Mithin unterstelle er, der Bärtige, ja eben doch und zu Recht Fortschritt in der Geschichte.

Das hätte er – der Unbärtige – wohl gern, lachte der Bärtige. Universalienstreit als Analogie zum Ideenkampf zwischen Idealisten und Materialisten, getreu deinem Lenin ...

Nicht mein Lenin, schrie der Unbärtige dazwischen, wie oft muß ich das noch wiederholen ...

Also die nominalistische Formel, wonach das Allgemeine bloß als Name nach dem Einzelnen stehe – universalia post rem – nämlich, bedeute, sagte der Bärtige, Freiheit vor und nach Geschichte, also Freiheit schlechthin, oder wenn er, der Unbärtige, es so wolle, Freiheit an und für sich und eben nicht Fortschritt, so wie ihr euch das vorstellt.

Oho, oho, oho – und wieso, bitte?

Weil nämlich das Allgemeine nach der Gegenformel der Realisten bereits die Gesamtheit der konkreten Dinge umfaßt, und das Einzelne nur und gerade dadurch gegeben ist.

Na und?

Dann sitzt nämlich – nach dieser realistischen Ansicht – vor dir nicht ich, der Udo von Grotenwald, sondern ein Exemplar der sogenannten Menschheit, was heißt, ich bin nebensächlich – oder, um es noch brutaler auszudrücken, ich bin akzidentiell, und genau das ist der olle Plato oder noch brutaler: das Politbüro.

Da lachte der Unbärtige. Also darauf wolle er, der Bärtige, hinaus, nun gut, aber sein Sträuben gegen die konstituierende Bestimmung des Einzelnen durch das Allgemeine, woraus er, der Unbärtige, übrigens entnehme, daß er, der Bärtige, neuerdings wohl auch Schicht- und Klassenzugehörigkeiten verneine, dieses Sträuben gleiche dem Zappeln des HB-Männchens.

Was meinst du denn dazu, Fremder?

Mando reagierte nicht, wurde noch einmal gefragt, was er denn nun davon halte, habe der Bärtige recht oder er, der Unbärtige; er, Mando, habe doch so verständig zugehört.

Mando sah, wie ein Krähenpulk aus dem Rübenfeld herausflog, sah eine schwarze Frau am Waldrand entlanglaufen, einen Eimer in der Hand, sah das Entenpaar aus dem Weiher hochflattern, sah zwei wuchtige Sommerwolken, die aufeinander zusegelten, und sah, wie auf der Weide hinter dem Rübenacker eine Kuh die andere besprang, sah die Hühner um den Tisch herum picken, hörte den Hahn krähen, hörte das Vieh in den Ställen atmen, roch Dung und Milch und Kaffee und Kuchen, er sah den großen Vogel am Himmel kreisen. Was sollte er ihnen sagen?

Wieder fiel es ihm schwer zu glauben, daß niemand merkte, was wirklich vorging, was in der Luft lag, schon mit den Händen zu fassen war. Sollte das Ganze etwa ein Spiel sein, um davon abzulenken? Dieses Rätseln um sogenannte letzte Dinge und Namen von Musikanten, das Träumen vom Verschwinden in entfernte Galaxien und vom trickreichen Verkauf absurder Dinge wie SABA? Aber warum versuchte man noch ein kleines Stück Erde zu pflegen, wie hier, oder ein Waldstück noch vor der Abholzung zu bewahren, wie dort, und Kinder zu kriegen? Er hatte die Frage in Steingrübers Garten den beiden gestellt, die über Zerstörungskraft, Treffsicherheit, Reichweite und Zielgenauigkeit der vorhandenen Waffensysteme debattierten, deren Konstruktionen und Technik genau beschreiben konnten und deren Einsatz für unvermeidlich hielten – und Mando war auf Unverständnis gestoßen, auch noch, als er nachgehakt hatte, um herauszubekommen, ob sie denn, in eigenwilliger Auslegung des zweiten thermodynamischen Hauptsatzes, den Eintritt des Endzustandes in der laufenden Dekade für unvermeidbar hielten. Woran lag es, daß die Aktivitäten der Menschen hier in eine Richtung strömten, von wo aus das fürcherliche Ende von allen und allem nicht mehr aufzuhalten war? Sie hatten doch in den vorausgegangenen Dekaden Erfahrungen genug gemacht. Sicher, nach der Lehre von Herold vergaßen Gesunde nichts so schnell wie grausiges Erleben. Aber man hatte ihnen doch überall Warnzeichen aufgestellt. Wo lag der Fehler? Hatte man das, was Herold I unter Mißbilligung von Herold II „Die menschliche Natur" nannte, falsch eingeschätzt? Vielleicht wünschten sie insgeheim das Ende – in einem großen Blackout für alle und auf einmal. Später, im Untersuchungsgefängnis, nachdem er begriffen hatte, daß die Regeln des Nullsummenspiels von allen drinnen und draußen als Lebensmaxime angesehen wurden, sollte Mando diese Möglichkeit für die wahrscheinlichste halten.

Ein drittes Mal darauf angesprochen, seine Ansicht zum Disput zwischen dem Bärtigen und dem Unbärtigen zu äußern, überlegte Mando einen Augenblick lang, ob er den am Tisch Versammelten vorführen sollte, wie die drei Säulen am Horizont weit hinter dem Waldstück und den Viehweiden zu Pilzen wuchsen, die Sonne zu rotieren begann, ehe sie in den Feuerwolken verschwand, wie der sirrende Ton zum Brausen wurde, die Druckwellen Bäume und Vieh und Vögel, Zäune und Teile von Scheunen und Ställen, Haus und Menschen durcheinanderwirbelten, ehe der Feuerorkan alles zu Asche zerbröseln ließ, die – und nur dieses Geräusch gab es dann noch – rieselte, rieselte, rieselte, alles bedeckte, meterhoch und höher und wie dann das entsetzliche Rauschen des Regens einsetzte, öliger Regen, der die Asche zu stinkendem Schlamm verpappte. Aus einem der Schlammhügel könnte er ein zerfetztes Stück

Stahl ragen lassen, und hier, wo der Tisch stand, hier genau vor der Tennentür, könnte er einen Krater klaffen und auf seinem verkrusteten Grund den Schattenabdruck eines Kindes ahnen lassen. Aber Mando wußte, daß er ein drittes Mal am selben Tag eine solche Anstrengung nicht überstehen würde, wenn auch Edda Glasen an seiner Seite saß, deren Hand er wieder umspannte, die er dann doch losließ, als er, sein Generalprogramm idiomatischer Redensarten der Epoche und Gegend anzapfend, zu den beiden Disputanten hin sagte: Im Grunde läuft alles immer auf das gleiche hinaus. So oder so.

Wenn das nicht weise ist, lachte der Bärtige, und der Unbärtige sagte: Das ist nicht weise, sondern Drückebergerei.

Der kleine verwachsene Mann, der neben dem Bärtigen saß, sagte – und auf einmal hörten alle am Tisch ihm zu –, er stelle sich manchmal vor, das gesamte Universum sei ein schlafender Gott und die Erde ein rotes Blutkörperchen in den Adern des ruhenden Gottes. Und wir, die Menschen, winzige Bakterien in diesem Blutkörperchen. Was könnten sie anstellen, diese Bakterien? Sie könnten für die Reinheit des Blutkörperchens sorgen oder es auch zersetzen. Aber was sie auch täten, nie würden sie wissen, warum der Gott schlafe, wann er erwache oder im Schlaf sich drehe.

Daß niemand diesem absurden, den Wissensstand der Epoche völlig außer acht lassenden Modell vom schlafenden Gott als Muster von Erkenntnisgewinnung und Verhaltensregulation widersprach, nicht einmal der Unbärtige, verblüffte Mando weniger als Marias Versicherung, für ihn, den kleinen verwachsenen Mann mit den glühenden Augen, sei diese Vorstellung zutreffend. Dabei beugte sie sich vor, strich ihm übers Haar. Andere hätten andere Vorstellungen, die ihnen hülfen. So oder so – und bei diesem „so oder so" blickte sie Mando an, und der hatte einen Augenblick lang den Eindruck, Maria habe ihn durchschaut. Aber wie auch immer, fuhr sie dann fort, die Kühe müssen gemolken, die Schweine gefüttert, die Arbeit muß getan werden. Also los.

Man stand auf, räumte den Tisch ab. Mando blieb sitzen, lehnte seinen Kopf an den warmen Backstein der Hauswand hinter sich, schaute weiter ins Land hinein, begann das unterschiedliche Grün der Äcker, Wiesen, Felder, Weiden, Sträucher und Bäume zu verstehen. Wenn überhaupt noch hier und jetzt, dann würde er an diesem Platz bleiben wollen, es sei denn, die Vögel vertrauten ihm nicht, und er blickte zum Himmel, versetzte sich in den roten Milan, dessen Flügel sich nicht bewegten, der den Schwebeflug nur mit einem tiefgegabelten Stoß lenkte, und Mando ließ ihn in Spiralen langsam zur Erde sinken, kurz überm Boden die Abwärtsbewegungen durch Flügelschlag hemmen, dann über Bruch und Weiher gleiten und auf dem Zaunpfahl an Rübenfeld fußen.

Mando stand auf, ging zur Wasserpumpe, drückte den Schwengel, hielt seine Hände unter den Wasserstrahl, wusch sich das Gesicht.

Du kannst gern bei uns bleiben, wenn du willst, sagte Maria, die große blonde Führerin, und reichte ihm ein weißes Tuch.

11

Am Frühstückstisch der Steingrübers das gewohnte Bild. Die Eltern knabbern Knäckebrot, dünn beschmiert mit Margarine, Griets Mutter, die Oma, mümmelt eingestipptes Hartbrot, Kai kaut ein Brötchen mit Schokoladenaufstrich, schneidet das zweite schon auf, Stefanie ißt nichts, nippt am Kaffee ohne Milch und Zucker. Erhard Steingrüber trägt einen schildgrünen, sommerleichten Anzug aus atmungsaktiver Freskoware, dazu eine fein dunkelgrün und weiß gestreifte Krawatte über einem graugrünen, aus besonders feinfädigem Popelin gefertigten Hemd, Griet einen flaumflauschweichen Kuschelwickelbademantel, rosafarben, mit Kontrasteinsätzen in Bordeaux, weiten Ärmeln, großen Taschen und Bindegürtel, die nackten Füße stecken in rustikalen Fußbett-Keil-Pantoletten. Ihre Mutter hat ein dezent graugrünweiß geblümtes Kleid aus Rascheljersey, dessen durchgehender Schnitt und Wiener Nähte auch bei kleinerer molliger Figur streckend wirken, an, und Kai und Stefanie sind bekleidet mit der damals zur Sommerzeit gängigen Schuluniform, bestehend aus weißen T-Shirts (Kai eins ohne, Stefanie eins mit Aufschrift), jenen blauen Hosen aus grobem Leinen und weißen Turnschuhen. Die Morgensonne scheint durchs Fenster, aus dem Radio erklingt Musik, unterbrochen von Nachrichten über Ereignisse aus allen Teilen der Welt, die Vorzüge bestimmter Nahrungsmittel und Haushaltsgeräte, den Straßenverkehr, das Wetter, die Uhrzeit. Man unterhält sich, summt die Schlager der Saison mit – schmunzelnd das Lied vom Mädchen im sausenden Karussell. Die Mitteilung, daß ein Stau auf der Autobahn Richtung Süden sich bilde, weil an der Anschlußstelle Remdingen wegen eines Unfalls zwei Rettungshubschrauber zur Landung ansetzten, läßt Erhard Steingrüber aufspringen und zu seinem Auto eilen, nicht ohne vorher „allen einen schönen Tag" zuzurufen und seiner Frau einen Kuß zu geben. Das Telefon klingelt, Griet Steingrüber hebt ab, sagt: Ach du bist es, Helen, hört schweigend eine Zeitlang zu, bis sie sagt: Helen, ich muß sowieso gleich zu dir wegen der Transparente, dann kannst du mir alles ausführlich erzählen, bis nachher also. Sie legt auf, doch ehe sie noch die erste Stufe der Treppe erreicht, klingelt das Telefon wieder, und diesmal ist es Tanja Starke, und Griet hört wieder schweigend zu, runzelt die Stirn, zieht die Augenbrauen kraus, kneift die Lippen zusammen, schüttelt den Kopf, sagt: Ach was – der ist vom wackelnden Stuhl gefallen und hat ein bißchen auf dem Boden rumgealbert, kennst doch Konrad Richter, nein, das ist alles Unsinn, was, wie bitte, beim Fest im Habichtsforst zum Wochenende soll er . . . Mando heißt er . . . sag mal, spinnst du, wir sind doch da nicht auf dem Jahrmarkt, nein, wirklich, ich hab es eilig, also Wiedersehn, ja bis bald – legt auf und schüttelt den Kopf noch einmal.

Ob es stimme, daß der mit der Wollmütze die ganze Tennisclique in Angst und Schrecken versetzt habe, will Kai, der, die Schultasche in der Hand, die Treppe herunterkommt, wissen. Quatsch, sagt seine Mutter dazu, fragt, woher überhaupt solche Gerüchte stammen, und

Griet Steingrübers Mutter, die aus der Küche heraus gelauscht hat und zur Haustür geht, um Frau Hansen zu öffnen, fragt: Kennst du unseren zufälligen Mittagsgast eigentlich näher? Worauf Griet Steingrüber wortlos die Treppe hinaufläuft und oben die Schlafzimmertür hinter sich zuschlägt. Und während Kai und Stefanie ihre Räder aus der Garage holen, zur Schule losfahren, stellen die Oma und Frau Hansen in der Küche Vermutungen über den weiteren Verlauf der Fernsehserie „Dallas“ an, etwa, ob es sich für Micky, den nach einem Autounfall querschnittsgelähmten Neffen von Ray, noch lohnt weiterzuleben, und sie geraten darüber in Streit, wie Lucie Ewing, Mickys Freundin, dazu steht.

Ein üblicher Frühmorgen bei Steingrübers also, wenn nicht Griet Steingrübers Mutter, sich einen hellen Popelinmantel mit praktischem Gehschlitz überwerfend, durchs Haus verkündet hätte: Ich mache einen Gang und nehme den Hund mit.

Ist was los? fragte Frau Hansen aus der Küche, Nein, ihr wäre nur danach, einen Morgenspaziergang zu machen, warum denn nicht, sagte Griet Steingrübers Mutter. Tallow, komm! Und der Hund sprang aus seiner Ecke, wo er neben dem Telefontisch seinen aus Decken, alten Schuhen und Quietschtieren ausgestatteten Lagerplatz hatte, ließ sich anleinen, und als die beiden draußen über den Steinplattenweg zur Straße gingen, rief Griet Steingrüber aus dem Fenster: Mutter, wohin denn?

Ohne sich umzublicken, rief die Mutter zurück: Ein wenig bummeln mit dem Hund.

Der trottete an der Leine neben ihr her, auch als sie von der Hermann-Löns-Straße die Abbiegung nahm durch das Heckensträßchen zum Sandkuhlenweg.

Griet Steingrüber kam in die Küche, fragte Frau Hansen, die den Frühstückstisch abräumte: Hat sie etwas? Sie geht doch sonst nie mit dem Hund aus. Und dann noch so früh.

Frau Hansen rauchte, behielt die Zigarette im Mund, als sie sagte: Ich weiß nicht. Sie hat so unternehmungslustig geguckt. Wenn Sie mich fragen, ich glaube, sie will zu einem Rendezvous.

Ogottogott, fängt denn das schon wieder an?

Warum denn nicht? Frau Hansen setzte die gebrauchten Teller und Tassen in den Geschirrkorb des Spülautomaten, der, aus hochwertigem Edelstahl mit rostfreier Ausstattung des Innenraums, eine Knopfsteuerung für vier Programme, dazu eine Sprühkraftverstärkung besaß und eine elektrische Türsicherung hatte. Sie ist doch rüstig, sagte sie, wirkt viel jünger, als sie ist, warum soll sie nicht. Denken Sie an Miss Elly und Clayton.

Ach hören Sie auf . . .

Griet Steingrüber goß sich eine Tasse Kaffee aus der Glaskanne des Kompaktautomaten mit Schnellfiltersystem ein, trank im Stehen. Wenn es wieder so jemand ist wie der letzte, dieser pensionierte Versicherungskaufmann, dann können wir ja was erleben.

Frau Hansen lachte. Je oller, je doller, sagte sie.

An der Sandberggabelung ließ Griet Steingrübers Mutter den Hund von der Leine. Der lief brav weiter neben ihr, folgte ihr auf den Fersen über den schmalen Pfad zwischen Himbeer- und Brombeersträuchern, der in den Wanderweg durch den Habichtsforst mündete, dort leinte sie Tallow, der mit einem Verbot verknüpften Aufforderung auf einem Schild folgend, wieder an, wurde aber von dem den Boden hechelnd abschnuppernden Tier so stark gezogen, daß sie, den Arm lang ausgestreckt, die straffe Lederleine festhaltend, laufen mußte und fast gestolpert wäre. Sie faßte die Leine mit beiden Händen, ruckte und zog, rief: Tallow, halt! und: Willst du wohl! und das Tier parierte, setzte sich, sie löste die Leine vom Halsband, und der Hund rannte los, dem Wegweiser nach zum Hundetummelplatz, wo er vor dem Holzgatter anhielt, sich hockte und auf Griet Steingrübers Mutter wartete.

Der Hundetummelplatz im Habichtsforst, ein umzäuntes Areal von dreitausend Quadratmetern, wo die Tiere zwischen Bäumen und Sträuchern frei herumlaufen durften, war bei den Hundehaltern der anliegenden Wohnviertel beliebt. Morgens kamen unbeschäftigte Frauen, nachmittags Kinder, abends Ehepaare mit ihren sogenannten „vierbeinigen Freunden", und den ganzen Tag über gab es Rentner dort, die ihre und die Hunde anderer rennen, jagen und spielen ließen. Gerda Berkenkämper spazierte da herum mit ihren beiden Dalmatinern Cindy und Berthold, die so nervös waren, daß sie zitterten, wenn der Wind in den Blättern raschelte, Walizkis ungarischer Hirtenhund wurde von Yvette, dem Au-Pair-Mädchen, gebracht, damit er dort seinen übergroßen Haufen legte, Starkes Pyrenäenhund, der trotz seines robusten Aussehens nur geröstete Leber und Johannisbeermarmelade fraß, Bernward Billes sabbernder Boxer und die beiden Lapphunde Konrad Richters kamen unter der Aufsicht des Rentners Bollwiese hierher, und Suzi, Helen Calmeters Pekinese mit der roten Schleife auf dem Kopf, die meistens getragen wurde von Wanda Calmerten, Helens Mutter. Zwischen den reinrassigen Hunden der Bewohner aus Eichenhain und Erlengrund sprangen und spielten die mischrassigen Köter aus dem Birkenhof, und alles ging meistens ohne Raufen und Bisse ab, seit Godewin Stöckers Schäferhund Wotan Platzverbot bekommen hatte.

Man war überrascht, daß Steingrübers Labrador schon so früh auftauchte, nicht erst am Nachmittag in Begleitung von Stefanie und deren Freundin. Dann sah man Griet Steingrübers Mutter, die, abgehetzt und außer Atem, auf der Spielwiese ankam, begrüßte sie: Aha, Frau Straski, guten Morgen, führen Sie jetzt den Tallow aus? Schon am frühen Morgen?

Griet Steingrübers Mutter nickte zu allem, setzte sich auf eine Bank am Rand der Spielwiese und sah den sich jagenden und miteinander spielenden Hunden zu. Gerda Berkenkämper setzte sich neben sie, erzählte, daß Cindy und Berthold nicht geschlafen hätten, weil man nebenan bei Billes laut gefeiert habe, die ganze Nacht hindurch, und deshalb seien die beiden Dalmatiner heute morgen so unausstehlich, und Rentner Bollwiese gab den Rat, Tallow die Analdrüsen auszudrücken, der rutsche so merkwürdig auf dem Hinterteil herum, er kenne das von Schmus und Massa, den Lapphunden Richters, denen hole er zweimal die Woche solche Klumpen hinten raus – er zeigte eine große hohle Hand. Überhaupt, wenn man ihn frage, die meisten Hunde hier seien überzüchtet.

Griet Steingrübers Mutter nickte zu allem, blickte suchend herum, stand schließlich auf und ging von der Spielwiese weg, nahm den Pfad zwischen Sträuchern zum hinteren Teil des Hundetummelplatzes, und Tallow folgte ihr, seinerseits verfolgt von zwei Hunden, von denen einer Tallow ständig besprang, doch immer abgeschüttelt wurde.

Guten Morgen, Frau Straski, wurde sie begrüßt von einem älteren Mann, der von der Bank neben dem hinteren Ausgang aufstand, sie bat, sich doch zu setzen. Er sagte, schon gestern früh habe er gehofft, sie anzutreffen, das habe sie – Frau Straski – nein, nicht versprochen, doch angedeutet auf der Party und Versammlung des Bürgerkomitees in jener Nacht, und nun habe sie es doch wahrgemacht, und er sei froh darüber, bitte.

Griet Steingrübers Mutter setzte sich neben ihn auf die Bank, sagte, daran habe sie nun wirklich nicht mehr gedacht, rein zufällig und aus einer Laune heraus sei sie heute morgen mit dem Hund hergekommen. Aber daß Sie noch daran gedacht haben, Herr Brinkmann.

Heinrich Brinkmann lachte. Aber sicher.

Er war dreiundsiebzig Jahre alt, wirkte jünger mit seinem hageren Gesicht, den großen hellen Augen, dem fast vollen weißen Haar. Ob das ihr Hund sei, der Labrador dort?

Ja, das sei der Tallow.

Heinrich Brinkmann klatschte in die Hände, die beiden Verfolger von Tallow verschwanden, er rief: Tallow! und Tallow lief zur Bank, setzte sich, ließ sich von Brinkmann kraulen. Ein schönes Tier, sagte er.

Und wo ist Ihr Hund, fragte Griet Steingrübers Mutter. Brinkmann pfiff, und über den Weg gejagt kam Toto, wie ihn Brinkmann rief, Toto, ein, wie Brinkmann erklärte, aus allen nur möglichen Rassen gemischter Rüde, der wie alle Mischlinge sehr empfindsam und intelligent sei. Toto wurde gestreichelt, ließ sich auch von Griet Steingrübers Mutter anfassen und kraulen, und Toto schnupperte an Tallow herum, Tallow schnupperte an Toto herum. Brinkmann rief: Nun aber los mit euch – und Toto rannte schnell wieder los, gefolgt von Tallow.

Die beiden scheinen sich zu mögen, sagte Griet

Steingrübers Mutter, und Heinrich Brinkmann lachte. Na, sagte er, warum denn auch nicht.

Das „Autohaus Nord GmbH“ führte ausschließlich Wagen der Marken VW und Audi. Umsatzmäßig liegen wir immer noch weit über dem Durchschnitt, und das will was heißen in diesen Zeiten, sagte Harm Schurig oft und gern, und das war die Wahrheit, wie ein Vergleich der Umsatzstatistiken ähnlicher Neuwagen von Verkaufsfirmen aus der Zeit und Gegend zeigt. Ob das allerdings ganz allein an der Führung des Geschäfts durch Harm Schurig lag, wie er bei Erläuterung von Organisationsstruktur, Arbeitsweise, Präsentation und Leitungsstil des Betriebes ebenfalls oft und gern durchblicken ließ, scheint zweifelhaft. Das „Autohaus Nord GmbH“ lag an der B 4, doch noch im Großstadtbezirk und hatte laut Geschäftsbericht der Generalvertretung des Distriktes durch diese verkaufsfreundliche Lage einen Wettbewerbsvorteil gegenüber den Konkurrenten.

Harm Schurig kam selten vor neun Uhr morgens an, weil „der Laden eben in Schuß ist und alle spuren, auch wenn ich nicht anwesend bin“. Er parkte seinen Wagen im Hof des Gevierts, das aus der zeittypisch das Auto anthropomorphisierend „Diagnosezentrum“ genannten Reparaturwerkstatt, dem Ersatzteillager, den Garagen und dem Verkaufsbürohaus bestand, und ehe er noch den Blick in die Werkstatt warf, ging er vom Hof auf die Straßenseite, stellte sich vor den die gesamte untere Etage des Bürogebäudes bildenden Verkaufspavillon, in dem hinter Glas einige der Modelle aus der laufenden Produktion standen: vorn links der Verkaufsschlager, der nevadabeige Golf einfachen Typs mit fünfundfünfzig PS, vierzylindrigem Ottomotor, viergängig, Registervergaser, Startautomatik bei nur 5,5 Liter Normalkraftstoffverbrauch, flankiert vom Scirocco GTX in Topasgrünmetallic, dahinter breitseitig der Passat Variant, als Diesel in Perlgrau, fast viereinhalb Meter lang und eintausendsechshundertfünfundachtzig Zentimeter hoch und bei voller Ladefläche eintausendachthundertdreißig Liter fassend, daneben der alpinweiße schlichte Polo, auf der rechten Seite der kopenhagenblaue, normale Passat – aber der mit dem Formel-E-Paket, Fallstromregistervergaser und Schubabschaltung, flankiert vom Turbodiesel Golf in Perlsilber, und in der Mitte – das Prachtstück: der Audi 200 in Mahagonibraunmetallic, flankiert von zwei 100er Modellen, das eine in Topasgrün, das andere in Kalaharigelb. So glänzte der Lack an allen Wagen, daß man sich darin spiegeln konnte. Zweimal am Tag wurden sie mit wuscheligem Tuch vom Staub freigewischt, und bevor Harm Schurig spätabends, manchmal als letzter, das Geschäft verließ, ging er selber noch einmal mit Federwisch oder Staubtuch durch, um hier und dort zu wedeln und zu reiben. Nichts durfte auf dem blanken Parkettboden herumliegen, die hintere Tür des Passat-Variant und die linke Tür des Scirocco sowie die rechte des Turbo Diesel Golf hatten offenzustehen, doch keinesfalls eine Motorhaube, und vor dem Audi 200 in der Mitte mußten zwei Fußmatten aus grauem Kokos ausgebreitet sein, innen, über der Rücklehne des Beifahrersitzes ein Schottenmusterschal und auf der Ablage der Amaturentafel ein Paar schweinslederne, luftlöcherige Fahrerhandschuhe.

Fiel die allmorgendliche Besichtigung zu seiner Befriedigung aus, ging Schurig zunächst ins Diagnosezentrum und Ersatzteilmagazin, wo er sich über den Neuzugang der zu wartenden und zu reparierenden Wagen und den Lagerbestand informierte, um – falls Schwierigkeiten bei Termineinhaltung oder Ersatzteilbeschaffung bestanden – selbst einzugreifen. Zwischen zehn und elf saß er dann in seinem Büro, las die Post, führte erste Telefongespräche, trank dazu Kaffee mit einem Schuß Cognac. Erst danach las er den Geschäftsbericht vom Vortag. Dabei wurde er an jenem Morgen und zu der Zeit, als Griet Steingrübers Mutter und Heinrich Brinkmann, gefolgt von ihren Vierbeinern, den Hundetummelplatz verlassen hatten und plaudernd den Sandkuhlenweg entlanggingen, um auf Vorschlag Brinkmanns einen Kaffee im Habichtskrug zu trinken, von Edith Spyra, seiner Sekretärin, unterbrochen. Im Verkaufspavillon sei jetzt der Interessent für den Audi 100 aufgetaucht, dieser Herr Ruschke, und er, Harm Schurig, wolle ja das Verkaufsgespräch mit diesem Herrn selber führen.

Bitten Sie ihn in den Gästeraum und bieten Sie ihm Kaffee an, erklären Sie ihm, ich käme in wenigen Minuten, ich sei noch in einer Besprechung, sagte Harm Schurig, und Edith Spyra sagte: Wird gemacht.

Obwohl es nicht mehr zu seinen Aufgaben gehörte, führte Harm Schurig ein- bis zweimal pro Woche noch Verkaufsgespräche mit seinen Kunden, vor allem dann, wenn es um sein Lieblingsmodell, den Audi 100, ging. Verkaufen hatte er, wie es im Geschäftsjargon hieß, „von der Pieke auf gelernt", darin war er Meister, und schon früh hatte ihn der Konzern mit der goldenen Verkaufsnadel ausgezeichnet. Er trug sie immer am Revers des Jackets. Vor dem Spiegel im Toilettenraum überprüfte er sein Äußeres, wartete noch einige Minuten, begab sich dann in den Gästeraum, wo Herr Ruschke im Sessel vor dem Glastisch saß, in Prospekten blätterte. Er stellte sich vor: Harm Schurig, der Boss dieses Betriebes.

Edith Spyra kam mit dem Kaffeegedeck, goß ein, und während sie tranken und am Gebäck knabberten und über das herrliche, seit Wochen schon andauernde Sommerwetter redeten, das Fußballspiel vom Sonnabend, bei dem es zu Toten und Schwerverletzten gekommen war, die allgemeine Geschäftslage, die sie übereinstimmend als „mies" bezeichneten, schätzte Harm Schurig sein Gegenüber ein: Zwischen fünfunddreißig und neununddreißig, selbständig, Bekleidungsbranche für solide Twenmittelschichtskunden; oder aber Presse, Funk? Aber die spitzen italienischen Markenschuhe, die weite Hochbundhose, das Kugelkragenhemd, der schmale Strickschlips und die Kalbnappalederjacke? Boulevardblatt? Keine Brille, aber Kontaktlinsen; vermutlich Fernsehen. Aber da nicht Frontmen, dazu doch zu mickrig, und Frontmen fahren auch nicht Audi 100. Also Verwaltung, mittlere Ebene, unter Programmdirektor, der BMW fährt. Monatseinkommen mit Nebeneinnahmen bei Zehntausend, aber unterhaltspflichtig. Kleine Abweichung: die Uhr am Armgelenk, bestimmt Dreitausendfünfhundert. Na – mal sehen.

Sie interessieren sich also für den Audi 100, begann Harm Schurig, streckte die Beine weit von sich unter den Glastisch, lehnte sich im Sessel zurück, schob beide

Daumen unters Jacket und unter die Achseln, sah an die Decke. Haben Sie sich das genau überlegt?

Ruschke setzte die Kaffeetasse ab, sah Schurig von der Seite an, lächelte, sagte: Sehr genau.

Ruschke zog seine Beine an, setzte sich aufrecht, faltete die Hände über dem Jacket.

Dann verstehen Sie etwas von Automobilen, sagte Harm Schurig leise, fast flüsternd. Jetzt lehnte sich Ruschke zurück, steckte beide Hände in die Hosentaschen, zog die Schultern hoch. Beide sahen sich an, beobachteten sich sekundenlang schweigend.

Ich eröffne Ihnen nichts Neues, sagte Schurig, wenn ich Ihnen erkläre, daß es dem Kenner von heute neben Wirtschaftlichkeit – und da gibt es in der Klasse ja wohl keine Konkurrenz, bei sechs bis acht Litern im Schnitt –, daß es also neben dieser Wirtschaftlichkeit in erster Linie auf das ausgeglichene Verhältnis von passiver und aktiver Sicherheit ankommt.

Allerdings, sagte Ruschke, entspannte sich, zündete sich eine Zigarette an.

Genau. Und dabei – Schurig beugte sich vor, kam nah an Ruschke heran, streckte eine Hand aus, als wolle er in unbewußter Lausungsgebärde ein Flüßchen vom Lederjacket seines Gegenüber wischen –, und dabei, sagte Schurig, ist unser Audi 100 einfach Spitze, das wissen Sie auch: formstabile Passagierzelle, vordere und hintere Verformungszelle, umschäumtes Vierspeichenlenkrad, verformbare Prallplatte, Ausklemmelement in der Lenksäule – und das eben bei diesem Fahrwerk mit dieser Richtungsstabilität, bei der unsere Firma unübertroffen ist in ihrer fünfzigjährigen Frontantriebserfahrung, denn wenn Sie nur . . .

Obwohl, unterbrach Ruschke, mit dem Feuerzeug spielend, ehe er es in die Tasche steckte, obwohl die Federbeinvorderachse mit dem spurtstabilisierenden Lenkrollradius zwar das Ausbrechen verhindert, aber eben auf Kosten der Lenkmobilität, wenn's drauf ankommt . . .

Dann nehmen Sie doch das CC-Modell mit der Doppelservolenkung, die . . .

Na sicher, Ruschke lachte, aber die hebt dann eben

wieder den starken Ausbrechungssicherungseffekt auf und ...

Woher denn, woher denn? rief Harm Schurig, sprang auf. Aber bitte, sagte er, gehen Sie auf Nummer tausend Prozent Sicherheit und nehmen Sie den TS mit der gesamten Quattrotechnologie. Sie wissen: Allradantrieb plus zwei zuschaltbare Differenzialsperren ...

Hahaha, natürlich. Ruschke lachte und lehnte sich weit zurück, um dem hinter ihm stehenden Schurig ins Gesicht blicken zu können. Aber der Preis, mein Lieber, der Preis, sagte er, da ist der Audi dann nicht mehr attraktiver als der Daimler ...

Harm Schurig war um Ruschke herumgegangen, stand jetzt auf der anderen Seite des Glastisches. Gut, sagte er, darüber wird zu reden sein, über den Preis, der soll uns nicht trennen. Aber jetzt noch einmal zur aktiven Sicherheit überhaupt.

Schurig schritt um den Glastisch herum, während er redete: Wer hat denn zur Torsionskurbel-Hinterachse bei diesem Radstand noch die Federungs- und Dämpfungsabstimmung in der Fahrwerktechnik? Den lastabhängigen Bremskraftregler im Diagonal-Zweikreissystem, das ...

Oh, rief Ruschke, sprang auf, schritt hinter Schurig her, der den Glastisch einmal umrundet hatte, oh, da könnte ich Ihnen schon einige Modelle aufzählen, zum Beispiel BMW ...

Schurig machte abrupt halt, wippte, auf den Zehenspitzen stehend, die Hände tief in den Taschen, sah Ruschke scharf an. Soll ich Ihnen mal in unserer Werkstatt den 528er BMW mit zerquetschter Passagierzelle nach Auffahrunfall auf nur leicht feuchter Straße bei 90 und Bremsspur von sage und schreibe einhundertzwanzig Metern zeigen? sagte er. Fahrer und Beifahrer tot. Fragen Sie nicht wie, und das angeschnallte Kind hinten ... grauenhaft, glauben Sie mir.

Sie redeten sich in Hitze, die beiden, gingen umeinander herum, gestikulierten, verließen den Kundenraum, gingen in den Hof, wo Harm Schurig den Audi 100 Avant CS aus der Garage holte. Ruschke stieg zu, und sie fuhren los.

Erst am Nachmittag kamen sie zurück, Ruschke auf dem Fahrersitz. Edith Spyra, Löffler und Reimann standen am Fenster, beobachteten, wie Schurig aus dem Wagen kam, sich noch einmal herabbeugte, Ruschke lange die Hand schüttelte, mit einer Tüte in der Hand wieder hervorkam und dem davonfahrenden Audi 100 Avant CS mit den marineblauen Sitzbezügen und den Leichtmetallrädern nachwinkte.

Wir haben uns schon Sorgen gemacht, wo Sie so lange bleiben, sagte Reimann, als Schurig hereinschritt. Schurig sagte keinen Ton, ging an den Schreibtisch der Spyra, stülpte die Tüte um, gebündelte Geldscheine fielen heraus. Er setzte sich.

So was, sagte Löffler. Er trug die silberne Verkaufsnadel am Jacket, Reimann die goldene. Schütten Sie uns einen ein, sagte Schurig, blickte von einem zum anderen. Edith Spyra holte Gläser und aus dem Kühlschrank eine Flasche Sekt. Während Löffler die Flasche mit einem Knall öffnete, eingoß, sagte Schurig: Ich erinnere mich nur an einen Fall, der ähnlich ablief. Das war zu Anfang meiner Laufbahn. Es ging um einen Käfer Cabrio. Die Käuferin, eine Prostituierte, gab mir den Schotter in einer Tüte und fuhr los. Prost.

Sie tranken.

Wir dachten schon, sagte Edith Spyra . . . Nein, nein, sagte Harm Schurig, wir haben den Wagen gleich auf ihn angemeldet, Nummernschilder, Zack, zack.

Unglaublich, sagte Reimann. Löffler tippte auf Versicherungskaufmann, ich auf Showgeschäft.

Ich weiß es nicht, sagte Harm Schurig, ich weiß es wirklich nicht. Ist mir auch egal. Der Schotter jedenfalls ist echt; Einunddreißigtausend, also nur elf Prozent Rabatt, und der ist ein Fachmann, dieser Ruschke, und ein zäher Bursche.

Schurig sprang auf, steckte die gebündelten Geldscheine wieder in die Tüte, nahm zwei Hunderter heraus. Hier, macht euch einen schönen Tag. Ich muß mich erst mal abreagieren. Bis morgen.

Die Tüte im Arm, schritt er hinaus, ging in sein Büro, schloß die Tüte mit dem Geld im Panzerschrank ein, verließ das Haus, ohne noch einen Blick in den Verkaufspavillon zu werfen, setzte sich in seinen Wagen und fuhr los auf die B 4 in Richtung Remdingen. Aus den vollaufgedrehten Lautsprechern des Autoradios kreischte das karussellsausende Mädchen: Mach es schnell, schnell, schnell. Im Sause-sause-sause-Karussell.

Harm Schurig sang mit, als er hinter Remdingen in Richtung Himmelmoor einbog. Das Torfwerk ließ er links liegen, fuhr den Schotterweg entlang bis zur schmalen Asphaltstraße, wo er nach links abbog und unmittelbar an der Bruchkante des Hochmoores hielt, den Wagen hinter ein Weidengebüsch setzte.

Aus dem Kofferraum nahm er einen Karton, kletterte die Bruchkante hoch. Von da war es nicht mehr weit bis zur erhöhten Stelle, von wo aus man das Landschulheim in einer Entfernung von höchstens einhundert Metern vor sich liegen sah.

Für den weiteren Verlauf soll ein Bericht herangezogen werden, den Polizeihauptwachtmeister Hinnerksen angefertigt hat. Um 16.03 Uhr, heißt es darin, habe man im Polizeirevier II von Remdingen eine Meldung aufgenommen, wonach auf dem Gelände des Landschulheimes „Am Himmelmoor" ein bereits früher dort gesichteter Exhibitionist aufgetaucht sei. Auf Anordnung von Polizeiobermeister Michelsen hätten sich daraufhin er, Hinnerksen, und Polizeioberwachtmeister Brüggendieck unter Mitnahme des Spürhundes Asta zum Landschulheim begeben und dortselbst unverzüglich die Suche nach der in Frage kommenden Person aufgenommen, die nach Angaben des Landschulheimleiters Brockwein kurz vor der Ankunft des Einsatzwagens über das Himmelmoor geflüchtet sei. Trotz unverzüglicher Verfolgungsaufnahme sei der Täter aber in Richtung Remdingen entkommen, und zwar mit einem Wagen der Marke Audi, den er an der Bruchkante des Moors, zirka 500 Meter vom Tatort entfernt, geparkt hatte. Die Spurensuche habe den Fund einer mit Blumenmustern beklebten spitzen Mütze ergeben, die unzweifelhaft der gesuchten, im Kostüm eines Clowns gekleideten Person gehöre. Aufgrund der anschließenden Zeugenvernehmung mehrerer Schüler und Schülerinnen, des Landschulheimleiters Brockwein und weiterer Lehrpersonen ergebe sich folgender Tathergang: Gegen 15.50 Uhr, noch zur Zeit der nachmittäglichen Ruhepause für die aus der Großstadt für drei Wochen im Landschulheim einquartierten zwei Schulklassen OIIIa und OIIIb, bestehend aus zweiundvierzig Schülerinnen und Schülern, sei auf der erhöhten Bruchkante des Moores zirka einhundert Meter von der Südseite des Landschulheimes entfernt, eine männliche Person aufgetaucht, gekleidet und geschminkt wie ein Clown. Zu der Zeit hätten am Fenster des Ruhesaales im dritten Stock des Landschulheims die Schülerinnen Karin S., Sabine P. und der Schüler Carsten C. gestanden und beobachtet, wie die Person einen Tanz aufführte, wobei sie mit drei oder vier Bällen oder Orangen jonglierte. Karin S. habe weitere Klassenkameradinnen und -kameraden herbeigerufen, die sich an zwei weiteren Fenstern des Ruhesaals aufgestellt und dem Treiben der Clownsperson zugeschaut hätten. Carsten C. habe ein Fernglas dabeigehabt und es herumgereicht, und während die Clownsperson nun weiter ihre Vorführung unter komischen Verrenkungen vollführte, hätten die Zeuginnen und Zeugen am Fenster ihm zugewinkt, -gelacht und anfeuernde Rufe zugeschrien, die Clownsperson habe zurückgewinkt, die Hose heruntergelassen, mit beiden ausgestreckten Armen Flugbewegungen ausgeführt, wobei das Geschlechtsteil der Clownsperson sich versteift habe, was die Schülerinnen und Schüler, die das Fernglas von Hand zu Hand gehen ließen, mit lauten und zustimmenden Rufen begleitet hätten, wodurch der Landschulheimleiter Brockwein und der Klassenlehrer Schneider der OIIIa aufmerksam geworden seien und ersterer nach Erkennen der Lage unverzüglich das Polizeirevier in Remdingen angerufen, Lehrer Schneider die Schülerinnen und Schüler von den Fenstern wegbeordert habe.

Im Polizeibericht wird dann noch ausführlich die Verfolgung der Clownsperson, die Spurensuche und die anschließende Vernehmung der Schülerinnen, Schüler und Lehrpersonen dargestellt. Interessant im Zusammenhang der Zeugenvernehmung ist dabei, daß die Empörung, vor allem des Landschulheimleiters Brockwein, über das exhibitionistische Verhalten der Clownsperson keinesfalls von den Schülerinnen und Schülern geteilt wurde. So hat auf Vorhalt des Polizeioberwachtmeisters Hinnerksen, warum man nicht sofort das Lehrpersonal benachrichtigt habe, als die Person die Hose herunterließ, Karin S. geantwortet: Warum denn? Es hat uns doch Spaß gemacht und dem Clown ja offensichtlich auch.

Diese Bemerkung übrigens, die vom Heiderkämper Tageblatt, das den Vorfall in allen Einzelheiten berichtet hat, im Wortlaut wiedergegeben wurde, erzeugte eine Flut von teils empörten, teils zustimmenden Leserzuschriften. Zur letzteren zählte die gemeinsam von Harm Schurig und Bernward Bille verfaßte, in der es heißt, „die Zurschaustellung eines offensichtlich harmlosen, in der Maske eines liebenswürdigen Clowns herumschweifenden Erotomanen ist jedenfalls der Demonstration von Kriegsgeräten, wie sie das Panzerbataillon „Von Ziethen“ anläßlich der Werbewoche für die Bundeswehr in Heiderkamp veranstaltete, vorzuziehen“.

Der Abdruck dieser Leserzuschrift im Heiderkämper Tageblatt war wiederum der Anlaß für die Anzeigenkündigung der Firma Reiser und Co, die Feuerwerkskörper herstellte und vertrieb.

In der Kantine der Verwaltungszentrale der nationalen Niederlassung des multinationalen Nahrungsmittelkonzerns hatte sich Irene Sager, Chefsekretärin Glaupels, am Nachmittag zu Kaffee und Kuchen neben Erhard Steingrüber an den Tisch gesetzt. Ob sie ihn um einen Gefallen bitten dürfe, ob er sie auf seinem Heimweg an der Werkstatt, wo sie ihren Wagen zur Inspektion lasse, abholen und nach Remdingen mitnehmen könne?

Sie hatten allein am Tisch gesessen, und trotzdem hatte Steingrüber leise gefragt: Ist das denn wirklich nötig, heute? Irene Sager hatte laut geantwortet: Das ist nett von Ihnen. Danke. Ich tue Ihnen auch mal wieder einen Gefallen, und sie hatte ihm die Adresse der Werkstatt genannt und die des Cafés, in dem sie auf ihn warten würde, sollte es später werden. Aber in jedem Fall stünde sie um sechs vor der Werkstatt.

Er war pünktlich. Irene Sager kam gerade aus der Garage, als er vorfuhr. Er öffnete von innen die Wagentür. Sie kam herbeigelaufen, setzte sich neben ihn, schlug die Tür zu.

Dann mal los, sagte sie, die erste links, dann an der Ampel geradeaus; zum zweitenmal die Kupplung kaputt; ich weiß nicht, was mit diesem Auto los ist; noch keine dreißigtausend; kupplungsbewußter soll ich fahren, sagt der Meister, tatsächlich hat ich meinen Fuß ständig auf der Kupplung, das ist so eine Angewohnheit. Einen Wagen mit Automatik müßte ich fahren. Das will ich aber nicht. Nein, herrje, falsch, entschuldige, mein Fehler, es ist nicht die zweite Straße links; jetzt fahr einmal um den Block, ja, rechts und dann noch mal rechts, und dann sind wir wieder in der Fuhrmannstraße vor der Werkstatt, dann aber die zweite links, die zweite. O Gott, mein Ortsgedächtnis. Die kleinste Umleitung, und ich verfahre mich noch immer morgens zum Geschäft, und abends sowieso. Ich wollte dich heute schon vor Mittag erreichen, aber es ergab sich keine Gelegenheit dazu, und anzurufen ist wirklich zu riskant, erinnere dich an den Weiskopp, den sie überführt haben, nur anhand der aufgezeichneten Hausgespräche. Der war aber auch ein Idiot, der Weiskopp. Zu ungeduldig, wie du immer gesagt hast, und wenn du mich heute fragst – ein Arsch. Wir können froh sein, daß er weg ist, auch wenn er jetzt die großen Geschäfte drüben machen soll, was Hauenhain bezweifelt. Der hat dich übrigens wirklich im Visier, der Hauenhain. Der will dich abschießen, da hast du recht, und da muß auch irgend etwas dahinter stecken – ich vermute, was Persönliches, das du längst vergessen hast; der aber nicht. Jetzt hängt er alles, was ihm passiert ist, an deiner vermasselten Push-Phase auf. Ich hab seinen Bericht gelesen an die Zentrale – an Glaupel vorbei – was sagst du dazu! Halt! Hier nicht mehr geradeaus, ach herrje, nein, geradeaus hab ich nicht gesagt, nein, ach was, gut, wende hier; ich glaube, dann sind wir richtig, wenn du rechts fährst, dann kommen wir auf die B 4. Also, ich sage jetzt nichts mehr, wenn du so gut Bescheid weißt. Ich kann's ja auch nicht vertragen, wenn mir immer einer erzählt, wie ich fahren muß. Meine Mutter fragt übrigens oft nach dir. Der geht's nicht gut, sitzt nur noch in ihrem Sessel, und weißt du, was sie neuerdings für ein Hobby hat? Alte Fotografien sammeln aus ihrer Jugendzeit. Du – das ist ein richtiger Tick, und ich treib mich auf Trödelmärkten herum, wühle in vergilbten Fotos, kaufe stoßweise, und sie sieht sie sich stundenlang an mit dem Vergrößerungsglas, glaubt, alte Bekannte wiederzuerkennen, erzählt deren Familiengeschichte – hier das ist Evchen Strittmeier, die bekam dann Gehirnhautentzündung und wurde verrückt, und ihr Vetter, hier, dieser Bursche mit dem komischen Hut – so auf diese Tour; alles Phantasie, und fängt zu heulen an, wenn sie alte Gebäude, Straßen, Plätze, Bäume wiedererkennt, die es heute nicht mehr gibt. Spurenverwischer, schreit sie dann, Mörderbanditen. Es ist furchtbar. Wenn sie nach dir fragt, sag ich ... Paß auf, du kannst doch hier nicht überholen; entschuldige, also du solltest wirklich mal reinschaun, ihr einfach nur guten Tag sagen. Nairobi, das ist jetzt klar. Da wird ausgetauscht. Das kam heute morgen über den Ticker. Jedenfalls ist es nicht Freetown. Freetown wäre der sichere Tod. Da ist noch keiner wieder rausgekommen, jedenfalls nicht ohne schwere Gesundheitsschäden. O'Brian wird in Nairobi abgezogen. Und hingeschickt wird entweder Kreienschlag oder du, und zwar schon in diesem Jahr, womöglich schon in ein, zwei Monaten. Ja – das ist festgelegt. Heute morgen kurz nach dem Telex kam ein Anruf von drüben – Specebaker, Personaldirektion, ja, direkt vom Hauptsitz, kennst du doch, dieser Dicke, der immer sofort in den Puff will, schon, wenn er am Flughafen ankommt; und Glaupel hat beide Namen genannt und daß er bald entscheiden will, wer von euch dran ist. Sicher – das lassen sie den Glaupel entscheiden. Aber sicher, das geht nicht anders. Ach was, nein, glaub mir. Ist ja auch vernünftig. Bender – das war ein anderer Fall, den hatten sie drüben auf dem Kieker, da war was Persönliches, den wollte man ganz oben an der Spitze ausschalten. Glaube mir, Glaupel allein entscheidet das, natürlich unter Berücksichtigung der Stimmung drüben. Nein, der Hauenhain, auf den hört da drüben niemand, glaub mir, da kannst du mir vertrauen, daß der an Glaupel vorbei die vermasselte Push-Phase gemeldet hat, finden die drüben nur komisch. Die wissen doch auch, was Hauenhain angestellt hat, bevor er den Kakao unter sich hatte. Und Glaupel mag den Hauenhain schon gar nicht; ist zwar sein Glaubensbruder, aber er haßt ihn, und zwar intim, das ist ihm jetzt mal rausgerutscht, vorige Woche, wegen der Sache im Süden, wo die Gesundheitsbehörde gegen uns entschieden hat, und das wollte Hauenhain Glaupel in die Schuhe schieben, der dem Glaupel! Weil Glaupel damals doch auf der Lieferung bestanden habe; was übrigens stimmt, aber Hauenhain selbst hatte da vorgearbeitet. Wenn du mich fragst, um Glaupel reinzulegen, und das meint Glaupel auch, jedenfalls, nachdem ich es ihm gesteckt habe. Dieser kleine Giftzwerg, hat er gesagt, dieser Hauenhain, als dieser gerade aus der Tür war. Nein, Glaupel allein entscheidet, wer von euch beiden den Posten in Nairobi übernehmen muß. Und jetzt kommt's. Sieh mal drüben, ist das nicht überm Himmelmoor? Schau doch! Blitze? Aber bei diesem Wetter? Vielleicht nur Lichtreflexionen; da stehen ja diese neuen blanken Schürfmaschinen. Weißt du übrigens, daß Kreienschlag da seine Spaziergänge macht mit seinem Psychotherapeuten, im Himmelmoor? Jawohl – da quatscht der sich aus, nicht auf der Couch. Clever, was? Da hört nämlich keiner mit. Was? Überm Güstruphof, meinst du, wär das Geblitze? Vielleicht. Wie bitte? Ach so, ja also, jetzt kommt's: Glaupel fragt mich heute nach Telex und Anruf, ob du – also auf diese ganz verschlüsselte Art und Weise, kennst ihn ja, fragt er, wie es mit eurer Ehe stünde. Was? Natürlich weiß er das mit uns von früher; aber das war ja vor seiner Zeit, und er weiß auch, daß das schon lange aus ist. Ja, von mir. Entschuldige mal, das ging nicht anders; du bist naiv. Wenn alles schon bekannt ist, und er fragt mich! Wie stellst du dir das vor, abstreiten! Das ist auch überhaupt nicht das Problem, er will etwas von heute wissen. Aber da bist du ja vollständig clean, oder? Natürlich. Ich wüßte es, wenn es anders wäre. Paß mal auf. Das ist so: Auf deiner Minusseite stehen diese vermasselte Push-Phase und dieses idiotische Foto in der Illustrierten, wo du als Aktivist stehst von diesem Bürgerkomitee gegen die Abholzung von eurem Wald. Die vermasselte Push-Phase ist nicht so schlimm. Das gilt als dein erster größerer Fehler – kann jedem mal passieren, und du weißt ja, wie Wiepert das sieht, der mal was Ähnliches hatte. Auf den hört Glaupel, weil der ja ganz oben Liebkind ist. Die andere Sache, die im Westbezirk, dieses wirklich schlimme Ding, das du da gedreht hast, das ist ja nicht rausgekommen. Wenn ich daran noch denke – ich habe nächtelang nicht schlafen können. Wenn das rausgekommen wäre, wie wir das ... na ja. Also das Foto. Glaupel macht das natürlich nichts aus. Er ist ja selber so 'n Umweltfreak. Aber ganz oben, drüben, die haben das Foto auch in der Hand gehabt. Wie? Na hör mal, da braucht nicht mal der Hauenhain hinterzustecken. Die Illustrierte ist ein Weltblatt, und das Foto war auch in der Auslandsausgabe abgedruckt. Da fragst du mich? Und gegen so was, Umweltschutz und was damit zusammenhängt, Gesundheitsbehörde und so weiter, da sind die ziemlich allergisch. Das brauch ich dir wohl nicht näher zu erklären. Wenn dann noch einer wie du, also einer aus der nationalen Leitung, so exponiert dabei ist, also ... Nun weiß ich aber, daß Glaupel mit drüben gesprochen, ihnen verklickert hat, daß du da raus bist, sogar die Leute bei euch beruhigst, damit sie endlich aufgeben nach dem Urteil. Der hat das sogar so dargestellt, als ob du von Anfang an im Grunde der Beschwichtiger und Abwiegler gewesen wärest. Wenn Glaupel meint, er habe die drüben überzeugt, und ich schätze, das meint er, dann entscheidet er insoweit jedenfalls nicht gegen dich. So – und jetzt kommen wir zur Sache. Im Profilvergleich mit Kreienschlag liegst du vorn, das habe ich heute noch nachgesehen, Glaupel will dich im Grunde auch halten. Aber du bist an der Reihe. Du warst noch nie auf Außenposten, Kreienschlag doch, und zwar schon zweimal, und einmal davon in den Tropen. Darüber kann sich auch Glaupel nicht einfach hinwegsetzen, es sei denn ... Und jetzt wird's glauplerisch: du kennst ihn ja, seinen moralischen Tick, seine Frömmigkeit und den ganzen Seich, den er so an sich hat. Wie fährst du denn jetzt? Das ist keine Abkürzung, nie, laß dir das gesagt sein, das wird Einbahnstraße und dann ... Na siehst du. Jetzt kommen wir nicht mal zurück. Rechts in die Straße, dann fährst du einen Bogen und kommst hinter der Rugenbergener Mühle wieder auf die B 4. Sieh mal die Kinder. Das ist doch . . . und die Kindergärtnerin läuft einfach so nebenher. Unglaublich. Nun halt doch an. Sag mal, soll ich fahren? Na, dann also weiter. Also der Glaupel. Der will den persönlich sauberen Menschen in der Leitung bei sich. Tu nicht so, als ob du das nicht wüßtest. Seitdem Glaupel da ist, strengst du dich doch in dieser Beziehung außerordentlich an. Und da eben hat der Kreienschlag seine Schwachstelle. Verstehe ich übrigens nicht, der ist doch so 'n richtiger Spießer und bumst da mit so 'ner Boutiquenzicke herum aus eurem Heiderkamp. Hast du dem Glaupel gesteckt, wie? Und Glaupel steht so auf der Alten vom Kreienschlag, dieser – na ja. Diese Ehe will er wieder kitten. Verstehst du? Guck mal drüben! Kontrolle? Nein, nicht für uns, bloß Lastwagen. Fahr doch nicht langsamer, fahr vorbei, so. Und jetzt meine Lageeinschätzung – und ich kenne meinen Glaupel: Wenn der Kreienschlag nicht von dieser, wie heißt die doch, ja, Helen Calmerten, wenn er von der nicht loskommt, wenn das etwa mehr ist als so 'n rasches Bumsverhältnis, dann wird Kreienschlag samt Familie nach Nairobi geschickt, damit er sich da unten an seine Alte wieder gewöhnt. Dafür ist da unten gerade der richtige Ort. Verstehst du, das macht der Glaupel, darauf kannst du dich verlassen, da hat er seine gute Tat vollbracht und kriegt noch ein goldenes Kreuzchen von seinem Heiland ins Hauptbuch gesetzt. So, und nun fährst du links die kleine Straße rein. Hier bist du noch nie gewesen, wie? Vor einem halben Jahr sind wir hier rausgezogen wegen meiner Mutter, die konnte nachts nicht mehr schlafen in der alten Wohnung wegen der Straßengeräusche Tag und Nacht. Lauter Vorgärten; grausig; und die Leute hier, ich sage dir, entsetzlich. So 'ne Tante von nebenan besucht uns manchmal, klönt mit meiner Mutter, betet mit ihr, aber es tut ihr gut. Drüben das Haus mit den Fliederbüschen davor; halt nicht direkt davor, drüben ist Platz. Und jetzt kommst du doch eben mit auf einen Sprung und sagst meiner Mutter guten Tag.

12

Über das „Volksfest im Rahmen einer Protest- und Informationsveranstaltung", wie die Manifestation gegen die Abholzung im Habichtsforst vom Bürgerkomitee angekündigt worden war, haben, soviel ich feststellen konnte, weder Funk noch Fernsehen, noch die überregionale Presse berichtet. „Kurzfristige Umdisponierung" jedenfalls lautete die knappe Begründung der zuständigen Abteilung der Fernseh- und Rundfunkanstalt für die Rücknahme ihrer ursprünglich erteilten Übertragungszusage. Von den ortsfremden Journalisten, die die Veranstaltung besuchten, konnte niemand etwas zu Druck bringen. Selbst nicht Konrad Richters Freund, der vordem den enthusiastischen Bericht für die Illustrierte verfaßt hatte, die jenes Foto enthielt, das Erhard Steingrüber als Aktivisten des Bürgerkomitees zeigte und das Irritationen in der Konzernspitze des multinationalen Nahrungsmittelkonzerns auslöste. „Da ist die Luft raus", habe die zuständige Redaktion des Blattes erklärt, so in etwa Konrad Richters Freund, und tatsächlich vertrat man zu diesem Zeitpunkt in den Redaktionen schon die Auffassung, wie sie der Chefredakteur jener Illustrierten als Anweisung formuliert hatte: „Wenn schon Walderhaltungsaktionen, dann aber bitte was Spektakuläres, wo die Fetzen fliegen, so was, was auch optisch was hergibt."

So kam es, daß allein im Heiderkämper Tageblatt über das Fest im Habichtsforst geschrieben wurde. Auf diesen Artikel wie auf die Ausforschungsberichte des Überwachungsdienstes wird Bezug genommen, wenn im folgenden weiter die freie Phantasie den Fortgang der Geschichte bestimmt.

Mando saß unter den weißgekleideten Leuten des Güstruphofs, auf dem mit Feldblumen geschmückten, von drei Pferden gezogenen Karren, der an jenem Sonnabendnachmittag in den Sandkuhlenweg zum Habichtsforst einbog. Sommerwolken standen am Rand des tiefblauen Himmels. Die Sonne strahlte. Es wehte ein lauer, warmer Wind. Man sang ein Sommerlied. Einer spielte die Ziehharmonika dazu. Mando summte mit. So oder ähnlich hatte er es sich in seinen Träumen ausgemalt, bevor es ihn in diese Gegend verschlug.

Die Tage auf dem Güstruphof hatten ihm frische Energien verschafft, und Fertigkeiten, lange, lange nicht erprobt, gingen ihm wieder von der Hand, das Melken zum Beispiel, aber auch die Hilfe beim Kalben und Fohlen. Wie er den vorher mit Milch und Urin eingeriebenen Arm durch die zuckende Öffnung in die Stute gleiten ließ, seine Hand das feuchte, nasse, aber auch knochige Fohlen abtastete, griff, wie es wegglitt, und wie er dann doch die Hinterbeine zu fassen bekam und langsam, langsam, aber kräftig zog, bis schließlich auch der Kopf des Tieres im Schwall von Fruchtwasser und Blut herausflutschte, ins Stroh fiel, mit dem er es dann abrieb, da hatten die Umstehenden gestöhnt, fast so laut wie die Stute, und geklatscht. Maria, verschwitzt wie er – sie hatte den Kopf der Stute gehalten – gab ihm sogar einen Kuß, wollte ihm die Wollmütze abziehen, was er aber verhindern konnte, indem er sich von ihr losriß. Sie hatte gelacht: Einmal seh ich ihn doch, deinen Kahlschädel und was darunter ist.

Nur Benno, der Verwachsene, der sonst das Fohlen und Kalben bewachte und zupackte, aber diesmal versagt hatte, beglückwünschte ihn nicht, mied später auch seine Nähe und blickte ihn seitdem immer wieder von der Seite und mit bösen Augen an. Und als er den in den Feldgraben gerutschten Trecker mit dem Pferdegespann herausgezogen hatte – ohne Peitsche, nur eine Hand am Zügel und nur mit jenem tief aus dem Bauch kommenden Summen, in dem die Obertöne mitschwangen, die Pferde zur äußersten Kraftanstrengung brachte, da hatten sie ihn anschließend auf die Schultern gehoben, und Udo, der Bärtige, hatte gesagt: Gib's zu, du bist ein Bauer.

Seine Unterkunft war eine Kammer über dem Pferdestall. Die Katzen sammelten sich bei ihm, schliefen auf seinem Bett, und Vögel flogen herum; ein Schwalbennest klebte an einem Balken, und es hatte ihn einige Mühe gekostet, die Katzen trotz des Gezwitschers und Flatterns still und friedlich zu halten. Als einmal doch der graue Kater – er nannte ihn Herold I – einen Distelfink von der Stuhllehne fing und verschlang, pfiff Mando ihn derart an, daß Herold I sich krümmte und schrie und zwei Tage und Nächte lang unter dem Bett liegen blieb. Oft am Tage streifte Mando durch die Gegend, legte sich in Gräser und Kräuter. Den ihn umgebenden tausendfältigen Duft konnte er anfangs nicht filtern, und er verlor das Bewußtsein, stürzte in tiefste Tiefen, aus denen er erquickt und voller Spannkraft wieder auftauchte. Zu den Mahlzeiten am langen Tisch vor der Tenne erschien er pünktlich. Sein Platz war zwischen Stella und Klaus und gegenüber den beiden ständig Debattierenden, Udo und Alfons. Meistens schwieg er. Fragen beantwortete er mit den allgemeinen Redensarten, die er für passend hielt, und das ließ man gelten. Ja, es schien so, als schätzte man seine Einsilbigkeit, wohl, weil sie ihnen, die ständig redeten, lachten, sangen, schwatzten, abging. Udo, der Bärtige, und Alfons, der Unbärtige, hatten ihm sogar die Rolle des unbeteiligten Schlichters zugedacht, wenn sie ihn bei ihren endlosen Disputen mehr oder weniger scherzhaft ansprachen: Und was meint unser schweigender Weiser dazu? – Und sie schmunzelten, schwiegen oder lachten zu seinen Bemerkungen. Nachts in seiner Kammer auf dem Bett und zwischen den Katzen lag Mando meist wach, hörte auf die Geräusche draußen und drinnen, den Schrei des Nachtvogels, den Wind in den Eichen, das schläfrige Schnaufen der Pferde, die Atemzüge von Mensch und Vieh. In der zweiten Nacht schon kam Stella, legte sich neben ihn und die Katzen, berührte ihn nun ihrerseits, ganz anders als noch am Vortage, wo sie ihn abgewehrt hatte, mit einer wilden Heftigkeit, die er nun wieder als Attacke empfand. Auf seine Frage nach ihrem plötzlichen Sinneswandel hatte sie geantwortet: Weil mir jetzt danach ist – als sei sie ein kleines Kind, dessen Willen sich noch in Launen verbarg, denen es folgen mußte.

Jetzt, auf dem blumengeschmückten Karren, saß sie ihm gegenüber, neben Alfons, dem Unbärtigen, hatte ihren Kopf an dessen Schulter gelegt und sang das Sommerlied. Viele Menschen waren unterwegs mit dem gleichen Ziel. Sie winkten ihnen zu, lachten und riefen Freundliches. Kinder sprangen auf den Karren, setzten sich zwischen sie, winkten und sangen mit, und als der Ziehharmonikaspieler das Lied von dem Mädchen im sausenden Karussell intonierte, stimmten alle ein, auch die Spaziergänger, und die Pferde fielen in einen Trab zum Takt von Musik und Gesang:

Komm, mach es schnell, schnell, schnell
im Sause-sause-sause-Karussell.

Dieses Lied, das später, als es von dem des Sternenhändlers Adebar abgelöst worden war, völlig in Vergessenheit geraten sollte – im Untersuchungsgefängnis schüttelte man den Kopf, wenn er es auf dem Hofgang anstimmte –, gefiel Mando zunehmend. Er sang die Oberstimme mit, und das Mädchen, das sich neben ihn gesetzt hatte, fragte, als sie geendet hatten: Wie kannst du nur so hoch singen, Onkel?

Der kann noch viel mehr, der Onkel Tausendsassa, sagte Benno, der Verwachsene, vor dem mußt du dich in acht nehmen, Kleines.

Die Feindseligkeit, die sich da in dem Verwachsenen staute, würde Mando so bald wie möglich auflösen müssen.

Er war überrascht über den Trubel ringsum, als der Karren am Habichtskrug vorbei, vor dem viele an Tischen saßen, Bier tranken, winkten und lachten – unter ihnen Uwe mit dem Jägerhütchen –, in den Habichtsforst fuhr. Auf den Wegen drängten sich die Leute, alle bunt, ja grell gekleidet. Viele trugen Hemden mit der Aufschrift „Rettet den Habichtsforst", Kinder auf Schultern ihrer Eltern hielten Luftballons an Schnüren, und auch auf die Luftballons war geschrieben „Rettet den Habichtsforst". Zwischen den Bäumen und auf den Lichtungen gingen, liefen, rannten sie; Geschrei, Gelächter, Rufen, und von überall her drang Musik, nicht nur aus Transistorgeräten, die viele bei sich trugen. Eine Blaskapelle zum Beispiel musizierte am Trimm-dich-Pfad, wo ein Lauf- und Turnwettbewerb für Kinder und Senioren stattfand, und als sie in den Weg zum Hundetummelplatz einbogen, empfing sie eine Gruppe von Sängern und Gitarrespielern, die alle aufforderten, in den Refrain des Liedes einzustimmen: „Drum rettet den Wald, denn zu spät ist es bald", ein Lied, das noch unzählige Male in allen Variationen gespielt und gesungen werden sollte.

Mando zog die Klappen der Wollmütze über die Ohren. Dieser Lärm und diese Ansammlung von Menschen ringsum überforderten ihn. Es mußten Tausende sein. Er schloß die Augen.

Tatsächlich waren mehr Menschen unterwegs, als sich das Bürgerkomitee erhofft hatte. Ob aber „Halb Heiderkamp auf den Beinen war am Sonnabendnachmittag", wie das Heiderkämper Tageblatt schrieb, erscheint fraglich. Es hätten denn achttausendfünfhundertdreiundvierzig Personen anwesend sein müssen. Die Zahlenangabe im Überwachungsbericht – drei- bis viertausend – wird wohl eher zutreffen.

Auf dem breiten Weg zum Hundetummelplatz kam der Karren nur langsam voran. Am Rande standen Buden und Informationsstände. Man flanierte vorbei oder blieb stehen, aß Gegrilltes an den Buden, las die Schriften, die an den Informationsständen auslagen und ausgegeben wurden. Der Geruch von Gegrilltem, Gebackenem, Gesottenem durchzog die Luft und nahm Mando fast den Atem. Dazu die grellbunten Farben der Plakate, Luftballons und Fähnchen, überall vor, an und zwischen den Buden und Ständen, das Schwadronieren der Leute und die dröhnende, quietschende, grummelnde Musik! Er wollte vom Karren springen und fortlaufen. Stella setzte sich neben ihn, legte den Arm um ihn, fragte, ob es ihm nicht gut gehe. Da faßte er sich, schüttelte sich einmal, zweimal. Die während der Tage auf dem Güstruphof gespeicherten Energien hatten ihm genügend Kraft gespendet, merkte er, so daß er sich jetzt einfach in dieses Gewirr fallenlassen durfte, vieles über sich ergehen lassen konnte, ohne daß es ihn zerriß, und als Stella seine Knie streichelte, überkam ihn eine ruhige, fröhliche Gelassenheit. Er öffnete die Augen und blickte um sich, nahm Einzelheiten wahr, das Kind, das, auf den Schultern seines Vaters sitzend, in einen Ballen Zuckerwatte biß; den Pulk von Männern mit Strohhüten, die ihre Spazierstöcke schwangen; den beinlosen Geigenspieler, der, zwischen zwei Buden hockend, einen Hut vor sich, daherfiedelte; die Kinder und alten Männer im Sportdreß, hintereinander herlaufend, den Weg überquerend in Richtung Trimm-dich-Pfad; den in eine Wurst beißenden dicken Mann, auf dessen Hintern ein Passant seine Hand klatschen ließ, worauf sich beide Männer lachend umarmten . . .

Na, fragte ihn Alfons, der Unbärtige, gefällt es dir?

Das ist des Volkes wahrer Himmel . . ., sagte Mando.

Richtig, Meister Faust, lachte der Bärtige, hier darf man Mensch sein . . .

Was immer das auch sei, sagte der Unbärtige.

Man lachte, und sie stimmten wieder das Lied vom Mädchen in dem sausenden Karussell an, in das lachend die Passanten einfielen.

Der Einzug der Güstruphofleute in den Hundetummelplatz im Habichtsforst wird in den beiden Quellen unterschiedlich geschildert. Während das Heiderkämper Tageblatt von „ansteckender Fröhlichkeit der auf einem geschmückten, von einer Troika gezogenen Wagen sitzenden lachenden und singenden jungen Leute“ spricht, heißt es im Bericht des Überwachungsdienstes dazu: „Schon zum Zeitpunkt ihrer Ankunft (16.30 Uhr) heizten die angekarrten Ökobauern durch lautes Randalieren die allgemeine Stimmung weiter an“.

An der Spielwiese für Hunde – nun Festwiese genannt – (nicht „Thing-Platz“, wie es Godewin Stöcker verlangt hatte) war eine von zwei Lautsprechertürmen eingerahmte Bühne aufgebaut, zur Rückseite hin geschlossen durch eine breite, hohe Leinwand, welche – vermutlich in Konrad Richters Werbeagentur angefertigt – unter dem in Rot prangenden Slogan „Rettet den Habichtsforst“ eine Einkindfamilie mit Hund zeigte, die zwischen zwei Tannen eine Kette bildete. Auf der Bühne musizierte, als die Leute vom Güstruphof einfuhren, eine siebenköpfige Gruppe. Sie wurde von Bernward Bille, der vor eins der Mikrophone trat, unterbrochen: Willkommen, Freunde vom Güstruphof! rief er, wir freuen uns, daß ihr mit uns seid an diesem Tag und auch sonst.

Man klatschte, rief hallo, bravo, und dann spielte die Jazzband auf der Bühne weiter; deren Mitglieder waren übrigens Ärzte und Pfleger des Krankenhauses. Im Überwachungsbericht werden sie als „harmlos und unverdächtig“ beschrieben, was für den Berichtsverfasser, ein Bruder des Klarinettisten, Folgen haben sollte.

Die Leute vom Güstruphof sprangen vom Karren, mischten sich unter die anderen. Mando ging zwischen Udo und Alfons. Sie schlenderten vorbei an den Buden und Ständen, blieben stehen, hörten zu, die beiden ließen sich hier und da in Gespräche ein, debattierten mit einem Mann im Lederkostüm eines Revolutionärs vergangener Dekaden über die Möglichkeit und Wirksamkeit kollektiven Handelns hier und heute zum Zwecke rascher und grundlegender Veränderung der bestehenden Verhältnisse, was der Dürre und Alfons, anders als Udo, für notwendig erachteten, wobei Alfons allerdings, anders als der Mann, die Zeit dazu noch nicht für reif hielt, beide hingegen Udo heftig widersprachen, der meinte, die Erinnerung an die Möglichkeit kollektiven Handelns zur Veränderung bestehender Zustände sei längst erloschen. Mando, um seine Meinung dazu gefragt, antwortete: Man kann sein Gedächtnis verlieren. Das kann gut sein, das kann schlecht sein. Es kommt darauf an.

Man lachte und ging weiter, um am Stand gleich daneben einmütig einem krawattentragenden Mann zu widersprechen, der die Aufrechterhaltung der bestehenden Verhältnisse mit allen nur denkbaren Mitteln, und dazu zählte er die Einsperrung, ja Eliminierung von Menschen wie jenen am Nachbarstand, ohne Wenn und Aber, für das Notwendigste hier und heute erachtete. Nachdem sie an einer Bude Würstchen gegessen hatten, stritten Udo und Alfons mit zwei dunkelhäutigen Männern über die staatliche und gesellschaftliche Ordnung in einer von der Region, in der der Habichtsforst lag, weit entfernten Gegend, in der unter einer Art von Priesterherrschaft Andersgläubige, insonderheit Frauen, gesteinigt wurden, was die beiden dunkelhäutigen Männer als „Abwehr ideologischer Diversionen“ zu rechtfertigen versuchten. An weiteren Ständen und Buden zogen sie vorbei, hörten hin oder auch nicht, aßen hier und da ein bißchen, blieben vor musizierenden, glatzköpfigen Frauen und Männern in Mönchskutten stehen, lauschten einem Prediger, der lustvoll den drohenden Untergang schilderte und zur Hingabe an eine Person aufforderte, deren Foto überlebensgroß am Stand prangte und das Gesicht eines vollbärtigen grinsenden Greises zeigte.

Mando, der das Schwadronieren der Menschen über Gott und Welt hier nun kannte und kaum noch darüber staunte, fragte sich doch, was das nun alles mit der Verhinderung der Abholzung des Habichtsforstes zu tun haben mochte, stellte die Frage Alfons, der meinte, alles habe eben mit allem zu tun, was Udo als „universalistischen Unsinn" bezeichnete. Natürlich gab es auch Informationsstände des Bürgerkomitees, und zwar einen auf jedem der Wege und einen an der Festwiese, und an dem stand Griet Steingrüber und diskutierte mit Passanten. Sie winkte Mando zu, der stehenblieb und zuhörte, schließlich aber von den beiden weitergezogen wurde. Einen Informationsstand sogar gab es, an dem die Errichtung des Zubringers zur Autobahn und damit die Abholzung des Habichtsforsts gefordert wurde, den leitete der Neffe des Bürgermeisters. Dessen Ausrufe und Diskussionsversuche ernteten aber bei den allermeisten nur Hohn und Spott, wie auch im Überwachungsbericht zugegeben wird, der im übrigen die verschiedenen Gruppierungen und das Informationsmaterial detailliert aufführt und beschreibt, einzelne Personen, soweit nicht schon unter Aufsicht, der Observation empfiehlt und das meiste als „weitgehend staatsgefährdende Agitation" bewertet. Wenn das Heiderkämper Tageblatt dagegen von „erfreulicher Meinungsvielfalt" spricht, so ist das ein im Grunde nur scheinbarer Widerspruch.

Über „Meinungsvielfalt" als Erscheinungsbild des Syndroms „Pluralismus" in den letzten Dekaden der unmittelbaren Vorgeschichte ist viel geforscht worden. Ob und wann sie als systemsteuerndes Subsystem regelrecht eingeführt wurde oder ob sie sich sozusagen über den Markt selbständig entfaltete, ist unerheblich. Daß „Pluralismus" und vor allem die sogenannte „Nachrichten- und Meinungsfreiheit" in allen Klassen und Schichten der Region weitgehende Akzeptanz fand, auch noch als zu allen Sachverhalten, Ereignissen und Erzeugnissen, Menschen, Waren, Dienstleistungen und so weiter rund um die Uhr völlig unterschiedliche, ja oft in den selben Medien entgegengesetzte und schließlich sogar erkennbar absurde Interpretationen und Einschätzungen verbreitet wurden, steht jedenfalls außer Frage. Bis zuletzt hielten viele sogar, vor allem Angehörige der Schichten wie sie im Eichenhain und Erlengrund lebten, an der illusionistischen Hoffnung fest, aus diesem Chaos sich überschlagender Nachrichten und Analysen würde sich das Richtige, Wichtige, also das den positiven Ablauf des Geschehensprozesses bestimmende Ereignis, schon herausschälen, das „bessere Argument" und schließlich „die Vernunft" siegen; so absurd das heute alles erscheinen mag, man muß wissen, daß sowohl über „das bessere Argument" und die „Vernunft" als auch über Herstellung, Interesse und Zweck von Ereignissen und Meinungen ebenfalls völlig divergierende Auffassungen kursierten und man sich das Ganze als sich selbst regulierendes System vorstellte. Aber wie auch immer: Bei aller „Erfreulichkeit von Meinungsvielfalt" verzichtete man nicht auf kontrollierende und vorbeugende Maßnahmen, vor allem dann nicht, wenn die Meinung auf Protestveranstaltungen laut wurde. So gab es auch unter den Besuchern der Veranstaltung im Habichtsforst dreihundert Polizisten in Zivil, standen achtzig uniformierte Beamte in Fahrzeugen rund um den Habichtsforst und zwei Hundertschaften Bereitschaftspolizei etwas entfernter, am Himmelmoor, in ständigem Funkkontakt mit der Einsatzzentrale, die sich in einem Wohnwagen hinter dem Stand für orientalische Küchenspezialitäten an der Festwiese befand.

Mando, Udo und Alfons trafen auf den Informationsstand des Güstruphofs in der Nähe des Trimm-dich-Pfades, über den nun Frauen und Mädchen verschiedener Sportvereine liefen, hangelten, turnten, sprangen, kurz das veranstalteten, was die Menschen hier – wie Mando herausgefunden zu haben glaube – für eines der wichtigsten Dinge im Leben hielten: den Wettkampf.

Am Güstruphof-Stand versuchten Vera und Bruno anhand von Fotos und unter Zuhilfenahme von Schriften, die besondere Art ihrer Anbauweise von Feldfrüchten, Viehhaltung und Lebensweise – sie nannten sie immer wieder „die einzig noch mögliche, den drohenden Untergang allein verhindernde“ – den Passanten, von denen nur wenige stehenblieben, näherzubringen. Daß gleich daneben, am Tisch voller Broschüren, zwei Herren das genaue Gegenteil verkündeten – zum Beispiel die Benutzung von Kunstdünger und Pestiziden als unverzichtbar darstellten, schien nur normale „Meinungsvielfalt“ zu sein, und Mando war nicht einmal überrascht, als die Weißgekleideten, Vera und Bruno, mit den grüngekleideten Herren nebenan immer dann, wenn niemand ihnen zuhören wollte, aus ein und derselben Flasche selbstgebrannten Schnaps tranken und so, als wären sie Spießgesellen, miteinander redeten und lachten. Als Alfons sich darüber mokierte, kam es wieder zu einem der typischen Dispute zwischen ihm und Udo, und während sie sich mit Mando zum gemeinsamen Urinieren etwas abseits vom Stand vor einen Brombeerbusch stellten, sagte der Unbärtige, seinen Hosenlatz aufknöpfend, er sei – das müsse er nach einem Monat des Zusammenlebens und der Präsentation hier im Habichtsforst feststellen – weder von der Tragfähigkeit, geschweige denn vom Modellcharakter der Produktions- und Lebensweise auf dem Güstruphof überzeugt. Udo, der Bärtige, öffnete den Reißverschluß seiner Hose und sagte, das überrasche ihn nicht. Er, Alfons, sei bereits mit Vorurteilen zu ihnen gekommen; wie er ja immer und schon während ihrer beider Jugendzeit sich nicht wirklich und voraussetzungslos einer Sache habe hingeben können; er erinnere nur an ihr gemeinsames Experiment mit LSD. Mando, der zwischen den beiden stand, löste einfach den Hosenbund, so daß die Hose herabfiel.

Bitte, sagte Alfons, wenn er, Udo, der Bärtige, das Problem auf die subjektiv-psychologische Ebene schieben wolle, typischerweise übrigens, wie er es ja auch früher ständig versucht habe, um sein Scheitern an der Realität zu rechtfertigen, er erinnere in diesem Zusammenhang nur an ihre gemeinsam begonnene, von ihm, Udo, dem Bärtigen, aber nicht durchgehaltene Besteigung des

Watzmanns – aber bitte, bitte, gerne ginge er, Alfons, darauf ein, denn die objektive Unbrauchbarkeit des Güstrupschen Modells für anderes als Nischenexistenz zeige sich gerade und vor allem in dieser speziellen intimgruppenhaften Wechselbeziehung der aufeinander bezogenen Personen; die sei nämlich nicht einmal feudalistisch, sondern ein Rückfall ins Hordentum.

Udo entgegnete, sein Glied zwischen Daumen und Zeigefingern beider Hände haltend, den Oberkörper gestreckt, das Kinn auf die Brust gedrückt, eben genau damit böten sie die Alternative zur Zweckrationalität jener Formen sozialer Organisation, die nur noch destruktiv wirkten, Interaktionen bürokratisch regulierten und die Anonymität eines noch die eigene Zerstörung akzeptierenden kollektiven Willens produzierten.

Alfons, die Linke gespreizt am Glied, die rechte in der Hosentasche, den Oberkörper leicht vorgebeugt, sah an Mando, der, Oberkörper weit zurückgelehnt, die Hände auf dem Rücken verschränkt, mit frei hervorstehendem Glied dastand, vorbei auf Udo, sagte lächelnd: Genau umgekehrt ist es natürlich, allein Institutionalisierung und Formalisierung von Handlungs- und Entscheidungsstrukturen garantieren neben Effizienz, Überschaubarkeit, Berechenbarkeit auch den Rekurs und damit die mögliche Revision von Fehlentwicklungen; eben anders als die auf nicht rückfragbaren Handlungsmotiven beruhenden Aktivitäten von Horden prähistorischer oder güstrupischer Art.

Ich bin erschrocken, sagte Udo, der Bärtige, sein Glied mit den Fingern hebend und senkend, bis der Strahl kam, dann seufzend und fortfahrend, während er den Bogen, den sein Urinstrahl beschrieb, betrachtete: Ich bin erschrocken darüber, mit welch unbekümmerter Beflissenheit, oder soll ich sagen Hörigkeit, du über längst als Falsifikationen erkannte Raster, längst als Falsifikationen erkannte Bilder von Wirklichkeit analysierst; daß sich das so bei dir verfestigt hat! Daß dich deine Angst vor der von dir als Chaos empfundenen Vielfalt des Lebens zu einer Kopie des als Totalität gesellschaftlicher Beziehungen mißverstandenen Menschen hat erstarren lassen, ja, das finde ich schrecklich. Aber sie war wohl von Anfang an in dir angelegt, diese Angst vor dem Leben – Generationen lang in den Pfarrhäusern deiner Vorfahren vorproduziert.

Allein der Strahl des freihändig urinierenden Mando erreichte die Höhe des Brombeerstrauchs, vor dem sie im Abstand von anderthalb Metern standen. Udo besprühte eben die Blätter der mittleren Ranken. Alfons, der nicht einmal bis an den unteren Teil des Busches kam, sagte, pressend, um seinen Strahl zu verlängern: Deine lebensphilosophischen Deutungen, deren Unhaltbarkeit dir natürlich bewußt ist, sind nur vorgeschoben, denn im Grunde treibt dich etwas ganz anderes um, nämlich dein verzweifelter Protest gegen deine Unterwerfungssucht, diese genetische Mitgift deiner staatsdienenden Vorfahren, die dich schon in so manches Abenteuer gestürzt hat, nur um dich immer noch tiefer in den Konflikt zu verstricken. Diesmal aber hast du den Tiefpunkt erreicht. Deine Unterwerfung unter den Hordenwillen, der in einem ständigen Prozeß von psychischer Gewaltanwendung aller gegen alle erzeugt und von Maria, eurer Führerin, kontrolliert wird, und zwar über ein abgefeimtes Psychoterrorsystem, das sie mittels Zuteilung und Entzug von Zuneigung souverän beherrscht, ist fürchterlich und dich so demütigend deshalb, weil es diesmal so unabänderlich scheint; es sei denn, der Güstruphof brennt ab, wofür ich plädiere.

Was hältst du denn von den Einschätzungen dieses Kurzpissers, Mando, Weiser? fragte Udo, der ebenso wie Alfons von der anderen Seite her Mandos Urinbogen bestaunte, der immer noch bis zur Höhe des Brombeerstrauches reichte, während sich ihrer beider Bogen jetzt schnell verkürzte, bis schließlich nur noch der Urin unmittelbar vor ihnen ins Laub tröpfelte.

Mando hätte Alfons erzählen können, daß Udo, der Bärtige, mit großem Geschick und viel Energie versuchte, den gewaltigen Druck der Mutter Maria auf ihn selbst und die anderen zu verringern, um ihn schließlich wegstoßen zu können; daß Maria selbst unter gewaltigem Druck von Udo und den anderen stand und sie ebenfalls diese Last abzuwerfen versuchte, und Udo hätte Mando erzählen können, daß Alfons nachts zuweilen ans Bett der Maria schlich, um hineingelassen zu werden und unter ihrem Druck zu stöhnen. Er sagte aber nur, während er seinen Urinstrahl sich langsam verkürzen, aber ihn einmal noch mit kurzem Stoß senkrecht hochschießen ließ, um ihn dann ohne einen Resttropfen abrupt abzustellen: Ich bin gern auf dem Güstruphof.

Ätsch, sagte Udo zu Alfons. Die schlenkerten ihre Glieder ab, steckten sie in die Hosen, Mando zog seine Hose hoch. Er war nun doch erschöpft, ließ die beiden weiter disputieren, trennte sich von ihnen, ging in den Wald, fand aber keinen stillen Platz. Überall liefen Kinder herum und Hunde, lagerten Menschen, redeten, lachten, tranken, spielten mit Bällen. Hinter der Bude mit orientalischen Spezialitäten setzte er sich dann doch trotz der Geräusche ringsum mit untergeschlagenen Beinen ins Laub unter halbhohen Buchen, verschränkte die Arme über der Brust, atmete tief durch, stieß mit dem Atem ein „A A Aha“ aus, hielt es an, wiegte den Kopf, bewegte den Oberkörper vor und zurück, bis die Obertöne kamen, veränderte den Ton zum „O O Oha“ hin, wiegte und sang sich allmählich in Trance.

Nicht weiter als zehn Meter entfernt stand der Wohnwagen, in dem sich die Einsatzzentrale befand. In deren Bericht liest man, ab 18.04 Uhr habe über den Sender ein starkes Rauschen eingesetzt, durch das hindurch eine Verständigung mit den Einheiten in Bereitstellung kaum noch möglich gewesen sei. Um 18.07 Uhr sei dann der Funkkontakt zusammengebrochen, und erst zwanzig Minuten später hätte er wieder aufgenommen werden können. Während der zwischenzeitlichen absoluten Funkstille seien die Lichtzeichen auf sämtlichen Empfangsgeräten erloschen; Stromausfall käme als Ursache nicht in Betracht, Flugverkehr habe in der fraglichen Zeit nicht geherrscht, Sabotageakte könnten ausgeschlossen werden, man müsse von atmosphärischen Störungen ausgehen.

In der als Wohnwagen getarnten Einsatzzentrale haben fünf Personen gesessen, unter ihnen Polizeimeister Saugbrot und Polizeihauptmeister Stelling. Während Polizeioberwachtmeister Knickrehm sich, angebrüllt von Stelling, bemühte, den Funkkontakt wieder herzustellen, der Einsatzleiter, Oberkommissar Becker, mit seiner Assistentin, Kommissarin Hochstädter, unbekümmert weiter das Kartenspiel „17 und 4“ spielte, hat Saugbrot durch verschiedene Scheiben, die einen Ausblick hinaus, aber nicht hinein gestatteten, das Gelände ringsum beobachtet.

Da sitzt jemand im Laub und scheißt und singt dabei, meldete er. Stelling ist zu ihm gekommen, hastig, hat dabei die Kaffeekanne vom Klapptisch gestoßen, hat herausgesehen, den Feldstecher genommen.

Sieht aus wie ein peruanischer Flötenspieler, mit seiner Kappe über den Ohren, sagte Saugbrot. Stelling zog, während er weiter durch den Feltstecher schaute, mit einer Hand eine Schachtel aus der Tasche, entnahm ihr zwei rosa Pillen, schluckte sie. Er hat nichts gesagt, aber später in sein Tagebuch geschrieben: „Die in der Nähe des Einsatzwagens augenscheinlich in Meditation versunkene männliche Person glich einem Dogen, wie wir ihn von Bildern der Renaissancemaler kennen: hoheitsvoll.“

13

Auf der Lichtung in der Kiefernschonung, unweit der Festwiese, lagerten die Baumhauskinder, rauchten und tranken Bier. Ab und zu fiel ein bunter Ball in ihren Kreis, und sie warfen den Ball den Kleinen zurück, die unter Aufsicht ihrer picknickenden Eltern spielten. Eine jaulende, stampfende Musik schallte von der Festwiesenbühne herüber, und eines der Elternpaare sprang auf, begann zum Beifall der beiden anderen Elternpaare zu tanzen.

Seht euch das an, sagte Jeffi, Oma und Opa tanzen Rock 'n' Roll.

Na warum denn nicht, sagte Imme, griff Kais Hand, wollte ihn hochziehen. Komm!

Nein, sagte der, ich tanze nie.

Spinne erhob sich, umfaßte Imme, wirbelte sie herum. Beide, sie hatten sich an den Händen gepackt, hopsten, stampften, wackelten im Kreis, suchten den Takt der

Musik, fanden ihn, drehten sich, bis Imme sich aus einer Drehung heraus an den ausgestreckten Händen Spinnes nach hinten fallen ließ, blitzschnell, nur um von Spinne gerissen, zwischen dessen gespreizten Beinen hindurchzuflitschen, sich noch im Schwung aufzurichten und, Rücken an Rücken, die Arme mit denen Spinnes verschränkt, den sofort darauf hochschnellenden Spinne über ihren Kopf hinwegzurollen. Und das gleiche tat Spinne mit Imme und Imme noch einmal mit Spinne, und, Körper an Körper, riß Spinne dann die gestreckte Imme quer über seinen Rücken, über die Brust, hob sie mit beiden Armen hoch, und Imme grätschte über Spinne hinweg, beide wirbelten wieder herum, und Spinne schnellte, von Imme an beiden Händen gehalten, durch deren gespreizte Beine hindurch, sprang rückwärts und von Imme gestemmt mit gegrätschten Beinen über Immes Kopf, um anschließend Imme an sich zu ziehen zur Rolle rückwärts und Rolle vorwärts, und dann tanzten beide wieder im Kreis umeinander herum, ohne die Hände voneinander zu lösen, wiederholten die Sprungfiguren in anderer Reihenfolge, veränderten sie – und das alles, wohlgemerkt, exakt zum Stampfen der lauten Musik von der Festbühne her.

Die Baumhauskinder waren aufgestanden, umringten die Tanzenden, feuerten sie an, klatschten zu dem eintönigen Takt der Musik, und auch die Eltern und deren Kinder kamen heran und klatschten mit.

Das ist ja turnierreif, sagte ein bärtiger Vater, phantastisch.

Kai sagte zu Astrid Glasen: Woher kann denn Imme so tanzen?

Imme kann noch viel mehr als Rock 'n' Roll, sagte Astrid.

Als die Musik nach einer Viertelstunde abbrach, ließen sich Imme und Spinne hintenüber ins Gras fallen. Die Umstehenden klatschten, riefen bravo! Die Eltern führten die Kinder zum Picknickplatz zurück, und die Baumhauskinder legten sich wieder ins Gras, außer Jeffi, der über den halbmeterhohen Schwebebalken des Trimm-dich-Pfads, der über die Lichtung führte, wakkelte und so tat, als verlöre er jeden Augenblick das

Gleichgewicht. Berni Stoßberg, der, ähnlich Jeffi, einen grüngelbroten Hahnenkamm auf glattrasiertem Schädel trug, gesellte sich zu ihm, und während die beiden mit komischen Verrenkungen über den Schwebebalken aufeinander zutorkelten, versuchten die Kleinen, sie mit dem Ball zu treffen.

Es war heiß, und es duftete nach Kiefernharz. Die Kleinen kreischten und lachten.

Spinne, auf dem Bauch liegend, einen Grashalm im Mund, sagte zu Imme: Das müssen wir öfter machen. Vielleicht sogar Turniertanzen. Das bringt Spaß und außerdem Kohle.

Nicht viel, sagte Imme. Zweihundertfünfzig die Sieger. Und es gibt eine Menge Rock 'n' Roll-Tänzer beim Wettbewerb freitags nachts im Alabama.

Wir könnten's ja mal versuchen.

Und viermal die Woche vier Stunden üben – na, laß mal. Nur um an den Standard in der Alabama-Halle ranzukommen?

Hanne kam von der Festwiese her auf die Lichtung, nahm den Ball der Kleinen auf und warf ihn gegen Jeffi, der den Ball fangen wollte, ihn aber verfehlte, dabei vom Schwebebalken fiel und schrie, als sei er verletzt. Die Kleinen liefen erschrocken zu ihren Eltern, Jeffi wälzte sich im Gras, sprang dann auf und hopste wild herum. Getroffen, schrie er, getroffen! Die Kleinen wurden von ihren Eltern beruhigt, der bärtige Vater ging mit zweien zu dem kaspernden Jeffi, der ließ sich auf Knie und Hände fallen, bellte wie ein Hund und ließ sich von den Kleinen füttern, und beide durften sich auf seinen Rükken setzen, und Jeffi hoppelte bellend mit ihnen über die Lichtung.

Ein richtiger Festtag ist das, was? rief der bärtige Vater.

Ich find deinen Wollmützenkerl, den Mando, nicht mehr, sagte Hanne und setzte sich mit untergeschlagenen Beinen neben Kai. Er kam mit den Ökofreaks auf einem Karren an, ging mit zwei anderen spazieren, ich hinterher, und dann war er plötzlich verschwunden. Was ist das heiß, sagte sie und knöpfte ihre Bluse auf.

Mando ist bestimmt noch auf dem Gelände, sagte Kai.

Soll ich mal nachsehen? fragte Schanka, die auf dem Bauch lag und das Bier aus der Dose durch einen Strohhalm sog. Ich bring den Jungen schon auf Vordermann.

Das fehlte noch, sagte Kai. Eine Amsel tippelte vor Astrids Füßen, pickte Salzstangenkrümel, die Astrid ihr hinwarf. Auf der Festwiese kündigte jemand eine neue Musikgruppe an. Und danach, rief er durchs Mikrophon, danach zaubert dann für unsere Kleinen und Großen ein Zauberkünstler. Also, bewegt euch, Kinder. Kommt alle her zur Festwiese.

Ist das Harm Schurig, der Zauberkünstler? fragte Jens.

Ja, sagte Kai.

Mal gespannt, ob er sein Clownskostüm trägt.

So doof wird er wohl nicht sein, sagte Schanka.

Die Eltern packten ihre Picknickkörbe ein, riefen die Kinder, verließen die Lichtung. Musik setzte ein. Auf Wiedersehen, riefen die Eltern. Wir gehen jetzt zur Festwiese.

Von der Festbühne schallte zu Gitarren und Mandolinen der Song: „Zu spät ist es bald, drum rettet den Wald.“

Wie ist das übrigens mit der Kohle, die wir noch kriegen für die M & F-Aktion? fragte Kurt Bromberger. Er hatte eine Zahnspange im Mund und stotterte.

Ja, fragten auch die anderen, was ist damit?

So schnell geht das nicht, sagte Kai, wir müssen ja erst mal das Zeugs verkaufen.

Das war aber nicht abgemacht, sagte Imme.

Das ist immer so, sagte Kai.

Das waren doch Vollprofis, hast du gesagt, und die zahlen immer gleich, sagte Schanka.

Mit dir muß man sowieso noch reden, sagte Kai zu Schanka, du hast die Pistole dabeigehabt.

Hör doch auf, sagte Schanka. Die anderen lachten. Eine Wasserpistole war das doch bloß, sagte Spinne, und du hättest sehen müssen, wie sie damit Hemmlein, den Hausmeister, bespritzt hat und wie der herumhopste, hinter ihr herjagte und wie wir bellend hinter beiden her sind, und dabei entfernten wir uns immer weiter vom Schulhof. Aber einmal hätte er fast was gemerkt – gerade als sich die beiden Security-men um zwei Jungen kümmerten, die zu spät kamen.

Im Heiderkämper Tageblatt steht, daß die maskierte Rockerbande, nachdem sie die Scheiben in der Turnhalle eingeschmissen hatte, den Hausmeister mit einer Waffe bedrohte, sagte Kai, und das ist schlimm. Das ist nämlich vor Gericht schwerer Raub mit Waffen.

Mach dir doch nicht in die Hose, sagte Spinne, jedenfalls war das Spitze.

Nein, Spitze war, wie Jeffi, Astrid und Berti am Gymnasium das Ablenkungsmanöver durchgezogen haben. Das Feuerchen am Musikpavillon. Und dann dahin mit dem Hausmeister gerannt und mitgeholfen beim Löschen. So war es klar abgesprochen.

Ja, sagte Jeffi, und dann bin ich noch hinter dem Speditionswagen hergerannt. Diebe, habe ich gebrüllt, Diebe, haltet die Diebe.

Alle lachten.

Wieviel haben die denn geschafft, wollte Berni wissen.

Fast zweihundert Räder und über achtzig Mopeds von allen drei Schulen, sagte Kai.

Also, nehmen wir mal an, die kriegen fünftausend dafür, dann bleiben für uns tausend, rechnete Spinne.

Fünfhundert, sagte Kai.

Wieso, sollen wir nicht zwanzig Prozent kriegen?

Zehn, sagte Kai.

Also, die kann man aber anderswo leichter verdienen, sagte Schanka.

Erstens sind fünfhundert auch Geld, und zweitens wollen wir ja weiter im Geschäft mit denen bleiben, sagte Kai.

Guckt mal, sagte Berni, wer da kommt.

Auf der Lichtung über den Trimm-dich-Pfad rannten Männer und Frauen im Turndreß, verschwitzt und außer Atem, versuchten sich noch vor dem Schwebebalken zu überholen. Immer nur eine Person durfte über den Schwebebalken laufen, und auf der Mitte hatten sie – so lautete jedenfalls die Anweisung auf einem Schild neben dem Schwebebalken – eine „Standwaage“ sowie zweimal den „Ausfall seitwärts, einmal rechts, einmal links“, zu turnen, und der erste, der den Schwebebalken erreichte, aufsprang und bis zur Mitte schritt, ein drahtiger Glatzkopf, tat das auch – „vorschriftsmäßig, Spitze, hervorragend“, wie die Baumhauskinder, die außer Kai, Schanka und Hanne aufgesprungen und zum Schwebebalken gegangen waren, schrien.

Laßt das, rief ein Dicker, der, anders als die übrigen, einen Overall, Pfeife und Stoppuhr am Band um den Hals trug und als letzter die anderen sozusagen vor sich her getrieben hatte. Laßt das, das ist ein Wettkampf.

Berni schrie: Wir machen mit, Onkel!

Er setzte sich mit einem Sprung rittlings auf den Balken und ruderte mit den Armen.

Runter, riefen auch die anderen Läufer und Turner – aber Berni blieb sitzen, ließ sich von dem Dicken im Overall und einem jungen, athletisch gebauten Krauskopf herabziehen, schrie schrecklich dabei, während die umstehenden Baumhauskinder lachten und klatschten. Und als der nächste, eine Frau, auf den Schwebebalken sprang, mit ausgestreckten Armen zur Mitte hintänzelte, rief Jeffi: Geil, Mutti, geil! Und als die Frau, die ein Band um die Stirn geschlungen hatte, in die Standwaage ging, kitzelte er ihre Fußsohle.

Der Dicke im Overall und der athletisch gebaute junge Krauskopf versuchten, Jeffi zu fangen, der fortrannte bis zum Reck am Ende der Lichtung, sich daran hochzog und Kniewelle auf Kniewelle drehte, kreischte und krähte, und er sah mit seinem stacheligen Hahnenkamm auf dem Kopf so komisch dabei aus, daß auch die beiden, die ihn schließlich vom Reck zogen, lachen mußten.

Ich habe die Unterbrechungen weggestoppt, rief der Dicke im Overall. Also noch mal von vorn, dalli dalli, ihr seid noch in der Zeit.

Die Baumhauskinder beobachteten, wie die Riege, einer nach dem anderen, die Übungen auf dem Schwebebalken turnte, rannten mit ihnen zum Reck, an dem man sich laut Anweisung auf dem Schild daneben hochzuziehen und zwei Bauchwellen zu drehen hatte, und während die ersten über den Trimm-dich-Pfad die Lichtung schon wieder verlassen hatten, die letzten noch ihre Recküburgen turnten, liefen die Baumhauskinder, die Wettkampfriege grotesk imitierend, hintereinander her. Jeffi rief: Wir sind noch in der Zeit, Leute, dalli dalli

– und rutschte rittlings den andern voran über den Schwebebalken.

Von der Festbühne her hörte man jetzt eine Stimme: Guten Tag, ihr Kinder, seid ihr alle da?

Ein Kinderchor antwortete: Jaaaaa!

Dann schaut mal alle genau hin, was ich hier habe.

Zau - ber - staaaaab, rief der Kinderchor.

Jeffi schrie, vor der Riege auf dem Schwebebalken herrutschend: Oooh, was für ein schöner langer Pimmel, Onkel, dein Zau- ber- staaaaab.

Die anderen fielen vor Lachen fast vom Schwebebalken.

Hanne hatte sich auf den Rücken gelegt, sah in den Himmel. Das Wetter bleibt nicht so, sagte Schanka, da kommt noch was.

Wieso denn?

Wenn ich's sage; guck mal.

Eine dicke Wolke segelte über die Lichtung, schob sich vor die Sonne.

Auf die Lichtung kam ein Paar, eng umschlungen und sich küssend, verschwand aber schnell in den Büschen, als es die Baumhauskinder hörte und sah.

Die machen's jetzt, sagte Hanne, sollen wir's uns angucken?

Du hast immer nur das eine im Kopf, sagte Schanka.

Dich möcht ich auch mal beim Bumsen beobachten, sagte Hanne.

Du Arsch, sagte Schanka.

Hanne, los, geh jetzt wieder, sagte Kai, dieser Mando sieht sich bestimmt den Zauberkünstler an, ist ja sowieso wie ein Kollege von ihm.

Hanne knöpfte die Bluse zu, stand auf. Ich tu, was ich kann, sagte sie, achgottchen, da kommen ja die Vatis.

Vom Trimm-dich-Pfad her und hintereinander schritt singend – oder besser grölend – eine Gruppe von Männern, die Strohhüte auf den Köpfen und Spazierstöcke in den Händen hatten, auf die Lichtung, und zwei von ihnen trugen ein Bierfaß, das an einer Stange hing, die sie auf ihren Schultern trugen. Hier sind wir richtig, rief einer. Guckt mal, sogar Mädchen.

Die Männer lachten und kamen näher. Schanka drehte

sich herum, und als einer der Männer, ein großer, breiter Rotgesichtiger vor ihr stand, sagte sie: Verpißt euch, aber schnell.

Wir gehen, sagte Kai, stand auf und gab den anderen ein Zeichen. Sie verließen die Lichtung, gingen durch die Kiefernschonung. Kurz bevor sie die Festwiese erreichten, sagte Kai: Also – man hat uns gesehen. So war das geplant. Und jetzt streifen wir noch ein bißchen herum, zeigen uns weiter. Um sechs soll der offizielle Teil beginnen. Abwarten, bis es soweit ist. Das wird angekündigt. Dann hauen wir ab – aber einzeln, treffen uns eine halbe Stunde später in Schurigs Garten, Uhrenvergleich.

Sie schauten auf ihre Uhren.

Also dann, sagte Kai.

Das Gewitter, das am späten Abend mit Donner und Blitz und Platzregen über den Habichtsforst niedergehen sollte, hat Heinrich Brinkmann am Nachmittag, ungefähr zu der Zeit, als die erste Kumuluswolke sich vor die Sonne schob, schon „in den Knochen" gespürt, wie er zu Griet Steingrübers Mutter sagte, und es sei nicht verkehrt, einen Schirm mitzunehmen. Sie saßen nebeneinander auf der Couch in Brinkmanns Wohnung im Block, tranken Kaffee und aßen Kuchen.

In den Knochen, fragte sie, wo? Er faßte mit der Hand sein rechtes Knie.

Dort? fragte sie, legte ihre Hand auf die seine überm Knie, zog sie aber gleich wieder zurück. Sie haben ja ziemlich viele Bücher, sagte sie und deutete mit dem Kopf auf das Regal neben der Tür. Lesen Sie viel?

Sie nahm einen Schluck Kaffee, stand auf und ging zum Bücherregal.

Früher mehr, sagte Heinrich Brinkmann, und viele Bücher gehören Judith, der Tochter. Aber gelesen habe ich die meisten.

Sie versuchte, Titel von den Rücken der Bücher zu lesen, hatte ihre Brille nicht auf, entzifferte aber doch einiges. Das meiste hat wohl mit Politik zu tun, fragte sie.

Ja, sagte er, ein Stück Kuchen mümmelnd.

Ein Hobby?

Er lachte. Ein bißchen mehr ist es schon, sagte er. Politik hat ja mit uns allen zu tun. Sie bestimmt sozusagen unser Leben.

Sie lächelte, kam zur Couch zurück, setzte sich. Aber Sie machen es doch nicht beruflich, Politik, meine ich?

Nein, das nicht. Ich bin doch Rentner.

Ich dachte schon, sagte sie. Haben Sie kein Fernsehgerät?

Doch, sagte er, ein ganz kleines, das steht im Schlafzimmer.

Wie schmeckt Ihnen denn mein Kuchen, fragte sie.

Ausgezeichnet, sagte er. Haben Sie ihn selbst gebakken?

Ja. Ihre Tochter ist wohl auch sehr in diesem Bürgerkomitee „Rettet den Habichtsforst" engagiert?

Ja, sagte er, denn das hat ja nun wieder mit Politik zu tun.

Jaja, sagte sie, und Sie sehen nicht viel fern, wie?

Es geht. Das meiste interessiert mich nicht. Die Nachrichten, hin und wieder ein Krimi oder so was. Möchten Sie nicht noch ein Stückchen Kuchen?

Nein, ich muß auf meine Linie achten.

Aber Sie doch nicht.

Doch, doch, in meinem Alter ist ein Problem, und wenn ich ehrlich sein soll, es ist immer ein Problem gewesen für mich.

Heinrich Brinkmann lachte. Gut essen und trinken, das sollte man sich nicht nehmen lassen, wenn man es hat. Das habe ich mir jedenfalls geschworen in einer Zeit, in der ich fast vor Hunger umgekommen wäre.

Ja, diese Zeit kenne ich auch noch, sagte sie. Und unsere Kinder wissen überhaupt nicht, wie gut sie es heute haben. Aber wenn man es ihnen sagt, lachen sie. Dabei kann es bald wieder so kommen.

Meinen Sie?

Ich weiß nicht. Manchmal habe ich so ein Gefühl. Wenn man sieht, wie es uns geht, was da einfach weggeschmissen wird, und anderswo haben sie nichts. Und oft denke ich – ob die sich das denn gefallenlassen, ich meine die, die nichts haben?

Sehen Sie, sagte er, das ist doch schon Politik. Aber ich glaube, wenn Sie schon keinen Kuchen mehr essen, sollten wir jetzt gehen. Im Habichtsforst ist sicher schon eine Menge los. Und um sechs beginnt der sogenannte offizielle Teil.

Sie standen beide auf, räumten den Tisch ab, brachten das Geschirr in die Küche. Wer kocht eigentlich bei Ihnen? fragte sie.

Ach, sagte er, während er ihr in den hellen Popelinemantel mit dem praktischen Gehschlitz half, es kocht, wer gerade da ist. Mal ich, mal die Judith. Aber meistens koche ich. Wir essen aber auch nicht jeden Tag warm.

Das sollte man aber, sagte sie.

Heinrich Brinkmann pfiff Toto, den mischrassigen Hund, der im kleinen Flur der Wohnung neben der Garderobe auf einer Decke lag. Toto sprang auf, folgte den beiden, die die Treppe hinuntergingen, das Haus verließen, und ging ihnen nicht von den Füßen, als sie die Abkürzung zum Habichtsforst nahmen, vorbei an dem Gleiskörper der Nahverkehrsbahn, den sie bald überquerten. Sie kamen an der Sandberggabelung heraus und trafen dort auf die anderen, die zum Habichtsforst gingen und zur Festwiese, von der Musik herüberschallte, die „richtig klirrt", wie Griet Steingrübers Mutter sagte.

Was sie davon hielte, sich noch einen Kognak zu genehmigen, in „unserem" Lokal, so dürfe er den Habichtskrug jetzt ja wohl nennen? sagte Heinrich Brinkmann. Ja, sagte sie, sie habe in dem Augenblick, wo er es ausgesprochen habe, das gleiche gedacht.

Sie fanden noch einen freien Tisch vor dem Habichtskrug, setzten sich, Toto legte sich unter den Tisch, und als die Bedienung, eine junge Frau mit weißer Schürze, kam, sagte Heinrich Brinkmann zu ihr: Bring uns zwei Weinbrand, Monika. Arbeitest du jetzt hier?

Nur übers Wochenende, sagte die junge Frau, und auch nur, wenn gutes Wetter ist. Aber ich bin froh, daß ich wenigstens das habe. Danke übrigens, daß du das arrangiert hast.

Griet Steingrübers Mutter hatte ihren Mantel aufgeknöpft. Sie kennen wohl die meisten Leute aus Heiderkamp, wie? fragte sie Heinrich Brinkmann, als die Bedienung wieder fortgegangen war. Sie gleicht übrigens ein bißchen Sue Ellen, diese Monika; vor allem der Mund.

Ich wohne hier ja auch schon sehr lange, sagte er. Als ich hier ankam, gab's übrigens den Block noch nicht und auch nicht die Viertel im Eichenhain und Erlengrund und auch noch nicht die Feuerwerks- und die Schokoladenfabrik und keine Autobahn; Heiderkamp war damals nicht einmal Stadtrandkern erster Ordnung mit Teilfunktion eines Unterzentrums – wie es heute so schön heißt; nur ein Dorf.

Also ein alter Heiderkämper, sagte sie, und kein Zugezogener wie wir.

Geboren bin ich hier nicht, und ich bin auch gar nicht freiwillig nach Heiderkamp gekommen, damals. Ich mußte.

Monika, die Bedienung, brachte den Weinbrand.

Tatsächlich – auch der Gang, wie Sue Ellen, sagte Griet Steingrübers Mutter.

Das ist wohl eine Freundin von Ihnen, fragte Brinkmann.

Sie lächelte. Das kann man nicht sagen.

Prost, sagte er. Auf Sie und auf Heiderkamp, das ja bald Stadtrandkern erster Ordnung mit Teilfunktion eines Mittelzentrums wird.

Ja, prost, sagte sie. Warum mußten Sie denn damals nach Heiderkamp ziehen?

Man hat mich gezwungen, sozusagen, sagte er, aber das ist eine lange Geschichte, vielleicht erzähle ich Sie Ihnen später mal.

Jetzt machen Sie mich aber neugierig, sagte sie. Bitte, erzählen Sie.

Ach, sagte er, das sind alte Zeiten. Und es sind alte Geschichten. Ich wurde aus dem Lager entlassen und durfte nicht zurück an meine alte Arbeitsstelle auf der Werft. Ich mußte hier als Knecht arbeiten beim Bauern Schmieding, der damals den Güstruphof führte. Schauen Sie mal drüben. Die lassen Luftballons steigen, überm Hundetummelplatz.

Über den Wipfeln der Bäume des Habichtsforstes schwebte ein dicker Pulk bunter Luftballons, stieg höher, zerteilte sich. Einige Bälle trieben ab in Richtung Remdingen, andere stiegen noch höher in den Himmel, dessen Blau jetzt von Wolkenbergen eingekreist war, die sich allmählich zum Zentrum hin verschoben.

„Rettet den Habichtsforst" steht auf den Ballons, sagte jemand am Nebentisch, und ein anderer von einem anderen Tisch rief: Vielleicht kommen sie ja an.

Und dann kommt der Retter und rettet.

Die Leute an den Tischen lachten.

Der Uwe, sagte Heinrich Brinkmann, und der ist mal wieder voll.

Griet Steingrübers Mutter nippte an ihrem Glas. Sie waren also Knecht auf dem Güstruphof, sagte sie, bis zu Ihrer Rente?

Heinrich Brinkmann hatte den Kopf in Richtung des rufenden Uwe Glasen gedreht, wandte sich ihr wieder zu. Nein, nein, sagte er. Später arbeitete ich dann wieder auf der Werft. Das mußte ich dann wieder, nachdem man mich entlassen hatte.

Bauer Schmieding auf dem Güstruphof hatte Sie entlassen?

Nein, der hatte sich aufgehängt, als alles vorüber war, damals. Und ich wurde als Bürgermeister von Heiderkamp eingesetzt. Aber das war ich bloß ein knappes Jahr lang. Dann mußte ich wieder gehen.

Sie trank ihr Glas leer. Bürgermeister von Heiderkamp sind Sie gewesen? Flunkern Sie mich jetzt an?

Er lachte. Vergessen Sie's, das war nur eine kurze Episode. Und gern bin ich's sowieso nicht gewesen. Jetzt sind Sie verwirrt, was?

Ein bißchen schon, sagte sie. Das hört sich alles so – so abenteuerlich an, irgendwie.

Ja, sagte er, das war es auch, abenteuerlich. Wollen wir noch einen trinken?

Nein, sagte sie, ich möchte jetzt weiter.

Er rief Monika, die an einem der Nebentische bediente. Monika kam, er zahlte, rief Toto, der Hund sprang auf, und sie gingen weiter über den Sandkuhlenweg unter vielen anderen, die sie grüßten, Heinrich Brinkmann ansprachen: Tag, Heinrich, auch zum großen Fest? Na, wenn du kommst, kann's ja losgehen. Heinrich, jetzt erst? Und mit Schirm? Du bist ein Pessimist, denkst immer an das Schlimmste, was?

Ganz Heiderkamp scheint unterwegs zu sein, sagte er zu ihr. Sie gingen nebeneinander her, hatten sich nicht untergehakt. Wenn so viele kommen, ganz Heiderkamp, das heißt doch was, sagte sie. Dann können die sich doch nicht einfach über alles hinwegsetzen, den Habichtsforst abholzen und den Zubringer bauen, was meinen Sie? fragte sie.

Alle rechts ran, alle rechts ran, ertönte eine Stimme über Megaphon! Alle rechts ran.

Eine Kolonne Radsportler auf Rennrädern, voran ein Motorrad, bog in den Sandkuhlenweg ein, flitzte heran. Die Menschen drängten zur Seite, und die über ihre Lenker gebeugten Fahrer schossen vorüber. Sie trieften vor Schweiß, schnauften und keuchten und strampelten, versuchten, einander zu überholen, legten sich in die Kurve zum Hauptweg in den Habichtsforst – einer wäre fast umgekippt. Und während die Leute am Wegesrand noch applaudierten, waren sie schon verschwunden. Hinter dem letzten knatterte ein zweites Motorrad.

Auf dem Weg zur Festwiese blieben sie an verschiedenen Stellen stehen. Heinrich Brinkmann aß eine Wurst, trank ein Glas Wein, redete mit einigen Leuten, stellte Griet Steingrübers Mutter seinen Bekannten vor, und später, als sie am Rande der Festwiese auf einer der Holzbänke vor einem der Holztische saßen, sagte sie: Wissen Sie, woran mich das hier erinnert? An das jährliche Barbecue-Fest auf der Southfork Ranch.

Aha, sagte Brinkmann.

Auf der Festwiese waren die Gewinner der Trimm-dich-Pfad-Riegen, der Sacklaufwettbewerbe für Kinder, der Stadtrallye und des Radrennens prämiiert worden, und vor die Mikrophone trat jetzt ein Sänger, stimmte seine Gitarre, erklärte, er sänge ein Volkslied, das die meisten kennen, und er bitte deshalb, mit einzustimmen. Er habe den Text zwar an einigen Stellen verändert, aber das mache nichts. Und er legte los:

Horch, was kommt von draußen rein,
holla hi holla ho,

wird wohl der Bürgermeister sein,
holla hi ha ho.

Die Festwiese war jetzt voller Menschen. Sie saßen dicht an dicht und lachten laut los, applaudierten und sangen mit:

geht vorbei und kommt nicht rein,
holla hi holla ho,
wird's wohl nicht gewesen sein,
holla hi ha ho.

Und der Sänger sang vor:

hat wohl Angst und kommt nicht rein,
holla hi holla ho,

und dann Gelächter des Publikums auf der Wiese und auf den Bänken ringsum, und man stimmte wieder ein:

holla hi ha ho,
hat wohl Angst und kommt nicht rein.

Der Beifall anschließend wollte kein Ende nehmen. Der ist auf dem Gelände, der Bürgermeister, sagte jemand am Tisch. Mal gespannt, ob er sich hierhin traut.

Das Barbacue-Fest auf der Southfork Ranch, sagte Griet Steingrübers Mutter zu Heinrich Brinkmann, richten die Ewings in jedem Jahr aus. Sie sind allerdings nicht mehr das, was sie mal waren, als Jock noch lebte.

Aha, sagte Heinrich Brinkmann.

Meinst du, der traut sich auf die Bühne, der Bürgermeister, Heinrich? fragte ein Mann am Tisch.

Na warum denn nicht, sagte Brinkmann, der Mann hat Mut.

Wissen Sie übrigens, daß Sie mich an ihn erinnern, fragte Griet Steingrübers Mutter.

An wen? fragte Heinrich Brinkmann.

An Jock Ewing, sagte sie – und suchte unterm Tisch seine Hand, die er auf sein schmerzendes Knie gelegt hatte. Toto unterm Tisch knurrte. Still, sagte Heinrich Brinkmann, Toto, still.

Plötzlich kam Unruhe unter den Leuten auf der Wiese auf. Einige erhoben sich. Da ist er ja, schrie eine Frau. Vereinzelte Rufe: Hau ab! Pfiffe ertönten, sie gingen über in ein Pfeifkonzert, als ein großer schlanker Mann in den Vierzigern auf die Bühne stieg und vor die Mikrophone trat, die Arme ausbreitete. Hier bin ich, rief er, der Bürgermeister, na, habe ich Angst?

Das Pfeifkonzert wurde noch lauter, aber es gab auch Beifall hier und da.

Laßt ihn doch, rief jemand, laßt ihn doch mal.

Die Leute auf der Wiese tobten.

Na, sagte Heinrich Brinkmann, was habe ich gesagt?

Vom Auftritt des Bürgermeisters zeigt sich das Heiderkämper Tageblatt, das sich, wie wir schon wissen, aus anfänglicher Gegnerschaft zur Befürworterin des Zubringers gewandelt hatte, nahezu begeistert, nennt das „Erscheinen in der Höhle des Löwen mutig, ja bewundernswert" und gibt die Rede ausführlich und unter lobender Zustimmung wieder.

Ich bin doch nicht euer Feind, hat der Bürgermeister begonnen, ist immer wieder unterbrochen worden durch Zwischenrufe und Pfiffe – Ich bin doch nicht euer Feind. Oder meint ihr das wirklich? Glauben Sie, ich würde irgend etwas Ihnen zum Schaden, zum Schaden von Heiderkamp unternehmen? Ich? Fünfzehn Jahre bin ich euer Bürgermeister. Sie haben mich dreimal mit großer Mehrheit gewählt. Warum? Weil ich so schlecht bin? Weil ich euch hintergangen habe? Auf meinen Vorteil bedacht war? Wer ist denn wirklich dieser Ansicht? Wenn ihr euch ehrlich fragt? Und jetzt sage ich Ihnen – und ich habe es ja schon oft gesagt, ihr Heiderkämper Frauen und Männer, Jugendliche und Kinder, Alteinwohner und Neueinwohner: Die Höherstufung Heiderkamps zum Stadtrandkern mit Teilfunktion eines Mittelzentrums – und dafür ist direkter Anschluß ans Autobahnnetz nun einmal die Voraussetzung – die Höherstufung Heiderkamps also zu einem Mittelzentrum bedeutet ba-a-a-res Geld, jawoll, bares Geld für uns alle.

Der Überwachungsbericht vermerkt an dieser Stelle „orkanartiges Anschwellen des Pfeifkonzerts und Zwischenrufe wie ‚Ja, für dich, du Gauner', ‚Ja, für Sie, Schlitzohr, und für die Bauunternehmer', ‚Ja, für dich und deine Mischpoke'".

Aber nein, woher denn, hat der Bürgermeister auf die Zwischenrufe hin gerufen, aber nein. Das werden Zuschüsse sein vom Land und vom Bund zum Beispiel, für ein Hallenbad, das wir uns doch alle für Heiderkamp wünschen . . .

Die Ansprache wurde frei, ja, ohne Notizen gehalten, und sie zeigt, wie rhetorisch geschult und in der Repräsentation geschickt selbst Kommunalpolitiker, also Politiker auf der untersten Kaderebene, auftraten – ein weiterer Hinweis auf die Richtigkeit der These von der störungskompensierenden Systemregelung durch geschultes und am eigenen ökonomischen Interesse orientiertes Basispersonal der Parteien in den letzten Dekaden der unmittelbaren Vorgeschichte.

Nach der eröffnenden Vorstellungsphase mit Replik und Duplik auf Publikumsreaktionen kam der Bürgermeister, die gegenläufige Stimmung berücksichtigend, zum programmatischen Hauptteil, in dem er aufzählte, was in Heiderkamp an Gemeinschaftseinrichtungen noch fehlte und was mit den Zuschüssen von Land und Bund jetzt und in Zukunft kurz und langfristig erstellt und projektiert werden könnte: überdachtes Schwimmbad, Sporthalle, ein zweites Gymnasium, Freizeitzentrum am Himmelmoor mit „Trimm-dich-Pfaden" und „Hundetummelplätzen" (hört, hört, hier und da Beifall), eine dadurch und durch neue Grundstückserschließungen für Industrieansiedlungen verbesserte Infrastruktur, die Neuzuzug und Firmenniederlassungen nach sich ziehe; also Aufleben von Geschäftstätigkeit! Also Arbeitsplätze! Also Prosperität! Also mehr Steueraufkommen! Dann ging er schnell, den Informations- und Begründungsteil überspringend, weil weiterhin Pfiffe und Buhrufe überwogen, zur Relaxphase über, die er als kurzen geschichtlichen Abriß über die Benachteiligung Heiderkamps, „das ewige Stiefkind der Obrigkeit", gestaltete und mit launigen Worten und Wendungen würzte, so daß vereinzelt gelacht wurde, zum Beispiel bei der Schilderung der Mensch- und Viehrequirierung durch den Grafen von Papenbeck, dessen Nachfahren man vierzig Dezennien später dann aber den Habichtsforst abgeluchst habe. Und es kam sogar laut Heiderkämper Tageblatt zu „kopfschüttelnder Empörung bei vielen Heiderkämpern", als der Bürgermeister von der Ablehnung des Antrags der Alteingesessenen zur Aufstufung Heiderkamps vom Weiler zum Flecken vor dreißig Dezennien berichtete und davon, wie trotz Bevölkerungserhöhung von fünfundzwanzig Prozent und Einweihung der Kirche vor zwanzig Dezennien die Obrigkeit Heiderkamp das Großgemeinderecht verweigerte und dann vor fünf Dezennien sich geweigert hatte, der Gemeinde die Stadtrechte zu verleihen, die er, der Bürgermeister, schließlich und endlich vor einem Jahrzehnt – fragt mich nicht, unter welchen Mühen und mit welchen Mitteln, ja mit welchen Tricks – erkämpft habe. An dieser Stelle hat der Beifall überwogen – so jedenfalls der Überwachungsbericht, doch als der Bürgermeister dann schlußfolgernd im anschließenden Appellationsteil dazu aufrief, in dieser Richtung weiterzumarschieren, Heiderkamp endlich auch den Ruf eines verschlafenen Provinznests, das Odium einer müden Schlafstatt zu nehmen, also ihn, den Bürgermeister und den Magistrat, zu unterstützen beim Bemühen, Heiderkamp zum Stadtrandkern mit Teilfunktion eines Mittelzentrums und später – wer weiß, vielleicht schon bald – eines Hauptzentrums zu machen – „hielten sich Akklamation und negative Reaktion die Waage" (Überwachungsbericht). Aber das Schlußwort „Ich rufe euch auf, ja, ich beschwöre euch – optiert für den Fortschritt, für den Aufschwung, für Arbeitsplätze und Wohlstand! Ich danke euch", ließ Buhrufe und das Pfeifkonzert wieder anschwellen.

Heinrich Brinkmann dagegen, der anschließend sprach, „die Verfilzung" der an der Abholzung und am Zubringerbau beteiligten Firmen mit den Geschäftsinteressen des Bürgermeisters und seiner Familie aufdeckte („herbeiphantasierte", so das Heiderkämper Tageblatt), erhielt Beifall nach jedem Satz. Zum Schluß allerdings, als Brinkmann die Unlösbarkeit des Problems der Arbeitslosigkeit mit den vom Bürgermeister vorgeschlagenen Mitteln darlegte, ja, das Problem unter den bestehenden Verhältnissen als überhaupt unlösbar bezeichnete, da „Leute vom Schlage des Bürgermeisters und die hinter ihm stehenden und ihn lenkenden Kräfte“ überhaupt kein Interesse daran hätten, weshalb es zu einer grundsätzlichen Änderung der Verhältnisse kommen müßte und der Kampf um Erhaltung des Habichtsforsts genau die richtige Marschrichtung dahin angebe, ebbte der Beifall ab, obwohl laut Überwachungsbericht „vor allem die Blockbewohner krampfhaft und fanatisch versuchten, den Beifall wieder anzufachen“.

Der folgende Tusch einer Blaskapelle schaffte Ruhe, und Konrad Richter, er trug einen gelben Overall, begrüßte die Festteilnehmer, deren massenhaftes Erscheinen – wie er rief – allein schon, und ohne alles weitere, den Worten des Bürgermeisters die richtige Antwort erteile, nämlich die: Dieses Waldstück, unser Habichtsforst, darf niemals und zu keinem Zweck abgeholzt werden!

Eine volle Minute dauerte der Beifall, ehe er weitersprechen konnte. Interessantes und Neues brachte er nicht, ebensowenig wie der nach einem Musikstück einer in schwarzes Leder gekleideten Band sprechende Abgeordnete der Opposition im Landtag und die nach einer Kabarettnummer auftretende zweite Vorsitzende der überregionalen „Schutzgemeinschaft Wald“ und das im Anschluß an das gemeinsam gesungene Lied „Drum rettet den Wald, denn zu spät ist es bald“ durchgeführte sogenannte Round-table-Gespräch (ein seinerzeit übliches Diskussionssetting) auf der Bühne, an dem Mitglieder des Komitees „Rettet den Habichtsforst“ und die vorherigen Redner – außer dem Bürgermeister – teilnahmen, in dessen Verlauf allerdings, das sei hier festgehalten, Erhard Steingrüber vor „übereilten Aktionen“ warnte und die Worte des Bürgermeisters, wie immer man sie auch bewerte, zu bedenken gab.

Schon während des Round-table-Gesprächs verschwand die Sonne hinter den schneller ziehenden Wolken, die ihr Weiß verloren, an den Rändern dunkelten.

Wind kam auf, und fast schwarze Wolken bauten sich über Remdingen auf, kamen näher und näher, erreichten den Habichtsforst, noch bevor der „Star des Abends“ erschien. Der hätte eigentlich gleich im Anschluß an die Round-table-Debatte auftreten sollen; aber zunächst schleppten in schwarzes Leder gekleidete junge Männer Musikinstrumente und allerlei Gerät auf die Bühne, kommandierte ein Löwenmähniger an einer riesigen Schalttafel vor der Bühne durch Megaphon die Position der Geräte und Instrumente, ließ die Instrumente anspielen; und erst dann betraten bunt gekleidete Männer die Bühne, immer noch ohne den „Star des Abends“, ergriffen die Instrumente und legten los – so ohrenbetäubend, daß Mando, der zwischen den Knien von Stella saß, zusammenzuckte und Stella ihn streichelnd beruhigte. Den anderen schien der Lärm nichts auszumachen. Im Gegenteil, viele klatschten mit, und auch die nahe der Bühne sitzenden jungen Leute schlugen die Arme über ihren Körpern nicht etwa aus Entsetzen zusammen, sondern augenscheinlich aus Begeisterung und rhythmisch zum Takt. Niemand hörte da schon das Grummeln am Horizont über Remdingen, aber in dieses sich mit der donnernden Musik mischende Grummeln sprang er auf die Bühne – der „Star des Abends“ Ricki Reuter. Sein Name erstrahlte mit seinem Erscheinen in leuchtender und zuckender Schrift über einem Torbogen voll leuchtender bunter Lämpchen auf der Bühne. Brausender Beifall empfing ihn, den goldhaarigen, krausköpfigen Mann, der eine enge grellgrüne Hose und ein enges grellrotes Hemd trug, das Mikrophon aus dem Halter nahm, vor den Mund preßte, und, während die Musik bis auf den donnernden Trommelwirbel abrupt abbrach, einen markerschütternden Schrei ausstieß.

Mando, zwischen dessen Beine sich Hanne gequetscht hatte, hätte diesen Schrei als Spirale, die sich über den Köpfen der Leute drehte und über die Baumwipfel wegschwebte, sichtbar machen können, und tatsächlich blickten auch viele hoch zum Himmel. Im Verklingen des Schreis setzte die volle Musik wieder ein, der wummende Baß, die jaulenden Gitarren, das kreischende Saxophon. Die Hand am ausgestreckten Arm gespreizt und zurückweichend, als käme etwas Gewaltiges auf ihn zu, gellte Ricki Reuter im höchsten Falsett, dabei mit Kopf und Schulter zuckend:

Gi-i-ift-gi-gi-gift! und, herunterkollernd in einen tiefen Baß, bullerte er noch einmal: Gi-i-i-ft! um dann, in Grätschstellung springend und mit beiden Händen das Mikrophon umfassend, in einen Stakkatosprechgesang zu fallen:

Aus den Gullis kommt es.
Dampft aus den Schloten.
Qualmt aus allen Ritzen.
Schäumt in den Flüssen.
Tropft von den Bäumen.
Frißt die Stei-ei-ne.
Die Dome zerbröseln.
Der Bamberger Reiter,
der Rei-hei-hei-heiter weint
schwefelsaure Tränen.
Was haben wir bloß gemacht?
Ich spüre das Brennen in meiner Brust.
Rasselt die Lunge schon?

Gi-i-i-ft – schrie er wieder den gellenden Schrei, Gi-i-i-ft und nochmals im Echo und baßbrummelnd: Gi-i-i-ift.

In dem zur zweiten Strophe überleitenden Zwischenspiel nahm das Saxophon den Baßton des Sängers auf, zog ihn in jaulende, krächzende Höhen, begleitet vom stampfenden Baß und dröhnenden Getrommel, und in dem Augenblick, als der Ton in höchster Höhe sich überschlug, zuckte der erste Blitz überm Habichtsforst, und fast gleichzeitig knallte der Donnerschlag.

Das, glaubte man zuerst, gehöre zur Inszenierung des Songs, denn einige klatschten, andere riefen „wough“. Aber als mit dem zweiten Blitz und schnell folgendem berstenden Krachen das Licht am Torbogen über dem Sänger erlosch, da sprangen viele auf. Noch funktionierte ein Teil der Musikanlage, und Ricki Reuters Stimme gellte über den Festplatz, allerdings vernahm man kaum noch die Instrumente, und nach dem dritten

Donnerschlag hörte man überhaupt nichts mehr von der Bühne, über die eine Sturmböe fuhr und den Torbogen umriß. Und dann kam der Wolkenbruch.

„Nein, kein Gewitterregen", schreibt das Heiderkämper Tageblatt, „das war ein tobender Wasserfall, der niederging, alles und alle überschüttete. Die Schleusen des Himmels taten sich auf. Männer flüchteten, Kinder und Frauen schrien. Ein Getümmel auf der Festwiese. Man rannte los, suchte Schutz unter den Bäumen. Dabei wäre es fast zu einer Panik gekommen. Donner und Blitz! und der Sturm fegte durchs Gehölz, riß Stände um, wirbelte Zeltbahnen, Holz und Papier durch die Luft. Erst nach einer halben Stunde endete das Chaos und ging über in einen rauschenden, anhaltenden Regen. Das Volksfest im Rahmen einer Protest- und Informationsveranstaltung, das mit Tanz und Tombola bis zum frühen Morgen dauern sollte, fiel so buchstäblich ins Wasser".

14

Am Tag darauf herrschte im Eichenhain und Erlengrund beträchtliche Aufregung, doch nicht etwa wegen des turbulenten Endes der Veranstaltung, die das Bürgerkomitee „Rettet den Habichtsforst" noch in der Nacht trinkend und feiernd als „trotz Donner und Blitz gelungen" bezeichnete und in einem Flugblatt mit dem Ergebnis: „Also weitermachen Heiderkämper!" auswertete. Die Erregung hatte ihren Grund in dem laut Heiderkämper Tageblatt „unverschämten und nach dem Diebstahl der Fahrräder und Mopeds vor unseren Schulen nunmehr zweiten Raubzug einer offenbar ortskundigen, wenn auch wohl nicht ortsansässigen Bande professioneller Gangster". Im Polizeibericht heißt es dazu exakter: „. . . wurden bei Abwesenheit der Bewohner aus zwölf verschlossenen Häusern des Wohnviertels Im Eichenhain und aus acht verschlossenen Häusern des Wohnviertels Im Erlengrund eine Anzahl beweglicher Sachen (siehe Anhang) geraubt, vermutlich in der Zeit zwischen 18 und 22 Uhr, also während des Festgeschehens im Habichtsforst. Die Spurensicherung ergab wenig. Fingerabdrücke fehlen ..."

Plattenspieler, ganze Tonanlagen, Walkmen und Videogeräte hatten die Diebe mitgehen lassen, auch Schmuck und andere Wertsachen, soweit sie nicht in Safes verschlossen waren. Einen Teil seiner Briefmarkensammlung, drei Alben, die er – ein einmaliges Versehen, behauptete er – auf einem Sekretär im Arbeitszimmer habe liegenlassen, fehlten Bernward Bille, und Konrad Richter fehlte eine Mappe mit Originalen eines berühmten zeitgenössischen Zeichners, „jedes Stück im Wert eines Daimler Benz, heute schon". Irmgard Walizki vermißte ihren Pelzmantel – Blaufuchs mit Waschbär, ein seidenweiches Mantelmodell, schön gezeichnet und meisterlich gearbeitet, mit schmeichelndem Kragen und seitlichen Taschen; Godewin Stöcker war außer sich über das Verschwinden einer Brosche mit Sonnenrune aus vorchristlicher Zeit, die er – illegal erworben – nicht hatte versichern lassen und deren Verlust er auch nicht melden durfte.

Der Raub dieser Brosche mit Sonnenrune war es denn auch, der die Bewohner von Eichenhain und Erlengrund auf den Verdacht brachte, die Einbrecher oder zumindest deren Rädelsführer seien womöglich unter ihnen selbst zu suchen. Die Brosche hatte auf Stöckers Schreibtisch zwischen Tabaksdose und Schreibgarnitur gelegen. Das Bronzestück stammte aus einem Hünengrab, war verwittert und eher unansehnlich, sah jedenfalls nicht aus wie ein kostbares Kleinod. Nur wenige wußten um seinen Wert, zwei enge Verwandte und drei Freunde, die Stöcker für „gesinnungsmäßig hundertprozentig" hielt, und eben einige Bewohner aus Eichenhain und Erlengrund, denn vor ihnen hatte Godewin Stöcker die Brosche einmal an einem Halstuch getragen, und zwar zur Versöhnungsfeier zwischen Erlengründlern und Eichenhainlern damals im Anschluß an die Aktion „Odins Eichen- und Grenzbewuchs", hatte über ihre Herkunft „aus altem Wikingergeschlecht" geplaudert und ihren im Grunde gar nicht abschätzbaren Wert angedeutet.

Nach einem telefonischen Rundruf trafen sich die Bestohlenen in Godewin Stöckers Garten, saßen im Rund auf Holzblöcken auf dem von Stöcker sogenannten Thing-Platz, äußerten ihre Empörung über den Raubzug, den man als besonders abgefeimt empfand, weil er zu einer Zeit geschah, als man sich – so Bernward Bille – „die eigenen Interessen vernachlässigend, dem Wohl der Allgemeinheit widmete".

Nach Abzug des Gewitters strahlte wieder die Sommersonne am blauen Himmel. Die Vögel in der Volière neben dem Thing-Platz zwitscherten, der verblühende Flieder verströmte seinen letzten süßen Duft. Brunhild und Sieglinde Stöcker, Mutter und Tochter, gingen herum, füllten die Gläser der Gäste mit Wasser und Wein, verschwanden im Haus, kamen wieder, wenn der Hausherr: „Nachfüllen!" rief. Ob man diejenigen als Verdächtige ausschließen könne, aus deren Häusern gestohlen worden war, wurde diskutiert. Keinesfalls, meinte Erhard Steingrüber, aus dessen Wohnzimmer Plattenspieler und Videogerät verschwunden waren; sollten die Diebe in ihren eigenen Reihen zu finden sein, hätten sie gewiß auch – zum Schein, zur Tarnung, verstehe sich – die eigenen Häuser nicht verschont.

Nun, dann komme ja wohl jeder in Frage, die Anwesenden eingeschlossen, meinte Tanja Starke. Du sagst es, sagte Ulf Steckhahn.

Aber zumindest sie, die Mitglieder des Bürgerkomitees, seien doch allesamt zur Tatzeit im Habichtsforst gewesen, sagte Griet Steingrüber.

So? wurde zurückgefragt. Wisse man das so genau? Habe jeder jeden immer im Auge gehabt?

Ich zum Beispiel, um das gleich einmal zur Sprache zu bringen, bin zwischendurch fortgewesen, und zwar in meinem Haus, sagte Konrad Richter.

Aha, schon mal einer, lachte Harm Schurig, aber sein Lachen blieb das einzige in der Runde. Das Gespräch wurde stockend, und man verabschiedete sich bald. Zu Hause ging es weiter. Man zählte Verdächtige auf, zum Beispiel Siggi Hallberg! Aber der hatte im Informationszelt gesessen und nachweislich seinen Platz nicht verlassen, deshalb schied er, den man wegen seiner dunklen Geschäfte und seines Umgangs mit exotischen Personen immer in Verdacht hatte, als Täter aus.

Ja, sagte Kai Steingrüber bei Tisch, als direkter Täter. Aber er kann doch alles vorbereitet und einen Trupp Professioneller geschickt haben.

Man telefonierte herum, dabei stellte sich heraus, daß Siggi Hallberg seinerzeit bei der Versöhnungsfeier zwischen Eichenhainlern und Erlengründlern noch nicht im Eichenhain gewohnt hatte, also auch nichts vom unschätzbaren Wert der Brosche mit Sonnenrune aus vorchristlicher Zeit wissen konnte.

Aber wieso denn nicht? lachte Kai. Hier wird doch getratscht noch und noch, und so was spricht sich herum, und Leute wie der Siggi haben dafür das feinste Gehör.

Nein, sagte Godewin Stöcker, Hallberg ist einer der Freunde, die hundertprozentig sind, gesinnungsmäßig, anders allerdings als Schurig, den niemand mehr nach seinen Zauberkunststückchen auf der Festwiese bemerkt hat. Das ließ aber Griet Steingrübers Mutter nicht gelten, die Harm Schurig in ziemlich angetrunkenem Zustand hinter den Toilettenwagen hatte liegen sehen. Der habe nicht einmal mehr stehen, geschweige denn gehen können. Mißtrauen von Haus zu Haus und wieder zwischen den beiden Vierteln. Den Leuten im Erlengrund, und zwar allen, Steckhahn und Richter nicht ausgenommen, von Schurig überhaupt nicht zu reden, sei so was schon zuzutrauen, sagte Irmgard Walizki. Man solle sich nur erinnern, wie bösartig, neidisch und voller Ressentiments die Erlengründler ihre Anzeige gegen den Hochbewuchs im Eichenhain begründet hätten, seinerzeit. Die aus dem Erlengrund ihrerseits, vor allem Konrad Richter, sprachen von kriminellen Tendenzen in den Schichten, wie sie im Eichenhain zu Hause sind. Und er erzählte eine einschlägige Geschichte aus seinem Bekanntenkreis, wo ein Chefarzt der Augenklinik, jawohl Chefarzt, seinem besten Freund Scheckheft und Scheckkarte entwendet habe.

Das ist mir zu dumm, soll Griet Steingrüber geschimpft und zu einer Gegenparty eingeladen haben, auf der die meisten Erlengründler und Eichenhainler erschienen sind. Man feierte bis spät in die Nacht, tanzte, trank Alkohol, die gemeinsamen Aktionen wurden beschworen, aber zu einer echten Versöhnung ist es nicht gekommen, obwohl vor allem Harm Schurig sich sehr darum bemüht hat. Im Grunde sei das doch für jeden unvorstellbar, daß einer von ihnen zu solcher schweren Kriminalität fähig sei, man kenne sich, die Freundschaft, in vielen gemeinsamen Aktionen zusammengeschweißt, wolle man die zerstören? Das gegenseitige Mißtrauen müsse endlich aufhören, Herrgott noch mal. Konrad Richter hat ihm beigepflichtet. Er war es auch, der den Verdacht schließlich auf die Bewohner des Blocks im Birkenhof lenkte. Sicher, man habe mit einigen von ihnen in den gemeinsamen Aktionen gute Erfahrungen gemacht. Sie hätten sich manchmal sogar über die Maßen hinaus für die gemeinsame Sache eingesetzt. Aber was heiße das schon. Oft sei es ja auch zu Unstimmigkeiten zwischen ihnen, den Bewohnern von Erlengrund und Eichenhain und den Bewohnern des Blocks, gekommen, zu Unstimmigkeiten in der Einschätzung der Lage zum Beispiel. Da habe doch manchmal auch so etwas wie Sozialneid aus deren Argumenten herausgeklungen. Unter den Blockbewohnern gäbe es ja tatsächlich auch Sozialleistungsempfänger, Arbeitslose. Könne da nicht einer von ihnen auf die Idee gekommen sein? Wo die doch bei ihnen – den Eichenhainlern und Erlengründlern – in letzter Zeit verstärkt ein- und ausgegangen wären? Bitte, ihm, gerade ihm, Konrad Richter, läge es fern, Menschen aus unteren sozialen Schichten gleich ohne weiteres als Kriminelle zu verdächtigen. Aber in diesem Fall gäbe es doch manchen Ansatzpunkt zu einem Verdacht. So habe zum Beispiel anläßlich eines Besuchs bei ihm eine Person aus dem Block – er wolle den Namen jetzt nicht nennen, es handle sich um eine Frau – er drücke es mal so aus: „Stielaugen“ bekommen, als er ihr die Originale des berühmten zeitgenössischen Zeichners gezeigt und ihren Wert angedeutet habe.

Auch über diese Party in Steingrübers Garten gibt es einen Überwachungsbericht, und der Verfasser vermerkt, Konrad Richters Verdächtigung der Blockbewohner sei nicht auf einhellige Zustimmung gestoßen. So habe vor allem Griet Steingrüber sich dagegen gewandt und ihm, Konrad Richter, eine „ganz, ganz miese Haltung“ vorgeworfen, unterstützt von einer empörten

Tanja Starke. Tanja Starke sei aufgesprungen, habe Konrad Richter Ohrfeigen angeboten, weil er sogar seine schäbigen kleinen Abenteuer heranziehe, um Verdacht abzulenken. Nur dem vereinten Bemühen von Erhard Steingrüber, Harm Schurig und Helen Calmerten verdanke man es, daß es nicht zu Handgreiflichkeiten gekommen sei.

Wie gesagt, zu einer wirklichen Versöhnung ist es auch in Steingrübers Garten damals nicht gekommen, wenn man auch bis tief in die Nacht hinein noch miteinander tanzte und beim Heraufziehen der Morgenröte mit Umarmungen sich verabschiedete. Ob man, wie Bernward Bille, vom „tiefen Zerwürfnis" der Erlengründler und Eichenhainler untereinander reden kann, mag dahingestellt sein. Jedenfalls ist es eine Zeitlang nicht mehr zu gemeinsamen Zusammenkünften gekommen. Es scheint aber fraglich, ob allein der Verlust einiger mehr oder weniger unwichtiger Gegenstände, die bis auf Godewin Stöckers Brosche versichert waren – einige Bestohlene bekamen den Wert des Geraubten doppelt und dreifach ersetzt –, zu solchen Kommunikationsschwierigkeiten geführt hat, daß darüber die gemeinsame Sache vernachlässigt wurde. Obwohl gerade in den betreffenden Schichten dieser merkwürdige nahezu fetischistische Hang zum sogenannten „Privateigentum" vorherrschte, der sich auch auf Dinge von geringstem Wert erstreckte und häufig zu kuriosen Rechtsstreitigkeiten führte, scheint noch etwas anderes hinzugekommen zu sein, weshalb es zu gemeinsamen Aktionen der Bürgerinitiative eine – vermutlich entscheidende – Zeitlang nicht mehr gekommen ist. Es hatte nämlich die Urlaubszeit begonnen, und zum Urlaub hatte man eine ganz ähnliche, womöglich noch stärker fetischistische Beziehung als zum Privateigentum. Urlaub bedeutete zumindest für die Schichten, wie sie im Eichenhain und Erlengrund lebten, daß man den Wohnort verließ und für ein paar Wochen entferntere Gegenden aufsuchte, um sich dort Sport und Spiel und ähnlichem Zeitvertreib hinzugeben – ein gesellschaftliches Muß sozusagen, dem man sich nur unschwer entziehen konnte, wollte man weiterhin mit Seinesgleichen angemessen verkehren. Und man betrieb dieses „Urlaubmachen" wie vieles sonst auch als Wettbewerb. Je entlegener die Gegenden, je exotischer die dort betriebenen Spiele, um so höher stieg man im Ansehen. Zum Ende des Monats Juni jedenfalls wurde im Eichenhain und Erlengrund mit den Urlaubsvorbereitungen begonnen, und man fand für anderes keine Zeit mehr.

Mit Beginn der Schulferien, gleich am ersten Tag, da sind die meisten schon weg, sagte der Bürgermeister, wir warten genau drei Tage, und dann geht's los.

Er saß unter einer Luftaufnahme von Heiderkamp hinter seinem Schreibtisch auf seinem breiten, roten, saffianlederbezogenen Lehnstuhl. Vor dem Schreibtisch saß Straßenbaudezernent Rautenschläger auf einem mit blauem Kunststoff bezogenen Sesselchen, beide Hände auf eine dicke Akte gelegt.

Eigentlich tut's mir leid, sagte der Bürgermeister, der Habichtsforst gehört doch irgendwie zum Ort. Wenn ich daran denke, wie man ihn seinerzeit dem ollen Grafen Papenbeck abgeluchst hat . . .

Wollen Sie einen Rückzieher machen? fragte Rautenschläger, wo alle Gelder bewilligt sind, Bund und Land die Taschen aufgemacht haben?

Sie Spaßvogel, sagte der Bürgermeister, machte eine Schweigen gebietende Handbewegung, weil die Sekretärin Dörte Calmerten mit einem Tablett eintrat. Während sie die Tassen hinstellte, den Kaffee eingoß, erzählte der Bürgermeister, wie anläßlich einer kommunalpolitischen Tagung in einem Ort an der Küste eine Amtskollegin nachts ins Zimmer des Amtskollegen von Itzehoe trat – eine sehr attraktive Amtskollegin, und sie war sehr spärlich bekleidet.

Der Bürgermeister nahm ein Stück Zucker, kaum Milch.

So, sagte er, und wissen Sie, was sie eigentlich nur wollte?

Natürlich, lachte der Baudezernent Rautenschläger, bumsen.

Dörte Calmerten eilte mit dem leeren Tablett aus dem Zimmer, warf die Tür hinter sich ins Schloß.

Die sind wir los, sagte der Bürgermeister.

Ob sie lauscht? fragte Rautenschläger.

Die doch nicht. Eigentlich müßte sie statt ihrer Schwester Helene heißen – die fromme Helene. Daß es so was heute noch gibt. Irgendwie rührend.

Sie geht jeden Tag in die Kirche, sagte Rautenschläger.

Ich weiß, sagte der Bürgermeister, morgens noch vor dem Dienst, sie ist katholisch.

Weiß sie, wie's ihre Schwester treibt? fragte Rautenschläger.

Vermutlich. Ich deute manchmal etwas an. Immer, wenn sie ihren forschen Tag hat. Dann kühlt die sich sofort ab.

Komisch, sagte Rautenschläger, am Anfang hab ich gemeint, sie sei wie ihre Schwester, scharf. Sieht doch ganz gut aus, ein bißchen streng, aber das ist . . .

Ich weiß, sagte der Bürgermeister, Sie haben's ja mal versucht und eine Abfuhr erlitten. Der Aktenkeller übrigens, wo wir schon davon reden, fällt als Séparée bald aus. Die Computerfachleute ziehen da ein und stellen um. Für ein halbes Jahr bestimmt.

Schade, sagte Rautenschläger.

Und ich begreife nicht, sagte der Bürgermeister, was Sie in dieses Muffkabuff da unten hinzieht.

Das ist es doch gerade, sagte Rautenschläger.

Sie sind ein perverses Schwein, sagte der Bürgermeister, aber nun weiter zur Sache. Die Vermessungen sind also soweit abgeschlossen. Das haben wir Gott sei Dank vor Jahren schon hinter uns gebracht.

Nicht ganz, sagte Rautenschläger, schlug die Akte auf, blätterte. Das größte Stück schon. Ab Habichtskrug bis ungefähr zweihundert Meter vor der Autobahn, da wo die Trassenführung einen Bogen macht, die Auffahrt, meine ich, da muß nachgemessen werden.

Das kann warten, sagte der Bürgermeister, das wird gleich mit der Abholzung des ersten Stücks erledigt. Auch die Bautrupps müssen unmittelbar nach – möglichst schon gleichzeitig mit – den Holzfällern anrücken. Zug um Zug muß das laufen.

Richter steht Gewehr bei Fuß, sagte Rautenschläger. Er zündete sich eine Zigarette an.

Das hab ich Ihnen nicht erlaubt, sagte der Bürgermeister, hier wird nicht geraucht.

Rautenschläger drückte die Zigarette aus. Halten wir daran fest, daß neben Richter das Tiefbauunternehmen Brüggendieck beteiligt wird? fragte er.

Sicher. Haben Sie Argumente dagegen?

Brüggendieck ist ein kleiner Krauter. Der bringt das nicht. Ich vermute, der stört nur, und es gibt Trouble mit Richter.

Das soll es gerade, sagte der Bürgermeister, der Richter ist sowieso schon zu unverschämt.

Der Bürgermeister stand auf, öffnete das Fenster. Die Sonne schien. Es war Markttag. Der Platz stand voller Buden, Stände und Auslagen, an denen Menschen dichtgedrängt vorübergingen, stehenblieben, kauften, weitergingen, miteinander sprachen und lachten. Die krähende Stimme eines Gemüsehändlers, der seine Salatköpfe anpries, übertönte das Stimmengewirr, wurde abgelöst von einer hohen kreischenden Frauenstimme: Salatköpfe. Grüner Salat. Salatköpfe. Einer schöner wie der andere. Das Stück nur . . .; die Männerstimme fiel ein zu einem Kanon über beste Salatköpfe. Eine Drittstimme, Baß, kam hinzu, die „T-Shirts, leichte luftige T-Shirts“ sang, „die passen noch in jeden Koffer rein“.

Sie machen die letzten Urlaubseinkäufe, sagte der Bürgermeister, ging zurück zum Schreibtisch. Die Marktgeräusche drangen in den Raum.

Das ist aber ziemlich laut, sagte Rautenschläger.

Das soll es auch sein, sagte der Bürgermeister. Sie werden doch auch etwas sagen wollen.

Na also! Rautenschläger tat erschrocken. Meinen Sie, wir würden abgehört? fragte er.

Aber nein. Der Bürgermeister lachte. Wie kommen Sie auf so etwas, Rautenschläger?

Der Straßenbaudezernent schenkte sich eine zweite Tasse Kaffee ein, nahm weder Zucker noch Milch, trank, blickte über den Tassenrand den Bürgermeister an, der ihn lächelnd beobachtete.

Natürlich ist Richter unverschämt, sagte Rautenschläger, aber Richter läßt auch eine Menge Leute an diesem Millionenprojekt mitverdienen. Nicht nur seinen Bruder Konrad, den Pressesprecher des famosen Bürgerkomitees „Rettet den Habichtsforst". Der ist das größte Schlitzohr.

Es verdienen auch andere, Rautenschläger, und gar nicht schlecht, zum Beispiel die Firma mit dem sinnigen Namen „Sägefisch". Für 'n Appel und 'n Ei kriegen die das Holz und verkaufen es fürs Fünffache. Ihr Schwiegervater, Rautenschläger, versteht sich auch aufs Geschäft.

Rautenschläger stand auf, trat ans Fenster. Wissen Sie, was Holz heute noch bringt?

Ja, sagte der Bürgermeister.

Nämlich kaum noch etwas, sagte Rautenschläger, vor allem, wenn es sich um so 'n Zeugs handelt, wie es im Habichtsforst wächst.

Ich kenne die Preise, zum Beispiel für Eichenfurnier, sagte der Bürgermeister, setzen Sie sich wieder, Rautenschläger.

Rautenschläger kam zurück, wollte sich eine Zigarette anzünden, doch der Bürgermeister hob die Hand. Nein, sagte er, beherrschen Sie sich gefälligst.

Na hören Sie, sagte Rautenschläger, die paar Eichen im Habichtsforst, die sind doch . . .

Über hundert Jahre alt, gut im Stamm allesamt, das Stück für mindestens dreitausend. Und der Stadt bezahlt ihr Schwiegervater umgerechnet dreihundert pro Stamm. Geben Sie's auf, Rautenschläger.

Rautenschläger schlug die Akte zu. Über Brüggendieck verdienen einige dann aber doppelt und dreifach, sagte er.

Ich glaube, Rautenschläger, sagte der Bürgermeister, Sie haben etwas gegen unser doch ziemlich gut funktionierendes Wirtschaftssystem.

Kurzes Schweigen der beiden – die Marktgeräusche füllten den Raum. Dann platzten beide vor Lachen laut heraus. Das Telefon klingelte. Der Bürgermeister nahm ab. Stellen Sie durch, Fräulein Calmerten, sagte er, deckte die Sprechmuschel mit der Hand ab und sagte zu

Rautenschläger: Auf Wiedersehen, kommen Sie nachmittags wieder herein.

Rautenschläger verließ das Bürgermeisterbüro, nahm die Akte „Zubringertrasse" mit, ging eine Treppe hinunter in die Etage, wo sein Zimmer lag, ein großer Raum, in dem zwei Zeichentische standen, setzte sich hinter seinen Schreibtisch, zündete sich eine Zigarette an und blätterte, während er die Zigarette langsam und genüßlich zu Ende rauchte, in der Akte, schloß sie dann in den ins Gemäuer eingelassenen Stahlschrank ein (wo sie übrigens auch erhalten blieb), und als er schon zur Tür ging, kam Monika Verhoeven aus der Einwohnermeldeabteilung herein, fragte: Wo willst du hin?

Er ginge nur eben raus, auf den Markt, bißchen Obst kaufen, sagte Rautenschläger.

Wir müssen unbedingt reden, und zwar jetzt, sagte Monika Verhoeven. Sie war jünger als Rautenschläger, entsprach mit ihrer schlanken, hochbeinigen Figur, dem sorgfältig geschminkten Gesicht und der gestilten Frisur genau dem Typ der gerade neuen Mode.

Moni, sagte Rautenschläger, ich bin in Eile, habe noch einen Termin.

Du willst dich wieder mal drücken.

Nein, sagte Rautenschläger, wollte sie umarmen, aber sie entzog sich ihm. Sagen wir – Rautenschläger sah auf seine Armbanduhr – in zwei Stunden? Unten bei den Akten?

Das würde dir so passen, sagte sie. Nein, wir reden hier in deinem Zimmer.

Ich habe einen anderen Vorschlag, sagte Rautenschläger. Wir treffen uns in unserem kleinen Café, trinken dort eine Tasse Tee, nach Feierabend, also um Viertel nach fünf.

Monika Verhoeven schwieg einen Augenblick, sagte dann: Also gut, das ist aber das Äußerste.

Rautenschläger verließ eher als Monika Verhoeven sein Büro, bummelte über den Markt, blieb hier und da stehen, kaufte eine Tüte Weintrauben, aus der er beim Weitergehen aß, grüßte den und die und wurde von dem und der gegrüßt, blieb an der Blutbuche vor dem Stand eines fliegenden Händlers, der ein Allzweckflekkenmittel anpries, stehen, verschwand dann in dem schmalen, vom Marktplatz auf die Hauptstraße führenden Weg.

Er tauchte am Bauplatz der „Gottfried Richter GmbH Hoch- und Tiefbau“ wieder auf, wo er zwischen Lagerschuppen, in Reih und Glied aufgefahrenen Baumaschinen und Baggern, gestapeltem Bauholz und Fertigteilen für Bauhütten entlangschritt zum doppelstöckigen Bürohaus aus gelbem Klinker, das er durch einen Hintereingang, eine brandsichere Stahltür, betrat. Über die Hintertreppe kam er in den oberen Stock, ging den Flur entlang, klopfte an eine Tür und trat ein, ohne eine Aufforderung zum Eintritt abzuwarten.

Auch Gottfried Richter – ebenso groß und dick wie sein Bruder Konrad, doch ohne Bart – saß in einem mit rotem Saffianleder bezogenen Lehnstuhl hinter einem Schreibtisch unter einer Luftaufnahme von Heiderkamp. Er telefonierte, deutete mit einer Handbewegung an, Rautenschläger möge sich setzen, sagte noch ein paarmal: Ja, ja, ist in Ordnung, also dann –, legte den Hörer auf, reichte Rautenschläger über den Schreibtisch hinweg die Hand und fragte: Was kann ich für dich tun?

Weniger für mich als für dich, sagte Rautenschläger, zündete sich eine Zigarette an. Gottfried Richter wedelte mit der Hand den aufkommenden Rauch fort, stand auf, ging zum Fenster und öffnete es. Du solltest dir das Rauchen abgewöhnen, sagte er, wie ich.

Wenn ich dein Alter erreicht habe, vielleicht, sagte Rautenschläger.

Trink lieber was, sagte Richter, holte aus dem Schreibtisch eine Flasche Kognak und zwei Gläser, schüttete ein.

Prost, sagten beide gleichzeitig und tranken die Gläser in einem Zug leer.

Also, was kann ich für dich tun?

Er zieht Brüggendieck jetzt doch zu, sagte Rautenschläger.

Richter lehnte sich in seinem Sessel zurück, lächelte. Ach nee, sagte er, dieser Bandit; will doppelt absahnen, wie?

Du sagst es.

Richter goß die Gläser ein zweites Mal voll. Paß mal auf, sagte er, lehnte sich über den Schreibtisch, legte die Arme darauf, und die beiden steckten ihre Köpfe zusammen.

Als der Straßenbaudezernent Rautenschläger später, die Akte „Zubringertrasse“ unter dem Arm, wieder ins Büro des Bürgermeisters kam, sich in das mit blauem Kunststoffleder überzogene Sesselchen setzte, die Akte auf den Schreibtisch legte, waren gerade drei Stunden vergangen.

Sie sind ja inzwischen nicht untätig gewesen, sagte der Bürgermeister, ohne von der Akte, in der er las und in der er mit grünem Stift Bemerkungen an den Rand schrieb, aufzusehen. Also, was hat Richter vor, was will er gegen Brüggendieck unternehmen?

Rautenschläger lachte. Was ganz Abgefeimtes, sagte er.

Der Bürgermeister sah auf, nahm seine Brille ab. Das sieht ihm ähnlich, sagte er, stand auf, öffnete das Fenster, drehte sich herum, blieb am offenen Fenster stehen. Also schießen Sie los, Rautenschläger, sagte er, und Sie dürfen sogar dabei rauchen.

„Sie rückten im Morgengrauen an“, schreibt das Heiderkämper Tageblatt, das mit der „Nacht- und Nebelaktion“, wie es die drei Tage nach Beginn der Schulferien frühmorgens gestartete Abholzung des Habichtsforstes nannte, nicht zufrieden war. Es zog kein Nebel durch das Waldstück, und es war auch nicht mehr Nacht, als drei Lastwagen voll Waldarbeitern, gefolgt von zwei Abraumbaggern, über den Sandkuhlenweg und vorbei am Habichtskrug anfuhren. Aber das „vielstimmige Vogelkonzert aus Busch und Forst“ brach tatsächlich ab, nachdem die Holzfäller – unter ihnen auch Uwe Glasen – die Motorsägen angeworfen hatten. Sie legten zunächst das Gehölz zwischen Sandberggabelung und Waldsaum nieder. Die Abraummaschinen schoben das Geäst zur Seite, die Baggerschaufeln fuhren in den Boden, rissen die Wurzeln aus, häuften die Erde rechts und links zu Böschungen an, und schon nach vier Stunden – die Heiderkämper, soweit nicht in Urlaub, saßen noch beim

Frühstück oder hatten sich auf den Weg zu ihren Arbeitsstätten gemacht – war das Stück bis zum Rain in einer Breite von einhundert Metern aufgewühlt und freigelegt, und während die Arbeiter im Habichtskrug saßen und ihre erste Pause machten, rückten die Zugmaschinen mit Hängern des Hoch- und Tiefbau-Unternehmers Gottfried Richter an. Schon am Mittag standen die ersten beiden Baubaracken auf dem Gelände.

Heinrich Brinkmann, den Dörte Calmerten am Vortag informiert hatte, kam, gefolgt von seinem Hund Toto, schon früh zum Habichtsforst. Er versuchte – laut schreiend, um das Geknatter und Gekreisch der Motorsägen zu übertönen – mit einigen Leuten zu reden. Die winkten aber ab, und sie blieben auch später im Habichtskrug, wo er sich zu ihnen setzte und mit ihnen Kaffee trank und Brote aß, einsilbig. Ja, so ist das nun, Heinrich, hatte Uwe Glasen gesagt und im damals schon fast ausgestorbenen Dialekt der Region hinzugefügt: Wat dem en sin Uhl, is dem anern sin Nachtigall. Ich hab jetzt wenigstens wieder Arbeit.

Aber wie lange denn, Döskopp, hatte Heinrich Brinkmann geantwortet.

Die anderen brummelten so herum, zuckten die Schultern. Einer wollte von Brinkmann wissen, ob er ihnen etwa den Lohn zahlen würde, und als der Straßenbaudezernent Rautenschläger, verkleidet als Forst- und Holzarbeiter, eintrat, verstummten sie vollends.

Ihr Schlaumeier, mit diesem Überraschungscoup habt ihr wohl vollendete Tatsachen schaffen wollen, aber täuscht euch nicht! – so Brinkmann zu Rautenschläger und Rautenschläger zu Brinkmann: Genau. Im Einklang mit dem Gesetz. Der Täuscher sind Sie. Und nun lassen Sie die Leute in Frieden.

Brinkmann hat noch Vormittag ein Flugblatt verfaßt. Seine Tochter – Nachmittag vom Postzustellungsdienst zurück – hat es zum Drucker nach Remdingen gebracht, und am Spätnachmittag verteilten sie und einige andere die Flugblätter, auf denen die „überfallartige Nacht- und Nebelaktion“ scharf verurteilt, zu „massenhaftem Protest“ und zu einer „Demonstration vor und im Rathaus“ am nächsten Tag aufgerufen wurde. Es gibt Fotos von dieser Demonstration in den Polizeiakten. Sie zeigen ein von zwei Polizeiketten umstelltes Rathaus. Die Polizisten, Schlagstöcke in den Händen, tragen Schutzschilder und Schutzhelme. Einige halten Hunde an kurzen Leinen. Ein Wasserwerfer steht neben der Blutbuche. Die Schar der Demonstranten ist klein. Es sind laut Bericht nur zweiundfünfzig Personen. Sie tragen Transparente wie: „Totengräber der Demokratie", „Weg mit dem Bürgermeister", und die Demonstranten sollen Parolen wie „Dreckskerle, rauskommen", „Bürgermeister, wir kommen" gebrüllt und versucht haben, die Polizeikette zu durchbrechen. Ein Foto zeigt eine zur Traube zusammengeballte Menge, auf die die Strahlen der Wasserwerfer prallen; ein anderes Foto zeigt Polizeibeamte, die mit erhobenen Schlagstöcken hinter Demonstranten herrennen. Es scheint, daß sich keine Bewohner vom Eichenhain und Erlengrund unter den Demonstranten befunden haben. Jedenfalls finden sich in den Akten keine Angaben dazu, obwohl auf einem der Fotos eine weibliche Person zu erkennen ist, die Ähnlichkeit mit Griet Steingrüber aufweist – das Haar, die Kopfhaltung vor allem. Aber man sieht diese Person nur von der Seite und in der Menge der fortrennenden Demonstranten, und so gehe ich davon aus, daß sie nicht dabei, sondern wie die übrigen Bewohner aus Eichenhain und Erlengrund mit ihren Familien bereits in Urlaub gefahren war.

Kai Steingrüber allerdings ist nicht mit in Urlaub gefahren. Wegen seiner schlechten Zensuren in der Schule mußte er Nachhilfeunterricht nehmen. Dem wolle er sich in den Ferien verstärkt widmen, hatte er der Familie erklärt, war damit bei seinem Vater zwar auf Skepsis gestoßen, aber Griet Steingrüber hatte sich über den Fleiß ihres Sohnes gefreut und zum Abschied gesagt: Paß bei aller Arbeit auch ein bißchen auf unsere Omi auf.

Die Baumhauskinder interessierte die ganze Habichtsforstangelegenheit überhaupt nicht, und als Torsten Schurig anrief und Kai von der gerade begonnenen Abholzung berichtete, sagte der: Na und! Solln sie doch!

Delta-Fall, sagte Torsten Schurig, extraterristisches Raumschiff im Anflug. Wir müssen Vorbereitungen treffen.

Roger, Commander, sagte Kai, wo?
Orbitalstation X. In zehn Minuten?
Roger und Ende.
Kai setzte seine Baseballkappe auf, holte das Fahrrad aus der Garage und fuhr langsam nach Heiderkamp, die Hauptstraße entlang, bog in den Heckenweg ein, stellte dort sein Fahrrad ab, verschloß es und ging zu Fuß weiter zum Unkraut überwachsenen Grundstück, auf dem die verfallene Bretterbude stand. Er setzte sich auf einen alten Autoreifen vor der Bude, riß einen Grashalm aus, kaute daran, und dann kam von der anderen Seite her auch schon Torsten Schurig. Sie nickten sich zu. Torsten setzte sich auf einen zweiten Reifen, riß ebenfalls einen Grashalm aus und steckte ihn in den Mund, nahm ihn wieder heraus, zwirbelte ihn zwischen den Fingern und sagte: Die Kripo hat einen Brief gekriegt. Darin steht – Ich zitiere: Sämtliche Diebstähle der letzten Zeit hat eine Bande Halbwüchsiger aus Eichenhain, Birkenhof und Erlengrund begangen. Dem Unterzeichner sind die Namen bekannt.
Kai nahm seinen Grashalm aus dem Mund. Woher hast du das? fragte er.
Ist doch egal. Zweifel ausgeschlossen.
Ich will es wissen.
Na gut. Wittock hat eine Kopie angefertigt und mir gegeben. (Wittock, ein Kriminalbeamter, dessen Homosexualität die Baumhauskinder seit langem erpresserisch ausnutzten, stand tatsächlich auf der Lohnliste, die später bei Torsten Schurig gefunden wurde.)
Zeigen, sagte Kai.
Hier. Torsten holte aus seiner Jackentasche ein Stück Papier. Kai las die Fotokopie des Briefs, der nur aus dem einen von Torsten zitierten Satz bestand. Unterschrieben war er mit MANDO.
Sieh mal an, sagte Kai, dieser Mando. Wie hat der es rausgekriegt. Über Hanne?
Die schwört, nein. Ich glaube ihr.
Weiß man, wer und wo Mando ist?
Wenn sie es nicht schon vorher wußten – ich hab's Wittock gesteckt, sagte Torsten, und der hat es nach oben weitergegeben: auf dem Güstruphof.

Bist du verrückt?

Überhaupt nicht. Überleg doch. Wenn Mando zum Beispiel vom Drogendezernat ist.

Da geh ich von aus, sagte Kai.

Aber jetzt sind wir am Zug.

Da bin ich aber gespannt.

Paß auf. Dieser Kerl, dieser Mando, muß öffentlich unglaubwürdig gemacht werden.

Aha.

Und zwar, indem er in den Knast kommt.

Aha. Sag mal, tickst du nicht richtig?

Überhaupt nicht. Hör zu – und Torsten redete eine Stunde lang, manchmal unterbrochen von Kais Fragen. Dann standen beide auf.

Wenn's klappt, sagte Kai, dann ist das genial.

Das klappt, sagte Torsten Schurig.

Sie verließen das Unkraut überwachsene Grundstück in verschiedene Richtungen.

In der Nacht darauf fuhren Jeffi, Kai und Hanne auf Fahrrädern über die kleine Straße, die mit Autos nur von Zulieferern benutzt werden durfte, an die Autobahnraststätte „Habichtsforst". Sie hatten zwei Säcke mit, stellten die Räder auf dem Parkplatz ab und gingen, Kai und Jeffi trugen die Säcke, in den Habichtsforst. Es war die sechste Nacht nach Beginn der Abholzung, und man hatte bereits die ersten hohen Bäume des Forsts niedergelegt. Als sie am Waldsaum ankamen, sahen sie, daß der Habichtskrug hell erleuchtet war. Lauter Gesang schallte aus der Wirtsstube bis zu ihnen hin, übertönte sogar die Autobahngeräusche. Die besaufen sich mal wieder, flüsterte Jeffi.

Los, weiter, befahl Kai.

Gebückt liefen sie aus dem Wald bis zu der ersten der drei Baubaracken. Sie stand zirka dreißig Meter vom Waldrand entfernt. Aus den Säcken holten Jeffi und Kai drei Kanister. Kai hob Jeffi auf die Schultern, Jeffi kletterte auf das flache Dach der Baubude, verschüttete den Inhalt des Kanisters dort, während Kai die Wände der Baracke mit dem Benzin aus den anderen beiden Kanistern bespritzte. Dann setzten sie einen der Kanister abseits von der Baracke ab, legten eine Mütze nach Art peruanischer Bauern, wie sie Mando trug, darauf, zündeten drei Fackeln an, warfen sie auf die Bude, und während die Stichflamme hochschoß, rannten sie geduckt in den Wald zurück.

„In kürzester Zeit", schrieb das Heiderkämper Tageblatt, „brannte die Mannschaftsbaracke, in der sich aus purem Zufall keiner der Arbeiter befand, völlig ab. Die aus dem Habichtskrug herbeigeeilten Wald- und Straßenbauarbeiter, die dort den Geburtstag eines Kollegen feierten, konnten das Feuer nicht mehr löschen."

Jeffi, Kai und Hanne waren von der Autobahnraststätte über die Zuliefererstraße nach Heiderkamp zurückgeradelt. An der Kreuzung nach Remdingen hielten sie an. Also, sagte Kai zu Hanne, die werden ja auf dem Güstruphof alle schon schlafen. Du stellst die beiden Kanister da ab, wo du es für richtig hältst. Am besten in Mandos Zimmer. Aber wenn das nicht geht, woanders. Sie müssen aber gefunden werden. Und wenn da doch noch einer wach ist und sieht dich, sagst du, du willst zu Mando, weil du ihn liebst.

Du Arschloch, sagte Hanne und fuhr los, die beiden Kanister im Sack auf den Gepäckträger geklemmt.

Kriminaloberinspektor Schmidt-Langengrüber, in Begleitung von Polizeioberwachtmeister Knickrehm und den Polizeiwachtmeistern Berghof, Schiederup, Teichmann und Müller, trafen laut Polizeiprotokoll am nächsten Tag um 14.05 Uhr auf dem Güstruphof ein, wo, wie es weiter heißt, „der Beschuldigte mit dem offensichtlichen Decknamen Mando inmitten einer Anzahl von siebzehn Personen, die an einem Tisch vor dem Gehöft saßen und eine Mahlzeit einnahmen, angetroffen wurde. Kriminaloberinspektor Schmidt-Langengrüber verlas den Anwesenden den Durchsuchungsbefehl, und nach kurzem Handgemenge mit einigen Bewohnern des Güstruphofs durchsuchten die Polizeibeamten das Haus und die Stallungen. In der Tenne des Gehöfts, versteckt unter Pferdegeschirr, wurden zwei Kanister des gleichen Fabrikats wie die am Tatort gefunden und sichergestellt. Sie enthielten Reste von einem Normalbenzin, mit dem auch die Mannschaftsbaracke an der Baustelle im Habichtskrug in Brand gesetzt wurde. Kriminaloberinspektor Schmidt-Langengrüber legte dem Beschuldigten die am Tatort gefundene zweifarbig wollene Kopfmütze mit Ohrenklappen vor. Der Beschuldigte, der eine gleiche Mütze trug, gab zu, daß es sich um seine Kopfbedekkung handele. Seine Festnahme erfolgte unter teilweise handgreiflichem Protest der übrigen Güstruphofbewohner, die behaupteten, der Beschuldigte habe sich zur Tatzeit auf dem Gehöft befunden und sei mit dreien von ihnen bis zum ersten Hahnenschrei zusammen gewesen. Der Beschuldigte wurde dem Untersuchungsrichter vorgeführt und nach Haftanordnung dem Untersuchungsgefängnis überstellt."

15

An der Art der Unterbringung im Untersuchungsgefängnis fand Mando nichts auszusetzen, außer an der Nummer seiner Zelle 5, eine Primzahl, die ihn durcheinanderbrachte. Sein Antrag, mit den Zellennachbarn auf 4 oder 8, deren Einverständnis er besaß, zu tauschen, wurde abgelehnt. Woller, der morgens aufschloß, und Schwarz, der abends einschloß, lachten nur, wenn er sie bat, wenigstens die 5 auf seiner Zellentür zu durchkreuzen und eine 4 a darüber zu kritzeln.

Dabei waren beide längst auf seiner Seite, schenkten ihm Zigaretten und Gummibärchen. 25 der eine, 27 der andere, im damals modernen Strafvollzug geschult, reagierten sie auf oppositionelles Verhalten von Häftlingen gelassen. Mandos Fragen fanden sie eher amüsant, zum Beispiel, ob Sträflinge regelmäßig untergebracht würden in derart komfortablen Räumen, deren Fenster im Mißverhältnis dazu aber vergittert, deren Türen verriegelt würden; warum der Zutritt von Frauen untersagt sei, wo doch andererseits Homosexualität als Laster gelte. Auf die Bitte, ihre Geschlechtsteile mit dem seinen zu vergleichen, hatten beide allerdings ungehalten, ja verkrampft reagiert, und Woller hatte sogar „Du Sau" zu ihm gesagt.

Die Ernährung in der Anstalt war passabel, nicht einseitig. Morgens schon fiel Sonnenlicht durchs Fenster, ein Buchfink schlug ab fünf, und die Amsel, mit der Mando sich angefreundet hatte, fiel eine halbe Stunde später ein. Der Geruch im Gebäude störte ihn nicht sehr: ein Gemisch aus Säuberungsmitteln, Tabakrauch, Ausscheidungsstoffen, gekochter Nahrung und Körperausdünstung, die allerdings angereichert mit mehr Angst und Unterwerfungsschweiß als ohnehin in dieser Gegend und Ära üblich.

Er genoß die weiße, kühle Strenge der Zelle. In der Lärmlosigkeit dieser Klause konnte er sich seinen Meditationen und Konzentrationsübungen meist ohne Zwischenfälle hingeben. Der Anstaltsbetrieb, gleichförmig, Tag für Tag, Nacht für Nacht, interessierte ihn nicht. Seine Neugier erstreckte sich auf die Mithäftlinge, auf Kurt zum Beispiel, seinen Zellennachbarn auf 6, der nachts rasselnd schnarchte. Kurt hatte in der Dämmerstunde eine Fahrradfahrerin gestreift. Sie war unter die Hinterräder seines Wagens geraten. Er hatte kurz angehalten, das schreiende Mädchen mit zerquetschten Beinen auf der Straße liegen sehen, war wieder ins Auto gestiegen und weitergefahren. Das Mädchen verblutete.

Mando hatte versucht, den Grund herauszubekommen. Warum, Kurt, warum? Ein Menschenkind, das du nicht einmal gekannt hast? Warum hast du es sterben lassen?

Er wisse es selber nicht, nein, wirklich nicht, Schockeinwirkung vermutlich, deshalb dieses Hals-über-Kopf und so weiter, antwortete Kurt jedesmal, nahm seine Brille ab und putzte sie.

Kurt log, bekam Mando heraus. Er hatte in vollem Bewußtsein gehandelt. Weil Leugnen zwecklos war – ein Zeuge hatte alles beobachtet –, blieb Kurt auf Anraten seines Anwalts „nur Reue und nochmals Reue". Diesen Schluß verstand Mando überhaupt nicht. Er war absolut unlogisch, und das versuchte er Kurt beizubringen, vergeblich. In seinen wachen Stunden in der Zelle trainierte Kurt das Empfinden von Reue, die nach den Worten seines Anwalts „vor Gericht absolut überzeugend rüberkommen muß". Es gelang ihm nicht. Hilfe beim Glaubwürdigkeitstraining, um die Kurt bat, gewährte Mando nicht. Dazu hätte es im übrigen langer und schweißtreibender Sitzungen bedurft, die unter den gegebenen Umständen nicht durchgeführt werden konnten. Kurts größtes Handicap war, daß er für niemanden und nichts teilnehmende Sympathie aufbrachte, weder für seine Frau, die zu lieben er nicht einmal mehr vorgab, noch für seine drei minderjährigen Kinder, von denen er wenigstens noch behauptete, sie seien sein „ein und alles". Sich selbst konnte Kurt, Generalvertreter für kosmetische Erzeugnisse, am wenigsten ausstehen.

Da war Hansjürgen, Mandos Zellennachbar auf 3, von ganz anderem Schlag: in sich verliebt – jeden Tag trug er eine neue Krawatte –, hielt sich penibel sauber, ließ sich ein Bärtchen auf der Oberlippe wachsen und liebte auch eine andere Person, nämlich die Prostituierte Marina, der er eine Menge Geld geschenkt hatte, einen Teil seiner Ausbeute.

Hansjürgen hielt sich für überaus schlau und wurde auch von den Mithäftlingen, bei denen er eine gewisse Autorität genoß, dafür gehalten. In Wirklichkeit, merkte Mando schnell, war er ein naiver Programmierer, der sich viel zuviel darauf zugute hielt, im Textverarbeitungsbereich überdurchschnittlich beschlagen zu sein. Er hatte es geschafft, die Sicherheitsbarrieren des Datensystems einer Großbank zu überwinden, sich durch primitive Code-Umdeutung den Status eines Benutzers zu verschaffen und über das Rechnernetz Beträge verschiedener harter Währungen auf verschiedene Konten verschiedener Banken überweisen zu lassen. Da er aus Gier und Selbstüberschätzung zu hastig verfahren war, zum Beispiel weder Bewegungen auf den Konten vorgenommen noch die Konten auf verschiedene Namen eingerichtet, noch sich falsche Ausweispapiere besorgt hatte, schnappte man ihn schon beim dritten Inkasso.

Mando hätte ihn in eine weitaus effektivere Technik des Anzapfens von Computersystemen einweihen, ihm auch eine geschicktere Verwertung empfehlen können, so das relativ einfache Abrufen von Konstruktionsplänen und Kundenlisten, deren Veräußerung gegen Entgelt an Konkurrenten nahezu gefahrlos verlief. Er hätte es auch getan, weil er Hansjürgens Leidenschaft für das

Callgirl Marina mochte und eine funktionierende Störung von Rechnernetzen unter den bestehenden Verhältnissen für produktiv hielt. Hansjürgens Selbstüberschätzung, ja Arroganz, ließen indes ein vertrauliches Gespräch nicht zu, geschweige denn belehrende Instruktion. So würde dieser liebenswerte Ritter im Kampf gegen die logische Maschine immer unterliegen und bis an sein Lebensende zwischen Knast und Fettlebe – hoffentlich glücklich und immer leidenschaftlich – seinen Traum vom unentdeckten Superknacker der Systeme träumen.

Anfänglich hatten die Mithäftlinge Mando beschimpft und von ihm verlangt, das laute Lamentieren am frühen Morgen zu unterlassen. Als er ihnen aber erklärte, wie wichtig ihm das Sonnengebet sei, das gymnastische Singen und Trällern, gaben sie sich zufrieden, ja, einige versuchten, es ihm nachzutun, zum Ärger des Wachpersonals, das eine Zeitlang allmorgendlich herbeilief, um die Störer zu fassen, aber regelmäßig nur Schlafende vorfand beim Aufschluß.

Dann kam es – ebenfalls gleich nach seiner Einlieferung – zu dieser Auseinandersetzung mit Tasso, dem Pollacken, bei dem Mando Mittel anwenden mußte, auf die er an diesem Ort lieber verzichtet hätte. Kalfaktor Freddy, der das Frühstück brachte, hatte ihn im Namen der Schutzorganisation unter Führung von Tasso, dem Pollacken, gebeten, wöchentlich eine bestimmte Summe der gemeinsamen Schutzkasse zuzuführen, womit ihm Sicherheit vor aller möglichen Unbill im Trakt und auf dem Hof garantiert würde. Mandos Einwand, er verfüge über kein Geld, könne deshalb auch nichts zahlen, wurde nicht akzeptiert. Er hatte die Entschlossenheit der Schutzorganisation, die ihrerseits dem Wachpersonal gegenüber Schutzgeld zahlpflichtig war, sofort gespürt. Dazu hätte es nicht der Warnung Hansjürgens bedurft, der von Mißhandlungen an sich weigernden Mithäftlingen zu berichten wußte. Er handelte deshalb unverzüglich und gab Tassos Wünschen eine andere Richtung, wobei er Kalfaktor Freddy, einen unkomplizierten Raubmörder, als Medium benutzte. Ohne daß es nötig gewesen wäre, doch mit Rücksicht auf den Charakter der Nation, der Tasso angehörte, ihrer manischen Sucht nach magischen Zeichen, schrieb er den Satz „Polak nie zdradzi Polaka" (ein Pole verrät keinen Polen) mit dem Blut aus drei Fingerspitzen auf einen Zettel, und diese Botschaft überbrachte im Rahmen seiner Mission Kalfaktor Freddy Tasso, dem Pollacken. Am nächsten Tag schon stand ein Blumenstrauß aus roten und weißen Nelken, den Landesfarben von Tassos Heimat, in Mandos Zelle, und ein Kärtchen lag bei, auf das Tasso – ebenfalls mit Blut – gesetzt hatte: „Bruder, ich umarme Dich."

So etwas verbreitet sich natürlich schnell in einer Landesstrafanstalt, in deren Flügel A auch das Untersuchungsgefängnis des Distrikts untergebracht war. Mandos Ansehen stieg. Man suchte seine Nähe, und auf den je halbstündigen Rundgängen im Anstaltshof kam es häufig zu Drängeleien, weil mancher als sein Vor- und Hintermann gehen wollte, um sich mit ihm flüsternd zu unterhalten und Rat einzuholen.

Eines Tages ließ ihn Doktor Scheuble, der Direktor des gesamten Anstaltskomplexes, zu einer Unterredung unter vier Augen vorführen. Ihm sei Mandos beruhigender Einfluß, der sich selbst auf die das Untersuchungsgefängnis angrenzenden Flügel erstrecke, zu Ohren gekommen. Kaum einer drehe noch durch oder knüpfe das Handtuch. Nach der Einschätzung des Wachpersonals sei ihm, Mando, das gelungen durch einige Akte von Scheinaufsässigkeit, wie das frühmorgendliche sogenannte Sonnengebet und die Verweigerung der Schutzgeldzahlung. Nun, für ihn, den Direktor, einen alten Hasen, grau geworden im Strafvollzugsbetrieb, sei das keine ausreichende Erklärung für Mandos Einfluß. Aber wie auch immer – alle Achtung! Nun möchte er jedoch wissen, was Mando langfristig bezwecke. Nichts, damit könne er ihm nicht kommen. Die Karten auf den Tisch, mein Freund! Nein? Ob er denn wirklich so naiv sei zu glauben, ein Gewalttäter vom Schlage Tassos, dem der gesamte Flügel B dienstbar sei, ließe sich unter Kontrolle bringen, obwohl er im Augenblick schweige. Aber nur aus Tarnung, mein Lieber, jawoll. Und das Wachpersonal, wenn Sie nicht anstelle Tassos bald das Inkasso übernehmen, machen die Sie so fertig, daß Sie das Handtuch knüpfen werden. Seien Sie nicht dumm. Kooperation mit uns zahlt sich in jedem Fall für Sie aus, und nur für Sie. Nun?

Mando hatte gelacht und die Stirn des Direktors geküßt. An diesen Judaskuß werde ich Sie erinnern, hatte Direktor Scheuble ihm beim Abführen hinterhergerufen, Sie werden ja noch recht lange „drinnen“ sein.

Im wesentlichen, fand Mando heraus, unterschied sich dieses „Drinnen“ nicht von „Draußen“. Dabei hätte das „Drinnen“ die Chance geboten, das Leben auf das Maß zurückzuführen, wie es dem in jenen Gebieten dieser Ära entsprach, wo die Menschen selten satt wurden, dem ständig drohenden Untergang dennoch ständig ihre ganze Kraft entgegensetzten, die Liebe untereinander suchten und sich empörten gegen die sogenannten Notwendigkeiten. Sie hätten vielleicht begriffen, daß die Fettlebe hier mit dem Hunger dort zusammenhing. Aber so lernten sie nichts, im Gegenteil. Trotz der im wesentlichen gleichen Verhältnisse von „drinnen“ und „draußen“ hatten alle nichts anderes im Sinn, als bald wieder „draußen“ sich tummeln zu können – in der freien Wildbahn, wie sie es nannten. Als ob sie nicht gerade auf dieser freien Wildbahn zur Strecke gebracht worden wären, die Folge ihrer, wie Mando fand, produktiven Unfähigkeit, nach den widerlichen Wildbahngesetzen zu agieren. Die meisten hielten es, in Verkennung ihrer Verletzlichkeit, sogar für ausgeschlossen, seien sie erst einmal wieder „draußen“, irgendwann noch einmal nach „drinnen“ versetzt zu werden. Sie würden es diesmal besser machen, so drückten sie sich aus, meinten damit aber keinesfalls die Verbesserung der widerlichen Wildbahn oder gar deren Abschaffung und schon gar nicht eine Veränderung ihres eigenen Verhaltens, wenn sie darüber sprachen, beim nächsten Mal „klüger“ vorzugehen, Kaltleder zum Beispiel, der im Auftrag der Besitzer deren Kraftfahrzeuge stahl, um sie in anderen Gegenden zu verkaufen und den Erlös halbe-halbe mit den „Bestohlenen“ zu teilen, die ihrerseits von der Versicherung den vollen Ersatz für das gestohlene Auto kassierten. Die Idee, seine Geschäfte durch Eintritt in den konzessionierten, mindestens ebenso betrügerischen, aber viel lukrativeren Gebrauchtwagenhandel zu legalisieren, kam ihm überhaupt nicht. Mandos Vorschlag, die Kraftfahrzeuge nach dem Diebstahl wenigstens unbrauchbar zu machen, weil es schon zu viele von diesen Tötungsinstrumenten und Giftdroschken gäbe, hielt Kaltleder für einen schlechten Witz, fast so schlecht wie der, den er in Mandos Bemerkung „Geld ist doch nicht alles" böse kreischend verlachte. „Klüger" würde er beim nächsten Mal vorgehen, „draußen", nicht mehr selber machen. Ne ne ne ne – das ist vorbei; andere machen lassen; Teamwork, verstehst du, und das anleiten. Erst mal an die Typen von der Versicherung ran. Das ist es. Und die einbeziehen auf der Basis 30 zu 70. Vorher werde er einen dieser Operation-Research-Kurse besuchen, sich das alles voll draufschaffen, das ganze Know-how. Und dann, mein Lieber, aber dann.

Wenn Mando an „draußen" dachte, dann an diese unfaßlich vielen Grüntöne in dieser unfaßlich flachen Landschaft, in die es ihn verschlagen hatte; an die Gerüche rund um Heiderkamp, am Güstruphof, die Gerüche im frühen Sommer von Holunder, Gräsern, Heckenrosen, wildem Hopfen; an diese Wege, die in der Tiefe, wo die Räderspuren sich zu berühren schienen, zu dunkelgrünen Tunneln wurden und vielleicht in Höhlen führten, die einen für immer bargen, oder auch nur zu einem neuen Knick um eine Weide, auf der im Schatten einer Weißdornhecke Kühe lagen und kauend die zeitlose Stille bestaunten. Und wie er im Schaumkraut lag, im purpurnen Klee und auf lila Kuckucksblumen, über sich Klatschmohn und neben sich Löwenzahn, und über seinen nackten Körper, den Nabel voll silbriger Wolfsmilch, Ameisen liefen, Sandkäfer, Erdflöhe, Grasmücken hüpften, und wie er vor praller Sonne vibrierte, im Zirpen, Raunen, Summen und Vogelglucksen um sich herum ein Teil von allem wurde.

Kalfaktor Freddy, der sich in ihn verliebt hatte, hörte atemlos zu, wenn er darüber sprach, und wenn Mando ihn fragte, ob er sich vorstellen könne, eine Hummel zu sein oder ein Vogel, vielleicht eine Amsel oder ein Pferd, nickte Freddy bloß und schluckte, sah ihn weiter mit brennenden Augen an, verstand aber nichts, ebensowenig wie der Anstaltsgeistliche, der ihn nur einmal besuchte. Er versuchte, mit Mando über das Fußballspiel zu reden, dessen Übertragung viele im Fernsehraum gesehen hatten und das alle erregt hatte. Ob Schuster nicht eine Niete sei? Gehöre der in die Nationalmannschaft?

Als Mando darauf nicht einging, sondern erzählte, wie er während eines rauschenden Gewitterregens sein Glied in Selma, die Stute vom Güstruphof, gedrückt hatte, lachte der Anstaltsgeistliche kreischend auf, und noch lauter und kreischender, als ihn Mando fragte: Glauben Sie an den lieben Gott?

Doktor Scheuble, in dessen Auftrag der Geistliche Mando besucht hatte, „um diesen schrägen Vogel mal ein bißchen zum Singen zu bringen", lachte nicht, als er den Bericht entgegennahm. Ein Provokateur, darin waren sich beide einig, und diesen Ausdruck brauchte Scheuble auch in seinem Bericht an den Generalstaatsanwalt. „Ein Provokateur, der sich der Sodomie und anderer Perversitäten rühmt, meines Erachtens mit dem von ihm von Anfang an verfolgten Ziel, über das Image eines alle gesetzlichen und natürlichen Schranken verachtenden Individuums, unter Ausnutzung der Beeinflussungsbereitschaft der Häftlinge gegenüber einem solchen Vorbild, dieselben unter seine Kontrolle zu bringen."

Nach dem Besuch des Gefängnisgeistlichen brachte ihm Freddy „Das Neue Testament unseres Herrn und Heilands Jesus Christus nach der deutschen Übersetzung von D. Martin Luther" an. Darin las Mando mit zunehmendem Erstaunen, versah die Texte teils mit zustimmenden, teils ablehnenden Anmerkungen. Während seiner Abwesenheit fotokopierte Freddy die Seiten, brachte sie dem Direktor, der seinerseits die Bemerkungen Mandos glossierte und alles zu den Akten gab.

Zur Bergpredigt hat er überhaupt nichts geschrieben, erzählte Scheuble dem Generalstaatsanwalt am Telefon. Ein schlauer Fuchs, aber wir kommen ihm noch auf die Schliche.

Manchmal, wenn Mando auf dem Zellenbett lag, die Arme unterm Kopf gekreuzt, holte er sich einiges in die Erinnerung zurück. Die Menschen vom Güstruphof zum Beispiel, Maria, die strenge und doch vor Zuwendungssucht fast platzende Führerin, in die alle am liebsten hineingekrochen wären; den kleinen verkrüppelten Benno mit den brennenden Augen, den er schließlich noch auf seine Seite hatte ziehen können; Klaus, den Düngerspezialisten, der behauptete, er besäße das mächtigste Glied unter den Männern vom Güstruphof; die ständig über die letzten und vorletzten Dinge streitenden, sich abstoßenden und wieder anziehenden eigentlich Unzertrennlichen, Udo und Alfons. An Stella dachte er kaum, aber immer wieder an Griet Steingrüber. Ihr und keiner anderen hätte er sich fast anvertraut. In der Gewitternacht im Habichtsforst, als fast alle schon verschwunden waren, und nachdem ihm die zudringliche Hanne die Mütze vom Kopf gerissen hatte, war er in das Zelt gekrochen, in dem Griet Steingrüber auf einer Luftmatratze lag, neben einem mattschimmernden Lämpchen, und noch las, während die anderen Frauen schon schliefen. Verschwinden Sie, hatte sie geflüstert, als er sich, sie lag auf dem äußeren Platz, neben sie gedrängt hatte. Man habe ihm seine Mütze gestohlen und ihn friere, hatte er gesagt. Wärme mich ein bißchen. Und da hatte sie tatsächlich, zögernd erst, ihre Decke gelüftet, und er war zu ihr gekrochen. Sie hatte das Lämpchen gelöscht, und er hatte ihr flüsternd Geschichten erzählt aus fernen Zeiten und Orten, von Reiterspielen und Robbenjagden, von Tänzen an Feuern in Höhlen und von den Gesängen der Hirten auf dem Dach der Welt. Er hatte schließlich den Arm um sie legen und sie küssen dürfen, und sie hatte auch einmal sein großes und hartes Glied berührt, dann aber „nein" geflüstert, „nein" – bitte gehen Sie jetzt. Und er war auch tatsächlich wieder aus dem Zelt hinausgekrochen in die finstere Regennacht.

Er liebte sie vermutlich, auf seine ihm nur mögliche Art selbstverständlich. Dabei unterschied sie sich nicht von all den anderen dieser Gegend und Ära – Edda Glasen, die er als Schwester empfand, vielleicht ausgenommen –, von deren Interessen und Begierden, offenen und versteckten Wünschen, die selten realisiert wurden, und wenn doch, eine Richtung nahmen, die sie nicht gewollt hatten. Dabei sagten ihnen demoskopische Institute die Ergebnisse ihres Wollens, Denkens und Handelns tagtäglich und mit großer Exaktheit voraus. Sie schienen aber aus einer Art Trotz und Verzweiflung heraus die Illusion aufrecht erhalten zu wollen, sie würden autonom, frei und selbstbestimmend wollen, denken und handeln. Daß sie nach Eintritt der voraussehbaren Ereignisse dann doch wieder überrascht und hektisch reagierten, hatte womöglich auch zu tun mit ihren Verstörungen, die denen der Lastenträger nach Erfindung des Rades glichen. Auf soviel Durcheinander, Ahnungs- und Aussichtslosigkeit war Mando jedenfalls nicht vorbereitet gewesen. Seine Lern- und Anpassungsfähigkeit war auf eine harte Probe gestellt worden. Aber wie auch immer: Das war Vergangenheit. Er hatte alles gespeichert. Die Zeit lief ihm davon. Es gab zu viele leere Stunden hier im „Knast", wie die Gefangenen die Anstalt nannten, Stunden, in denen die Apathie ihn heimsuchte und seine Energie verbrauchte, zu deren schubweiser Rückkehr er sich jedesmal anstrengender Konzentrationsübungen unterziehen mußte. Während der Meditationen tauchten neuerdings immer wieder HEROLD I und HEROLD II auf. HEROLD I drohte mit dem Zeigefinger. HEROLD II winkte ihm lächelnd zu. Auch das erschwerte viel.

Was hielt ihn noch? Es gab eigentlich nichts mehr zu tun. Seine Anwesenheit im Prozeß vor dem Heiderkämper Schöffengericht hielt er für überflüssig, obwohl ihn Rechtsanwalt Walizki beschwor, sich der „Wahrheitsfindung" nicht zu entziehen.

Wahrheitsfindung! Wie naiv sie doch trotz ihrer Durchtriebenheit waren.

16

Die Beweisaufnahme am zweiten Tag im Strafverfahren gegen Mando – Harm Schurig hatte die Ankunft des Angeklagten in Heiderkamp geschildert – ist der „Einstieg" in diese Erzählung gewesen. Der Leser wird sich erinnern: Günther Starke, der Vorsitzende des Schöffengerichts, hatte die Verhandlung auf den nächsten Montag vertagt, und daran möchte ich jetzt anknüpfen.

Günther Starke war, nachdem er die Schöffen verabschiedet hatte, gleich in sein Zimmer gegangen. Er zog seinen Talar aus, nahm die weiße Fliege vom Hals, zog sein Jackett an, ging zum Schreibtisch und fuhr erschrokken herum, als das Hornsignal hinter ihm erschallte.

In der Tür stand Graubholz, der Amtsgerichtsdirektor, er nahm das Jagdhorn vom Mund, hielt es halbhoch über den Kopf, ließ den linken Arm angewinkelt in die Hüfte gestemmt und meldete: „Jägersleut, versammelt euch, hab euch etwas zu sagen."

„Du bist verrückt", sagte Starke.

Starke setzte sich hinter seinen Schreibtisch, Graubholz davor, Starke holte aus dem unteren Fach seines Schreibtisches eine Kognakflasche und Gläser und schüttete ein. Sie prosteten sich zu. Jeder trank sein Glas in einem Zug leer, und Starke goß die Gläser wieder voll. Gut, dein Kognak, sagte Starke.

Hier, eine Neuerwerbung. Sieh es dir an, ein erstklassiges Pleß-Horn.

Er legte das Instrument auf den Tisch, und Starke nahm es auf, befühlte das Mundstück, den Schalltrichter, fuhr tastend am zum Doppelring gebogenen Rohr entlang. Prächtig, sagte er, setzte das Horn an den Mund und blies ein kurzes Signal.

Rechter Flügel, sagte Graubholz. Gut, nur zu leise. Er nahm das Horn aus Starkes Hand und blies das gleiche Signal, doch viel lauter. So wird's gemacht, Bläserkamerad, sagte er.

Du kommst doch zum Jagdfest auf Schloß Papenbeck in der nächsten Woche? fragte Graubholz.

Ich weiß nicht, sagte Starke. Ich habe einen Berg Akten zu bearbeiten.

Ach was, sagte Graubholz, du kommst. Die Stümper aus Itzehoe werden da sein, denen müssen wir was vorblasen, und zwar den Festerländer Jägermarsch. Paß auf!

Graubholz setzte nun wieder an und blies ein paar Takte.

Die Tür wurde aufgerissen. Sag mal, bist du . . ., rief Jansen, der Richterkollege von nebenan, schwieg aber, als er Graubholz sah. Ach, Sie sind es, das hätte ich mir denken können.

Marsch, an die Arbeit, Jansen, sagte Graubholz, setzte das Horn wieder an und blies das Signal „Treiber in den Kessel", worauf Jansen kopfschüttelnd wieder verschwand.

Diesen Kerl, wie heißt er noch, Mando, willst du den etwa freisprechen? fragte Graubholz.

Muß ich wohl, sagte Starke.

Man soll dich unter Druck gesetzt haben, das Verfahren überhaupt zu eröffnen, stimmt das? fragte Graubholz.

Wer sagt das?

Ist ja egal. Hör mal.

Graubholz setzte wieder an und blies. Kennst du das?

Natürlich: „Hunde los".

Paß auf, sagte Graubholz, hinter der Angelegenheit „Mando" stehen Leute, denen ist unsereiner nicht gewachsen. – Ist das eine Verarbeitung? Sieh dir den Schalltrichter an, wie mit dem Munde bearbeitet. Feiner geht's nicht.

Graubholz streichelte sein Horn, trank sein Glas leer. Komm, gib mir noch einen Kleinen, sagte er. Dabei ist es eine Mordssauerei, daß der Habichtsforst verschwindet. Herrgott Junge, warum haben wir beide nichts unternommen, wie dieser Mando? Der tut wenigstens was.

Na, sagte Starke, hat er denn überhaupt was getan?

Das sollst du ja gerade entscheiden, sagte Graubholz, und wenn du mich fragst – er setzte das Horn an, nahm es wieder ab –, wenn du mich fragst: du solltest schleunigst das Grundstück am Tannenhof, das dir Gottfried Richter für 'n Appel und 'n Ei überlassen hat, zurückgeben. Er blies in kurzer Dreiachtelfolge: GEC, GEC, GEC, den Beginn des Signals „Wild ablegen".

Starke lehnte sich in seinem Sessel zurück, sah an die Decke. Das ist es also, sagte er.

Das ist es, sagte Graubholz. Und man stellt eine Verbindung her zwischen deinem Freispruch Gottfried Richters und seiner Grundstücksschenkung an dich.

Es war keine Schenkung.

Hör mal, sagte Graubholz, blies ins Horn. Es war das

Signal „Blattschlagen“: Gebt die Pfunde ihm, Dreischlag mit hellblinkendem Blatt. Gebt die Pfunde ihm.

Weißt du, sagte er, daß die Itzehoer Verstärkung bekommen haben? Einen Bläserkameraden aus dem Bayerischen. Der soll einen Ton am Leibe haben! Also du kommst doch nächste Woche?

Ich weiß nicht, ich bin auch ein bißchen aus der Übung.

Das glaube ich nicht. Wir können ja noch üben.

Meint man, ich sei wegen der Grundstücksangelegenheit erpreßbar? fragte Starke.

Das weißt du doch besser als alle anderen.

Starke trank sein Glas leer, Graubholz auch, und Starke füllte wieder nach.

Also, sagte Starke, die Leute, denen wir nicht gewachsen sind, wie du es formulierst, haben dafür gesorgt, daß ich das Verfahren gegen Mando überhaupt eröffnet habe, und zwar, weil ich im Verfahren gegen Gottfried Richter wegen Betrugs Recht gebeugt habe, und das, weil der mir das Grundstück am Tannenhof geschenkt hat. Ist es so? Und damit haben die Leute, denen wir angeblich nicht gewachsen sind, mich erpreßt? So was erzählt man sich im Haus?

Laß sie doch reden, sagte Graubholz, laß sie doch reden. Drauf kommt's doch gar nicht an. Hör mal. Graubholz blies: „Hirsch tot. Den edlen Hirsch im tiefen Tann . . .!“

Hör auf, sagte Starke, ich sage dir, das stimmt nicht.

Das brauchst du mir nicht zu erklären, sagte Graubholz. Er streichelte sein Horn. Ist das eine Verarbeitung? fragte er. Willst du noch einmal? Den Festerländer . . . Versuchs mal.

Nein, sagte Starke, schob das Horn zurück.

Du hast das Verfahren gegen Mando eröffnet, weil du gar nicht anders konntest, obwohl . . . Paß auf, ein neues Signal.

Nein, halt; obwohl? Was wolltest du sagen?

Obwohl die Beweislage gegen eine Verfahrenseröffnung sprach. Aber weil Tanja, deine Frau, in dieser Bürgerinitiative „Rettet den Habichtsforst“ sehr aktiv ist, wolltest du allen Anschein einer . . .

Ach was! Starke sprang auf, ging zum Fenster, sah hinaus.

Graubholz setzte das Horn an, blies: „Jagd vorbei“.

Starke fuhr herum. Herrje, sagte er, also schieß los, du hast doch noch mehr drauf. Sag es mir – aber schnell.

Graubholz lehnte sich im Sessel zurück, klemmte das Horn unter seinen Arm, den Lederriemen, die sogenannte Fessel des Horns, legte er über die Schulter.

Hör zu, sagte er, man will die Verurteilung Mandos. Klipp und klar. Und wenn nicht, bist du dran.

So einfach ist das?

So einfach ist das!

Wie stellt man sich das denn vor? Drei Zeugen vom Güstruphof marschieren Montag auf, und alle sagen aus, daß Mando zur Tatzeit auf dem Güstruphof gewesen ist.

Graubholz trank, nahm das Horn an den Mund, blies den Beginn des kleinen Hallali, so laut, daß die Lampe auf Starkes Schreibtisch vibrierte: C – E – G – C – E: Jagd aus, die Jagd aus!

Also wie? schrie Starke.

Beruhige dich doch, sagte Graubholz, was soll die Aufregung. Diese drei, das sind doch Kumpels von Mando, diese Ökofreaks. Richtige Chaoten. Daß die den Kerl, diesen Mando, bloß schützen wollen, das ist doch leicht zu begreifen. Und jeder von denen hat schon mehrfach mit Polizei und Gerichten zu tun gehabt. Hältst du die wirklich für glaubwürdig?

Das ist nun wirklich eine handfeste Erpressung, sagte Starke, setzte sich wieder, trank sein Glas leer, schüttete noch einmal nach.

Ach wo, sagte Graubholz, man macht bloß einen Vorschlag. Ich meine, diese Leute machen ihn, denen wir wirklich nicht – Günter, ich meine das ganz ernst –, denen wir wirklich nicht gewachsen sind. Einen Vorschlag, den du, wenn du mich fragst, nicht ablehnen solltest.

Und sie machen ihn über dich, ausgerechnet über dich?

Hör mal zu, sagte Graubholz, ach was, komm. „Laß fahren, laß fahren, was früher einmal war“ – kennst du das? Er setzte das Horn an.

Nein, schrie Starke, beruhigte sich aber, als Graubholz das Horn wieder absetzte.

Was du jetzt brauchst, sagte Graubholz, das ist ein Besuch bei Tante Olga in Remdingen. Und da fahr ich dich jetzt hin. Also steh auf und komm. Und später bekommst du von mir eine Akte, aus der du einiges über die Zeugen vom Güstruphof erfahren kannst.

Starke blickte an die Decke, nippte noch einmal am Glas, sprang auf. Na gut, sagte er, fahren wir.

Graubholz stieß noch einmal ins Horn: „Sammeln der Jäger".

Als sie gemeinsam die Treppe hinuntergingen, sagte Graubholz: Die Weiber scheinen ganz verrückt nach diesem Mando zu sein, stimmt das?

Ach wo, sagte Starke, du siehst das aus einer falschen Ecke, wenn du mit „verrückt" etwa Bumsen meinen solltest.

Na, ist ja auch egal, komm los, sagte Graubholz und blies noch in der Halle das schnelle Signal: „Aufbruch zur Jagd".

Zwei Rechtsanwälte in Roben, die Schriftsätze austauschten, fuhren erschrocken herum.

Sie hätten es doch geahnt, womöglich im Unterbewußtsein schon akzeptiert, sagte Erhard Steingrüber, daß die zurückschlagen, während wir in den Ferien sind. Nein, widersprachen die meisten, und am heftigsten seine Frau Griet. Godewin Stöcker tobte regelrecht. Er schritt den Kiesweg in Schurigs Garten, wo man sich, nach ausdrücklichen Versicherungen, die Diebstahlsaffäre nunmehr auf sich beruhen und alle Verdächtigungen fahrenzulassen, versammelt hatte, auf und ab, rief: So nicht! Auf diesen Anschlag müsse man mit gleicher Gewalt reagieren. Massiv. Er jedenfalls schrecke vor nichts mehr zurück, jetzt. Erst mal sämtliche Fensterscheiben im Rathaus zertrümmern, das sei das mindeste. Einer habe sich als Kämpfer gezeigt, Mando. So sei's richtig, und er müsse dem Mann Abbitte leisten. Er habe ihn für einen Narren, ja für einen Gesinnungslumpen und sogar für einen von drüben gehalten. Der zeige nun, wie man zu handeln habe und gegen das korrupte

Gesindel vorgehen müsse; die Brandfackel geworfen, ein weithin leuchtendes Fanal gesetzt ...

Dem widersprach Heinrich Brinkmann, an dessen Seite schweigend und zu ihm aufblickend Griet Steingrübers Mutter saß. Mando habe mit der Brandstiftung nichts zu tun. Die Ökobauern würden das beschwören. Zur Tatzeit sei Mando ...

Godewin Stöcker brach in wütendes Lachen aus. Die, schrie er, die sind doch Pazifisten, allesamt. Daß die jetzt den Schwanz einkneifen, den Mann unter ihre Fittiche nehmen, das zeigt doch ...

Aber nein!

Brinkmann winkte ab, als Harm Schurig ihm das Glas wieder füllen wollte. Aber nein, er, Brinkmann, vermute etwas ganz anderes. Die hätten die Baubaracke nämlich selbst angezündet, die Herren von der anderen Seite, beziehungsweise ihre Helfershelfer.

Der Garten Harm Schurigs war wie alle Gärten im Erlengrund etwas kleiner als die Gärten im Eichenhain, und der Kiesweg, über den Godewin Stöcker hin und her schritt, führte in einem kleinen Rund um die Sessel und Stühle herum, auf denen die Versammelten saßen. Als Stöcker seinen kiesknirschenden Gang ruckartig unterbrach und fauchte, stand er hinter ihnen, und sie drehten ihre Köpfe zu ihm hin. Es war kurz nach Mittag, die Sonne strahlte mal wieder am blauen Himmel dieses Sommers, der schon damals als Jahrhundertsommer bezeichnet wurde. Man hörte in der Stille überlaut die Autobahngeräusche und das Tuten der Nahverkehrsbahn. Die Versammelten schwitzten, obwohl sie im Schatten unter einem zwischen Pfählen gespannten Zeltdach saßen.

Das ist allerdings, stammelte Godewin Stöcker, das wäre allerdings die Höhe der Infamie.

Allerdings, sagte Brinkmann, der als einziger seinen Kopf nicht zu ihm hingedreht hatte. Aber derartige Provokationen gehören zum Arsenal unserer Gegner.

Alle wandten sich nun Brinkmann zu. Das müsse er näher erklären.

Solche Gewaltaktionen sollen die Bevölkerung, die ja in der Mehrheit auf unserer Seite steht, wie wir beim

Fest im Habichtsforst gesehen haben, verstören. Sie soll sich von uns abwenden. Und man kann dann, ohne auf nennenswerte Empörung zu stoßen, mit geballter Polizeikraft gegen uns vorgehen, sollten wir uns noch einmal rühren.

Erhard Steingrüber sagte: Lieber Brinkmann, ist das nicht doch etwas weit hergeholt. Sie und Ihre Leute neigen nun mal dazu, hinter allem eine Verschwörung der, wie Sie sagen, „Gegner" zu vermuten.

Glauben Sie mir, sagte Brinkmann, wer auch immer die Baubude angesteckt hat, es wirkt sich gegen uns aus, so oder so – und deshalb müssen wir sehr schnell etwas unternehmen.

Richtig, rief Godewin Stöcker.

Aber keine Gewaltakte, das verstört die Bevölkerung erst recht, rief Brinkmann, ihn unterbrechend. Nein, man müsse eine gewaltige Manifestation organisieren, die zeige, daß die Spaltungstaktik keinen Erfolg habe.

Brinkmann berichtete dann, wie er und andere, die während der Ferien am Ort geblieben waren, zur Vorbereitung einer solchen massenhaften Manifestation schon gearbeitet, so auf Flugblättern und an Informationsständen im Namen des Bürgerkomitees den Brandanschlag verurteilt und dazu aufgerufen hatten, zu zeigen, daß die gesamte Heiderkämper Bevölkerung „die Politik des herrschenden Blocks" (im Überwachungsbericht rot unterstrichen) verurteile. Es schloß sich eine längere Diskussion darüber an, ob Aktionen dieser Art überhaupt noch einen Zweck hätten, und dabei zeigten sich drei Fraktionen, deren einer Erhard Steingrüber angehörte, der von weiteren Aktionen jeglicher Art abriet. Godewin Stöcker und erstaunlicherweise auch Bernward Bille dagegen vertraten „militantes Vorgehen nach dem von Mando gesetzten Fanal", während die Mehrheit, unter ihnen interessanterweise zu diesem Zeitpunkt auch noch Griet Steingrüber, Brinkmanns Vorschlag zustimmte, der dann auch nach einer Abstimmung als für alle verbindlich angenommen wurde. Man beschloß, schon zum nächsten Wochenende die Demonstration zu veranstalten. Bis dahin gelte es, an Informationsständen und mit Flugblättern die Heiderkämper zu aktivieren.

Konrad Richter, der Public-Relation-Mann und Pressesprecher des Komitees, müsse ran, seine Beziehungen spielen lassen, auch die zum Heiderkämper Tageblatt und zur Illustrierten. Wo ist er überhaupt? fragte jemand.

Noch im Urlaub, sagte Erhard Steingrüber. Wann er zurückkommt, weiß man nicht.

Dann muß man ihn sofort zurückholen, sagte Godewin Stöcker.

Nutzt nichts, sagte Brinkmann. Der wird sowieso nichts mehr für uns tun. Auf den müssen wir verzichten.

Auf Nachfragen erklärte Brinkmann, Konrad Richter – er habe das schon seit einiger Zeit gewußt, es aber zurückgehalten –, Konrad Richter sei in entscheidender Beteiligungshöhe Gesellschafter der Gottfried Richter Hoch- und Tiefbau GmbH, er werde und könne jetzt auch nicht mehr gegen das Geschäftsinteresse dieser – praktisch seiner – Firma handeln, der er persönlich in einer Kungelei mit dem Bürgermeister und anderen Magistratsleuten den Hauptauftrag für den Bau der Zubringertrasse verschafft habe.

Ein „Tumult" sei nach diesen Worten Brinkmanns ausgebrochen, heißt es im Überwachungsbericht, man habe Beweise verlangt, und Brinkmann habe sie in Form von Fotokopien zweier Aktennotizen vorgelegt.

Erhard Steingrüber zeigte sich als einziger nicht überrascht, während seine Frau aufsprang, herumlief und ein über das andere Mal schrie: Das darf doch alles nicht wahr sein!

Harm Schurig, der Gastgeber, der sich schon vorher entfernt hatte, kam dann mit umgebundener Schürze in den Garten, bat die Anwesenden zum kleinen Imbiß. Auf der Terrasse waren zwei Tischtennisplatten zum Essen gedeckt. Da ließ man sich nieder, und während man dem von Harm Schurig zubereiteten Essen mit großem Appetit zusprach – Judith Brinkmann in Postuniform und zwei weitere Mitglieder des Bürgerkomitees „Rettet den Habichtsforst" waren noch gekommen und hatten sich den Tafelnden zugesellt –, wurde die Durchführung der Demonstration zum Wochenende im einzelnen besprochen und die verschiedenen Aufgaben an die einzelnen verteilt. Man müsse unbedingt drei- bis fünftausend auf die Beine bringen, sagte Brinkmann.

Das sei unrealistisch, meinte Erhard Steingrüber dazu, die Leute seien nicht mehr zu motivieren. Das Fest im Habichtsforst haben sie genossen. Dann diese Nacht- und Nebelaktion, der Brandanschlag, die Zerschlagung der Demonstration vor dem Rathaus – das sind Bestätigungen der allgemeinen und landläufigen Auffassung, man könne ja doch nichts machen gegen die da oben. Ja, und im übrigen habe jeder auch seine privaten Sorgen, aber bitte.

Du bist ein Defätist, hat Griet Steingrüber ihrem Mann gesagt, worauf der aufgestanden ist und sich entschuldigt hat; er müsse jetzt wieder zurück ins Geschäft.

Griet Steingrüber ist später heimgegangen. Kai empfing sie mit der Nachricht, Stefanie sei in der Schule ohnmächtig geworden und mit einem Krankenwagen ins Hospital transportiert worden. Sie rief sofort das Krankenhaus an, wurde durchgestellt zu einem Doktor Herder, der erklärte, Stefanie liege auf der Intensivstation. Sie sei vollständig ausgehungert. Ein schwerwiegender Fall. Nein, nicht in dem Sinne, daß Stefanie nicht durchkomme. Da bestünde keine Gefahr im Augenblick. Aber in einem weiteren Sinne. Die Heilung, so seine erste Diagnose, bedürfe einer längeren und ohne jeden Zweifel stationären, und zwar – er bitte sie, das nicht mißzuverstehen – vor allem einer psychotherapeutischen Behandlung. Möglichst in der Universitätsklinik. Aber erst mal hängt sie am Tropf.

Ich komme gleich, sagte Griet Steingrüber, legte den Telefonhörer auf, ging ins Wohnzimmer, goß sich einen Kognak ein, ging auf die Terrasse, setzte sich, trank, sah in den sonnendurchglasten Garten, merkte nicht, wie ihre Mutter hinzutrat, sich in den Sessel neben sie setzte, hörte nicht auf deren Geplauder: Ihr, der Mutter, sei das Erstaunen von ihr, der Tochter, und Erhard, dem Schwiegersohn, aber auch der anderen wohl aufgefallen, das Erstaunen darüber, daß sie, die Mutter, an der Versammlung des Bürgerkomitees in Schurigs Garten teilgenommen habe, und zwar mit ihm – Heinrich Brinkmann. Ja, so sei das nun mal. Aber sehe der nicht blendend aus mit seinem noch vollen weißen Haar? Seit Jahren, im Grunde seit dem Tode ihres Mannes und Griets Vater, habe sie keinen Mann mehr kennengelernt von solcher Ausstrahlung, solcher Energie, aber auch solcher Bereitschaft, auf sie, Griets Mutter, einzugehen. Wenn sie sage, sie verstünden sich, und zwar auch ohne Worte, so meine sie das wortwörtlich. Jawohl, es habe bei ihr und bei ihm „zoom" gemacht, so wie in diesem Schlager der vorhergehenden Saison. Sie, die Mutter, trage sich mit dem Gedanken, und sie bitte sie, die Tochter, das zu begreifen, so schwer es ihr auch vielleicht fallen möge, sie trage sich also mit dem Gedanken, dieser Beziehung eine legale Form zu geben; bitte, sie wisse selbst, daß sie eigentlich aus dem Alter heraus sei, und Heinrich lege eigentlich auch keinen Wert auf Legitimierungen dieser Art, habe eine recht ungebundene Art, und er spreche auch von seiner Frau, oder besser von seinen früheren Frauen, als von „Lebensgefährtinnen"; dennoch, sie möchte wohl diesen Schritt tun, allerdings nicht ohne ihre, der Tochter, Einwilligung. Da sei sie, die Mutter, doch nun mal ein bißchen altmodisch, obwohl natürlich eine solche Zustimmung im gesetzlichen Sinne nicht notwendig wäre. Aber immerhin. Du sagst nichts, Margarete, sieh mal, so ungewöhnlich ist das doch auch wieder nicht, wenn zwei Senioren zum Altar schreiten. Miss Elly und Clayton, beide nicht wesentlich jünger als Heinrich und ich . . .

Griet Steingrüber sprang auf, warf das Glas auf den Rasen, rannte in die Garage.

Erst am nächsten Tag erfuhren sie mehr. Doktor Herder brachte die Steingrübers bis ans Portal. Also, sie sollten sich keine unnötigen Sorgen machen. In der nächsten Woche schon könne Stefanie in die Universitätsklinik überführt werden. Er habe dafür gesorgt, daß ein Platz freigemacht werde in der Abteilung von Professor Müller-Holthusen, den er gut kenne und der ihm noch einen Gefallen schulde. Müller-Holthusen habe beste Heilerfolge erzielt in Fällen von Anorexia Nervosa. Gerade auch bei Kindern aus Familien wie der Steingrüberschen. Wie gesagt, ein Irrtum, zu meinen, Magersucht sei eine Erscheinung in den Unterklassen. Nein, das käme in den besten Familien vor, ja, zunehmend gerade dort, wo Bildung, Privilegien und luxuriöse häusliche Umstände vorherrschten, fänden sich die jungen, meist weiblichen anorektischen Patienten zwischen zwölf und fünfzehn Jahren. Er empfehle übrigens, gleich mal in Müller-Holthusens Werklein „Mager- und Freßsucht", erschienen in der populärwissenschaftlichen Reihe „Krankheiten unserer Zeit", zu blättern. Müller-Holthusen, würden sie da lesen, sehe die Magersucht im Zusammenhang abnormer Muster familiärer Interaktion. Schlichter ausgedrückt, im Konnex mit Familienproblemen, deren Lösung zur erfolgreichen Behandlung der Krankheit Voraussetzung sei, was sich oft schwierig gestalte, weil diese Probleme häufig nicht, und in den Familien Steingrüberscher Art schon gar nicht, als offene Konflikte aufträten, im Gegenteil, auf starken persönlichen Bindungen beruhend, zu überintensiven Entwicklungen führten, und zwar in der Regel dergestalt, daß der anorektische Patient seinen Hungerstreik gewissermaßen als Machtkampf in einer Art heroischer Askese mit dem Risiko der Selbstvernichtung betreibe. Zur Schlichtung und späteren Aufhebung nun dieses Machtkampfes, der eine besondere Variante im Steingrüberschen Fall noch dadurch erhalte, daß Stefanies Vater ausgerechnet und an hervorragender Stelle in einem Nahrungsmittelkonzern beschäftigt sei, müsse daher nach Müller-Holthusen die Klärung der Familienprobleme ein Bestandteil der Therapie sein, und das heißt: Sie, die Familie Steingrüber, und zwar alle Mitglieder, werden in den therapeutischen Prozeß mit einbezogen werden. Verstehen Sie? Aber das ist ja heute längst nicht mehr ehrenrührig. Das Ganze wird natürlich seine Zeit dauern; ein Jahr wenigstens. Aber wie gesagt, es wird schon werden. Bei Müller-Holthusen sind Sie jedenfalls in den besten Händen.

Steingrübers hatten das Auto auf dem Parkplatz vor dem Hospital geparkt. Ich soll dich also wirklich zur Universitätsklinik fahren? fragte Erhard Steingrüber.

Griet nickte.

Ich frage mich, was dabei herauskommen soll. Dieser

Müller-Holthusen wird im Zweifel genauso ein Schwätzer sein wie dieser Herder. Ich bin dafür, daß wir Stefanie nach Hause holen. Da hat sie doch die beste Pflege.

Sie fuhren vom Parkplatz, kamen am Rathaus vorbei.

Du und deine Mutter. Es wäre doch gelacht, wenn ihr beide das nicht in den Griff bekommen solltet. Ich frage mich – er bog in die B 4 ein und fuhr in Richtung Remdingen –, ich frage mich immer wieder, warum wir das nicht alles vorher bemerkt haben. Ihr beiden vor allem. Deine Mutter und du. Herrgott – ich bin doch den ganzen Tag nicht im Haus. Schnall dich bitte an. In den Ferien beim Segeln habe ich Stefanie direkt mal darauf angesprochen: Sag mal, du ißt ja kaum. Da hat sie gelacht. Aber Vati, ich kriege doch genug, hat sie gesagt. Sieh mal da, eine Kuh auf der Fahrbahn. Das darf doch wohl nicht wahr sein. Also, na, der Bauer kann sie kaum halten. Ob er sie zur Schlachtbank führt? Bist du angeschnallt? Schnall dich doch an. Also, daß ich mich da bei diesem Müller-Holthusen auf die Couch lege, kommt natürlich nicht in Frage. Das fehlt auch noch. Dazu habe ich keine Zeit. Ganz abgesehen davon, daß ich mich nicht ... Was meinst du? Oder ob es doch was bringt? Ach was, das ist doch Scharlatanerie. Wenn ich so was höre: Machtkampf. Abnorme Muster familiärer Interaktion. Ich will dir mal was sagen. Schuld an dieser ganzen Hungerei ist im Grunde diese grauenhafte Werbung, die den Leuten Tag für Tag einhämmert, nur wenn man schlank sei, habe man Erfolg, werde geliebt und geachtet. Guck dir doch die Bilder im Fernsehen an, oder da, sieh mal, das Plakat, jawohl – überall stößt man ja darauf. Da, neben der Omnibushaltestelle. Dieses langbeinige Weib im Bikini mit diesem Äpfelchenhintern, das da einen Joghurt löffelt. Überall und ständig und im Fernsehen vor allem. Das macht die Kinder verrückt. Gerade so eine wie unsere Stefanie, die doch ... Ich verstehe und verstehe das nicht. Mit dem Risiko der Selbstvernichtung. Und ich kündige womöglich bei der Firma mit dem Grund, meine Tochter hungert sich zu Tode, solange ich weiter an hervorragender Stelle in einem Nahrungsmittelkonzern sitze. Das ist ein Machtkampf, Herr Glaupel, den ich nicht gewinnen darf, verstehen

Sie? – Bitte, daran siehst du, welcher Unsinn das ist. Aber gut, wenn es hilft, lasse ich mich sogar von diesem Müller-Holthusen auseinandernehmen. Es geht mir zwar contre cœur, aber unversucht sollten wir nichts lassen. Hörst du diese merkwürdigen Geräusche beim Schalten und Kuppeln? Der Wagen muß unbedingt in die Inspektion. Jetzt halt dich fest, den überhole ich. Du solltest dich wirklich anschnallen. Stell dir vor, man hätte mich nach Nairobi versetzt, jetzt, wo Stefanie krank ist. Gar nicht auszudenken! Du siehst das hoffentlich jetzt auch anders. Mein Gott – laß dir das doch endlich mal erklären! Was sollte ich denn tun? Wolltest du etwa dahin? Nach Nairobi? Hätte ich allein die Sachen packen sollen? Und dann alle halbe Jahre zu euch nach Heiderkamp jetten? Oder die ganze Familie da runter? Mit Stefanie etwa? Nein, nein, ich bin froh, daß es so gelaufen ist, und du solltest auch froh sein. Und glaube mir, es gab nur die Alternative: Kreienschlag oder ich. Sie hätten mich geschickt, ohne Zweifel. Ich bin der einzige, der noch nicht auf Außenstation in den Tropen gewesen ist. Und drüben hat man gedrängt. Speacebaker ist extra deswegen herübergekommen. Die wollten alle, daß ich verschwinde nach Nairobi. Dieses Illustriertenfoto, da, wo ich im Habichtsforst stehe, das hat die drüben ziemlich gestört. Nur Glaupel war sich nicht sicher. Herrgott, was meinst du eigentlich, was da läuft? Jeder will jeden jeden Tag ausschalten. Ich habe dir das hundertmal schon erklärt. Mit allen Tricks. Jawohl, allen Tricks. Über Leichen geht da jeder. Hauenhain will mich schmeißen, die Duda den Hauenhain, der Schnabel die Duda, und Hauenhain hat Material gegen mich gesammelt, nicht nur, was die mißlungene Push-Phase angeht. Der wird der schärfste Gegner sein in der nächsten Zeit. Und soll ich dir mal erzählen, wie sie mit Weißkopp, diesem liebenswürdigen Weißkopp, der dir so gefiel, umgegangen sind, wie Schröder den in die Pfanne gehauen hat? Mitschnitt seiner Privatgespräche zum Beispiel. Du kannst dir ja dieses Catch-as-catch-can überhaupt nicht vorstellen. Kreienschlag stand übrigens sowieso schon auf der Abschußliste. Den hätte man in jedem Fall gekippt. Aber ich wäre vorher in Nairobi mit

Malaria oder was weiß ich herumgelaufen. Und ihr da unten in den Tropen. Deine Mutter zum Beispiel hätten wir nicht mitnehmen können. Die hätte das in keinem Fall ausgehalten. Von Stefanie in ihrem Zustand jetzt ganz zu schweigen. Und selbst, wenn wir das mit Stefanie vorher gewußt hätten, das hätte die bei uns überhaupt nicht interessiert. Mitleidslos – und das ist noch ein beschönigendes Wort. Stell dir vor, ich hätte gesagt: Meine Tochter leidet an Magersucht. Ich darf jetzt nicht versetzt werden, und in die Tropen schon gar nicht. Die hätten doch nur die Schultern gezuckt und gegrinst. Familienprobleme – wenn man die nicht mal in den Griff kriegt. Nein, das ist nicht unverzeihlich, daß ich Glaupel von der Liaison Kreienschlags mit Helen Calmerten erzählt habe. Das ist . . . Und sieh mal, von allem anderen jetzt mal abgesehen, hältst du denn dieses kaputte Verhältnis zwischen den beiden für richtig? Immerhin ist Helen deine Freundin. Die hat doch nun wirklich nicht so etwas verdient. Einen sadistisch veranlagten Liebhaber, der sie vertrimmt, nur um seinen Orgasmus – Ja, so ist es doch, das ist doch die ganze Wahrheit, bitte, vielleicht ist das auch, ich sage bewußt auch, auch eine Rechtfertigung dafür, daß ich dem Glaupel von den merkwürdigen Praktiken Kreienschlags bei seinem Zusammensein mit Helen berichtet habe. Gut – du hast es mir im Vertrauen erzählt, aber ehrlich, wolltest du denn wirklich, daß ich schweige? Hast du denn nicht tief im Innern, im Unterbewußtsein vielleicht, doch gewollt, daß dieses Verhältnis aufhört und hast mir deswegen alles erzählt? Ahnend, daß ich das schon in die Hand nehmen würde? Ich glaube nicht, daß du so unschuldig bist, wie du jetzt tust. Und du wußtest auch, daß die Nairobisache anstand. Und zwar ganz klar und alternativ: Ich oder Kreienschlag. Nun, ich sage nicht, du hättest das eingefädelt. Um Gottes willen, nein. Doch mit daran gedreht hast du unbewußt, bitte, so was passiert uns doch allen tagtäglich. Ich habe dich genau beobachtet gestern abend bei Glaupel, als der die Sprache darauf brachte, das Verhältnis Kreienschlag/Calmerten ansprach und du dadurch erfuhrst, daß ich nicht geschwiegen hatte. Du hast irgendwie befreit, jawohl, befreit hast du ausgesehen. Ich sage ja nicht – bitte – du hättest es auch so gewollt. Nein, Herrgott noch mal, und daß ... daß Glaupel eben diesen religiösen Tick hat und für ihn solche Verhältnisse wie die zwischen Kreienschlag und Helen schlimm sind – gut, das hat dann eben den Ausschlag gegeben. Und ich habe empfunden, daß dir das zumindest nicht unrecht war, und daß Glaupel – im Grunde ist das ja lachhaft –, daß Glaupel die Ehe dadurch retten will, daß er Kreienschlag und seine Frau nach Nairobi schickt. So ist's nun gelaufen. Aber bitte, wenn du meinst, ich sei deswegen der Lump, gut, wenn's dir hilft. Und bleib meinetwegen auch bei deinem Glauben, ich hätte im Bürgerkomitee von Anfang an nur deshalb mitgemacht, weil ich mir bei Glaupel, diesem Umweltfreak, wie er sich selbst nennt, mehrere Pluspunkte hätte holen wollen, bitte. Ich sage dir aber, das stimmt ganz und gar nicht. So, hier müssen wir links ab zur Universitätsklinik. Sieh mal den Lastwagen, unglaublich, unglaublich. Also, ob du es mir glaubst oder nicht, ich habe genauso dahintergestanden wie du in der Habichtsforstsache. Aber jetzt, wo alles anders gelaufen ist – mein Gott, wie kann man nur so verbohrt sein. Man muß doch begreifen, wenn eine Sache verloren ist und man sich nur noch zum Narren macht, indem man sie weiter vertritt; vom Schaden, den man sich selbst dadurch zufügt, ganz zu schweigen. Und dieser Brinkmann, daß das keiner begreifen will, dieser Brinkmann, der führt doch was ganz anderes im Schilde. Das ist doch schließlich auch bekannt. Der will, was er immer gewollt hat, nämlich die Verhältnisse umkrempeln. Und da hört's bei mir sowieso auf. Und du hast ja auch gehört, was Glaupel davon hält, und da hat aus ihm nicht nur Glaupel gesprochen. Da kannst du Gift drauf nehmen. Das war die Stimme von oben, glasklar, hart und unerbittlich. Verdammt noch mal, ich werde mir doch jetzt nicht alles vermasseln lassen. Hör mal, was du tust, bitte, ich kann dich ja wohl nicht davon abhalten weiterzumachen. Du hast dich ja auch mehr als engagiert darüber bei Glaupel geäußert. Und der hat's nicht mal ungern gehört. Der mag engagierte Frauen, jedenfalls in diesen Umweltfragen. Das läßt man durchgehen, wenn die Frau so ein bißchen, na ja, radikal ist in solchen im Grunde ja harmlosen Angelegenheiten. Das ist nicht zynisch von mir, überhaupt nicht. Das ist Sache, realistisch eingeschätzt. Und ganz richtig und realistisch ist auch, daß wir deiner Mutter diesen verrückten Heiratsplan ausreden müssen. Schwiegersohn Heinrich Brinkmann! Das fehlt gerade noch. Hauenhain würde Luftsprünge machen vor Freude. So, da sind wir. Willst du ihm gleich sagen, diesem Müller-Holthusen, daß wir bereit sind mitzumachen, wenn's nötig ist? Oder erst mal . . .? Hör doch erst mal an, was er so sagt. Das Wichtigste ist jetzt Stefanie. Daß sie wieder gesund wird. Hier, deine Tasche, Liebes, nun lauf doch nicht einfach so weg . . .

17

Mando fütterte die Amsel, die morgens zwischen den Gitterstäben hindurch durchs offene Fenster auf seinen Tisch geflogen kam, erzählte ihr, die mit ihrem gelben Schnabel Krumen aus seiner Hand pickte, von den Vögeln in der Stube über dem Pferdestall auf dem Güstruphof. Die beiden Schwalben, erzählte er ihr, Alpha und Beta, die seien unermüdlich im Einsatz, fütterten ihre drei Jungen im Nest unterm Balken. Keine sei länger als zehn Minuten fort von den Jungen. Daran solle sie, die Amsel, die er Gretel nannte, sich ein Beispiel nehmen.

Wachtmeister Woller kam herein. Mach dich fertig, Vogelmensch, sagte er, in fünf Minuten geht's los. Du hast ein ausverkauftes Haus. Es gibt keinen freien Platz mehr im Gerichtssaal, schreibt das Heiderkämper Tageblatt.

Mando nahm die Amsel in beide Hände, brachte sie zum Fenster, setzte sie zwischen die Gitterstäbe. Flieg los, sagte er, morgen zum Frühstück sehen wir uns wieder.

Na, sagte Woller, du bist aber pessimistisch. Die lassen dich heute frei, paß auf. Du holst nur noch deine Sachen hier, und dann ab, in die Freiheit. Wo soll's denn hin?

Mando zog seine Jacke an. Morgen früh sehen wir uns

wieder, sagte er, laß das Fenster offen. Meine Vögel dürfen sich nicht erschrecken.

Tu ich, sagte Woller. Also, los.

Auf dem Gang standen Kurt und Hansjürgen. Kurt schenkte ihm eine Zigarre, Hansjürgen eine Tüte Bonbons.

Mach's gut, Junge, sagte Kurt, und grüß mir das ganze Land. Denk an uns, wenn du draußen bist und die Freiheit in vollen Zügen genießt.

Hansjürgen drückte ihm lange die Hand. Kopf hoch, sagte er, heute ist dein großer Tag.

Als Mando und Woller die Treppe hinunterschritten, kam Kalfaktor Freddy hinter ihnen hergerannt, außer Atem. Mando, stammelte er, vergiß mich nicht. Er umarmte Mando und gab ihm eine Rose. Von Tasso, dem Pollack, soll ich dich grüßen, sagte Freddy, und von vielen anderen auch.

Mando fuhr Freddy übers Haar. Halt aus, sagte er, und denk daran, was ich dir immer gesagt habe. Drinnen ist es nicht schlimmer als draußen.

Freddy nickte, wischte sich die Tränen aus dem Gesicht, winkte hinter den beiden, Mando und Woller, her.

Im Häftlingstransporter saßen Günter, ein Bankräuber, und Elmar, der Schuldenkönig, wie sie ihn nannten. Beide hatten am gleichen Tag ihre Berufungsverhandlungen vor der Strafkammer des Landgerichts.

Aber erst bringen sie dich nach Heiderkamp, sagte Günter.

Mando schenkte Günter die Zigarre.

Die rauche ich nach der Verhandlung, sagte Günter, draußen. Meine Chancen stehen bestens, meint mein Anwalt.

Elmar lachte. Hoffentlich bringen sie mich zurück, sagte er. Besser als drinnen kann's mir draußen gar nicht gehen. Drinnen habe ich wenigstens Arbeit.

Aus den Fenstern des Häftlingstransporters konnte man hinaus, aber nicht hereinsehen. Kornfelder lagen rechts und links der Landstraße. Goldgelb leuchteten sie in der Morgensonne. Auf den Weiden stand und lag das Vieh. Hinter einem Knick zog ein Trupp Männer einen Wassergraben, und vor einem Hof, an einer Kreuzung, wo der Transporter einen Augenblick anhielt, standen zwei Frauen, redeten miteinander. Beide hielten Eimer in ihren Händen.

Der könnte ich so untern Rock greifen, sagte Elmar, machte eine kneifende Handbewegung.

Günter roch an seiner Zigarre. Guckt mal, sagte er, schnell, die eine hat keinen Schlüpfer an, da, die Sonne scheint durchs Kleid.

Der Transporter fuhr wieder an. Sie kamen durch ein Dorf, mußten hinter einem Lastwagen anhalten, und sie konnten in einen Bäckerladen sehen, wo die Verkäuferin Brötchen in eine Tüte zählte, die Tüte einem Kind über die Theke hinweg reichte, dem Kind das Geld aus der Hand nahm und es zählte. Der Postbote kam in den Laden, legte Briefe und Zeitungen auf die Theke, lachte und redete mit der Frau, die einen weißen Kittel trug und kurzes, gelocktes rotes Haar hatte.

Ich darf so was gar nicht sehen, sagte Günter, sonst heule ich die ganze Nacht.

In Heiderkamp hielten sie an der Kirche. Ein paar Leute kamen heraus, hinter ihnen der Pfarrer. Er trug eine Halskrause überm schwarzen Talar. Guck dir den Pfaffen an, sagte Günter, weißt du, was so einer verdient für sein Gequatsche und daß er die Leute verarscht?

Glaubt ihr an Gott? fragte Mando.

Natürlich, sagten beide wie aus einem Mund. Mando sah die beiden an, Günter, den schmächtigen Jungen, gerade zweiundzwanzig Jahre alt, der einen Schnauzbart trug, aber kaum noch Haare auf dem Kopf hatte, und Elmar, den Riesen mit blondem Kraushaar und Schweinsäuglein. Natürlich glaubten sie beide nicht an Gott, aber es war vorteilhafter, drinnen so zu tun, als sei man gläubig. Und wer weiß, ob die beiden Wachtmeister im Fahrerhaus nicht mithörten, was hinten im Transporter gesprochen wurde. Zur Strategie des Nullsummenspiels gehörte überall die Verstellung, die auch dann durchgehalten wurde, wenn die Mitspieler sie längst durchschaut hatten und ihre Züge danach einrichteten. Darauf, daß sie ruhig ihre wahren Gedanken und Absichten untereinander äußern konnten, weil sich sowieso eins gegen das andere aufhob, kamen sie aber nicht. Möglicherweise kannten sie aber ihre sogenannten wahren Absichten überhaupt nicht mehr, außer der einen, zu gewinnen, und glaubten daher an nichts oder alles, was ja wieder auf das gleiche hinausläuft, und das war vermutlich der eigentliche Sinn des Spiels.

Mando lachte. Hopfen und Malz ist verloren, sagte er.

Die beiden schüttelten die Köpfe. Wie du mal wieder redest, sagte Elmar.

Ihr werdet's schon schaffen, sagte Mando. Der Wagen hielt, die Tür wurde aufgeschlossen.

Mando, komm raus! sagte der beifahrende Wachtmeister, wir sind angekommen.

Mando gab beiden die Hand. Ihr werdet's schon schaffen, wiederholte er.

Im Anwaltszimmer, in das er geführt wurde, saß Peter Walizki, blätterte in seiner Handakte. Er sprang auf, reichte Mando beide Hände und sagte: Da bist du ja endlich. In fünf Minuten wird unsere Sache aufgerufen.

Er zündete sich eine Zigarette an, schritt im Zimmer auf und ab. Das Alibi steht, sagte er. Unsere Zeugen werden genau das aussagen, was sie vor der Polizei zu Protokoll gegeben haben. Insofern ist alles in Ordnung. Aber eins!

Er blieb vor Mando stehen. Du solltest jetzt endlich reden, vor allem auch deine Identität lüften. Sie halten dich, selbst wenn du wegen der Brandstiftungssache freigesprochen wirst, noch fest, solange sie nicht wissen, wer du wirklich bist. Du kommst wieder in den Knast.

Ist doch nicht schlimm, sagte Mando.

Walizki fuhr sich übers Gesicht. Verdammt noch mal, sagte er. Mando, du schadest dir doch selbst, wenn du weiter schweigst, aber nicht nur dir, sondern auch unseren gemeinsamen Aktionen und darüber hinaus auch künftigen Initiativen; und du schadest auch den einzelnen Mitgliedern des Komitees. Ihr Ruf als unabhängige Bürger wird geschädigt. In Gerüchten, und nicht mehr nur in Gerüchten, wirst du als Agent eines Überwachungsdienstes, möglicherweise sogar einer fremden Macht, bezeichnet und die Mitglieder des Komitees als fremdbestimmte, ferngesteuerte Personen, ja, als Handlanger. Hier – er zog aus seinem Aktenkoffer Zeitungsausschnitte, reichte sie Mando hin –, hier könne er lesen, was man so alles in Umlauf setze, um über seine, Mandos, ungeklärte Identität die Mitglieder des Bürgerkomitees zu diskreditieren.

Mando sah sich die Zeitungsausschnitte nicht an. Sollen sie doch reden und schreiben, was sie wollen. Wir wissen's doch besser, sagte er.

Darauf käme es aber nicht an, verdammt noch mal, schrie Walizki, beruhigte sich aber wieder: Mando, mit der öffentlichen Meinung muß man rechnen.

Was glaubst du denn? fragte Mando.

Das sei doch ganz gleichgültig, verdammt noch mal, schrie Walizki wieder.

Der Wachtmeister öffnete die Tür zum Anwaltszimmer. Ist was nicht in Ordnung?

Doch, doch, sagte Walizki, wir kommen gleich.

Ich rufe die Sache jetzt auf, sagte der Wachtmeister.

Mando, sagte Walizki, du bist doch kein Agent. Wir alle wissen es – und die anderen im Grunde auch. Aber sie können, solange du schweigst . . .

Was machst du dir nur für komplizierte Gedanken, sagte Mando. Ich bin und komme von überall her und gehe überall hin – ganz einfach. Erzähl es ihnen so.

Wie du willst. Walizki schlug seinen Aktenkoffer zu. Komm jetzt, sagte er, es ist soweit.

Ja, sagte Mando, packen wir's an.

Das Sitzungsprotokoll des dritten Verhandlungstages gegen Mando „wegen Brandstiftung pp." beginnt: „Nach Aufruf der Sache ließ der Vorsitzende den überfüllten Zuhörerraum räumen und eröffnete die Sitzung erst, nachdem ausschließlich Karteninhaber eingelassen worden waren. Es wurde in der Beweisaufnahme fortgefahren, der Angeklagte noch einmal aufgefordert, Aussagen zur Person zu machen. Der Angeklagte erklärte: Nimm mich, wie ich bin. Daraufhin wurde die Zeugin Maria Bredenscheid, 35, wohnhaft Heiderkamp, Güstruphof, aufgerufen".

Mando hatte lächelnd zugesehen, wie zwei Wachtmeister die Zuschauer hinauswiesen, dann nacheinander die einzelnen nach Vorweisung ihrer Eintrittskarten wieder hereinließen. Viele aus dem Bürgerkomitee kamen herein, als eine der letzten Griet Steingrüber. Sie setzte sich auf einen Platz in der hinteren Reihe, gleich neben dem Ausgang. Er winkte ihr zu, sie winkte aber nicht zurück.

Wegen Harm Schurig gab es noch eine kurze Beratung zwischen Vorsitzendem, Rechtsanwalt und Staatsanwalt. Er durfte im Zuschauerraum bleiben, nachdem, laut Protokoll, „auf seine weitere Zeugenschaft allseitig verzichtet worden war".

Als der Vorsitzende Günter Starke ihn fragte: Also, Mando, nun wollen wir endlich doch wissen: Wer sind Sie nun eigentlich? Erklären Sie sich, Sie schaden sich sonst nur selbst. So reden Sie; und Walizki ihm zuflüsterte: Also, die letzte Chance, Mando, los, da wollte er aufstehen und dieses neue Lied der neuen Saison anstimmen:

Ich bin der Sternenhändler
vom Nebel Dromedar
und heiße Adebar
vierhundertzwo.

Er suchte Griet Steingrübers Blick. Sie sah ihn an mit einer so hilflosen Erwartung, daß er sich – er hatte sich schon erhoben – wieder setzte und zu Griet Steingrüber hin den im Protokoll vermerkten Satz sprach.

Auf das Raunen und leise Lachen im Saal reagierte Günter Starke explosiv. Er lasse unverzüglich wieder räumen, rief er, wenn nicht ab sofort jegliche Äußerung von dorther – er fixierte die Anwesenden auf Bänken und Stühlen im Zuschauerraum – unterbleibe. Das ist hier keine kabarettistische Vorstellung, sagte er. Herr Rechtsanwalt, ich bitte Sie, Ihren Mandanten darüber aufzuklären.

Walizki sprang auf und sagte erregt, diese Zurechtweisung weise er zurück. Er habe eindringlich und lange mit dem Angeklagten gesprochen und ihm dringend geraten zu reden und seine Identität zu lüften. Wenn er sich nun weigere, so müsse man das akzeptieren. Noch, rief er, noch darf in diesem Land ein Angeklagter reden oder schweigen, wie es ihm beliebt, ohne daß ihm daraus in der Sache selbst ein Schaden entstehen darf! Und was die Diktion meines Mandanten betrifft, so ist sie nun einmal eigenartig. Er, Walizki, versichere jedenfalls ausdrücklich, daß damit dieses Gericht auf keinen Fall der Lächerlichkeit preisgegeben werden solle. Das wurde ins Protokoll aufgenommen, und dann betrat Maria den Gerichtssaal.

Sie trug einen blendend weißen Overall. Ihr langes, krauses weizenblondes Haar hing weit über ihre Schultern. „Der Eindruck einer Lichtgestalt", schrieb das Heiderkämper Tageblatt, „den die Anführerin der Ökobauern vom Güstruphof zweifellos erwecken wollte, stand in krassem Gegensatz zur forschen Frechheit ihres Betragens."

Als Starke sie, wie es im Protokoll heißt, „belehrt" hatte und dann zur Person befragte: Maria Bredenscheid, 34 Jahre alt, ohne Beruf, stimmt das? – da brach Maria in ein prasselndes Gelächter aus.

Sie solle Heiterkeitsausbrüche gefälligst unterdrücken, fuhr Starke sie an, und klar und deutlich erklären, was an den Angaben zur Person, die er ihr vorgehalten habe, stimme und was nicht.

Erstens sei sie 35 Jahre alt, sagte Maria, und ihr Beruf sei Bäuerin.

Also gut, Bäuerin, 35 Jahre, sagte Starke zur Protokollführerin hin, korrigieren Sie das.

Zur fraglichen Zeit – Starke las Datum und Uhrzeit des Baubudenbrands aus den Akten –, so haben Sie vor der Polizei ausgesagt, sei der Angeklagte bei Ihnen auf dem Güstruphof gewesen. Stimmt das?

Die Sonne schien in den Gerichtssaal. Marias Haare strahlten förmlich. Ein Fenster war geöffnet, und man hörte gedämpften Straßenlärm. Mando saß zurückgelehnt auf seinem Stuhl, hatte die Ohrenklappen seiner Mütze hochgeschlagen und betrachtete Maria. Die Kraft, die von ihr ausging, kannte er nur zu gut, kannte auch deren Quelle, und er bemerkte, wie alle im Saal diese Kraft fühlten. Er hätte sie sichtbar machen können durch einen rötlichen Strahlenkranz von Kopf bis Fuß der großen, fülligen Frau.

Ja, sagte Maria, das stimmt, Mando war bei uns.

Wo?

In der Küche.

Waren Sie auch in der Küche?

Nein.

Woher sie dann wissen wolle, daß der Angeklagte Mando sich in der Küche aufgehalten habe, fragte Starke.

Sie habe, in ihrem Zimmer liegend, die Stimmen unten gehört, auch Mandos Stimme, sagte Maria.

Um diese Zeit also, es war eine Viertelstunde nach Mitternacht, haben Sie wachgelegen und gehorcht?

Exakt. Und Mandos Stimme kenne ich gut. Außerdem haben Alfons und Udo mir am Morgen beim Frühstück, an dem auch Mando teilnahm, erzählt, daß sie die ganze Nacht hindurch mit Mando in der Küche gesessen und diskutiert haben.

Sie haben Mando also nicht gesehen in der Nacht?

Hören genügt, sagte Maria.

Wo denn ihr Zimmer läge, von dem aus sie so genau Mandos Stimme gehört haben wolle. Direkt neben der Küche? fragte Starke.

Nein, aber man hört durch Wände und Decken hindurch fast überall, was in der Küche gesprochen wird, auch in meinem Zimmer über der Tenne, sagte Maria.

Und was hat man geredet?

Herrgott noch mal, sagte Maria, das spielt doch nun wirklich keine Rolle. Ich habe Mandos Stimme deutlich genug gehört. Genügt das nicht?

Nein, sagte Starke.

Sagen Sie mal – Maria kam einige Schritte näher zum Richtertisch –, wollen Sie mich hier verarschen?

Das Protokoll vermerkt an dieser Stelle, daß nach eindringlicher Ermahnung der Zuschauer, Ruhe zu halten, die Zeugin zu einer Geldstrafe wegen Ungebühr verurteilt worden und die sich Sträubende und laut das Gericht Beschimpfende von zwei Wachtmeistern hinausgeführt worden sei.

Mando war aufgesprungen, wollte hinter ihr her, aber Walizki zog ihn auf den Stuhl zurück.

Von draußen hörte man den Sirenenton eines Martinshorns, ein zweites Martinshorn kam hinzu, und dann wurden die Sirenen so laut, daß man kein Wort mehr verstand. Als sie in der Ferne – Richtung Autobahn – leise verjaulten, sagte Starke: Herr Rechtsanwalt, ich hoffe, daß Ihr nächster Zeuge die Würde des Gerichts zu wahren weiß.

Das seien nicht *seine* Zeugen, rief Walizki, noch, noch, noch sei man vor einem Gericht dieses Landes, auch wenn unzählige Serien im Fernsehen über Gerichtsverfahren in den Staaten jenseits des Atlantiks suggerierten …

Aber Herr Rechtsanwalt, das gehört doch nun wirklich nicht hierher, sagte Starke. Doch wenn Sie wollen, gut, es sind nicht Ihre Zeugen, ich nehme das zurück. Selbstverständlich kennt unser Strafprozeßrecht so etwas wie Parteizeugen nicht. So hat auch die Staatsanwaltschaft – Starke sah zu dem nickenden Marquard, dem Staatsanwalt, hinüber – die Pflicht, den Angeklagten entlastende Umstände zu berücksichtigen, und so ist auch gerichtsverunglimpfendes Benehmen von Zeugen keinem anderen als dem Zeugen selbst anzulasten.

Starke sah zur Protokollführerin hin. Nehmen Sie meinen erklärenden Hinweis ebenso zu Protokoll wie den Einwurf des Rechtsanwalts, sagte er, und zu Walizki hin: Nur zwecks Revisionsabsicherung, Sie verstehen.

Beide lächelten sich an. Staatsanwalt Marquard lächelte und nickte wieder. Auch Mando lächelte. Dieses Nichteingeweihten undurchschaubare Fintieren gehörte zum Spiel. Sie genossen es förmlich. Da sich übrigens in den letzten Dekaden der unmittelbaren Vorgeschichte immer mehr Menschen auf immer mehr Fachgebieten sachkundig zu machen suchten, klügelten immer mehr eingeweihte Spielleiter, um ihren Wissensvorsprung zu halten, immer mehr fachterminologisch zugespitzte Spezialregeln mit eingebauten Finten aus, was allerdings, wie man heute weiß, die totale Spielzertrümmerung nicht aufgehalten, sondern eher noch schneller herbeigeführt hat.

Griet Steingrüber hatte ihr Jackett ausgezogen und auf die Knie gelegt. Manchmal, verstohlen sozusagen, blickte sie zu Mando hinüber, sah aber sofort wieder vor sich hin oder blickte geradeaus zum Richtertisch, wenn Mando ihr zunickte. Amtsgerichtsdirektor Graubholz saß in der vordersten Reihe, vorn auf dem ersten Platz. Er war, nachdem man Maria, „zeternd und um sich schlagend“ laut Heiderkämper Tageblatt, abgeführt hatte, hinausgegangen, aber gleich wieder hereingekommen, hatte erstaunt aufgeschaut, als Günter Starke sagte: Entweder raus oder rein. Das gilt für jeden hier. Auch für Sie.

Auf einem der hinteren Plätze saß der anonyme Prozeßbeobachter, machte sich, für alle sichtbar, Notizen, hatte gegrinst über die Schelte des Vorsitzenden. Seine anfänglichen Bedenken, in der Angelegenheit zu aktiv geworden zu sein, hatte er fallenlassen. Ganz sicher war er sich aber immer noch nicht. Tun Sie, was Sie für richtig halten, hatte ihm Blausberg gesagt, der verschlagene Hund. Nicht auszuschließen war, daß der ihn auflaufen lassen wollte. Eine klare Linie in dieser Sache war jedenfalls noch nicht zu erkennen. Vermutlich gab man ihm freies Schußfeld, um zu testen, wie er solche Angelegenheiten erledigte. Also mußte er feuern, und er hatte es getan. Aber daß Leute wie Graubholz so leicht zu beeinflussen waren, hätte er nicht gedacht. Grotesk dessen Vorstellung über Macht und Einfluß des Dienstes, auf dessen Stufenleiter er, der anonyme Prozeßbeobachter, das zweite Drittel gerade zu besteigen sich anschickte. Wenn die wüßten! Er sah auf die Uhr. Womöglich konnte die Beweisaufnahme noch vor Mittag abgeschlossen und das Urteil am späten Nachmittag verkündet werden. Es lief bis jetzt ganz gut, und schon als Doktor Alfons Stratmann, der nächste Zeuge, eintrat in diesem längst aus der Mode gekommenen Anzug mit der längst aus der Mode gekommenen Krawatte, mit diesem kurzen Trippelschritt, wie der die Brille abnahm, sie putzte, leicht vorgebeugt die Belehrung des Vorsitzenden anhörte, „die Wahrheit zu sagen und nichts zu verschweigen“, wie er dessen Aufforderung, näher zu treten, gleich und mit kurzem Trippelschritt nachkam, da wußte der anonyme Prozeßbeobachter, daß es auch mit diesem Zeugen leichtes Spiel war, vorausgesetzt, Starke würde nicht doch noch umfallen. Blausberg gegenüber hatte er den Vorsitzenden des Schöffengerichts als einen dieser neuen sentimentalen Robenträger geschildert, die vor lauter sogenannter Betroffenheit gegen ihr eigenes Interesse entscheiden könnten.

Harm Schurig saß neben Bernward Bille. Er hatte bei der Vernehmung Marias geflüstert: Verstehen Sie das? Die wollen den Mando doch fertigmachen.

Bernward Bille hatte die Schultern gezuckt. Jetzt, beim Eintritt von Doktor Alfons Stratmann, flüsterte er Harm Schurig zu: Der wird's bringen. Den kenn ich. Seriöser Mann.

Aber auch Mando wußte, daß Alfons, der Unbärtige, dem nicht gewachsen war, was sie hier „die Wahrheitsfindung" nannten. Als sie an jenem Abend auf der Tränke an der Viehkoppel gesessen, in den hinterm Bruch langsam und blutrot sinkenden Sonnenball geschaut hatten, die Schwalben schrien hoch am violetten Himmel, ehe sie unter die Dächer flatterten, und als sie beide in dieser aufkommenden Stille die Erde atmen hörten – da hatte Alfons gesagt: Ich kann's nicht packen. Verstehst du. Das, wo es wirklich drauf ankommt. Vermutlich, weil ich nie begreifen werde, was die anderen von mir wollen. Oder ich weiß es wohl, will es aber nicht, was ja auf das gleiche hinausläuft.

Mando hatte seinen Arm um ihn gelegt und ihn geküßt. Einen Augenblick lang hatte Alfons stillgehalten. Dann hatte er am ganzen Leibe gezittert, war aufgesprungen und fortgerannt.

Alfons stand leicht vorgebeugt, zwei Schritte vor dem Richtertisch. Zwischen den beiden schmalen Muskelsträngen an seinem Hinterhals lief eine tiefe Rille, und Mando war versucht, da, genau dahinein einen Impuls zu schicken, der ihn sich aufrecken, die zueinander gestellten Fußspitzen ausspreizen und so aufrichten lassen würde, daß er ihnen standhalten und „die Wahrheit nichts als die Wahrheit" erklären könnte. Mando tat es nicht, obwohl er die Kraft dazu noch gehabt hätte. Er lehnte sich jedoch zurück, hörte mit halbgeschlossenen Augen zu, wie dieser vollhaarige, glattrasierte Richter mit dem runden Grübchenkinn und dieser weißen Fliege auf weißem Hemd unter schwarzer Samtkragenrobe mit dieser hohen sirrenden Stimme fragte, warum er, der Zeuge, keine feste Anstellung habe. Wie er erklärte, Dozent ohne Lehrauftrag, das sei doch keine Berufsbezeichnung, wissen wollte, ob er, der Zeuge, denn je einen Lehrauftrag erhalten hätte. Ja, zweimal, gut, aber warum er dann nicht mehr berufen worden sei, ob der Grund dafür etwa darin liege, daß er, der Zeuge, wegen einiger Straftaten anläßlich verschiedener Hausbesetzungen verurteilt worden sei; wie dieser sirrend sprechende Richter den Walizki, der empört aufgesprungen war, zurechtwies mit der Bemerkung, Fragen zur grundsätzlichen Glaubwürdigkeit von Zeugen müßten dem Gericht ja wohl gestattet sein, zumal dann, wenn Aussagen desselben Zeugen in einem anderen Prozeß als Schutzbehauptungen gewertet worden seien; wie er, dieser Richter Starke, lachte über das „unzulässig ins Protokoll!" von Walizki; und wie Starke dann, sich zurücklehnend, fast flötend hauchte: Also dann zur Sache, Herr Doktor Stratmann: Zur Tatzeit, so haben Sie vor der Kripo zu Protokoll gegeben, waren Sie mit dem Angeklagten zusammen. Wo? Auch in dieser Küche? Und als Alfons dies bejahte: Und was haben Sie da gemacht, zusammen? diskutiert? der Angeklagte auch? aha, der nicht! Aber dabeigesessen hat er trotzdem? Sogar der Staatsanwalt schüttelte da den Kopf, während Walizki aufsprang und rief, jetzt reiche es ihm, so lasse er seinen Zeugen nicht behandeln.

Sagten Sie „Ihr" Zeuge, Herr Rechtsanwalt, Ihr Zeuge? fragte Starke lächelnd, und da hätte Walizki fast die Akte auf den Boden geworfen und wäre hinausgelaufen. Aber bitte, sagte Starke, als Walizki sich beruhigt hatte, befragen Sie Ihren Zeugen erst einmal, wir können ja einfach mal so verfahren wie in den Prozessen jener unzähligen Serien im Fernsehen, die Ihnen so mißfallen.

Daß darüber nun wieder die drei, Rechtsanwalt, Richter, Staatsanwalt, lächelten, sah Mando noch, ehe er die Augen schloß, die Klappen seiner Mütze über die Ohren zog, und nur noch aus der Ferne hörte er, daß Walizki Ort und Zeit des Aufenthalts in der Küche genau erfragte, seine – Mandos – Anwesenheit beim Disput der beiden bis zum frühen Morgengrauen sich mehrmals bestätigen ließ und schließlich wissen wollte – bitte zwecks Übereinstimmung mit den Aussagen des nächsten Zeugen oder auch den meines Mandanten, wenn er dazu endlich etwas erklären möchte –, worüber man gesprochen habe.

Mando hatte in jener Nacht im Lehnstuhl gesessen, halb in Trance, sich vom Hauch der Nacht, der durchs offene Fenster hereinwehte, streicheln lassen, dem Klang der Stimmen von Udo und Alfons, mal lauter, mal leiser Singsang, nachgelauscht. Es war wieder einer der üblichen Dispute der beiden gewesen über Gott und die Welt und die letzten und die vorletzten Dinge, und Mando erinnerte sich wieder daran, wie Alfons jetzt, vor dem Richtertisch stehend, mit seiner eindringlichen hellen Stimme dozierte, daß er, anders als Udo, John Lockes Vorstellung vom Recht des einzelnen auf unbegrenzten Erwerb von Eigentum als historisch fortschrittliches Denken, weil die neue ökonomische Ordnung legitimierend, bewertet, dessen These von der Entfaltung der Produktivkräfte als Voraussetzung für das Gesamtwohl als korrekte Auffassung erklärt habe, da sie nämlich aus dem Hobbes'schen Dilemma, wonach einer nur gewinnen könne, was der andere verliere, herausgeführt und damit die Organisierung der Arbeiterschaft als Korrektiv gegen die zügellose Entfaltung der Produktivkräfte und schließlich als Subjekt der Geschichte vorbereitet habe und so weiter und so weiter und so fort, Alfons ließ sich kaum unterbrechen durch Walizkis Einwürfe, sich kurz zu fassen, auf Details des Gesprächs käme es ja nicht an, wichtig seien nur Thema und Gesprächsführung in groben Zügen.

Über solche mehr oder weniger abgelegenen Themen habe man also geredet – nun ja, sagte Starke schließlich, wurde aber von Alfons unterbrochen, der insistierte, es handele sich dabei überhaupt nicht um Abgelegenes, vielmehr um unmittelbar die heutige Gesellschaft Betreffendes, das man aber eben nur aus seiner historischen Entwicklung heraus begreifen könne, ein Verständnisvorgang, den der herrschende Block selbstverständlich behindere, welcher wünsche, daß diese auf das Niveau eines unfairen Nullsummenspiels mit unvollständigen Informationen heruntergekommene Gesellschaftsformation als Happyend der Geschichte betrachtet werden solle.

Es war warm, fast heiß geworden im Gerichtssaal, die Jalousien funktionierten nicht, ebensowenig wie die Klimaanlage. Unruhe kam im Zuschauerraum auf. Der Schöffe zur Linken Starkes gähnte, auch die ewig lächelnde Schöffin zu seiner Rechten war in sich zusammengesunken. Also, unterbrach Starke schließlich Alfons Redestrom, wir wissen jetzt genug, oder? fragte er zu Walizki hin. Der – sichtlich entnervt – stimmte zu, fragte aber noch einmal nach: Und während der ganzen Zeit Ihres Disputs war der Angeklagte hier, der Mando, anwesend? Und er hat auch geredet?

Geredet kaum, sagte Alfons, das tat er ja nie.

Aber er war anwesend?

Ja, soweit ich mich erinnere. Er mag vielleicht ein-, zwei-, drei- oder auch viermal den Raum verlassen haben, aber grundsätzlich war er anwesend.

Das genüge ihm nicht, sagte Starke. Grundsätzlich: War er nun anwesend oder nicht?

Ich würde sagen: Ja, sagte Alfons.

Mando, sagte Günter Starke, oder Herr Angeklagter, wollen Sie nicht doch etwas dazu beitragen. Es geht ja – ich hab's Ihnen schon oft gesagt – um Sie. Also, was sagen Sie dazu?

Mando öffnete die Augen, sah, wie alle ihn anstarrten, auch Griet Steingrüber. Sie nickte ihm sogar zu. Da sagte er: Ich würde sagen: Ja.

Mehr sagte Mando aber nicht, „schwieg nach dieser unsinnigen Äußerung trotzig weiter", wie das Heiderkämper Tageblatt schrieb, und nach einigem Hin und Her zwischen Staatsanwalt, Richter und Rechtsanwalt wurde Alfons, „unbeeidigt" laut Protokoll, entlassen, und alle atmeten auf.

Einen Schatten von Enttäuschung und Ärger sah Mando auf Griet Steingrübers Gesicht. Er zuckte mit der Schulter. Sie begriffen nichts. Auch sie unterschied sich eben nicht von den anderen. Er schloß wieder die Augen, ließ sein Gesicht von der Sonne wärmen, die heiß in den Gerichtssaal schien. Eine Glocke bimmelte draußen auf dem Markt, und eine Männerstimme rief:

Eis, Eis, Eis! – Und alle, selbst die lächelnde und in sich zusammengesunkene Schöffin, blickten zu dem offenstehenden Fenster. Staatsanwalt Marquard sagte laut, ja, ein Eis täte jetzt allen gut, und darüber lachten alle, selbst Starke. Man ruckte, bewegte sich auf den Zuschauerbänken, sprach miteinander, lachte, bis Starke sagte: Nun aber wieder Ruhe. Der nächste Zeuge bitte, Doktor Udo von Grotenwald.

Dem Auftritt dieses Zeugen hat das Heiderkämper Tageblatt einen ganzen Absatz gewidmet. „In verschmutzter Arbeitskleidung, als käme er geradewegs von der Feldarbeit, trat ein ehemaliger Hochschullehrer und Doktor der Philosophie in den Zeugenstand: Udo v. G. Er kaute auf einem Grashalm, den er trotz mehrfacher Mahnung des Gerichts während der Vernehmung nicht aus dem Mund nahm. Ein recht illustres Bild zeichnete der vollbärtige, langhaarige, ungepflegte Mann mit dem Äußeren eines Sokrates, ohne aber dessen Liebenswürdigkeit, vom Leben der Kommune auf dem Güstruphof. Daß es dort zuweilen drunter und drüber geht, und zwar in jeder Beziehung (!), überraschte keineswegs. Wie abgehoben von den Realitäten, wie geradezu spinnert man sich dort über Gott und die Welt und die Dinge, die das Leben zusammenhält, zu unterhalten pflegt, erscheint jedoch mehr als merkwürdig und wirft ein interessantes Licht auf die Vorstellungen und das Selbstverständnis dieser Leute.“

Damit spielte der Gerichtsreporter an auf Udos Antwort zur Frage des Vorsitzenden, worüber man sich in der fraglichen Nacht in der Küche des Güstruphofs unterhalten habe. Worüber wir uns meistens unterhalten, sagte Udo. Während er, Udo, auf die Lücke verweise, die klaffe zwischen den tatsächlichen Folgen der Eingriffe in die Natur und in die Gesellschaft der Menschen und deren sogenannter Wissenschaft darüber, einer Wissenschaft, die ständig frisch fromm fröhlich frei der Natur und der Gesellschaft Gesetzmäßigkeiten unterstelle, werfe Alfons ihm, Udo, religiös-reaktionäre Unterwerfung unter die Natur, neuerdings auch unter die Herrschaftsverhältnisse vor, weil er, Alfons, trotz erkennbarer Unbeherrschbarkeit der Produktionsvorgänge – immer noch der Aufklärung und deren Folgen verhaftet – an einen regelgerechten und demzufolge glückspendenden Austausch von Mensch und Natur, jedenfalls unter möglichen und herstellbaren Produktions- und Herrschaftsverhältnissen, glaube.

„Auf Nachfragen über den konkreten Inhalt des Gesprächs während der Nacht", so weiter das Heiderkämper Tageblatt, „erklärte Udo v. G., das Gericht sei unfähig, den Inhalt solcher Dispute zu verstehen. Er stellte, nach Beharren des Gerichts auf Inhaltsangabe des geführten Gesprächs, seinerseits dem Vorsitzenden unsinnige Fragen, und als der Vorsitzende ihn daraufhin zurechtwies, unterstellte der Zeuge ihm in anmaßendem Ton Unfähigkeit und schließlich Vorurteile, nicht nur gegenüber ihnen, den Leuten vom Güstruphof, sondern auch gegenüber dem Angeklagten, verstieg sich sogar zu der Behauptung, der Angeklagte sei längst vorverurteilt, das Gerichtsverfahren sei eine bloße Farce, und er nannte die am Prozeß beteiligten Gerichtspersonen ‚Figuren wie aus dem Gruselkabinett'." Man könne, fährt das Heiderkämper Tageblatt fort, im Grunde über solche Flegelhaftigkeiten hinweg zur Tagesordnung gehen, würde solches Verhalten nicht ein erschreckendes Ausmaß an Sittenverfall zeigen, was bei einem ehemaligen Hochschullehrer wie Udo v. G. natürlich noch schwerer wiege. So sei gegen den Zeugen auch zu Recht wegen Angriffs auf die Würde des Gerichts eine Strafe von drei Tagen Haft verhängt und deren sofortige Vollstreckung angeordnet worden.

Sie sind ja rachsüchtig, hat Udo noch zu Starke gesagt, und das finde ich gar nicht mal so schlecht. Weiter so, Sie werden noch ein Mensch irgendwann, rief er und ließ sich schmunzelnd und ohne Gegenwehr abführen. Zu Mando hatte er gesagt: Und du solltest aus deiner Reserve herauskommen. Sag ihnen wenigstens, was du von ihnen hältst.

Aber Mando hatte nur gelächelt, mit geschlossenen Augen, sich auch nicht geregt, als Starke die am Tatort gefundene Mütze auf den Richtertisch legte, wissen wollte, ob sie ihm, Mando, gehörte, Walizki gereizt erklärte, das habe man schon während der Beweisaufnahme am zweiten Tag bestätigt, und Starke noch einmal auf die Ausführungen des Sachverständigen hinwies, wonach das Normalbenzin in den auf dem Güstruphof entdeckten Kanistern dasselbe sei wie das in dem am Tatort offenbar vergessenen Kanister, mit dem die Baubaracke in Brand gesetzt worden war. Laut Protokoll wurde danach die Beweisaufnahme geschlossen, die Verhandlung unterbrochen und die Weiterverhandlung mit den Plädoyers von Staatsanwalt und Rechtsanwalt auf den Nachmittag, 14 Uhr, angesetzt.

Bis dahin waren zwei Stunden Zeit. Wie schon am zweiten Verhandlungstag, durfte sich Mando in Begleitung eines Wachtmeisters in die Kantine des Gerichts begeben, um dort zu essen. Die Gerichtskantine glich der Kantine im nationalen Verwaltungsgebäude des multinationalen Nahrungsmittelkonzerns, in dem Steingrüber und Kreienschlag beschäftigt waren. Nur war sie viel kleiner, aber auch dort hatte man sich das Mittagessen an einer Durchlauftheke selbst abzuholen. Walizki und Marquard, Rechtsanwalt und Staatsanwalt, standen in der Schlange vor Mando und dem ihm folgenden Wachtmeister, redeten miteinander, ließen sich auch die gleiche Hauptspeise geben: Bratkartoffeln und Leberkäs. Sie nahmen sich aber verschiedene Desserts, einen Apfel Walizki, Marquard einen gelben Pudding, und sie aßen an verschiedenen Tischen. Starke war aber nicht zu sehen, auch nicht Graubholz. Die beiden Schöffen saßen allein an einem Tisch. Die meisten der Zuhörer waren nicht in der Kantine. Harm Schurig und Bernward Bille allerdings waren da und stellten, beide eine Suppe löffelnd, Vermutungen über den weiteren Verlauf des Prozesses an. Während Schurig eine Wette anbot, daß man Mando verurteilen würde, meinte Bernward Bille, das sei ausgeschlossen; wie immer man die Beweisstücke – Mütze am Tatort, Kanister auf dem Güstruphof – bewerten würde, man käme an den Aussagen der drei vom Güstruphof, wie immer man deren Auftreten auch interpretiere, nicht vorbei. Und danach, lieber Harm, hat Mando eben zur fraglichen Zeit in der Küche im Güstruphof gesessen. Da kommt keiner drum herum.

Schurig sagte: Die kommen um alles drum herum, wetten?

Der anonyme Prozeßbeobachter, der am selben Tisch saß und Bratkartoffeln und Leberkäs aß, amüsierte sich. Diese beiden Trottel aus dem ominösen Bürgerkomitee „Rettet den Habichtsforst" würden sich noch wundern. Jeder auf seine Weise und über andere Dinge. Den mit der Halbglatze und den Basedowaugen hatte man schon am Wickel. Der brauchte nur noch einmal aus seinem Dunkel herauszutreten, und das würde vermutlich recht bald geschehen. Der andere, der Große mit der braungebrannten hochmütigen Visage, war trotz seiner Salbaderei gerissener. Seine Steuererklärungen für die letzten drei Jahre waren gekonnt frisiert. Aber in vierzehn Tagen, und zwar ruckdizuck, ohne vorherige Ankündigung, würden die Steuerfahnder bei ihm sein, und dann würde ihm das alles nichts nützen.

Am Tisch, wo Mando unter Aufsicht des Wachtmeisters einen Apfel schälte und zerteilte, saßen Gerichtsangestellte und unterhielten sich über das Fußballspiel vom letzten Wochenende und stellten Vermutungen an über Fußballspiele, die am nächsten Wochenende stattfinden sollten. Nachdem Mando seinen Apfel in Stücke geschnitten hatte, nahm ihm der Wachtmeister das Messer aus der Hand und legte es neben seinen Teller. Mando blickte sich, die Apfelstücke kauend, im Kantinensaal um, suchte Griet Steingrüber, fand sie nicht. Aus den versteckten Lautsprechern kam leise Musik, mischte sich mit den Geräuschen klappernder Bestecke, dem Schmatzen und Reden der Speisenden. Die Sonne schien durch die hohen Fenster der Kantine, aber es war nicht heiß. Hier funktionierte die Klimaanlage.

Sie sind der Mann, von dem keiner weiß, wer er eigentlich ist? fragte eine junge Frau an Mandos Tisch, die einen Joghurt löffelte. Mando nickte ihr zu, fragte: Und Sie, gehen Sie in diesem schmucken Gebäude einer Tätigkeit nach? – worauf die Frau aufstand und die Kantine verließ und die anderen am Tisch Mando fixierten und die Köpfe schüttelten. Schurig und Bille hatten die Kantine schon verlassen, waren in das Café am Marktplatz gegangen, wo viele der Zuhörer saßen, um Kaffee und Kognak zu trinken, als über den Lautsprecher verkündet wurde: Herr Staatsanwalt Marquard und Herr Rechtsanwalt Walizki bitte zum Vorsitzenden des Schöffengerichts, Herrn Starke, in sein Dienstzimmer. Desgleichen Herr Völker und Frau Lüsebrink.

Der anonyme Prozeßbeobachter blickte nicht auf, als Walizki und Marquard und die beiden Schöffen nacheinander die Kantine verließen. Was das nun wieder zu bedeuten hatte? War dieser Weichscheißer, dieser Starke, umgefallen? Das fehlte noch. Wenn der nicht mitmachen würde – gar nicht auszudenken. Aber dann müßte man zuschlagen. Und diesmal kräftig. Um ein Exempel zu statuieren. Der anonyme Prozeßbeobachter stand auf, ging hinaus, schritt den Gang vor der Kantine auf und ab, rauchte eine Zigarette, stellte sich ans Fenster. Der Marktplatz brütete in der Mittagshitze. Ein Kind an der Hand seiner Mutter, auf der anderen Hand ein Eishörnchen, balancierte über die kniehohe schmale Mauer um die Blutbuche, die einen fast kreisrunden Schatten warf, und im Schatten des Baumes stand der Eiswagen. Der Eisverkäufer schien zu schlafen. Ein großer Vogel schwebte über der Blutbuche, senkte sich in immer engeren Kreisen, flatterte und verschwand im dunklen Rot des Baumes.

Der anonyme Prozeßbeobachter war der erste im Gerichtssaal, zehn Minuten zu früh. Die Zuhörer kamen, der Wachtmeister ging hinaus. Mando wurde hereingeführt, suchte unter den Zuschauern Griet Steingrüber, fand sie, nickte ihr zu, und sie nickte, lächelnd diesmal, zurück. Es wurde Viertel nach zwei, halb drei, Walizki und Marquard kamen herein und schließlich – aus einer hinteren Tür – das Gericht: Starke und die beiden Schöffen.

Der Vorsitzende bat um Verständnis für die Verzögerung, erklärte, es hätten sich noch einige Gesichtspunkte ergeben, die es erforderlich machten, den Prozeß zu unterbrechen. Nach Beratung mit den Prozeßbeteiligten, mit denen man die Termine abgesprochen habe, würde die Sitzung auf Mittwoch nächster Woche um 9 Uhr verlegt.

„Im Gerichtssaal herrschte danach einige Verwirrung“, schreibt das Heiderkämper Tageblatt, „jedermann hatte damit gerechnet, daß noch an diesem Tag das Urteil gesprochen würde, niemand konnte sich die Unterbrechung erklären.“

Mando, um ein Schlußwort gefragt, hatte sich erhoben, einen Augenblick lang erwogen, den Gerichtssaal in ein eiskaltes blaues Licht tauchen, die Gesichter von Richter und Schöffen als Schädel ohne Haut, das nackte Muskelfleisch von Blutadern durchlaufen, wie auf einem medizinischen Atlas erscheinen und alle Anwesenden, Griet Steingrüber eingeschlossen, in einem Frostkrampf durchschütteln zu lassen, während ein tausendfacher Schrei gellte, der sich spiralenförmig aus einem weiten Hall herauslöste. Er fühlte sich aber zu schwach dazu. So breitete er die Arme aus, atmete tief durch und sagte: Ich bin müde. Laßt mich gehen.

18

Günter Starke ging, nachdem er im Raum hinter dem Gerichtssaal die Schöffen verabschiedet hatte, gleich in sein Zimmer, nahm den Talar ab, die weiße Fliege vom Hals, zog das Jackett aus, ging zu seinem Schreibtisch, warf die Prozeßakte darauf, und er saß noch nicht, als Graubholz die Tür aufriß.

Sag mal, bist du verrückt?

Starke setzte sich. Mach die Tür zu, sagte er.

Das lief doch alles wie am Schnürchen, sagte Graubholz. Los, gib mir einen Kognak. Was willst du denn noch?

Starke holte die Kognakflasche aus dem Schreibtisch und zwei Gläser, schenkte ein.

Prost, mein Lieber, sagte er.

Sie tranken die Gläser leer, und Starke schenkte gleich wieder voll.

Prost, sagten beide gleichzeitig.

Ich werde ihn freisprechen in der nächsten Woche, sagte Starke.

Graubholz ergriff die Flasche und schüttete die Gläser wieder voll. Du bist verrückt, sagte er.

Sie tranken beide die Gläser leer, und Starke goß ein viertes Mal ein.

Ich hoffe, du bist dir über die Folgen klar, sagte Graubholz.

Guck mal, sagte Starke, schlug die Akte auf, nahm einige lose darin liegende, handgeschriebene Blätter heraus. Hier, sagte er, das ist das Urteil, schon fix und fertig. Mando verurteilt zu drei Jahren wegen Brandstiftung und Sachbeschädigung.

Starke nahm das zuoberst liegende Blatt Papier, zerknüllte es und steckte es in den Mund, kaute darauf herum.

Graubholz trank sein Glas leer. Du bist verrückt, sagte er.

Starke kaute, würgte, griff nach dem Papierkorb und spuckte das zerklumpte und zerkaute Papier hinein, nahm die übrigen Papierbogen, zerriß sie in kleine Schnipsel und warf auch sie hinein.

Graubholz hatte sein Glas wieder vollgeschenkt. Du bist wirklich verrückt, sagte er.

Und weißt du, was wir heute tun? fragte Starke. Er setzte die Flasche an den Mund und trank einen kräftigen Zug, setzte sie ab. Trink, sagte er.

Graubholz trank sein Glas leer, und Starke schüttete es wieder voll. Wir haben Vollmond, sagte er, und heute nacht gehen wir in den Rest vom Habichtsforst, und da blasen wir das „Große Halali" und üben den „Festerländer Jägermarsch" für Mittwoch beim Grafen Papenbeck. Die Stümper von Itzehoe müssen wir schlagen.

Du bist trotzdem verrückt, sagte Graubholz und trank das Glas leer.

Griet Steingrüber hatte als erste Zuhörerin den Gerichtssaal verlassen. Ehe sie heimfuhr, betrat sie die Boutique „Helen", vor der ihr Wagen parkte.

Helen Calmerten, die eine Kundin verabschiedete, blinzelte ihr zu, schloß die Tür hinter der Frau ab und sagte: Na, wie war's, erzähl!

Wie ein absurdes Theaterstück, sagte Griet Steingrüber, setzte sich in einen der Sessel und zündete sich eine Zigarette an.

Wir trinken jetzt ein Glas Champagner, sagte Helen Calmerten, brachte Flasche und Gläser aus dem Raum hinter dem Vorhang neben dem Spiegel, ließ den Pfropfen knallen und goß ein.

Mando winkte mir zu, als ich hereinkam. Alle schauten mich an. Ich wäre fast umgekehrt, sagte Griet Steingrüber. Heinz läßt sich scheiden, sagte Helen Calmerten, was sagst du dazu? Erst mal prost.

Sie stießen an und tranken.

Günter Starke stauchte die Zeugen zusammen, und Mando schwieg auf alle Fragen, und Walizki schüttelte den Kopf, sagte Griet Steingrüber.

Heinz war gestern bei seinen Anwälten, sagte Helen Calmerten, damit hat er mich heute morgen am Telefon überrascht. Jetzt sehen wir wenigstens Licht am Ende des Tunnels.

Ich saß ganz hinten, sagte Griet Steingrüber. Während der ganzen Zeit zuckte mein linker Fuß. Zwei Zeugen hat Starke einfach rausgeschmissen.

Weißt du, was die Frau von Heinz haben will? fragte Helen Calmerten. Eine halbe Million in bar, das Sommerhaus auf Amrum und ein lebenslanges Wohnrecht in einem der Mietshäuser. Die Anwälte haben darüber nur gelacht. Aber mir ist das letztlich egal. Hauptsache, jetzt passiert endlich was.

Es war nicht auszuhalten, sagte Griet Steingrüber, diese Maria hat losgebrüllt. Sie hatte recht. Und Mando schweigt, sagt nichts.

Helen Calmerten lachte, sang: Ich bin der Sternenhändler vom Nebel Dromedar und heiße Adebar vierhundertzwo. Komm, trink aus. Heinz ist wie ausgewechselt. Richtig relaxed. Seine Frau will die Kinder natürlich behalten. Soll sie – wenn du mich fragst. Obwohl ich gerade die Eva so mag. Die könnte ruhig zu uns ziehen. Heinz macht es nichts aus, wenn die Frau allein das Sorgerecht behält. Zum Schluß kommen sie doch zu mir, sagt er, freiwillig nämlich. Und wenn's nur der Piepen wegen ist.

Warum schweigt Mando nur? sagte Griet Steingrüber.

Ich würde gern mit ihm reden. Ob man ihn im Untersuchungsgefängnis besuchen kann? Günter Starke müßte mir eine Besuchserlaubnis ausstellen.

Irmgard glaubt es nicht. Du kennst sie ja. Sie wittert einen Trick bei der ganzen Sache. Wie oft hat er dir die Scheidung versprochen? fragt sie. Manchmal frag ich mich auch ... ach was.

Helen Calmerten schenkte die Gläser wieder voll.

Sie wollen Mando verurteilen – auf alle Fälle. Dazu ist ihnen jedes Mittel recht. Aber er war doch zur Tatzeit bei den Ökobauern. Das haben die drei vom Güstruphof bezeugt. Warum redet er bloß nicht?

Was meinst du, ob die Frau den Walizki als Anwalt nimmt? Stell dir vor, Heinz will nach Nairobi im nächsten Monat. Und ich soll diesmal mit. Ich muß dann für vierzehn Tage hier schließen.

Griet Steingrüber trank das Glas in einem Zug leer, sprang auf und warf es gegen einen der Spiegel. Das Glas zersplitterte. Der Spiegel blieb heil.

Du begreifst überhaupt nichts, schrie sie, rannte zur Tür und lief hinaus.

Helen Calmerten kam hinter ihr her, blieb aber in der Tür stehen. Und du bist verrückt, richtig verrückt, rief sie hinter Griet Steingrüber her.

Griet Steingrüber fuhr nicht vorsichtig, obwohl sie merkte, daß ihr die beiden Gläser Champagner zu Kopf gestiegen waren, hielt mit quietschenden Bremsen vor einem Zebrastreifen, fuhr quietschend wieder an, und über die gepflasterte Hermann-Löns-Straße raste sie mit Vollgas, bog im Erlengrund reifenquietschend in den Eichenhain ein, lenkte den Wagen in die Einfahrt und hielt vor der Garage mit einem harten Ruck. Sie blieb noch eine Weile im Auto sitzen, zündete sich eine Zigarette an, rauchte sie zu Ende, ehe sie ausstieg und an der Garage vorbei durch den Garten ging. Sie blieb auf der Terrasse unter dem vorgezogenen Dach stehen. Die Tür zum Wohnzimmer war nur halb zugezogen, und sie horchte, hörte Stimmen, die aus der Küche kamen. Sie ging ins Wohnzimmer. Die Küchentür stand offen. Sie sah nur ihre Mutter, die am Tisch saß, vor sich die alte blümchengemusterte Kaffeetasse, in die sie Brotkrusten stippte. Die Mutter unterhielt sich mit Frau Hansen. Pamelas Liebe zu Christopher sei widernatürlich, sagte sie, das könne nicht gut gehen.

Natürlich nicht, sagte Frau Hansen vom Herd her. J. R. ist ja der Vater. Passen Sie auf, das gibt noch was.

Sie glaube das nicht, sagte die Mutter mümmelnd, das Kind sei schwerkrank. Eine Bluterkrankheit oder so was. Das werden sie bald feststellen.

Nein, sagte Frau Hansen, die Bluterkrankheit ist ja in Pamelas Familie, haben Sie das vergessen?

Na, ich weiß nicht, sagte die Mutter. Aber irgend so was. Eine schwere Krankheit jedenfalls hat das Kind. Haben Sie nicht gesehen, wie puppenhaft starr es guckt?

Was sagt Brinkmann denn dazu, fragte Frau Hansen.

Der sieht sich das nicht an, sagte Griets Mutter – noch nicht.

Griet Steingrüber rannte ins Schlafzimmer, riß die Gardinen vor dem Fenster zur Seite, öffnete das Fenster. Es war windstill. Die Sonne stand zwischen den Hochhäusern in Heiderkamp-West an einem blaßblauen, wolkenlosen Himmel.

Griet Steingrüber blickte so lange in die Sonne, bis ihr die Augen tränten, dann lief sie die Treppe hinauf, öffnete das Zimmer von Kai, ohne anzuklopfen. Kai lag auf dem Bett, den Kopfhörer eines Walkman auf den Ohren.

Ist was? fragte er seine Mutter, nachdem er den Hörer abgenommen hatte. Seine Mutter sah ihn nur weiter an, mit abwesendem Blick, schüttelte den Kopf.

Im Schlafzimmer zurück, setzte sie sich vor den Spiegel, betrachtete ihr Gesicht – die schmale Stirn, die Augenbrauen, schmal und geschwungen, die schmale Nase und den breiten Mund über dem runden Kinn ohne Grübchen. Das Haar hatte einen Stich ins Rötliche, die Augen einen Stich ins Grüne.

Ja, sieh nur nach, ob du noch schön genug bist.

Ohne anzuklopfen, war ihre Mutter eingetreten, und mit ihr hatte sich Tallow hereingeschlängelt, der schwarze Labrador. Er stellte sich schwanzwedelnd vor Griet Steingrüber. Sie streichelte ihn. Der Hund sprang an ihr hoch.

Geh raus, ich bitte dich, sagte sie zu ihrer Mutter.

Was hast du denn? Du kommst, ohne nach mir zu sehen, rennst im Haus herum. Ich mach mir Sorgen um Stefanie.

Geh bitte, Mutter, sagte Griet, wir sprechen später, einverstanden?

Ihre Mutter verließ kopfschüttelnd das Schlafzimmer. Der Hund sprang aufs Bett.

Griet setzte sich wieder vor den Spiegel, massierte mit den Fingerspitzen ihr Gesicht, atmete tief durch dabei. Sie hörte, wie der Wagen in die Einfahrt fuhr, hielt. Der Hund jaulte leise, sprang vom Bett und lief zur Tür.

Sie zählte: Eins, zwei, drei, vier, fünf, sechs, sieben ... Bei zweiunddreißig klopfte es an der Schlafzimmertür. Der Hund jaulte lauter.

Sie schwieg.

Erhard Steingrüber trat ein.

Hier bin ich, sagte er, mein Liebes.

Torsten Schurig stand in seinem Zimmer an der Staffelei. Das Bild war fast fertig. Es zeigte einen Mann, hemdsärmelig, in einem Sessel mehr liegend als sitzend, in der einen Hand eine Zigarre, in der anderen ein halbvolles Glas. Sessel und Mann schwebten auf einem blausilbrig glänzenden Stern über einem Villenviertel, das erdgekrümmt am unteren Bildrand auftauchte. Der Hintergrund war in Bonbonrosa, das Villenviertel in Zartrosa gehalten, überzogen hier und da mit einem reflektierenden Silbergitter. Das Gesicht des Mannes, babyhaft fett, gelbweiß, talgig, mit einer Hornbrille über hellblauen Basedowaugen, trat fast plastisch aus dem Bild hervor. Poren und Äderchen, Härchen und Risse darin waren übergenau ausgezeichnet. Die Schweißtropfen auf Stirn und Halbglatze schienen jeden Augenblick zu zerfließen.

Es war das letzte von einem Dutzend Porträts seines Vaters, das Torsten Schurig malte. Es dämmerte, und er hörte auf zu pinseln, wischte sich die Farbe mit einem Terpentinlappen von den Händen, setzte sich ans Fenster, sah hinaus.

Das blasse Rot am Horizont bei Remdingen ging in Lila über. Die Silhouette der Hochhäuser in Heiderkamp-West verschwamm allmählich. Dann wurde es ringsum schnell dunkel. Eine endlose Reihe von Lichtpunkten, die mit wechselnden Geschwindigkeiten in beide Richtungen liefen, zeigten den Verlauf der Autobahn: eine schnurgerade Linie, die aus der Dunkelheit im Norden an Heiderkamp vorbei nach Osten führte in das Lichtermeer der Großstadt. Dahinter stieg die rotgelbe Mondscheibe hoch.

Als der Wagen in die Zufahrt einbog, die Scheinwerfer den Rhododendronbusch am Haus kurz in gleißendes Licht tauchten, blieb er noch sitzen. Erst als er seinen Vater in der Küche hantieren hörte, ging er zur Tür, öffnete sie leise, hörte, wie sein Vater die Treppe hinunterging zu seinem Hobbyraum, schloß die Tür wieder, stellte das Monitorgerät, das in einem Regal am Fußende des Bettes stand, an.

Über den Schirm liefen dunkle und milchige Streifen und Schatten, die Torsten durch Drehen an Knöpfen auf einer kleinen Schalttafel neben dem Monitor zu festen Konturen werden ließ. Das Bild wurde klarer, zeigte den Ausschnitt eines Raumes von einem Punkt aus, der sich schräg gegenüber Tisch und Stuhl knapp unter der Zimmerdecke befinden mußte. Der Raum wurde plötzlich heller, von der rechten Seite kam Harm Schurig ins Bild, schritt am Tisch vorbei und wieder aus dem Bild heraus.

Während Torsten einen Knopf auf der Schalttafel bediente, änderte sich der Ausschnitt. Er sah jetzt den Teil eines Schrankes und die Hälfte von Harm Schurig. Am linken Bildrand lief eine scharfe, schattige Kante entlang, die breiter und unschärfer wurde, und je mehr Torsten an dem Knopf drehte, um so weiter ins Bild rutschte. Er drehte den Knopf zurück, und jetzt sah er, wie sein Vater, immer noch nur zur Hälfte sichtbar, den Schrank öffnete.

Den mit drei Sicherheitsschlössern versperrten Hobbyraum zu öffnen hatte Torsten die geringsten Schwierigkeiten bereitet. Auch das Kabel vom Hobbyraum ins Studio unterm Dach konnte an einem Nachmittag, als er allein im Hause war, verlegt werden. Er hatte dazu das vom Dach bis zum Keller führende Rohr für das Fernsehantennenkabel benutzt. Als wirklich kompliziert hatten sich Anbringung und Anschluß der äußerst lichtempfindlichen Minikamera erwiesen. Torsten hatte dazu eine der Stallaternen auf dem oberen Brett des Werkzeugregals im Hobbyraum gegenüber dem Tisch umbauen, das Anschlußkabel zum Rohrkanal hin unter die Tapete und das Holz des Fußbodens leiten müssen. Es war ihm allerdings nicht gelungen, das drehbare Kameraauge so zu installieren, daß es auch den mannshohen Spiegel auf der linken Schranktür erfaßte.

Auf dem Schirm des Monitors sah man Harm Schurig jetzt vollständig und von vorn. Er hielt einen Kleiderbügel in erhobener linker Hand, in der rechten einen Karton, ging zum Tisch, auf den er beides legte.

Torsten legte sich aufs Bett, verschränkte die Arme hinterm Kopf, zündete sich eine Zigarette an und beobachtete seinen Vater, der sich auszog, Anzug und Hemd über den Stuhl hängte, sich hinsetzte, so daß man nur den oberen Teil seines Rückens und den Hinterkopf auf dem Monitorschirm sah. Er schien den Kasten zu öffnen, etwas herauszuholen. Dann sah man, wie er sich eine rote Perücke überstülpte, aufstand und zum Schrank ging – dabei aus dem Bild verschwand –, wieder zurückkam, eine großkarierte Hose vom Bügel zog, hineinstieg, eine lange, viel geflickte Jacke übers Unterhemd zog, sich eine großkarierte Fliege umband. Er nahm den Stuhl und ging mit ihm zum Schrank und aus dem Bild, kam zurück, holte den Karton, verschwand wieder.

Nach knapp fünf Minuten, Torsten hatte die Zigarette zu Ende geraucht und das Radio eingestellt, stand ein Clown mit breitgeschminktem Mund, weißem Gesicht, Knubbelnase und einer blumenbeklebten Mütze über der Perücke in der Bildmitte des Monitorschirms, zog mit behandschuhten Fingern an den weiten Hosenbeinen, machte einige Knickse, verbeugte sich, breitete die Arme aus, direkt in die Kamera hinein, drehte sich in Richtung Schrank und Spiegel und vollführte die gleichen Bewegungen.

Torsten ging ganz nahe an den Monitor heran. Sein Vater knöpfte den Latz an der weiten großkarierten Hose auf. Das Geschlecht trat heraus, und während

Harm Schurig die Arme wie Flügel bewegte, wuchs das Glied. Die Arme schlugen schneller auf und ab, hastiger, blieben schließlich steif in Schulterhöhe ausgestreckt, und nur die Hände flatterten wild wie im Krampf.

Torsten berührte mit seinem Gesicht fast den Monitor. Eine ganze Weile stand sein Vater so in einiger Entfernung vor dem unsichtbaren Spiegel. Es kam aber nicht zur Ejakulation. Und Harm Schurig trat leicht schwankend zurück, verschwand langsam nach hinten aus dem Bild.

Torsten streckte sich wieder auf dem Bett aus, rauchte noch eine Zigarette, beobachtete vom Kopfende aus, wie nach zehn Minuten sein Vater, abgeschminkt, die Clownskluft auszog, sie in einen Bogen Packpapier einschlug, die übrigen Utensilien in den Karton legte, den Karton verschloß, sich ankleidete und mit Pack und Karton in Richtung Tür aus dem Bild verschwand.

Torsten schaltete den Monitor aus, setzte sich ans Fenster.

Der Mond stand voll und gelb über der Autobahn.

Eine Viertelstunde saß Torsten so. Dann gingen die Scheinwerfer am Wagen in der Einfahrt an. Der Wagen setzte zurück, wendete, fuhr in die Stichstraße bis zur Einbiegung in die Hermann-Löns-Straße, bog nach rechts, verschwand im Dunkeln.

Torsten stand auf, knipste das Licht an, ging an die Staffelei, pinselte weiter am Porträt seines Vaters. Dabei schaute er häufig auf die Uhr, zog schließlich seine Jacke an, verließ das Zimmer und das Haus.

Es war mondhell. Er ging den Erlengrund entlang bis zur Böschung. Fünf Meter darunter lag der Gleiskörper der Nahverkehrsbahn. Er kletterte die Böschung hinunter und schritt den Schotterweg entlang in Richtung Eichenhain. Am Elektrohäuschen, das in einer Ausbuchtung der Böschung auf Höhe des Schienenstrangs stand, wartete Kai Steingrüber. Sie setzten sich an die grasbewachsene Böschung.

Die Connection hat geklappt, sagte Torsten, sie wollen einen Verteilerring mit uns aufziehen. Wir sollen die Schulen übernehmen. Damit sind wir im Geschäft.

Kai rieb einen Grashalm zwischen den Fingern.

Hast du Bedenken? fragte Torsten.

Ich überlege, ob die Sache nicht zu groß für uns ist, sagte Kai.

Es ist eine Menge Kohle drin.

Wieviel?

Zehn Prozent. Bei den Preisen sehr gut.

Alle kommen nicht in Frage, sagte Kai. Hanne, Astrid, Jeffi scheiden in jedem Fall aus. Schanka und Imme vielleicht, dann Berni und Karl-Heinz. Die sind sicher, und auch Spinne.

Das müßte doch gehen.

Ich weiß nicht.

Aitsch ist eine haarige Sache. Andere Dops – nix dagegen. Wenn das nämlich auffliegt, sind wir weg – aber für immer.

Erst mal ist dieser Mando weg, sagte Torsten, was immer sie mit ihm machen werden, der kommt jedenfalls nicht wieder.

Bist du da sicher? Und denk an den Brief. Der existiert ja auch immer noch.

Wir können's ja mal versuchen, zwei, drei Monate, sagte Torsten.

Liefern die nur gegen bar?

Im Anfang nicht, später muß gelöhnt werden.

Hast du schon was?

Sieben Gramm. Abgepackt.

Das hat man dir einfach so zugesteckt?

Die vertrauen uns, nach der M & F-Aktion.

Und wenn wir nun nein sagen?

Holen sie's einfach wieder ab. Und nichts passiert.

Und das glaubst du?

Hör mal – die haben uns, wir haben die im Sack.

Ich weiß nicht.

Komm, wir gehen ein Stück, sagte Torsten.

Sie sprangen auf die Gleise, schritten auf den Eisenholmen in Richtung Erlengrund/Remdingen. Im Mondlicht warfen sie zwei blasse, zierliche Schatten.

Ob er es auch gehört hätte, fragte Polizeiwachtmeister Günther den Polizeioberwachtmeister Radbruch.

Was?

Das Tuten.

Die beiden saßen auf einem gefällten und geschälten Baumstamm vor einem Feuer, etwas entfernt von der Baustelle am Saum des noch nicht abgeholzten Waldstücks im Habichtsforst. Die Flammen züngelten nur niedrig an den sternförmig gelegten Holzscheiten, erhellten aber die Gesichter der beiden Männer in der Dunkelheit.

Nein, sagte Radbruch und reichte Günther die dicke, selbstgedrehte Zigarette aus Tabak und Marihuana, aus der er schon einige Züge genommen hatte.

Komisch, sagte Günther, mir war, als hätte ich eine Trompete gehört.

Er nahm die Zigarette, hielt sie in beiden zur Muschel geformten Händen und inhalierte kräftig.

Am sternklaren Himmel stand der volle Mond. In seinem weißen, silbrigen Licht sahen sie die Umrisse der Mannschaftszelte nebeneinander und das in knapper Entfernung davon errichtete kleinere Zelt am Rand der Bautrasse.

In dem kleineren Zelt schimmerte eine Lampe.

Nach dem Brandanschlag auf die Baubaracke hatte man einen Zug Bereitschaftspolizei, der alle vier Tage ausgewechselt wurde, an den Habichtsforst gelegt, um weitere Aktionen zu verhüten und zum anderen, „um überhaupt mal wieder rauszukommen", wie der Chef der Einheiten es gegenüber dem Oberkreisdirektor ausgedrückt hatte.

Polizeioberwachtmeister Radbruch und Polizeiwachtmeister Günther waren zur ersten Wache eingeteilt worden. Die anderen schnarchten in ihren Zelten, bis auf Polizeihauptmeister Stelling, der in dem kleinen Zelt am Feldtisch saß und schrieb. Sie waren seit drei Tagen und Nächten hier draußen, Trasse, Bauarbeiter und Holzfäller vor Anschlägen schützend, herumgebummelt und hatten nebenher und heimlich eine Menge Bier getrunken und Marihuana geraucht.

Polizeiwachtmeister Günther reichte Polizeioberwachtmeister Radbruch die Zigarette, riß von einer Dose Bier den Verschluß los, trank, sah dabei in den Mond, ließ einen gewaltigen Rülpser heraus, als er absetzte, wischte sich den Mund und sagte: Sag mal, der Mond; ob da noch der Sputnik steht und das andere Zeugs von den Amis – einfach so herum?

Sicher, sagte Radbruch, und ganz viele kleine Mondmäuse spielen da rum und machen piep, piep, piep.

Günther wäre vor Lachen fast vom Baumstamm gekippt. Nein, schrie er, nein, weiße, kleine Mondmäuse, piep, piep, piep. Eine Mäusepiepsschau. Auch Radbruch lachte, erst leise, dann immer lauter, brach aber plötzlich ab.

Pst, sagte er, die anderen schlafen, bis auf unseren Hauptmeister Schwulibert.

Günther hielt sich beide Hände vor den Mund. Das Gelächter schüttelte ihn.

Radbruch kicherte, er kippte vom Baumstamm, rappelte sich hoch und hatte dabei eine Bierdose in der Hand, setzte sich diesmal rittlings auf den gefällten Baumstamm, vollführte einige Beischlafbewegungen, die Günther so belustigten, daß er vor unterdrücktem Lachen fast erstickte.

Danach schwiegen sie eine Weile, atmeten schwer. Da, jetzt hör ich's aber, sagte Günther. Horch!

Er hob den Kopf, stand auf.

Ach was, das ist die Autobahn, sagte Radbruch.

Die Geräusche der höchstens einen halben Kilometer entfernt vorbeiführenden Autobahn dröhnten in der Nacht und bei der Windstille lauter als sonst herüber. Aber durch dieses Grummeln, Jaulen, Brummen und Brausen hörte man doch einen Bläserton, tief und hallend.

Das kommt aus dem Wald, sagte Günther.

Ja, drüben irgendwo im Waldstück, sagte Radbruch, jetzt hör ich's auch. Bleib du hier.

Er lief zu dem kleinen Zelt, in dem die Lampe noch brannte. Herr Hauptmeister, rief er leise vor dem Eingang. Herr Hauptmeister!

Polizeihauptmeister Stelling schrieb an einer Novelle mit dem Titel „Der Einsatz“ und formulierte gerade an einer für den weiteren Verlauf der Erzählung wichtigen Stelle, bei der es um die Gewissensnöte des Einsatzleiters ging, dessen Kinder sich unter den Blockierern der

Zufahrt zu einer Raketenstellung befanden. Die Störung kam ihm ungelegen. Er rief ärgerlich: Was gibt's denn?

Es ist wichtig.

Dann kommen Sie herein!

Oberwachtmeister Radbruch schlug die Zeltbahn zur Seite, trat ein und sagte: Melde Trompetensignale im Waldstück.

Der Polizeihauptmeister zögerte noch einen Augenblick, schlug dann die Kladde zu, sprang auf, rüttelte Polizeimeister Saugbrot, der auf einer Pritsche lag und schnarchte.

Wecken Sie die Leute, befahl er, geben Sie Alarm. Schnell.

Fünf Minuten später schwärmte der gesamte Zug aus. In einem Halbkreis schlichen die mit Plastikschilden und Schlagstöcken bewaffneten und behelmten Männer an das Waldstück heran, hielten auf den kurzen Befehl des Hauptmeisters Stelling an, horchten. Ganz deutlich hörten alle den rauhen, gepreßten Ton von Jagdhörnern.

Polizeihauptmeister Stelling zog eine Schachtel aus der Tasche, entnahm ihr zwei rosa Pillen, schluckte sie.

Wieder erschallte ein Hornsignal im Wald.

Das ist das Signal „Zusammenziehen der Flügel", flüsterte Stelling dem Polizeimeister Saugbrot zu, es ist soweit. Ich gehe mit fünf Leuten vor. Sie begeben sich mit dem Rest an die zu schützende Anlage.

Sollten Sie nicht lieber mit dem Zug ..., fragte Saugbrot.

Das ist ein Befehl, zischelte Stelling.

Man besprach sich kurz, der Zug, bis auf fünf Leute, zog sich leise, wie er sich an das Waldstück herangeschlichen hatte, zu den Zelten zurück.

Vormarsch in Kette, sagte Stelling zu den fünfen, so leise wie möglich. Abstand zwei Meter. Los!

Die unteren Äste der Bäume, zwischen denen sie sich vorarbeiteten, waren schon abgeschlagen. Holz und Blattwerk bedeckten den Boden, und sie kamen nur langsam voran, immer in Richtung der lauter werdenden Bläsertöne. Am ehemaligen Trimm-dich-Pfad angekommen, vor einem zersägten Schwebebalken, befahl Stelling: Halt!

Die sechs Männer standen und horchten. Ganz in der Nähe erschallten jetzt die ersten Takte des „Festerländer Jägermarsches“, brachen ab, und sie hörten eine Männerstimme: Du mußt das C anders nehmen. Die Zunge runder formen und dann nur wenig Luft reindrücken. Die Lippen dabei überhaupt nicht zu Hilfe nehmen.

Stelling hob die Hand: Leise vor!

Auf der vollmondbeschienenen Lichtung, die sie nach wenigen Metern erreichten, gingen sie auf ein Handzeichen Stellings, der die Pistole gezogen hatte, in Stellung. Sie setzten ein Knie auf den Boden, zogen das Schutzschild hoch bis knapp unter Augen- und Nasenschutz. Den Schlagstock hielten sie dabei am Boden in der anderen Hand neben dem Knie.

Auf der von Tannen und Kiefern umgebenen vollmondbeschienenen Lichtung standen zwei Männer. Jeder hielt ein Jagdhorn vor den Mund, vorschriftsmäßig, die Fessel mehrmals um das Horn geschlagen, Schallöffnung nach rechts oben gerichtet, den linken Arm angewinkelt und in die Hüfte gestützt. Die Hörner schimmerten im Mondlicht wie Gold. Während der Vorsitzende des Schöffengerichts, Günter Starke, und der Amtsgerichtsdirektor Alfons Graubholz noch einmal zum „Festerländer Jägermarsch“ ansetzten, rief Polizeihauptmeister Stelling: Los! Seine Männer sprangen auf, und ehe noch die ersten Töne des Marsches erschallten, waren die beiden überwältigt.

Die beiden „weidlich angetrunkenen Bläserkameraden“, wie Stelling später in seinem Bericht voll feiner Ironie schrieb, wehrten sich heftig und laut. Ob man überhaupt wisse, mit wem man es zu tun habe, man mache sich einer schweren Freiheitsberaubung schuldig, das werde ein böses Nachspiel haben, und dergleichen schrien sie, während man sie mit auf den Rücken gebogenen Armen zum Lager hin schubste, wo inzwischen ein großes Feuer loderte und – hinter den Zelten versteckt – der Zug unter Führung von Polizeimeister Saugbrot den Ansturm der zusammengezogenen Flügel aus dem Wald heraus erwartete.

„Nachdem die beiden Herren sich, vom Polizeigriff befreit, ausgewiesen hatten, fand die ganze Angelegenheit schließlich doch noch ein mehr oder weniger heiteres Ende", hieß es später im Bericht des Polizeihauptmeisters Stelling, womit ein Trinkgelage an den zwischen den Zelten aus grobem Holz gezimmerten Tischen umschrieben wurde, zu dem auch zwei Frauen aus dem nahegelegenen Habichtskrug herüberkamen und das erst im Morgengrauen zu den Klängen des „Großen Halali" endete.

19

Schon wie sie diskutiert habe an den Informationsständen in der Stadt mit den Leuten, Griet Steingrüber, so heftig, fast fanatisch, das habe eigentlich nicht zu ihr gepaßt, erzählte Helen Calmerten später. Dann ihre Hausbesuche von Tür zu Tür, um die Leute zu überreden, an der Demonstration teilzunehmen. Sie, Helen Calmerten, habe da schon gedacht, die dreht durch.

Tatsächlich war Griet Steingrüber in diesen Tagen ständig unterwegs, half überall mit bei den Vorbereitungen zur Demonstration gegen die überfallartige Abholzung des Habichtsforsts und den Beginn des Trassenbaus, zu der das Bürgerkomitee „Rettet den Habichtsforst" aufgerufen hatte: beim Beschriften der Transparente, Schneidern der Kostüme – zerschlissenen Lumpen von Leibeigenen aus vorherigen Epochen nachempfunden, zu tragen von zwanzig Personen, um, nach einer Idee von Helen Calmerten, zu demonstrieren, daß man sich in Tyrannenzeiten zurückversetzt fühle –, beim Anfertigen von Tiermasken für das von der Dichterin Monika Pletthardt verfaßte und auf dem Rathausplatz aufzuführende Satyrspiel „Rat der Tiere im Habichtsforst", beim Einstudieren der Chorgesänge und Protestlieder des Jungpfarrers Kai-Uwe Ebersheimer und sogar bei der Ausstattung des von den Leuten im Birkenhof gezimmerten Wagens, auf dem in einer Holz- und Papp-Nachbildung des abgeholzten Habichtsforsts samt brennender Baubaracke Karikaturen von Bürgermeister, Bauunternehmer Richter, Rautenschläger und anderen sich lachend die Hände rieben. Immer wieder diskutierte sie an den verschiedenen Informationsständen in der Stadt mit den Leuten, versuchte sie zu überzeugen von der Wichtigkeit einer Demonstration am Wochenende, widersprach heftig der Ansicht, es käme nichts dabei heraus, die da oben machten doch, was sie wollten. Das erzählten ihr auch die meisten, die sie in ihren Wohnungen mit Flugblättern und Informationsbroschüren aufsuchte. Zwischendurch besuchte sie Stefanie im Krankenhaus, saß an ihrem Bett, hielt ihr, die meistens schwieg, die Hand. Erst spätabends kam sie erschöpft heim. Wenn sie ihn frage, sagte Erhard Steingrüber, sie stürze sich nur in die Arbeit, um ...

Sie frage ihn aber nicht, unterbrach sie, und schon gar nicht erbäte sie eine psychologische Analyse ihres Verhaltens samt guter Ratschläge von ihm.

Er lag schon im Bett, hatte ein Buch in den Händen. Na, wenigstens redest du wieder mit mir, sagte er. Du könntest auch eigentlich wieder mit mir schlafen.

Griet Steingrüber stand vor dem Spiegel, hatte sich Bluse und Rock ausgezogen. Im Spiegel sah sie ihren Mann, der im Bett lag und tat, als lese er. Sie drehte sich um, griff Laken und Kissen von ihrem Bett, verließ das Schlafzimmer und ging ins Zimmer von Stefanie, wo sie sich ihr Bett machte. Als Erhard Steingrüber an die Tür klopfte, schwieg sie. Er drückte die Klinke herunter, aber sie hatte abgeschlossen.

Wie du willst, sagte er, und sie hörte, wie er ins Schlafzimmer zurückging. Sie verschränkte die Arme hinterm Kopf, blickte im Zimmer umher: zum Schreibtisch, auf dem noch Schulhefte von Stefanie lagen; zu dem Poster über der Frisierkommode, das den goldhaarigen, gitarreschlagenden Sänger Ricki Reuter in wilder Pose zeigte; zu dem neben dem Büchergestell hängenden Bild, auf dem ein Liebespaar, sich an den Händen haltend, vor einer nebeligen Sonne über eine bunte Wiese schritt; zu den beiden Wimpeln des Hockeyclubs, in dem Stefanie eine Zeitlang gespielt hatte; zur Lampe hoch, unter der das Mobile aus bunten Papierfischen hing, das sie beide gebastelt hatten; zu den zwei Puppen neben dem Plattenspieler, Pitty und Patty; und sie atmete den Geruch ihrer Tochter, den sie schon gekannt hatte, als Stefanie noch nicht geboren war, und der in letzter Zeit immer luftiger geworden war, kaum noch wahrnehmbar. Der Mond schien ins Zimmer, und sie begann zu weinen, knipste das Licht aus, schlief allmählich überm Weinen ein.

Als sie am nächsten Morgen zum Frühstück herunterkam, waren Mann und Sohn schon aus dem Haus. Ihre Mutter saß allein am Frühstückstisch, stippte Brotkanten in ihre blümchengemusterte Tasse. Kann ich heute mitkommen zu Stefanie? fragte sie.

Heute noch nicht, sagte Griet, später, Mutter.

Und wann werden wir untersucht von diesem Professor? fragte die Mutter.

Nicht untersucht, Mutter, es geht um etwas anderes.

Nämlich?

Nämlich um die Beziehungen der einzelnen Familienmitglieder zu Stefanie.

Verspricht man sich denn etwas davon?

Ja – natürlich.

Ich weiß nicht, sagte ihre Mutter, Sue Ellen, während der Zeit ihrer Trunksucht, war auch bei einem Psychologen, aber ...

Mutter!

Griet goß sich eine Tasse Kaffee ein, aß aber nichts.

Hör mal, sagte ihre Mutter, wir müssen noch mal reden über Heinrich und mich. Wie du dazu stehst.

Griet stand auf, ging zu ihrer Mutter, legte den Arm um sie. Ich finde, du solltest das tun, wozu du Lust hast, sagte sie, drückte ihr einen Kuß ins Haar. Wenn du ihn gern hast ...

Ihre Mutter nickte und drückte die Hand ihrer Tochter.

Denkt dein Mann auch so? fragte sie.

Ich muß jetzt gehen, sagte Griet. Auf dem Weg zur Garage traf sie Frau Hansen. Sie reichte Griet einen Blumenstrauß. Für Stefanie, sagte sie, grüßen Sie sie von mir.

Griet umarmte Frau Hansen, gab ihr einen Kuß und lief dann schnell zur Garage. Frau Hansen sah ihr kopfschüttelnd nach.

Das war ja ein richtiger Gefühlsausbruch, den Ihre Tochter da hatte, sagte sie zu Griet Steingrübers Mutter, die ihr die Haustür öffnete. Sie hat mich umarmt und geküßt.

Im Augenblick ist sie ein bißchen durcheinander, sagte sie. Kommen Sie, wir wollen heute ans Gewürzbeet.

Griet rauchte während des Fahrens, hatte das Autoradio angestellt. Eine Ärztin wurde von der Moderatorin gefragt, was sie über Reagenzglasbefruchtungen und Leihmütter denke. Diese spezielle Art der Befruchtung und Austragung von Kindern war gerade in Mode und wurde heftig diskutiert. Vor allem Theologen und ältere Mediziner hatten Bedenken angemeldet. Erstere interpretierten diese Form von Nachkommensherstellung als eine Art Gotteslästerung, die älteren Mediziner als unzulässigen Versuch, das Trial-and-error-Verfahren der Natur zu unterlaufen. Andere – wohl die meisten – hielten das System im Grunde für anwendbar, allerdings unter dem Vorbehalt einer nur über flüchtige Bekanntschaft hinausgehenden Nähe von Samenspender und Austragungsperson, und zu dieser Ansicht bekannte sich auch die interviewte Ärztin, die aus, wie sie erklärte, „ethischen, moralischen, rechtlichen und medizinischen Gründen" eine Anonymbefruchtung, zumal dann, wenn sie auf Spermenmischungen, und seien sie von noch so qualifizierten und menschlich hochstehenden Spendern, für „absolut unzulässig" hielt. Ehe sie aber zu Ende reden konnte, wurde sie unterbrochen von Verkehrsmeldungen, an die sich ein zu dieser Problematik bereits auf den Markt gekommenes Musik- und Gesangsstück anschloß. Die Sängerin, der Stimme nach ein Vorschulkind, sang das Lied, das bald das Gesangstück vom Sternenhändler Adebar ablösen sollte:

Bist du big, ein Admiral,
oder klein und mickerig,
Astronaut, ganz cool und schmal,
hello, Daddy, hörst du mich?
Mum, und du, ein Fernsehstar
oder eine blöde Kuh?
Ätzend, tierisch wunderbar

wär es aber dann, wenn du
Diggy-Daddy-Diggy-Fetz,
eine Dibby-Debby-Dubby-Rubby
Rocky-Popy-Röhre hättst.

Griet Steingrüber hörte das Lied nicht zu Ende, knipste das Radio aus, hielt am Informationsstand beim Einkaufszentrum vor der Fußgängerzone, stieg aus und ging zu Heidi Göckhoff, der Arbeiterin aus dem Block Im Birkenhof, die, weil sie Spätschicht hatte, an diesem Morgen dort stand und gerade die Informationsbroschüren und Flugschriften auf dem Tisch ordnete. Griet half ihr dabei, reichte einigen Vorübergehenden Flugblätter mit der Aufforderung, sie zu lesen und nicht fortzuwerfen, und verabschiedete sich nach einer Viertelstunde von Heidi Göckhoff. Ich komme nachmittags noch einmal vorbei, sagte sie.

Sie fuhr weiter.

Monika Pletthardt lag noch im Bett. Herein, rief sie, als Griet klopfte.

Im Raum, einem ehemaligen Speditionsbüro, herrschte chaotische Unordnung. Ungespültes Geschirr stand herum, Kleiderstücke, Schallplatten, Schuhe, Bücher lagen auf Stühlen, auf dem Boden und dazwischen die halbfertigen Tiermasken.

Kaffee ist fertig, in der Maschine auf der Fensterbank, geben Sie mir auch eine Tasse, sagte Monika Pletthardt. Sie las und rauchte. Griet Steingrüber spülte zwei Tassen, schenkte ein, ging mit beiden Tassen zum Bett, reichte Monika Pletthardt die eine, setzte sich auf die Bettkante, trank. Sie habe die ganze Nacht hindurch am Stück geschrieben, sagte Monika Pletthardt, fast alles umgetextet; das Ganze plakativer, auch appellativer und agitativer gestaltet; vorher habe das Stück mehr den Charakter eines Mysterienspiels gehabt. Es müsse aber Straßentheater sein – ausladend gestisch und viel grotesker, als sie es konzipiert hätte.

Neben der Schreibmaschine liegt das Manuskript, holen Sie's bitte. Das tat Griet, und Monika Pletthardt las eine Szene vor, in der der Wolf den Tieren klarzumachen versuchte, daß der Wald verschwinden müsse, um besseren Überblick über das zu bekommen, was da kreucht und fleucht, und wie der Fuchs dem scheinbar zustimmte. Gut, sagte Griet Steingrüber, sehr gut, aber wir müssen aufpassen, daß es nicht zu lang wird. Eine halbe Stunde ist fast schon zuviel.

Ja, sie müsse noch vieles kürzen, sagte Monika Pletthardt, sie gehe gleich daran, wenn die anderen kämen, um die Tiermasken fertig zu modellieren. Judith Brinkmann sei eine wahre Künstlerin und habe bei der Arbeit ihr Talent entdeckt. Monika Pletthardt legte das Manuskript beiseite. Sie setzen sich so mit aller Kraft ein, sagte sie, glauben Sie, wir haben Erfolg?

Ein Erfolg ist es schon, wenn nur ein Drittel der Menschen kommt, die auf dem Fest im Habichtsforst waren, sagte Griet Steingrüber, stand auf, nahm beide Tassen und brachte sie zur Spüle, stellte sie in den Berg von Geschirr. Ich komme heute abend noch einmal vorbei, sagte sie, helfe beim Anmalen der Masken, viel mehr kann ich ja nicht.

Sie können sehr viel mehr, rief ihr Monika Pletthardt nach, als sie schon wieder draußen auf dem Flur war.

Sie fuhr zum evangelischen Pfarrhaus.

Ihr Mann sei drüben in der Kirche, im Büro, sagte Frau Ebersheimer. Wollen Sie nicht hereinkommen und eine Tasse Kaffee mit uns trinken?

Nein, danke, sie habe es eilig, sagte Griet Steingrüber.

Die Kirche der evangelischen Gemeinde, die sich aus Gründen der Versöhnung mit dem jüdischen Volk, das man, soweit es auf dem Territorium des Landes ansässig gewesen war, einige Dekaden zuvor nahezu ausgerottet hatte, „Shalom" nannte, bestand aus einem siebeneckigen Backsteinbau und einem freistehenden Glockenturm. Auch im Innern zeigte der Backsteinbau nackte Backsteinwände, der Boden bestand aus Backstein, bis auf eine große, mit Teppich ausgeschlagene Stufenvertiefung, die sogenannte Kontaktkuhle, in der sogenannte „meditative Andachten" abgehalten wurden. Der Altar, ein Backsteintisch, stand auf halber Höhe noch in der Kontaktkuhle. Griet Steingrüber durchschritt den Kirchensaal, in den durch hohe, farblose Fenster kaltes Tageslicht fiel. In der hinteren Backsteinwand, an der ein riesiges Kreuz aus Stacheldraht hing, war eine Tür, die zu den Büroräumen führte, und da traf sie auf Kai-Uwe Ebersheimer, der mit einigen Mitarbeitern um einen runden Tisch saß und Kaffee trank. Sie probten erst wieder am Nachmittag, sagte Ebersheimer, aber er freue sich natürlich, sie, Griet Steingrüber, auch jetzt schon begrüßen zu können, reichte ihr eine Tasse Kaffee, die sie trank, und dann bat sie ihn um ein Unter-vier-Augen-Gespräch. Sie stiegen in die Kontaktkuhle, setzten sich auf eine der Stufen.

Dann schießen Sie mal los, sagte Ebersheimer.

Was er davon halte, wenn jeden Abend bis zur Demonstration am Wochenende eine Viertelstunde lang – sie dächte von Viertel vor neun bis neun – die Glocken läuten würden? In Flugschriften würde man darauf aufmerksam machen, daß dies sozusagen als Sturmsignal anzusehen sei.

Kai-Uwe Ebersheimer strich über sein Haar, das er lang trug, aber zu einem Knoten zusammengebunden hatte, den er nur löste, wenn er mit jüngeren Leuten zusammen war. Die Idee ist nicht schlecht, sagte er, aber kaum durchführbar.

Warum nicht?

Weil Peters, Pfarrer Peters, mein Vorgesetzter, da nicht mitmacht. Es gibt – ich weiß, es klingt albern, aber es ist so –, es gibt eine Läuteordnung. Danach darf bis auf Ausnahmen, Weihnachten zum Beispiel, nach acht Uhr abends nicht mehr geläutet werden.

Dann wird diese Läuteordnung eben übertreten, sagte Griet Steingrüber, das ist doch gerade die Idee.

Ich will es versuchen, mit Peters reden. Aber Sie wissen, der steht nicht auf unserer Seite. Der ist ein äußerst vorsichtiger Mann.

Und wenn Sie ihm erklären, die Gemeinde stehe voll dahinter?

Tut sie das denn?

Sprechen Sie mit ihm, sagte Griet Steingrüber, setzen Sie ihn unter Druck.

Ich will es versuchen, wiederholte Ebersheimer, und heute nachmittag kommen Sie wieder zur Probe? Ihre Altstimme möchte ich nicht missen.

Ich will sehen, sagte Griet Steingrüber, verabschiedete sich, ging zu ihrem Wagen, fuhr weiter, hielt vor der Boutique „Helen".

Es waren Kunden im Laden. Geh schon mal nach hinten, sagte Helen Calmerten, dort wird gearbeitet, ich komme gleich.

Tanja Starke und Elsa Weißkopf saßen im hinteren Raum, nähten an den Phantasiekostümen für Leibeigene, tranken Kaffee dazu, und Griet Steingrüber trank auch wieder eine Tasse Kaffee.

Vielleicht sei es auch nur der wirklich starke Mocca gewesen, und Griet habe ja auch vorher schon viel Kaffee getrunken, jedenfalls hätten ihre Hände gezittert. Die Tasse habe auf der Untertasse geklappert. Möglicherweise aber sei es auch ein Schock gewesen, den ihr die Sache mit Harm Schurig versetzt habe, erzählte Helen Calmerten später; auch sie, Helen Calmerten, sei mehr oder weniger geschockt gewesen von Tanja Starkes Bericht darüber, wie man am Abend zuvor Harm Schurig frisch auf der Tat ertappt hatte, einer Tat, die nun wirklich niemand dem liebenswerten, harmlosen Harm zugetraut hätte. Verkleidet als Clown auf der Bruchkante vom Himmelmoor stehend vor den Augen der in den Fenstern des Landschulheims liegenden Kindern die Hose heruntergelassen! Und das nicht zum erstenmal! Ausgerechnet Harm Schurig, Mitglied des Vorstandes vom Bürgerkomitee „Rettet den Habichtsforst", unser Harm Schurig, der sei der lange gesuchte Exhibitionist der Gegend. Sie hätten es erst nicht glauben wollen, aber Tanja Starke habe es natürlich aus sicherster Quelle erfahren, von ihrem Mann, der Harm Schurig noch am Abend verhört und den Haftbefehl gegen ihn ausgestellt hatte. Wenn sie sich recht erinnere, so habe Griet sogar Tränen in den Augen gehabt, sei dann plötzlich aufgesprungen und weggegangen, ohne noch ein Wort zu sagen.

Griet Steingrüber ist zu Heinrich Brinkmann gefahren, der am Informationsstand neben der Sparkasse die Passanten agitierte, ist mit ihm ins Café gegenüber gegangen, und dort hat sie wieder Kaffee getrunken und Brinkmann die Geschichte von der Verhaftung Schurigs erzählt.

Das ist ja eine ganz verdammte Geschichte, sagte Brinkmann, ganz verdammt, und sie kann uns im Augenblick sehr schaden.

Was tun wir denn? fragte sie.

Auf keinen Fall werden wir uns von ihm distanzieren, sagte Brinkmann, erstens aus Prinzip nicht. Der arme Kerl wird's schon schlimm genug haben. Und zweitens deshalb nicht, weil uns eine öffentliche Distanzierung noch mehr schaden würde. Wenn man uns darauf anspricht – und das wird man –, argumentieren wir, daß wir uns erstens nicht an Hetzkampagnen beteiligen und daß wir uns zweitens nicht von Ablenkungsmanövern, zu denen man die Angelegenheit benutzen wird, beeindrucken lassen. Kommen Sie, trinken Sie einen Weinbrand. Das tut uns jetzt gut.

Die Bedienung brachte zwei Gläser mit doppeltem Weinbrand, und beide tranken die Gläser in einem Zug leer. Wie geht es weiter im Prozeß gegen Mando in der nächsten Woche? fragte Griet. Was meinen Sie?

Das weiß keiner, sagte Brinkmann. Man müßte ihn zum Reden bringen. Er schadet unserer Sache sehr mit seinem Schweigen.

Ob ich ihn mal besuche im Untersuchungsgefängnis? fragte Griet.

Versprechen Sie sich etwas davon?

Ich weiß nicht, sagte Griet, stand auf.

Ich zahle schon, sagte Brinkmann. Tschüß.

Sie fuhr zum städtischen Hospital.

Von der Stationsschwester ließ sie sich eine Vase geben, stellte die Blumen von Frau Hansen hinein. Der Fernsehapparat lief im Krankenzimmer, zeigte eine Folge der auch von Griets Mutter so geschätzten Serie. Frau Halstenbeck hatte sie am Vorabend auf Video mitgeschnitten, um sie sich zum zweiten und später wohl auch zum drittenmal anzusehen.

Da sind Sie ja, sagte sie, als Griet Steingrüber eintrat. Wir haben uns schon gefragt, ob sie heute nicht kommt, was, Stefanie?

Frau Halstenbeck, die im Bett an der Wand lag, stellte den Ton des Fernsehapparats leiser. Stefanie lag im Bett an der Fensterseite, schien zu schlafen, aber als ihre Mutter sich über sie beugte, öffnete sie die Augen.

Die Blumen sind von Frau Hansen. Sie läßt dich grüßen, sagte Griet, küßte Stefanie auf die Stirn. Stefanie nickte, und ihre Mutter stellte die Vase mit den Blumen auf die Fensterbank, auf der schon mehrere Vasen mit Blumen standen.

Wir wissen allmählich gar nicht mehr, wohin mit den Blumen, sagte Frau Halstenbeck. Griet rückte einen Stuhl ans Bett von Stefanie, nahm ihre Hand, die Stefanie ihr schlapp und teilnahmslos überließ.

Stört Sie das Fernsehen? fragte Frau Halstenbeck.

Stefanie nickte, und Griet sagte: Wenn Sie den Ton vielleicht noch ein bißchen leiser stellen könnten?

Ich mache es ganz aus, sagte Frau Halstenbeck, wir sehen es uns später wieder an, nicht Stefanie? Wir haben ja Zeit genug. Es ist ganz spannend diesmal. Pamela will sich von Bobby scheiden lassen. Ich bin überhaupt nicht dafür. Stefanie aber doch.

Die Sonne schien ins Zimmer. Das Licht fiel auf Stefanies Bett. Nur der Kopf lag im Schatten. Soll ich die Jalousie herunterlassen? fragte Griet.

Stefanie schüttelte den Kopf.

Heute morgen war sie sehr brav, sagte Frau Halstenbeck, unsere Stefanie, sie hat ein halbes Brötchen mit Marmelade gegessen und ein bißchen Milch getrunken. Und war nicht zum Klo hinterher.

Stefanie hatte ihren Kopf zur Seite gelegt, sah aber ihre Mutter nicht an, blickte aus dem Fenster.

Einhundertzwanzig Gramm habe sie schon zugenommen in den Tagen, hatte Doktor Herder gestern gesagt, und darauf sind wir sehr stolz. Aber der Punkt ist noch nicht überschritten, sie kann ganz plötzlich wieder an Gewicht verlieren. Doch bis sie zu Müller-Holthusen kommt in der nächsten Woche, kriegen wir das schon hin.

Gestern abend gab's einen ganz leckeren Schokoladenpudding. Den hat sie aber wieder ausgespuckt, die Stefanie, da war sie gar nicht artig, sagte Frau Halstenbeck.

Griet Steingrüber strich ihrer Tochter übers Haar. Stefanie ließ es geschehen.

Ob denn diese pausenlos schwatzende Frau nicht in ein anderes Zimmer verlegt werden könne, hatte Griet Steingrüber Doktor Herder gefragt, und der hatte geantwortet: Auf keinen Fall. Wir haben sie ja eigens ins Zimmer von Stefanie gelegt. Die Frau ist das Beste, was wir Stefanie jetzt antun können. Es ist auch ganz im Sinne von Professor Müller-Holthusen, mit dem ich mich beraten habe. Stefanie muß in ständigem Kontakt mit anderen gehalten werden, auch wenn sie im Augenblick wenig darauf eingeht. Sie darf vor allen Dingen nicht am Tage schlafen. Und daß das nicht passiert, dafür sorgt Frau Halstenbeck.

Da kommt ja unser Liebling, sagte Frau Halstenbeck, als eine junge Krankenschwester eintrat, zwei Fieberthermometer aus Gläsern zog, eines davon Frau Halstenbeck, das andere Stefanie reichte.

In den Mund damit, sagte Frau Halstenbeck, sprach mit dem Fieberthermometer im Mund weiter.

Geht es dir etwas besser? fragte Griet Steingrüber Stefanie.

Stefanie nickte.

Soll ich dir nicht doch ein paar Bücher bringen, deine Schulsachen oder so etwas?

Stefanie schüttelte den Kopf. Ihr schwarzes langes Haar hing strähnig und fettig um ihren Kopf. Duschst du nicht? fragte Griet.

Aber sicher duschen wir, sagte Frau Halstenbeck, jeden zweiten Tag, das haben wir uns versprochen, nicht Stefanie?

Du kannst doch Musik hören. Griet Steingrüber zeigte auf den Walkman und die Kassetten, die auf dem Nachttisch lagen.

Wir haben sogar hier in diesem Kopfkissen ein Radio, sagte Frau Halstenbeck, und damit – sie zeigte eine Schnur, an der sich ein Schalter befand – können wir es bedienen. Ja, uns fehlt es an nichts hier, nicht Stefanie?

In der nächsten Woche, wahrscheinlich Mittwoch schon, kommst du ins Universitätskrankenhaus, sagte Griet Steingrüber, und dann geht's noch schneller bergauf.

Ich weiß nicht, sagte Frau Halstenbeck, über die Universitätsklinik hört man im allgemeinen nichts Gutes. Aber erstmal ist sie ja hier, unsere Stefanie, und heute nachmittag kommen Ulrike und Vera, meine Nichten, und dann spielen wir alle zusammen Mensch-ärgere-dich-nicht. Das bringt uns immer großen Spaß, und Stefanie hat mir fest versprochen, daß sie heute mit uns spielt, nicht Stefanie?

Alle lassen natürlich grüßen, sagte Griet Steingrüber, Vati vor allem, die Omi und Kai. Kai will wissen, ob du die neueste Platte von Ricki Reuter kennst. Er will sie dir auf Kassette überspielen.

Ja, den hören wir oft im Radio, sagte Frau Halstenbeck. Siebenunddreißig acht habe ich, das ist nichts, nur ein bißchen erhöhte Temperatur. Und was hat die Stefanie?

Griet nahm Stefanie das Fieberthermometer aus dem Mund. Kein Fieber, sagte sie.

Na wunderbar, sagte Frau Halstenbeck. Wenn man kein Fieber hat, dann ist alles halb so schlimm.

Sie redete und redete, und Griet Steingrüber hielt die Hand ihrer Tochter und streichelte sie manchmal.

Zum Mittagessen ist Griet Steingrüber nicht daheim gewesen. Sie kam erst gegen drei nach Hause und fand ihre Mutter im Wohnzimmer sitzend, neben ihr Heinrich Brinkmann, der sie, die völlig aufgelöst schien, zu beruhigen versuchte. Sie erfuhr, daß Kai von der Schule nicht heimgekommen, sondern von der Kriminalpolizei zum Verhör abgeholt worden sei. Man werfe ihm und anderen Baumhauskindern Diebstahl und Raub in mehreren Fällen vor.

Drei Kriminalbeamte hatten das Haus durchsucht „vom Keller bis zum Boden“ und ein paar Sachen aus Kais Zimmer mitgenommen. Brinkmann hatte Erhard Steingrüber angerufen. Der sei unterwegs, werde wohl bald eintreffen.

Griet Steingrüber sagte eine Zeitlang überhaupt nichts, schenkte sich ein großes Glas Kognak ein, ging zu der Tür zum Garten, trank, drehte das Glas in der Hand und schaute hinaus. Schließlich wandte sie sich um, sagte: Herr Brinkmann, was kann man da tun?

Erst mal zur Kriminalpolizei fahren, wo Kai verhört

wird. Die müssen Sie vorlassen. Zeigen Sie Kai einfach, daß Sie da sind und ihm helfen wollen. Ich habe Walizki angerufen. Sein Büro will ihn sofort verständigen. Wenn er frei ist, geht Walizki gleich hin. Ihm fehlt aber eine Vollmacht. Die müssen Sie ihm erteilen. Warten Sie, bis Ihr Mann kommt.

Kai, unser Kai, ich kann das einfach nicht glauben, sagte Griet Steingrübers Mutter immer wieder unter Tränen. Als Erhard Steingrüber eintraf, ging ihm Griet draußen entgegen.

Komm, sagte sie, wir fahren zur Kriminalpolizei.

Was denn um Gottes willen los sei, fragte er, als sie im Wagen saßen, er wisse nur, daß er sofort heimkommen solle wegen Kai.

Den habe man abgeholt.

Abgeholt, was heißt das?

Kai soll gestohlen haben, sagte Griet; der Einbruch in den Häusern hier und noch mehr. Ich kann's nicht fassen.

Erhard Steingrüber saß starr hinter dem Steuer. Seine Lippen hatte er zusammengepreßt. Er fuhr sich mit einer Hand übers Gesicht. Sag das noch mal, sagte er.

Fahr zu, sagte sie, ich weiß auch nicht mehr.

Das ist doch . . ., schrie er.

Hör auf, sagte sie, hör um Gottes willen auf.

Bei der Kriminalpolizei im Gebäude neben dem Gericht empfing sie Oberinspektor Schmidt-Langengrüber in seinem Zimmer. Er erzählte ihnen das, was ungefähr so auch am nächsten Tag im Heiderkämper Tageblatt stehen sollte: „Nach der spektakulären Verhaftung des Exhibitionisten H. S., über die wir auf Seite 1 berichten, ist der Kriminalpolizei ein zweiter Schlag geglückt. Danach stehen der Diebstahl der Fahrräder und Mopeds an den Schulen und die Ausraubung der Häuser im Eichenhain und Erlengrund kurz vor der Aufklärung. Als verdächtige Täter wurden mehrere ortsansässige Jugendliche verhaftet. Bei Hausdurchsuchungen in den Wohnungen und Häusern ihrer Eltern sowie einer Baumhütte, einem Versteck der Bande, wurde Diebesgut sichergestellt, das auf weitere Raubzüge schließen läßt. Die Bande wird auch anderer Delikte verdächtigt. So wurden im Fußboden des Zimmers des 17jährigen T. S. mit Hilfe eines Spürhundes Heroin und Kokain entdeckt. Die Kriminalpolizei vermutet, daß die Bande einen Verteilerring für harte Drogen aufbauen wollte. Die Jugendlichen, insgesamt 12 Jungen und Mädchen, werden noch verhört. Nach Auskunft von Oberinspektor Schmidt-Langengrüber erfolgte die Verhaftung aufgrund von Aussagen des in Untersuchungshaft genommenen Exhibitionisten H. S., der völlig zusammengebrochen sei, ausgepackt und unter anderem zugegeben habe, einen Brief mit der Unterschrift ‚Mando' an die Polizei geschickt zu haben, in dem die Jugendlichen der unaufgeklärten Diebstähle verdächtigt werden."

Ihr Kai ist ein ganz Hartgesottener, sagte Schmidt-Langengrüber, er sagt überhaupt nichts. Die anderen packen aber aus. Bis auf diesen Torsten Schurig. Der schweigt genauso wie Kai.

Wir wollen ihn sehen, sagte Erhard Steingrüber.

Bitte, sagte Schmidt-Langengrüber, Rechtsanwalt Walizki ist gerade eben gekommen und schon bei ihm.

Er führte sie in einen Raum, der eine Etage höher lag. Kai saß auf einem Stuhl vor dem Tisch, hinter dem ein Kriminalbeamter saß. Walizki stand vor dem Tisch, redete auf den Kriminalbeamten ein.

Hier sind deine Eltern, sagte Schmidt-Langengrüber.

Griet umarmte Kai. Erhard Steingrüber gab ihm die Hand, strich ihm übers Haar. Kai war bleich, aber man merkte ihm keine Aufregung an.

Wie geht es dir? fragte Griet.

Ist schon gut, sagte Kai, und Walizki sagte: Gut, daß Sie kommen. Ich möchte zu Starke und bitte Sie mitzugehen. Er hat den Haftbefehl erlassen. Das ist unglaublich.

Kai ist vierzehn Jahre alt, sagte Schmidt-Langengrüber, und es besteht Verdunklungsgefahr.

Aber das ist doch . . .

Legal ist das, sagte Schmidt-Langengrüber, das ist legal.

Kommen Sie, wir gehen jetzt, sagte Walizki zu Steingrübers.

Kommt Kai nicht mit? fragte Griet.

Der bleibt hier, sagten Schmidt-Langengrüber und sein Kollege gleichzeitig.

Auf der Heimfahrt schwiegen sie. Günter Starke hatte sich nicht bewegen lassen, den Haftbefehl gegen Kai aufzuheben. Mit Kanonen würde nach Spatzen geschossen, hatte Walizki gesagt, und Starke hatte geantwortet, der Vergleich träfe nicht. Wenn er Kai freilasse, müsse er auch die anderen heimgehen lassen, damit bestünde eine erhebliche Verdunklungsgefahr. Man würde sich untereinander absprechen und vermutlich weiteres Diebesgut fortschaffen. An den Delikten seien andere, Berufskriminelle, beteiligt, die würden gewarnt. Nein, ihm seien die Hände gebunden.

Wir passen schon auf, hatte Erhard Steingrüber gesagt, Kai bleibt im Haus. Möglich, hatte Starke geantwortet. Aber die anderen?

Es sind doch Kinder, hatte Griet gesagt.

Es sind, hatte Starke geantwortet, deliktfähige Jugendliche.

Erhard Steingrüber fuhr den Wagen in die Garage. Sie gingen ins Haus.

Was willst du jetzt tun? fragte er.

Ich weiß es nicht, sagte Griet Steingrüber.

Sie ging in Stefanies Zimmer, schloß ab, legte sich ins Bett und rauchte eine Zigarette nach der anderen. Als es dämmerte, stand sie auf und fuhr mit ihrem Wagen los, durch Heiderkamp auf die B 4 und auf die Großstadt zu.

20

Griet fuhr langsam und wurde immer wieder überholt. Die Straßen in den Randbezirken der Stadt waren um diese Zeit schon menschenleer. Nur hier und da stand jemand vor einem erleuchteten Schaufenster, betrachtete die Auslagen. An einem kleinen Park vorbei bog sie in eine Straße, in der alte gepflegte Häuser standen, und stieg aus, ging ein paar Schritte, schaute zum fünfstöckigen Haus gegenüber hinauf. In der dritten Etage brannte Licht. Sie sah, wie ein junger Mann am Fenster vorbeiging, wieder zurückkam, sich an den Tisch vor dem Fenster setzte. Er stützte den Kopf in beide Hände.

Wie alle Häuser in dieser Straße, die lückenlos nebeneinander standen, hatte auch dieses kantige und bauchige, stuckverzierte Vorsprünge, eisenvergitterte Balkons und einen eisenvergitterten kleinen Vorgarten. Auf dem Balkon vor dem Fenster des dritten Stocks stand ein Kinderwagen. Griet überquerte die Straße, ging ein paar Stufen hoch, öffnete die Haustür. Sie knipste das Minutenlicht an, stellte sich vor einen der großen Spiegel im Flur, streckte sich die Zunge heraus, wie sie es als Kind getan hatte, stieg die Treppen hoch, die um den Aufzug herumführten. In der dritten Etage hielt sie vor der Tür mit dem Schild „Michelsen“. Sie hob schon die Hand, um zu klingeln, trat dann aber zur Seite und setzte sich auf die niedrige gemauerte Bank vor dem Flurfenster, rauchte eine Zigarette. Auf diesem Vorsprung hatte sie oft gesessen, geträumt, sich Geschichten ausgedacht, auch geweint, wie damals, als ihr Vater gestorben und ihre Mutter tage- und nächtelang noch neben ihm im Bett geblieben war. Das Licht ging aus, sie knipste es wieder an, stieg die Treppen hinunter, ging an dem hohen Spiegel vorbei, ohne noch einmal hineinzuschauen. Sie ging in den Park, blieb am Weiher stehen, warf einen Stein hinein. Am Rand des Weihers stand ein Lichtmast, dessen Lampen ein fahles Licht gaben. Als Kinder hatten sie bei Dunkelheit allein nicht in den Park gedurft, wegen „Mitschnacker“ hieß es; und wegen der „Mitschnacker“ und weil sich später – da war Griet schon so alt wie Kai gewesen – die nächtlichen Überfälle im Park häuften, waren die Lampen aufgestellt worden. Ein Paar auf der anderen Seite des Weihers sah zu ihr hinüber. Sie warf wieder einen Stein ins Wasser, beobachtete die sich ausbreitenden Ringe und wie sie sich im schummrigen Licht verloren, und sie ging weiter, verließ den Park und betrat neben der Hochbahnstation die Wirtschaft „Zum Park“.

Mit Schulfreunden hatte Griet dort oft gesessen, ihrer Freundin gebeichtet und die Beichte ihrer Freundin entgegengenommen, mit Erhard, ihrem späteren Mann, war sie oft hier gewesen, es war „ihr“ Lokal, aber sie erkannte es nicht wieder. Man hatte den Gastraum in eine Berghütte verwandelt. Abgewetzte Tische, auf denen Petroleumlampen standen, gedrechselte Stühle davor, Fotos und Gemälde von Felsengebirgen an den nun holzgetäfelten Wänden. Ein imitiertes Fenster mit gerafften rotgewürfelten Bauerngardinen bot den Ausblick auf eine Almwiese voller Kühe. Den Wirt im Kostüm eines Melkknechts und die Bedienung in der Tracht der Unvermählten in Gebirgsregionen kannte sie nicht. An der Theke, der Imitation eines ungeschälten Baumstamms, saßen Männer und Frauen, Mitglieder einer jener informellen Gruppen, „Cliquen“ genannt. In der Regel bestanden sie aus Personen beiderlei Geschlechts und unterschiedlicher Berufe. Sie trafen sich zu festgelegten Zeiten, häufig nach Feierabend, zu Umtrunk und Schwatz, Vorbereiten geselliger Veranstaltungen und dergleichen. Wie die Auswahl getroffen wurde, wissen wir nicht, aber nach dem noch vorhandenen Bildmaterial entsprach jedes Mitglied einem von der Werbebranche festgelegten, sogenannten „Life-style“-Typen. Das waren zeitgenössische Zielgruppenpersonen, in die man präsumtive Kunden zwecks gezielter Produktwerbung eingeteilt hatte. Die Cliquen hatten bestimmenden Einfluß auf die saisonalen Vorlieben hinsichtlich Philosophie und Politik, Moral, Kosmetik und Kunst und wurden von den Institutionen genau beobachtet und ständig umworben.

Herein, herein, rief ein kleinwüchsiger, schnauzbärtiger, glatzköpfiger Mann, Typ „flinker Durchstarter“, als Griet unschlüssig neben der Tür stehenblieb, und der „problembewußte, vollbärtige, markentreue Sozialarbeiter“ sagte: Nehmen Sie einen Drink mit uns.

Griet nickte, kam näher, stellte sich an den Tresen, man machte ihr Platz, sie bestellte eine Cola, hörte eine Weile den Gesprächen zu, Spekulationen über die Motive des Bürgermeisters der Stadt, der die Mengen der von petrochemischen und anderen Unternehmen ins Hafenbecken geleiteten Schad- und Giftstoffe und die Namen der dafür verantwortlichen Personengruppen veröffentlicht und Höchststrafen gegen sie beantragt hatte, obwohl er, der Bürgermeister, an einigen dieser

Unternehmen in beträchtlicher Höhe beteiligt war. Griet wurde nach ihrer Meinung zu dieser abrupten Verhaltensänderung des Bürgermeisters gefragt. Sie sagte: Ich weiß es nicht, zahlte und verließ das Lokal, fuhr mit der Hochbahn drei Stationen weiter, stieg aus, spazierte an hellerleuchteten Schaufenstern vorbei, ohne hineinzusehen, reihte sich ein in eine Menschenschlange vor einem verschlossenen Lokal, aus dem nach einiger Zeit ein buntgekleideter Mann trat, einige aus der Schlange aussuchte, sie ins Haus ließ. Griet fragte er: Na, und du, Muttchen, willst mal einen draufmachen, wie? Also gut, komm rein – schob sie vor sich her, zum wütenden Protest derjenigen, die draußen bleiben mußten.

Der Raum, den sie betrat, mal finster, mal grellbunt durchzuckt vom Licht zahlreicher Scheinwerfer, die an den Decken hingen, bestand aus einer Spiegelfläche, auf der fantastisch gekleidete Tänzer und Tänzerinnen zum Takt einer alles ausfüllenden, sozusagen tobenden Musik, die man weniger hörte als vielmehr im Bauch fühlte, tanzten. Solche „Discotheken" genannte Tanzlokale wurden vor allem von jüngeren Menschen besucht, die sich nach ihren eintönigen Tagestätigkeiten in Großraumbüros, an Fließbändern und dergleichen nächtens tanzend austobten und ihre Anonymität wenigstens für die Nacht vergessen lassen wollten, indem sie in grellbunte Phantasiekostüme schlüpften. Paartanzen war verpönt. Jeder vollführte für sich allein und von ihm für sich eigens entwickelte Tanzfiguren, die, zusammen mit seinem Phantasiekostüm, das Einzigartige seiner Existenz demonstrieren sollten, wie in der Arbeit „Die Ideologie des schrankenlosen Individualismus in den Zwischenschichten. Eine Studie zum sogenannten Discotanz" behauptet wird.

Griet Steingrüber hat sich unter die Tanzenden gemischt, wurde zunächst wegen ihres schlichten, farblosen Kostüms, aber wohl auch wegen ihres Alters, belächelt, dann aber ein paarmal sogar beklatscht, wie sie, den Kopf zurückgeworfen, den Boden stampfend, die Arme wie Schlangen hochschlängeln ließ, sich taumelnd drehte und drehte, dann mit eng an den Körper gepreßten Armen, Füße im Stillstand, nur in den Schultern zuckte, bald allein mit den Füßen, Oberkörper weit zurückgelegt und Kopf in ständiger Rundumbewegung, den Wumm-Wumm-Takt steppte oder ruckartig, Schulter rechts vor, Schulter links vor, Arme an den Körper gepreßt, das Haar um den Kopf wirbelnd, die Spiegeltanzfläche nach allen Seiten durchmaß, dann Pirouetten drehte, sich schließlich, die Arme um die eigenen Schultern geschmiegt, wie im Paartanz wiegte.

Bis Mitternacht hat Griet Steingrüber in dieser Discothek getanzt. Anschließend ist sie mit einer Taxe ins Hafenviertel gefahren, saß eine Stunde oder länger auf einer Bank am Pier, und zwei Männer setzten sich zu ihr, beide verwahrlost. Sie tranken Bier aus der Flasche, reichten Griet hin und wieder die Flasche, aus der sie nur Schlückchen nahm. Der ältere der beiden, der einen löcherigen Pullover trug, erzählte von Schiffsfahrten auf allen Weltmeeren, die noch langweiliger seien als am Fließband zu stehen; nur Rost abschlagen und pinseln, das sei die Arbeit eines Seemanns heute auf Containerschiffen; Landgang gebe es nicht mehr als Folge der teuren Anliegegebühren in den Häfen, man lasse die Container vor Land zu Wasser, Schlepper zögen sie dann in den Hafen; nix mehr mit Seefahrerromantik, Mädel! Wenn man nicht Rost schlage oder pinsele, liege man einsam in der Koje seiner Kabine, wisse nichts mit sich anzufangen; der Psychologe an Bord habe noch die interessanteste Arbeit.

Der andere, jüngere Mann im fleckigen Staubmantel schwieg meistens, nickte zur Erzählung des Älteren, sang einmal ein Seemannslied und fragte Griet schließlich, ob sie ihn nicht mitnehmen wolle zu sich, er besorge es ihr, sooft sie nur möge. Nein, sagte Griet, strich ihm übers verfilzte Haar und ging weiter die Promenade entlang am Kai, vorbei an den Bänken, auf denen die lagen und hockten, die in ihren aus Opiaten gezogenen Räuschen dahinträumten, stieg eine Treppe hinunter, betrat die Kneipe „Zum Haifisch", die man gelassen hatte wie in den Zeiten, als Segler und Dampfschiffe noch fuhren. Verknotete Seile hingen an den Wänden und Rettungsringe, Schiffe in Flaschen standen auf Borden neben Masken und geschnitzten Figuren aus fernen

Regionen, über die Theke war eine Hängematte gespannt, und ein ausgestopfter Hai schwebte unter dem vielarmigen Leuchter aus Tau und Planken unter der Decke. In der Ecke krächzte ein Papagei auf einem Postament. Ein als Segelschiffmatrose verkleideter Mann, erhöht auf einem winzigen Podest sitzend, spielte Ziehharmonika, trat dazu die Fußtrommel, schüttelte seinen Kopf, auf dem ein kleiner, mittels Kinnriemen befestigter Schellenbaum saß. Schwaden von Tabaksqualm durchzogen den Raum, es roch nach Schnaps und Bier, und die Leute saßen an kleinen Tischen, standen an der Theke. Einige tanzten paarweise und eng umschlungen auf der kleinen Tanzfläche unter dem ausgestopften Haifisch. Die Kneipe, die bis zum Morgengrauen geöffnet hatte, war ein beliebtes Lokal für Angehörige der gehobenen Mittelschicht und der Oberschicht, von denen viele Yachten und Segelschiffe besaßen, auf denen sie ihre Freizeit verbrachten, der hochgewachsene breitschultrige Mann zum Beispiel – er trug eine Kapitänsmütze –, mit dem Griet eng aneinandergeschmiegt einen langsamen Walzer tanzte. Er erzählte ihr von einer Fahrt zu einer Insel bei Windstärke sieben und Sturm, durch den er seinen Segler gesteuert hatte, und später am Tisch, als sie Rum-Punsch tranken, vertraute er ihr an, daß er seine Tätigkeit als Betriebs- und Anlageberater „zum Kotzen" finde. Worauf laufe sie hinaus: Leute rausschmeißen und die Reichen noch reicher machen. Nein – höchstens noch zwei, drei Jährchen, dann sei's soweit, dann schmeiße er alles hin und segle um die Welt. Ob sie, Griet Steingrüber, ihn begleiten wolle. Sagen Sie ja, jetzt spontan und schnell. Einfach ja. Dann warte ich nicht mehr die zwei, drei Jährchen, dann setze ich gleich morgen früh die Segel und raus aus diesem Schlamassel. Na?

Griet tanzte noch einmal, diesmal mit einem Programmdirektor, der ihr ins Ohrläppchen biß und wissen wollte, ob sie „noch frei" sei. Der hochgewachsene, breitschultrige Mann mit der Kapitänsmütze sei schwul, von ihm dürfe sie nichts erwarten. Sie trank noch eine Tasse Kaffee am Tresen und verließ den „Haifisch", als, noch dämmerte es nicht, weit hinten irgendwo im Hafen eine Sirene dreimal kurz aufheulte. Sie stieg die Treppe hoch, wanderte vorbei an Lokalen, aus denen laute Musik drang – immer wieder das Lied vom Sternenhändler Adebar vom Nebel Dromedar –, kam zu einem kleinen Platz, auf dem Prostituierte standen und rauchten, blieb stehen vor einem Haus, in dessen Souterrain ein paar Stufen führten zu einer Tür, über der „Tante Emmy" stand. In dem dämmrigen Kellerraum standen ein paar Tische, an denen Männer und Frauen mehr lagen als saßen, vor sich Gläser mit Resten von Bier und Schnaps. Aus dem Musikautomaten erklang das Lied vom Sternenhändler Adebar, und wenn es verklang, drückte eine Frau im Pelzmantel, die neben dem Automaten auf einer Treppenstufe hockte, sofort wieder die Taste, und der Sänger wiederholte:

Das Raumschiff Erde taumelt
aus seiner Umlaufbahn.
Ich seh mir das von unten an.
All systems go.
Ich grüße euch hallihallo.
Ich bin der Sternenhändler
vom Nebel Dromedar
und heiße Adebar
vierhundertzwo.

Na, Schätzchen, sagte die Frau im Pelzmantel zu Griet, schaffst du hier wild an? Laß dich ja nicht erwischen.

Die Wirtin, unförmig dick und grell geschminkt, vermutlich Tante Emmy, saß hinter der Theke erhöht auf einem Hocker. Gibt's was zu essen? fragte Griet. Nein, sagte die Wirtin, hier gibt's nur zu trinken.

Einen Kaffee, bitte, sagte Griet.

Auch so was gibt's hier nicht, sagte die Wirtin.

Dann ein Bier.

Mehr als dieses eine Bier kann Griet Steingrüber bei Tante Emmy nicht getrunken haben. Die Blutprobe, die man später von ihr genommen hat, wies nur 0,2 Promille Alkohol aus, eine Menge, mit der das Steuern von Autos seinerzeit noch gestattet war.

Sie ist dann mit einer Taxe in die Straße gefahren, in

der vor dem Haus, in dem sie früher gewohnt hatte, ihr Wagen parkte. Das Autoradio der Taxe lief. Ein Nachrichtenkommentator versuchte die Motive eines Brigadegenerals zu ergründen, der die Standorte sämtlicher Angriffs- und Abwehrraketen bekanntgegeben hatte und auf Vortragsreisen kreuz und quer durchs Land für vollständige und einseitige Abrüstung plädierte. Dies sei um so erstaunlicher, so der Kommentator, als der Brigadegeneral nicht nur einer Familie entstamme, die seit Generationen hohe Offiziere stelle, sondern auch einer Gruppe von Mehrheitsaktionären des multinationalen Konzerns zugehöre, der das Monopol für elektrische Steuerungssysteme in Marschflugkörpern besitze. Spionage – so der Kommentator – entfiele, denn in diesem Falle würde der Brigadegeneral wohl seine Kenntnisse ausschließlich dem Gegner mitgeteilt haben. Geldgier käme ebenfalls nicht in Betracht, denn der Mann sei steinreich. Auch eine psychische Erkrankung läge nicht vor, jedenfalls nach Auskunft der zuständigen Militärärzte nicht. Im Gegenteil, der Brigadegeneral sei kerngesund und habe den sehr komplizierten Jagd- und Abfangjäger neuesten Typs selbst und oft geflogen, was seelengeschädigten Piloten nie gelänge. Wie man es dreht und wendet, schloß der Kommentator, es handelt sich um Verrat – welche Motive dem auch immer zugrunde liegen mögen.

Liquidieren den Mann, aber sofort, sagte der Taxifahrer. So was!

Aber warum denn nur, fragte Griet.

Na hören Sie, sagte der Taxifahrer, wenn man sich nicht mal mehr auf Generäle verlassen kann!

Als sie gezahlt hatte und ausgestiegen war, beugte sie sich noch einmal zum Fahrer und sagte, wörtlich, wie der Taxifahrer später laut Überwachungsbericht versicherte: Das ist fabelhaft. Und das einzig Gute, wenn man sich jetzt wenigstens auch nicht mehr auf Generäle verlassen kann. Und dann – so der Taxifahrer – ist sie laut lachend abgerauscht.

Die zwölf Meter lange Kette mit Vorhängeschloß hatten die Leute vom Troß Ricki Reuters im Habichtsforst liegengelassen. Mit anderen Fundgegenständen war sie in Bernward Billes unverschlossenem Geräteschuppen verstaut worden. Griet Steingrüber selbst hatte sie dort hingebracht.

Es begann zu tagen, als sie, von der Böschung der Nahverkehrsbahn herkommend, sich durch die Hecke in Billes Garten zwängte. Von überallher klang erstes Vogelgezwitscher, das zum vielstimmigen Gesang wurde, als sie, die Kette in beiden Händen schleppend, den Garten durch dieselbe Lücke in der Hecke wieder verließ. Den Wagen hatte sie an der Ecke Eichenhain/Hermann-Löns-Straße geparkt. Bis dorthin ist sie zu Fuß gegangen, hat die Kette in den Kofferraum geworfen, ist losgefahren bis zum Marktplatz. Heiderkamps Straßen waren noch leer.

Das Klirren der Kette auf dem Kopfsteinpflaster des Markt- und Rathausplatzes will Hanno Reider, der Hausmeister im Rathaus, gehört haben. Ja, es habe ihn geweckt; er hätte sich aber nichts weiter dabei gedacht.

Griet Steingrüber ist dann über die kniehohe, im Abstand von einem Meter um den Stamm der Blutbuche herumgebaute Mauer gestiegen, hat die Kette, an den Füßen beginnend, um sich und um den Baumstamm, den zwei ausgewachsene Männer gut umfassen konnten, bis zum Hals geschlungen und, immer wieder nachzerrend, schließlich die Glieder an den Kettenenden mit dem Hängeschloß – das war das schwierigste – zusammengeschlossen. Eigentlich wollte sie den Schlüssel in den Gully werfen, der in einem Abstand von zwei Metern vor dem Mäuerchen ins Pflaster eingelassen war. Da sie aber ihre Arme überhaupt nicht mehr hoch, die Hände nur noch bis zur Brust hin strecken konnte, fürchtete sie, das Loch zu verfehlen, und steckte den Schlüssel in ihren Ausschnitt. Sie hätte wohl gern geraucht, aber sie hatte ihre Tasche, in der sich die Zigaretten und das Feuerzeug befanden, im Wagen gelassen.

Die Sonne ging auf, ihre ersten Strahlen ließen die Blätter in der Krone des Baumes erstrahlen. Sie legte den Kopf schräg, blickte hoch ins Geäst. Einige Tauben und eine Amsel, die fortgeflogen waren, als Griet sich an den Stamm fesselte, kamen zurück, flatterten, bis sie ihren Ast gefunden hatten.

Der erste, der sie so sah, war der Postschaffner Joseph Packer, der radelnd über den Marktplatz kam, schon zehn Meter vorher abstieg, das Rad neben sich herschiebend herankam. Aber, aber ... Frau Steingrüber, was machen Sie denn da?

Griet Steingrüber hat geschwiegen, auch später, als immer mehr Menschen vorbeikamen, stehenblieben, die Köpfe schüttelten. Kaum einer lachte. Ein paar fragten: Warum tun Sie das? – gingen weiter, erzählten denen, die sie trafen, was sie gesehen hatten, und bald stand eine Traube von Menschen um sie herum, schweigend wie sie selbst. Als der Einsatzwagen der Polizei – ohne Martinshorngeheule – auf den Markt- und Rathausplatz fuhr, teilte sich die Menge, um Polizeiobermeister Knickrehm und Polizeimeister Schudorup durchzulassen.

Was tun Sie hier? fragte Knickrehm. Was soll das! Kommen Sie da weg!

Griet Steingrüber blickte über ihn hinweg in die Morgensonne, die eben über dem Rest vom Habichtsforst aufgetaucht war.

Nun nehmen Sie doch Vernunft an, Frau Steingrüber, sagte Schudorup, das bringt doch überhaupt nichts.

Das ist ein Protest, rief jemand, gegen die Abholzung. Bestimmt.

Also, Frau Steingrüber, sagte Knickrehm, ich werde Sie jetzt befreien.

Er stieg über das Mäuerchen, und als er – sie schon berührend – vor ihr stand, spuckte Griet Steingrüber ihm ins Gesicht.

Einige der Zuschauer sollen geklatscht haben.

Später, als der Schlossermeister Uwe Fuderbeck begann, sie loszuschmieden, hat sie ihn ebenfalls angespuckt. Fuderbeck löste darauf die Kettenglieder auf der anderen Seite des Blutbuchenstamms. Im Polizeirevier hat sie gesagt: So, jetzt könnt ihr mit mir das tun, was ihr mit Mando tut.

Auf alle Fragen hat sie geschwiegen.

Im Überwachungsbericht wird Griet Steingrübers

Handlung als „Solo-Protest-Akt ohne erkennbaren Einfluß auf die übrigen Protestaktionen in Sachen Zubringertrasse“ bezeichnet, und in der Tat wurde die Demonstration am Wochenende, an der Griet Steingrüber nicht teilnahm, ein Mißerfolg. Es kamen nach Schätzungen der Polizei zweihundertfünfzig, nach Schätzung der Veranstalter fünfhundert Personen, und sie wurden am Rathaus- und Marktplatz von starken Polizeikräften auseinandergetrieben mit einer – so das Heiderkämper Tageblatt – „unverständlichen und unnötigen Brutalität, so daß man sich fragen muß, ob die Verantwortlichen der Stadtgemeinde nicht jedes Maß für das Angemessene verloren haben“. Das Bürgerkomitee „Rettet den Habichtsforst“ ist danach nicht mehr in Erscheinung getreten. Nach Lageeinschätzung des beim Auseinandertreiben der Demonstranten schwerverletzten Heinrich Brinkmann, der sich die anderen angeschlossen haben mögen, war „das Knäuel jetzt so vertuckt, daß man einen anderen Faden finden muß, um es zu entwirren“.

Und was Mando betrifft: Er wäre in keinem Fall verurteilt worden, selbst wenn Günter Starke, der Vorsitzende des Schöffengerichts, es sich doch noch anders überlegt hätte, und trotz des Geständnisses zweier Baumhauskinder – Jeffie und Hanne –, die Baubude angezündet zu haben. Es ist nämlich überhaupt nicht mehr zur weiteren Verhandlung gegen Mando gekommen. Er war verschwunden. Zwar hatte man ihn – diesmal allein – in den Gefangenentransportwagen zur Fahrt nach Heiderkamp geschlossen. Aber als man vor dem Gericht in Heiderkamp die Tür des Wagens öffnete, fand man niemanden darin. Eine Amsel soll im Inneren des Transportraums herumgeflattert und über den Kopf des aufschließenden Wachtmeisters hinweg ins Freie geflogen sein.

Epilog

In den schriftlichen Aufzeichnungen belletristischen Charakters der letzten Dekaden der unmittelbaren Vorgeschichte findet sich häufig der merkwürdige Vermerk, daß jede Ähnlichkeit mit lebenden Personen und realem Geschehen rein zufällig, jedenfalls nicht beabsichtigt sei. Welche Gründe auch immer dafür maßgeblich gewesen sein mögen – die Angst des Autors vor Nachstellungen oder die allgemeine Furcht, Wirklichkeit zur Darstellung zu bringen – in unserem Fall erübrigt sich solche Vorsicht selbstverständlich.

Einige Personen haben existiert – so natürlich Griet Steingrüber, die Ahnin, deretwegen die Geschichte ja geschrieben wurde; andere Personen mußten erfunden werden. Dazu, ob die Geschichte so oder so ähnlich verlaufen ist, wurde das Erforderliche eingangs expliziert.

Mando, der manchem als erfunden erscheinen mag, gab es wirklich. Vermutlich handelt es sich bei Mando um den fünfundzwanzigjährigen Xaver W. Weitersbach-de Bruyn. Das kann geschlossen werden aus der über eine sogenannte Alternativpresseagentur mit dem Namen „Oxmox" verbreiteten Nachricht, der allerdings seinerzeit kaum Beachtung geschenkt wurde. Sie lautet: „Der aus der privaten Nervenklinik von Professor Herold & Sohn geflohene Xaver W. Weitersbach-de Bruyn, ein mit telepathischen Kräften und ornithologischen Kenntnissen ausgestatteter, sexuell abnormer Psychopath, hat sich nach zwanzigwöchiger Abwesenheit unter dem Namen Mando in der Klinik Herolds freiwillig zurückgemeldet."

Zumindest in Heiderkamp hat man darüber nichts erfahren. Mando und sein Aufenthalt in Heiterkamp und Umgebung wurden nach seinem Verschwinden zur Legende. Vor allem Kinder und Jugendliche verehrten ihn, ja machten regelrecht einen Kult um ihn. Im Baumhaus am Eichenhain, das, kurz nach seinem Abriß durch Polizeibeamte, unter Anleitung von Bernward Bille wieder errichtet worden war – diesmal viel größer und Billes neuerer Auffassung von einer „Architektur der Durchsichtigkeit der Verhältnisse" folgend aus plastischem Klarsichtmaterial –, gab es einen gläsernen Altar. Darin wurde Mandos Mütze aufbewahrt. Ständig brannten Kerzen um diesen Altar herum. Allwöchentlich wurden unter Anleitung des evangelischen Pfarrers Kai-Uwe Ebersheimer Andachten und Meditationen abgehalten und Mandos Wiederkunft in Gebeten und Liedern beschworen.

Gert Hofmann
Unsere Eroberung
Roman

263 Seiten · Leinen
Best.-Nr. 6132615
Bestellwort: Hofmann, Eroberung

Am 8. Mai 1945 wollen die Kinder eines kleinen Fabrikanten ihre Eroberer besichtigen. Sie sehen alles, aber sie erkennen nichts. Sie werden die schwarze Mütze mit den dicken Ohrenklappen nicht los, die ihnen den Eindruck von Stumpfsinn und Beschränktheit gibt, wie es der Vater wünschte. Was vorgeht ist alptraumhaft, in der kindlichen Sicht monströs vergröbert und vergrößert. Eine Bedrohung liegt über allem: Tod und Leben, Ende oder Anfang – ein Raum undenkbarer Möglichkeiten, der zusammenschrumpft auf das Maß des Gewöhnlichen, Unveränderlichen. Die alten Verhältnisse haben die Eroberung unversehrt überstanden.
Gert Hofmann, in Ending bei München lebend, bewies bereits in seinem Roman „Auf dem Turm“ (Aufbau-Verlag 1984) eine eindringliche Erzählkraft.

Aufbau-Verlag Berlin und Weimar

Uwe Timm

Der Mann auf dem Hochrad

Legende

bb-Taschenbuch 562
168 Seiten · Broschur
Best.-Nr. 6134258
Bestellwort: Timm, Mann bb

Dies ist ein sehr amüsant zu lesendes Buch über einen originellen Erfinder und Streiter für die Kunst des Hochradfahrens im herzoglichen Coburg um 1890. Die Auseinandersetzungen um das Fahrrad in dem provinziellen Städtchen weiten sich zum Zank um den Fortschritt schlechthin, die Fronten gehen durch soziale Schichten, Vereine und Familien.
Uwe Timm, seinen Lesern in der DDR bereits durch „Heißer Sommer" und „Morenga" bekannt, erzählt eine Familienlegende. Er gibt ein farbiges Bild der Zeit vor der Jahrhundertwende und macht ein Stück deutscher Alltagsgeschichte einsehbar.

Aufbau-Verlag Berlin und Weimar

Lesebücher für unsere Zeit

Begründet von Walther Victor

Erste Bekanntschaft mit bedeutenden
Autoren des kulturellen Erbes
in Zeitbetrachtung und Biographie,
mit wichtigen großen Beispielen
ihres Werkes in einem Band

Die „Lesebücher für unsere Zeit", 1949 von Walther Victor begründet, erscheinen seit 1975 in neuer Bearbeitung und in neuer Gestaltung. Jeder Band umfaßt etwa 500 Seiten und enthält zahlreiche Abbildungen.

Neuerscheinung 1987

Arnold Zweig

Nachauflagen

Brecht
Goethe
Tschechow

Aufbau-Verlag Berlin und Weimar

ENT
Edition Neue Texte

Neuerscheinungen 1987

Ingeborg Arlt: Das kleine Leben
Uwe Bergander: Balance
Kurt Drawert: Zweite Inventur. Gedichte
Horst Drescher: Aus dem Zirkus Leben. Notizen 1969–1986
Margarete Neumann: Dies ist mein Leben ... Ein Erzählungszyklus
Lothar Walsdorf: Über Berge kam ich. Gedichte
Michael Wüstefeld: Heimsuchung. Gedichte
Wladimir Makanin: Die Verfolgungsjagd
Mati Unt: Herbstball
Bernard Mac Laverty: Cal
François Bon: Feierabend
Bekir Yıldız: Südostverlies. Drei literarische Reportagen
Zhang Xinxin/San Ye: Chinesische Porträts

Nachauflagen 1987

Heinz Kahlau: Du. Liebesgedichte 1954–1979
Wulf Kirsten: Die Schlacht bei Kesselsdorf · Kleewunsch
Helga Königsdorf: Respektloser Umgang
Helga Schubert: Blickwinkel
Eva Strittmatter: Ich mach ein Lied aus Stille

Aufbau-Verlag Berlin und Weimar

BdW
Bibliothek der Weltliteratur

Aus allen Nationalliteraturen
Werke von welthistorischem Rang
in Einzelausgaben

Nachauflagen 1987

Antike Komödien

Karel Čapek
Der Krieg mit den Molchen

Heinrich Heine
Reisebilder

Anna Seghers
Das siebte Kreuz

William Shakespeare
Dramen

Aufbau-Verlag Berlin und Weimar

Henrik Ibsen
Dramen

Rütten & Loening · Berlin

Aus unserem
bb-Taschenbuchprogramm 1987

Die Altweibermühle. Eine Anthologie
Berlin. 100 Gedichte aus 100 Jahren
Heinz Knobloch: Berliner Feuilleton
Rosemarie Schuder: Agrippa oder Das Schiff der Zufriedenen
E. T. A. Hoffmann: Der Magnetiseur
Joseph Roth: Das falsche Gewicht
Leo Perutz: Der Marques de Bolibar
Franz Werfel: Die Geschwister von Neapel
Arnold Zweig: Verklungene Tage
Gerhart Hauptmann: Der Schuß im Park
Jakob Wassermann: Caspar Hauser oder Die Trägheit des Herzens
Frauengeschichten aus der BRD. Anthologie
Franz Josef Degenhardt: Die Abholzung
Boris Wassiljew: Morgen war Krieg
I. Grekowa: Anonyme Briefe
Válja Styblová: Skalpell, bitte!
Ference Herczeg: Das Tor des Lebens · Sinkender Halbmond
Emile Zola: Das Tier im Menschen
Patrick Modiano: Eine Jugend
Margery Allingham: Die Spur des Tigers